Katrin Lankers

Zurück auf Gestern

FSC
www.fsc.org
MIX
Papier aus verantwortungsvollen Quellen
FSC® C014496

5 4

ISBN 978-3-649-62377-9

Hafenweg 30, 48155 Münster

Text: Katrin Lankers
Covergestaltung: Anne Sent, Sara Vidal
Lektorat: Waltraud Grill
Satz: Sabine Conrad, Bad Nauheim
Printed in Germany
www.coppenrath.de

Das @book erscheint unter der ISBN 978-3-649-63109-5.

Katrin Lankers

Zurück auf Gestern

COPPENRATH

Tötet grauser Mord den einen,
obsiegt fortan der Menschheit Streit.
Nur Gemini die Feinde einen,
wenn sie verdrehen den Lauf der Zeit.

Aus einer Schrift mit »Prophetien« aus dem 16. Jahrhundert – Nostradamus zugeschrieben (vermutlich fälschlicherweise).

1

Bis zu meinem fünfzehnten Geburtstag verlief mein Leben verhältnismäßig normal. Ich würde nicht so weit gehen zu behaupten, dass es langweilig gewesen wäre. Wenn man mit Luisa Emilia da Costa Moreira – genannt Lulu – befreundet ist, liegt die Wahrscheinlichkeit, sich zu langweilen, etwa bei eins zu einer Billion. Zum Vergleich: Die Wahrscheinlichkeit, durch das Anziehen einer Hose im Krankenhaus zu landen, liegt bei eins zu zehntausend. Und die, vom Blitz getroffen zu werden, bei eins zu sechs Millionen.

Ich habe das übrigens gerade gegoogelt, nicht dass ihr glaubt, ich hätte eine Ahnung von Wahrscheinlichkeitsrechnung. Im Gegenteil. Die Wahrscheinlichkeit, dass ich in Mathe schon wieder eine Fünf im Zeugnis bekomme, dürfte über hundert Prozent betragen.

Aber zurück zur Normalität meines Lebens. Ich bin von Natur aus ein eher zurückhaltender Mensch. Abenteuer sind nicht mein Ding. Ich schätze, das liegt daran, dass meine Mutter bei einem Autounfall ums Leben kam, als ich noch ein Baby war. Schuld waren zu hohes Tempo, Blitzeis und ein Baum.

Keine Sorge, ich bin davon nicht schwer traumatisiert oder so. Ich kann mich ja nicht einmal daran erinnern. Und ich hatte trotzdem eine glückliche Kindheit. Meine Großmutter wohnte bei uns und kümmerte sich um mich, wenn mein Vater auf Geschäftsreisen unterwegs war. Wenn er nach Hause kam, unternahmen wir tolle Sachen zusammen, und er erfüllte mir jeden Wunsch.

Aber die Sache mit dem Autounfall hat wohl dazu geführt, dass die beiden ganz besonders gut auf mich aufpassen wollten. Deshalb habe ich ziemlich häufig Sätze gehört wie »Sei vorsichtig«. Und deshalb habe ich vermutlich insgeheim immer ein bisschen Angst vor zu hohem Tempo, Blitzeis und Bäumen. Entsprechend habe ich mich aus allem herausgehalten, was auch nur im Entferntesten nach Abenteuer aussah. Zumindest bis Lulu vor einem Jahr meine beste Freundin wurde.

Gegensätze ziehen sich an – so heißt es doch. Auf Lulu und mich trifft das definitiv zu. Für Lulu ist Angst ein ebensolches Fremdwort wie Langeweile. Sie kommt ständig auf verrückte Ideen, die sie dann auch sofort in die Tat umsetzt. Lulu liebt es, im Regen zu tanzen, wie in diesem uralten Schwarz-Weiß-Tanzfilm (sie liebt uralte Tanzfilme), auf dem Spielplatz Kinderkarussell zu fahren, bis die Welt sich dreht (und der Magen), eine Sahneschlacht in unserer Küche zu veranstalten (meine Stiefmutter hätte mich fast mit der Sprühsahnedose erschlagen) und anderen Leuten schräge Streiche zu spielen, zum Beispiel im Supermarkt wahllos Sachen in fremde Einkaufswagen zu legen (zum Totlachen, wenn der Rocker in Lederkluft an der Kasse den Weichspüler entdeckt).

Aber am schönsten sind unsere Freundinnenaktionen. Wir haben mal unsere Anfangsbuchstaben mit einem Herz in eine Parkbank geritzt (und sind gerannt, als eine alte Dame mit Dackel vorbeikam). Wir haben einen Tag lang so getan, als wären wir die jeweils andere (sogar in der Schule). Wir haben einen meterlangen Schal gestrickt und um unsere Hälse gewickelt (also *ein* Schal um *beide* Hälse). Und wir haben einen ganzen Tag lang nicht gesprochen, sondern versucht, uns alles gegenseitig von den Lippen abzulesen (was die anderen wahnsinnig gemacht und zu einigen witzigen Missverständnissen geführt hat). Solche Aktionen. Wir machen das am 28. eines jeden Monats, denn an einem 28. fing unsere Freundschaft an. Genauer gesagt am 28. Mai – der Tag, an dem wir beide Geburtstag haben!

*

Lulu kam mitten im Schuljahr neu in unsere Klasse, weil ihre Eltern sich getrennt hatten und ihre Mutter wegen ihres Jobs in die Stadt gezogen war. Bis dahin hatte ich mich zwar regelmäßig mit einigen Mädchen aus meiner Klasse getroffen, eine allerbeste Freundin hatte ich aber nicht. Inzwischen glaube ich, dass ich einfach auf Lulu gewartet habe. Sie faszinierte mich sofort. Mit ihren farbenfrohen, außergewöhnlichen Outfits und ihrem selbstbewussten Auftreten war sie ganz anders als all die anderen Mädchen. Natürlich hätte ich mich nie getraut, sie einfach anzusprechen. Doch dann stand sie eines Tages in der großen Pause vor mir.

»Ich hab gehört, dass du heute in einer Woche Geburtstag hast«, sagte sie.

Ich nickte und fragte mich, wo sie das aufgeschnappt haben mochte.

»Ich auch«, fuhr sie fort. »Wollen wir zusammen feiern?«

Ich konnte bloß wieder erstaunt nicken.

Die Party zu meinem vierzehnten Geburtstag wurde dann die beste meines bisherigen Lebens.

In unserem Garten hatte Lulus Mutter Marisa ein Buffet aufgebaut, auf dem sich fantastische Kuchen nach Rezepten aus ihrer Heimat Portugal stapelten. Etwas so Zuckerigleckeres hatte ich nicht mehr gegessen, seit meine Omili ausgezogen war, die mir zu meinen Kindergeburtstagen immer Regenbogentorten gebacken hatte. Da Sylvia, meine Stiefmutter, eine strenge Verfechterin gesunder Ernährung ist, hatte es auf meinen Geburtstagen seither immer nur Obstigel, Gurkenschlangen und Möhrenkuchen gegeben, die ohne ein einziges Gramm Zucker auskommen mussten. Ich schwebte also auf Kuchenwolke sieben.

Allerdings schwebte ich dort nur so lange, bis mir ganz schrecklich schlecht wurde, weil ich sogar für meine Verhältnisse unvernünftige Mengen gegessen hatte. Und während draußen im Garten die Partyspiele losgingen, lag ich ganz allein drinnen auf dem Sofa und kämpfte gegen die Sahnetörtchen, die in meinem Bauch eine eigene Party veranstalteten. Doch plötzlich tauchte Lulu auf und ließ sich neben mich auf den Fußboden plumpsen.

»Hey du«, sagte sie. »Die anderen spielen *Wahrheit oder Pflicht*, aber ich würde das viel lieber mit dir spielen.«

»Ich glaube nicht, dass ich gerade in der Lage bin, irgendwelche Aufgaben zu erfüllen.« Ich grinste matt.

»Egal, Wahrheit ist eh viel spannender.« Auch Lulu grinste. »Erzähl mir die peinlichste Situation deines Lebens.«

»Du meinst, eine andere als diese hier?«

Wir lachten beide. Und dann erzählten wir uns immer abwechselnd alle peinlichen Situationen, in die wir jemals geraten waren. Wir hatten so viel Spaß dabei, dass mir der Bauch am Ende nicht mehr vom Kuchen, sondern vom vielen Lachen wehtat. Und dabei vergaßen wir ganz, dass die eigentliche Party draußen stattfand.

»Weißt du was?«, sagte Lulu irgendwann. »Ich hab das Gefühl, dich schon ewig zu kennen. Als wären wir schon immer befreundet. Verrückt, oder?«

»Ziemlich verrückt«, erwiderte ich und mein Herz machte einen freudigen Hüpfer. »Aber mir geht's genauso.«

Seit diesem Tag sind Lulu und ich unzertrennlich. Mit Lulu befreundet zu sein, fühlt sich an, als hätte ich endlich mein fehlendes Puzzlestück gefunden. Wir sind wie Yin und Yang. Wie Aronal und Elmex. Wie Ben und Jerry's. Wie … Ihr wisst, was ich meine!

Langweilig war mein Leben also seit einem Jahr absolut nicht mehr. Mit Lulu zusammen erlebte ich eine ganze Menge spannender Sachen. Aber es waren allesamt normalspannende Sachen, die jedem beliebigen Teenager passieren könnten. Zumindest jedem, der eine so besondere Freundin wie Lulu hat.

Man kann sagen, dass ich ein ganz normales Leben mit ganz normalen Problemen führte. Und dass ich damit mehr oder minder ganz zufrieden war. Zumindest war das so bis zu meinem – oder besser gesagt unserem – fünfzehnten Geburtstag.

*

»Hallo, Herzensmensch.« Ich drückte meine rechte Hand aufs Herz, hob die Finger an meine Lippen und warf Lulu einen Luftkuss zu. So wie wir es immer taten, wenn wir uns trafen. Lulu erwiderte die Begrüßung, wandte sich dann aber dem Spiegel zu.

»Erinnere mich daran, nie wieder Rot zu kaufen!«, jammerte sie, während ich die Zimmertür schloss, und betrachtete sich missmutig in dem großen Spiegel neben ihrem Kleiderschrank. Durch eine schwindelerregende Drehung ihres Kopfes versuchte sie, einen Blick auf ihren eigenen Rücken zu erhaschen.

»Hey, du bist keine Eule«, warnte ich sicherheitshalber.

»Am Po sitzt das Teil überhaupt nicht«, ignorierte meine beste Freundin meine Warnung. »Guck dir mal diese Beulen an.« Sie zupfte an einer eingebildeten Falte am unteren Rücken herum. »Und diese Farbe! Darin sehe ich aus wie eine Scheibe Toastbrot!«

Als ob Lulu mit ihren südländischen Genen jemals blass aussehen könnte! Das schaffte nicht einmal dieses zugegeben sehr knallrote und zudem ziemlich knallenge Minikleid, das sie vermutlich in einer stockdunklen Umkleidekabine anprobiert hatte. Eine andere Entschuldigung konnte es für diesen Missgriff eigentlich nicht geben.

»Das ist der Fehlkauf des Jahrhunderts«, nörgelte meine Freundin. »Und jetzt habe ich nichts anzuziehen. Ausgerechnet heute!«

Lulus Verzweiflung hatte einen einfachen Grund: Es war nicht nur unser Geburtstag, heute fand auch die große Schulparty statt. Mit einem abgrundtiefen Seufzen ließ sie sich neben den himalayahohen Kleiderberg auf ihr Bett fallen. Ich setzte mich zu ihr, sorgsam darauf bedacht, keins der Kleidungsstücke zu zerdrücken. Zwei der bunten Kissen, von denen sich mindestens zwanzig auf der Patchwork-Decke türmten, plumpsten auf den Boden.

»Warum ziehst du nicht einfach eine Jeans an? Und ein schönes Shirt?«, schlug ich vor.

»Weil das laaangweilig ist«, meckerte Lulu und hielt sich schnell die Hand vor den Mund, als ihr bewusst wurde, dass ich in genau diesem Outfit neben ihr saß.

»Entschuldige, allerliebste Claire. Warum kann ich bloß nie nachdenken, bevor ich losquassele?«

»Schon gut«, beschwichtigte ich sie.

»Nein, wirklich, ich bin manchmal so ein Trampel«, beharrte meine Freundin zerknirscht. »Kannst du mir verzeihen?«

»Immer wieder gern«, erwiderte ich.

Lulu ist eine waschechte Drama-Queen! Und eigentlich finde ich das meistens liebenswert und amüsant.

»Okay, vergessen wir die Klamottenfrage für einen Moment.« Lulu ist nicht nur eine Drama-Queen, sie wechselt auch schneller zwischen zwei Gemütszuständen hin und her, als ein normaler Mensch das Wort Gemütszustand aussprechen kann. »Es gibt doch wirklich Wichtigeres! Geschenke zum Beispiel.«

Lulu sprang vom Bett und drei weitere Kissen gingen zu Boden. Ohne darauf zu achten, fing sie an, in ihrem Schreibtisch herumzuwühlen, wobei sie fortwährend *Wo ist es denn nur?* murmelte. Lulu hat viele besondere Talente. Sie ist witzig und nie lange schlecht drauf, sie kann bühnenreif tanzen und sich mit dem dicken Zeh hinterm Ohr kratzen. Sie schafft es, in nur fünf Minuten einen Schokokuchen in der Mikrowelle zu backen, in den man sich reinlegen möchte. Und sie ist immer, wirklich immer, für mich da.

Ordnung zu halten, zählt allerdings nicht zu Lulus Stärken. Zum Glück besitzen ihre Sachen die Fähigkeit, an den erstaunlichsten Orten von selbst wieder aufzutauchen. Ihr Haustürschlüssel zum Beispiel, den wir einen ganzen Nachmittag lang gesucht hatten, lag unbekümmert in ihrer Sockenschublade, die Lulu eigentlich nur öffnete, weil sie ihre Lieblingsohrringe darin vermutete, die sie völlig überraschend drei Tage später im Vorratsschrank hinter den Schoko-Pops entdeckte, wo sie eigentlich ihr Hausaufgabenheft zu finden hoffte, das jedoch irgendwie den Weg zwischen die Schminksachen ihrer Mutter gefunden hatte, wo Lulu vermutlich niemals danach geschaut hätte, wenn sie nicht auf der Suche nach ihrem Lipgloss gewesen wäre …

»Ha!«, machte Lulu zufrieden und holte ein kleines Päckchen aus der Tonne mit der schmutzigen Wäsche. »Bitte schön!«

Das Geschenk war flach, in mattgoldenes Papier gewickelt und mit einer überdimensionalen schwarzen Schleife geschmückt. Ich grinste, als sie es mir hinhielt, angelte neben dem Bett nach meinem Rucksack und zog ein identisch verpacktes Geschenk heraus.

»Zwei Blöde, ein Gedanke.« Lulu grinste ebenfalls.

»Happy Birthday«, sagten wir gleichzeitig und tauschten die Geschenke aus.

»Von Schnick-Schnack?«, erkundigte sich meine Freundin und hielt das Geschenk hoch, das ich ihr überreicht hatte.

»Klar«, erwiderte ich und hob meins hoch. »Das auch?«

»Klar.«

Schnick-Schnack-Schmuck war unser Lieblingsgeschäft für Schmuck und jede Menge Schnickschnack, den man eigentlich nicht brauchte, der aber viel zu schön war, um ihn nicht zu haben. Der Laden gehörte Alexa, der besten Freundin meiner Großmutter, und bereits als ich noch klein war, hatten wir dort viele Stunden verbracht. Bei Alexa zu sein, erinnerte mich an meine Omili, und schon deshalb ging ich gern dorthin. Dass Lulu das Geschäft genauso mochte wie ich, machte es nur umso besonderer für mich.

»Also auf drei«, schlug Lulu vor.

»Einverstanden. Eins. Zwei ...«

Und schon riss Lulu das Papier auseinander. Geduld gehört auch nicht unbedingt zu ihren Stärken.

»Das ist nicht wahr ...« Lulu lachte erneut, als sie das Geschenk hervorholte, das ich für sie ausgesucht hatte. Es war eine lange Kette oder besser gesagt zwei, die fest umeinander gedreht waren. Zwillingskette hatte Alexa das Schmuckstück genannt, als sie es mir gezeigt hatte, und erzählt, dass sie davon gerade erst zwei Stück angefertigt hatte.

Mir war sofort klar gewesen, dass ich diese Kette für Lulu kaufen wollte. Aber jetzt fragte ich mich, ob Lulu sie nicht doch zu schlicht fand.

»Gefällt sie dir nicht?«, fragte ich unsicher. »Ich dachte, es wäre passend, weil wir auch Zwillinge sind, als Sternzeichen meine ich, und irgendwie auch Herzenszwillinge ... oder?«

Doch meine Freundin schüttelte bloß den Kopf. »Pack einfach aus.«

Also entfernte ich vorsichtig das Papier von meinem Päckchen ... und hielt schließlich die exakt gleiche Kette in der Hand wie Lulu.

»Zwei Blöde, ein Gedanke«, wiederholte ich und lachte nun ebenfalls.

»Als Alexa sie mir gezeigt hat, wusste ich sofort, dass es das perfekte Geschenk für dich ist.«

Gegenseitig hängten wir uns die Ketten um den Hals und nahmen uns dann fest in den Arm.

»Witzig, dass Alexa uns beiden die gleiche Kette empfohlen hat«, meinte Lulu, als wir uns schließlich wieder losließen.

»Na ja, aber auch irgendwie logisch, oder?«, erwiderte ich. »Sie weiß doch, dass wir allerbeste Freundinnen sind.«

»Stimmt natürlich.«

»Ich muss dir übrigens unbedingt noch etwas zeigen.« Wieder wühlte ich in meinem Rucksack, bis ich das kleine Säckchen aus rotem Samt fand. Vorsichtig knotete ich das Band auseinander, mit dem es oben zusammengehalten wurde, und ließ den Inhalt in meine Hand gleiten.

»Was ist das?« Lulu beugte sich über die Kugel, die ich ihr entgegenstreckte.

»Ein Geschenk von meiner Großmutter«, sagte ich und spürte augenblicklich die gleiche Mischung aus Traurigkeit und Freude mit einem Hauch von Ehrfurcht wie am Morgen, als ich das Päckchen ausgepackt hatte.

»Von deiner Großmutter«, echote Lulu verwundert. »Aber die ist …«

»… tot, ich weiß«, beendete ich den Satz für sie. »Mein Paps hat mir das Geschenk von ihr gegeben. Er hat gesagt, sie hätte darauf bestanden, dass ich es an meinem fünfzehnten Geburtstag bekomme.«

»Das ist ja toll«, sagte Lulu. »Und was ist es?«

»Es ist ein Anhänger«, erklärte ich. »Ein Kettenanhänger.«

»Sieht uralt aus.« Lulu rutschte ein Stück näher an mich heran, um ihn genauer betrachten zu können. »Und irgendwie … seltsam.« Erneut schlug sie sich die Hand vor den Mund. »Hätte ich das jetzt nicht sagen sollen?«

»Quatsch«, beruhigte ich sie und strich mit dem Daumen über

die verschlungenen Gravuren, die sich über die kugelige Oberfläche des Anhängers wanden. Er war etwa so groß wie ein Tischtennisball und das Metall fühlte sich kühl an. »Du hast ja recht, er sieht tatsächlich eigenartig aus.«

»Aber warum vermacht deine Großmutter dir ausgerechnet dieses Schmuckstück? Und warum zum fünfzehnten Geburtstag? Warum nicht zum sechzehnten oder zum achtzehnten?«

»Ich habe keine Ahnung.« Als ob ich mir diese Fragen nicht auch schon gestellt hätte! »Ich habe den Anhänger jedenfalls noch nie zuvor gesehen.«

*

Meine Großmutter hatte Schmuck geliebt, große Ketten mit farbigen Steinen, zu denen sie immer die passenden Armreifen und Ohrringe trug. Als Kind hatte ich ganze Nachmittage damit verbracht, in ihren Schatullen zu stöbern. Aber an diesen Anhänger konnte ich mich nicht erinnern.

»Das ist alles billiger Modeschmuck«, hatte das abfällige Urteil meiner Stiefmutter Sylvia gelautet. Da mein Vater seit seiner Beförderung eigentlich ständig auf Dienstreise war, hatte sie die Wohnung meiner Großmutter nach ihrem Tod ausgeräumt. Mein Vater war wohl ganz froh gewesen, dass Sylvia ihm das abgenommen hatte, und hatte ihr freie Hand gelassen. Und so hatte sie – noch bevor ich Protest einlegen konnte – Omilis Schmuck und den Inhalt ihres Kleiderschranks ins Sozialkaufhaus gegeben, während ich in der Schule war. Mir tat es bis heute leid, dass ich kein Erinnerungsstück an meine Großmutter behalten konnte. Umso bedeutsamer erschien mir nun dieses Geschenk.

»Mein Vater hat gesagt, Omili hat den Anhänger im Banktresor aufbewahrt«, erzählte ich Lulu das Wenige, das ich wusste.

»Krass«, staunte Lulu. »Dann ist er richtig wertvoll?«

»Ich weiß nicht. Es ist wohl ein Familienerbstück. Das sagt zumindest mein Paps. Vielleicht hatte Omili ihn aber auch bloß im Tresor, damit Sylvia ihn nicht in die Finger bekommt.«

»Tststs«, tadelte Lulu mich, wurde dann aber gleich wieder ernst. »Und hat er sonst noch was gesagt?«

»Nicht wirklich. Meine Omili hat ihm wohl noch einen Brief für mich gegeben, aber du kennst ja meinen Vater. Er hat ihn *irgendwo* zwischen seine Unterlagen gelegt, wo er ihn jetzt nicht mehr findet.«

Mein Vater hatte mir das Päckchen am Morgen überreicht, nachdem ich meine anderen Geschenke ausgepackt hatte: Ein neues Smartphone von ihm, genau wie gewünscht. Einen Kosmetikkoffer von Sylvia, den ich ungefähr so gut gebrauchen konnte wie einen Raumanzug. Und von meiner Stiefschwester Sophie ein Buch mit dem Titel *Bedeutende Persönlichkeiten der Weltgeschichte*, das sie mir mit der Bemerkung überreicht hatte, sie hoffe, mein Bildungsniveau damit ein klein wenig anheben zu können, auch wenn sie fürchte, dass ihre Bemühungen vergeblich sein würden.

Ich hatte beschlossen, ihr zum nächsten Geburtstag eine »Bravo« zu kaufen, um ihr Normalitätsniveau damit ein klein wenig anzuheben.

Dann packte ich den Anhänger aus. Für den Bruchteil einer Sekunde entgleisten Sophies perfekt geschminkte Gesichtszüge und sie wirkte verletzt. Fast mitleiderregend. Zu ihrem fünfzehnten Geburtstag vor zwei Monaten hatte Sophie nämlich kein Päckchen von Omili bekommen. Was erstaunlich war, denn obwohl Sophie nicht ihre eigene Enkeltochter gewesen war, hatte meine Großmutter sich immer sehr bemüht, uns beide gleich zu behandeln. Und ich glaube, Sophie hatte sie wirklich gerngehabt. Sofern meine Stiefschwester zu solchen Gefühlen fähig war.

»Deine Großmutter hat in ihrem Testament verfügt, dass nur du ihn bekommen sollst«, hatte Paps mir erklärt. »Und dass du unbedingt gut darauf achtgeben sollst.«

»Dafür hat sie sich ja genau die Richtige ausgesucht«, hatte Sophie in Bühnenlautstärke gemurmelt. Mein Mitleid war augenblicklich wieder dahingeschmolzen.

»Hm.« Lulu spitzte ihre Lippen. Das tat sie immer, wenn sie über etwas nachgrübelte. Es sah aus, als würde sie einen Kussmund formen, was gelegentlich ziemlich unpassend wirkte. Während einer Mathearbeit zum Beispiel. Kussmünder und Mathe passen einfach nicht gut zusammen.

»Hm«, machte Lulu noch einmal.

Ich wartete gespannt. Wenn Lulu »Hm« machte, kamen manchmal überraschend brillante Einfälle heraus.

»Ziemlich mysteriös.«

Ich seufzte. Manchmal auch nicht.

»Der Anhänger sieht auf jeden Fall total schön aus.« Lulu streckte die Hand aus, um mit ihren langen schmalen Fingern über die Kugel zu streichen. »Und fühlt sich auch irgendwie schön an. Diese Gravuren wirken geheimnisvoll, findest du nicht? Wie irgendwelche Zeichen. Oder Buchstaben oder so … Hast du eine Ahnung, was sie bedeuten?«

»Ich … nein«, erwiderte ich abgelenkt. Denn als meine Freundin mit ihren Fingern über die Kugel gefahren war, hatte es sich angefühlt, als würde diese leicht vibrieren. Und ich hatte den Eindruck gehabt, dass das Metall mit einem Mal wärmer geworden war. Schnell schloss ich meine Hand darum zur Faust. Doch es war schon vorbei und vermutlich war es ohnehin bloß Einbildung gewesen. Wieso sollte ein Anhänger vibrieren?

»Los, häng ihn um.«

»Was?«, fragte ich verwirrt.

»Ich sagte, dass du ihn umhängen sollst«, wiederholte Lulu. »Du könntest den Anhänger an der neuen Kette befestigen. Das sieht bestimmt gut zusammen aus. Und würde dein, sagen wir mal, zeitlos schlichtes Outfit ziemlich aufwerten.«

»Ich weiß nicht.« Noch immer hielt ich die Hand zur Faust geschlossen. Bei dem Gedanken, den Anhänger zu tragen, fühlte ich mich nicht wohl. »Der ist doch viel zu groß und auffällig! Was, wenn ich ihn verliere oder wenn er kaputtgeht?«

»Warum sollte er kaputtgehen?« Lulus dunkle Locken wippten, als sie den Kopf schüttelte. »Der Anhänger sieht ziemlich massiv aus. Und warum sollte deine Großmutter ihn dir schenken, wenn sie nicht will, dass du ihn trägst?«

Ich nickte langsam, noch nicht so richtig überzeugt.

»Also, wenn ich so einen coolen Vintage-Anhänger hätte, würde ich nur noch in Jeans und T-Shirt rumlaufen.« Lulu ließ nicht locker. »Komm schon, Clairchen. Trau dich mal was!« Sie nahm meine Hand und begann, sanft meine Finger aufzubiegen.

Ich lächelte und öffnete die Faust. Lulu konnte sehr überzeugend sein. Doch als meine Freundin nach dem Anhänger griff, überkamen mich wieder Zweifel. Reflexhaft schlossen sich meine Finger erneut um Lulus. Ein Ruck ging durch unsere Hände bis in die Arme. Die Kugel vibrierte erneut. Stärker dieses Mal. Gleichzeitig erwischte mich ein Stromschlag. Nicht schlimm, eher als ob man eine Türklinke anfasst, nachdem man sich kräftig die Haare gebürstet hat. Ich hörte ein leises Knirschen und Schaben, als würde Metall über Metall reiben. Ich sah Lulus Augen, die sich weiteten – erst verwundert und dann, als sie begriff, was passiert war, vor Schreck.

Gleichzeitig schnellten unsere Hände auseinander, als hätten wir uns verbrannt. Und zwischen uns aufs Bett fielen die zwei Hälften einer Kugel.

2

»Oh nein! Claire, es tut mir leid. Es tut mir schrecklich leid, Clairchen. Es tut mir leid, es tut mir leid, es tut mir leid.« Wie gesagt: Lulu ist eine Drama-Queen! Sie schlug sich die Hände vor den Mund, raufte sich die Haare und schüttelte dann fortwährend den Kopf, sodass ihre langen Locken flogen.

Ich hingegen war nicht in der Lage, überhaupt irgendetwas zu tun, außer die beiden Teile des zerbrochenen Anhängers auf der bunten Patchwork-Decke anzustarren.

Paps' Stimme klang mir in den Ohren: »Deine Großmutter hat gesagt, dass du unbedingt gut auf ihn achtgeben sollst.« Und dann Sophie: »Dafür hat sie sich ja genau die Richtige ausgesucht!« Meine besserwisserische Streberstiefschwester hatte recht behalten: Ich hatte es nicht einmal einen Tag lang geschafft, gut auf das Geschenk aufzupassen. Ich spürte, wie mir Tränen in die Augen stiegen, und wischte sie ärgerlich mit dem Handrücken fort.

»Hey, nicht weinen.« Lulu rutschte neben mich und legte mir unsicher einen Arm um die Schultern, wahrscheinlich dachte sie, ich wäre wütend auf sie, weil der Anhänger kaputtgegangen war. Dabei gab ich einzig und allein mir selbst die Schuld daran.

»Es ist nur …« Ich schluckte kräftig und zog die Nase hoch.

So ganz war ich über Omilis Tod noch immer nicht hinweg, obwohl sie mittlerweile seit drei Jahren nicht mehr lebte. Als ich klein war, hatte sie, wie gesagt, bei uns gewohnt und auf mich aufgepasst, wenn mein Vater unterwegs war. Doch als er Sylvia geheiratet hatte, wurde es ziemlich eng in unserem Haus. Und Omili räumte ihr Zimmer für meine blöde Stiefschwester, weil die natürlich ein eigenes benötigte.

Mein Vater hatte noch vorgeschlagen, Sophie und ich könnten uns ja ein Zimmer teilen. Aber darauf hatte Sylvia sehr bestimmt erklärt, dass wir jeder ein eigenes Zimmer bräuchten, um in Ruhe unsere Hausaufgaben erledigen zu können. Ich wurde bis heute den Verdacht nicht los, dass sie bloß einen Vorwand suchte, damit Omili auszog. Und die tat ihr natürlich den Gefallen.

Damit unserem »Patchwork-Glück« nichts im Wege stand, behauptete meine herzensgute Großmutter, sie sei ganz froh, wieder allein leben zu können. Aber sie nahm sich eine Wohnung, die nah genug bei uns war, damit ich zu ihr gehen konnte, wann immer ich das wollte. Und das war oft. Eigentlich fast jeden Tag.

Mit meiner Omili konnte ich über alles reden, ihr jeden Kummer und jede Frage anvertrauen. Und auch wenn sie nicht auf alles eine Antwort hatte, so hatte sie es stets geschafft, mich am Ende wieder zum Lachen zu bringen.

Sie hatte immer gesagt, dass sie eines Tages in ihrem Bett einschlafen und nicht wieder aufwachen wollte, und genau so war es gekommen. Doch so schön ich das für sie auch fand, hätte sie sich für meinen Geschmack mit dem Sterben noch viel, viel mehr Zeit lassen können.

»Du vermisst sie, oder?« Lulu zog mich fest an sich und drückte mich. Ich nickte bloß, weil ich meiner Stimme nicht traute, und atmete tief ein.

Lulu roch immer ein bisschen nach Schokolade, weil sie Schoko-Lipgloss benutzte. Ich fand den Duft tröstlich.

»Okay, lass mal sehen.« Lulu ließ meine Schultern los und nahm behutsam die beiden Hälften des Anhängers in die Hand. »Vielleicht kann man es ja reparieren. Bestimmt sogar. Ich meine, wir haben ja nicht mit einem Hammer draufgehauen oder so. Er ist einfach auseinandergefallen. Wir bringen ihn zu Schnick-Schnack, bestimmt kriegt Alexa das wieder hin … Oh, schau mal!«, unterbrach Lulu sich selbst und hielt mir ihre Handfläche mit der zerbrochenen Kugel unter die Nase. »Das ist ja krass!«

»Was ist denn?« Ich rieb mir über die Augen. Zur Feier des Tages hatte ich Wimperntusche benutzt – aus Sylvias Schminkkoffer, ich gebe es zu – und mittlerweile vermutlich großflächig in meinem Gesicht verteilt.

»Ich glaube, der Anhänger ist gar nicht kaputt.«

»Wie, nicht kaputt?«Vorsichtig nahm ich Lulu die beiden Stücke aus der Hand, ängstlich, dass ich wieder einen Stromschlag bekommen würde. Aber dieses Mal blieben alle elektrischen Spannungen aus.

»Das ist eine Uhr«, stellte ich erstaunt fest.

»Na ja, eher zwei Uhren, würde ich sagen.«

»Stimmt.« Ich betrachtete die beiden Halbkugeln, die ich jeweils zwischen Daumen und Zeigefinger hielt, genauer. Sie waren exakt gleich. Die Kugel hatte sich genau in der Mitte geteilt, als wäre sie einfach auseinandergeklappt. Jede der Halbkugeln besaß sogar eine eigene Öse. Dadurch, dass die Kugel sich geöffnet hatte, hatte sie zwei Zifferblätter enthüllt, die sich zuvor in ihrem Inneren verborgen hatten. Die Zifferblätter wirkten sehr alt, mit römischen Zahlen und schmalen Zeigern.

»Sieht aus wie eine Taschenuhr«, überlegte ich.

»Ja, aber eine ziemlich komische, oder?«, wandte Lulu ein. »Wer braucht denn zwei Zifferblätter?«

»Vielleicht jemand, der viel verreist?«, rätselte ich. »Damit man den Zeitunterschied einstellen kann und immer weiß, wie spät es gerade zu Hause ist? Mein neues Handy kann das auch.«

»Meinst du?« Lulu zog schon wieder einen Kussmund. »Und wie klappt man die beiden Teile jetzt wieder zusammen? Ich sehe keine Scharniere oder so etwas.«

»Keine Ahnung.« Ich drehte die Kugelhälften hin und her und legte die glatten Flächen schließlich aufeinander, sodass wieder eine vollständige Kugel entstand. Die beiden Zifferblätter waren so eingearbeitet, dass sie sich dabei nicht im Wege waren. Trotzdem ließen sich die zwei Hälften nicht mehr aneinander befestigen.

»Komisch. Vorhin hingen sie doch noch fest zusammen.« Ich drückte und drehte, aber jedes Mal, wenn ich die Hände ein Stück auseinandernahm, lösten sich auch die Hälften voneinander. Während ich zuvor noch den Eindruck gehabt hatte, eine solide Kugel in Händen zu halten, schienen die beiden einzelnen Teile nun alles andere als gewillt, sich wieder zu einem Ganzen zusammenzufügen.

»Sehr komisch«, bestätigte Lulu. »Vielleicht eine Art Magnetismus?«

»Wenn es ein Magnetismus ist, dann funktioniert er jedenfalls nicht mehr.« Ich zuckte mit den Schultern. Die Tatsache, dass die beiden Hälften offenbar von Anfang an getrennt gewesen waren, wir den Anhänger also nicht zerbrochen hatten, beruhigte mich so sehr, dass ich mich nun nicht darum sorgte, wie man sie wieder miteinander verbinden konnte. Ich würde den Anhänger in den nächsten Tagen zu Alexa bringen und ihn reparieren lassen, falls das möglich war. Vielleicht konnte mir Omilis Freundin sogar mehr über dieses besondere Schmuckstück erzählen. Immerhin kannte sie sich mit Schmuck aus.

Und dann hatte ich plötzlich eine Idee.

»Gib mir mal deine Kette«, bat ich Lulu.

»Wieso?«

»Gib einfach her.«

Zögerlich zog sie sich die gedrehte Kette über den Kopf, die ich ihr erst kurz zuvor umgehängt hatte, und reichte sie mir.

»Was hast du vor?«

»Versuch es doch wenigstens mal für einen kleinen Moment mit Geduld«, wimmelte ich sie ab, legte die eine Halbkugel auf meinem Schoß ab und fädelte die Kette von Lulu in die andere.

»Das ist für mich ein Fremdwort und mit Fremdwörtern hab ich es nicht so«, moserte Lulu. Doch ihr skeptischer Gesichtsausdruck wich einem breiten Lächeln, als ich ihr die Kette zurückgab, an der nun eine der Halbkugeln baumelte.

»Das ist nicht dein Ernst, oder?«

»Ich mache das nur, um zu verhindern, dass du in diesem knallroten Ding auf die Schulparty gehst«, erwiderte ich, nahm meine eigene Kette ab und fädelte die andere Halbkugel darauf, bevor ich sie mir wieder über den Kopf zog. »Du hast gesagt, wenn du den Anhänger tragen darfst, würdest du in Jeans und T-Shirt gehen. Und ich nehme dich beim Wort.«

»Okay, schon gut.« Lulu streckte mir die Zunge raus. »Ich habe verstanden, Miss Stil-Ikone. Ach, und übrigens: danke! Das ist unfassbar lieb von dir.«

Lulu drückte mir einen Schmatzer auf die Wange. Dann schälte sie sich aus dem Kleid und schlüpfte stattdessen in einen ausgewaschenen Jeansrock mit einem breiten pinken Lackgürtel sowie in ein schwarzes Shirt mit einem pinken Stern aus Pailletten. Von meinem Jeans-und-T-Shirt-Outfit war sie damit natürlich Lichtjahre entfernt, doch im Gegensatz zu der Version Bratschlauch in Rot war sie darin ein Hingucker im besten Sinne.

»Jetzt aber mal ehrlich.« Lulu ließ sich wieder neben mich aufs Bett fallen. »Willst du wirklich, dass wir diese Anhänger heute Abend tragen?« Ihre Finger betasteten vorsichtig die Halbkugel. »Keine Angst mehr, dass sie kaputtgehen?«

»Kaputt sind sie ja nun schon.« Ich zuckte mit den Schultern. »Irgendwie hab ich das Gefühl, dass es richtig ist«, versuchte ich zu erklären. Tatsächlich hatte ich plötzlich sogar das seltsame Gefühl, dass meine Großmutter genau das gewollt hätte. »Diese beiden Halbkugeln sind wie Freundschaftsanhänger. Wie diese Herzen, die man in der Mitte durchbricht, und dann steht darauf *Beste Freundinnen* oder *für immer* oder so was. Nur dass unsere Anhänger nicht annähernd so kitschig sind, sondern etwas Besonderes.«

»So wie wir.« Lulu nahm meine Hand und drückte sie.

In diesem Moment flog die Zimmertür auf und knallte gegen Lulus Kleiderschrank.

»Seid ihr bald fertig?« Lucas' Kopf erschien im Türrahmen. »Wir müssen langsam mal los!«

»Raus!« Lulu schnappte sich ein Kissen und warf es Richtung Tür, aber ihr Bruder war schon wieder verschwunden, nicht ohne die Tür lautstark ins Schloss krachen zu lassen.

»Kannst du nicht anklopfen?«, brüllte Lulu ihm hinterher. »Was, wenn ich nackt gewesen wäre?«

Ein kräftiges Klopfen ließ die Tür erzittern.

»Idiot«, grummelte Lulu. »Sei bloß froh, dass du keinen so blöden Bruder hast wie ich.«

*

Lieber fünf Brüder wie deinen als eine Stiefschwester wie Sophie, hätte ich widersprechen können. Aber ich hielt sicherheitshalber den Mund. Ich versuchte grundsätzlich, jedes Gespräch mit Lulu über ihren Bruder zu vermeiden. Denn leider war Lucas das einzige Geheimnis, das zwischen Lulu und mir existierte. Beziehungsweise: meine Gefühle für ihn.

Es war wenige Tage nach der Geburtstagsparty passiert, auf der

Lulu und ich beste Freundinnen geworden waren. Man muss dazu erklären, dass Lulu an diesem Tag nicht in der Schule gewesen war, sondern mit einer Sommergrippe zu Hause im Bett gelegen hatte. Ansonsten wäre die ganze Sache vermutlich anders abgelaufen.

Ich hatte überraschend meine Tage bekommen und natürlich trug ich eine weiße Jeans, klar … Als ich in der Pause bemerkte, was los war – ich erspare euch an dieser Stelle die buchstäblich blutigen Details –, rannte ich kopflos in die nächste Toilette. Dort hockte ich ziemlich verzweifelt auf dem Klodeckel und grübelte, wie ich diese Kabine je wieder verlassen konnte, ohne mich vor der gesamten Schule zu blamieren. Als ich bemerkte, dass es nicht einmal Toilettenpapier gab, begannen meine Tränen zu laufen. Da hörte ich, dass jemand hereinkam. Na, toll!

»He, was ist los?«, fragte der Jemand. Von einer Sekunde auf die andere wurde mein Elend noch elendiger. Dieser Jemand war ein Junge! Als wäre die ganze Situation nicht schon schlimm genug, war ich aus Versehen in die Jungentoilette gestürmt.

Ich antwortete nicht, sondern zog bloß geräuschvoll die Nase hoch. Hoffentlich ging der Typ weg, wenn ich ihn ignorierte. Doch natürlich wurde mir dieser Wunsch nicht erfüllt.

»Brauchst du Hilfe? Soll ich vielleicht einen Lehrer holen?«, ließ er nicht locker.

»Nein«, quietschte ich. »Auf keinen Fall.«

»Du bist ja ein Mädchen«, stellte der Jemand überrascht fest.

»Sag bloß«, erwiderte ich ironisch und seufzte.

»Und was machst du hier drin?«

»Mädchenprobleme.«

»Oh.« Der Jemand hatte offensichtlich verstanden, um welche Art von Problem es sich handelte. »Kann ich dir trotzdem irgendwie helfen? Brauchst du vielleicht irgendwas?«

»Falls du nicht eine Binde und eine frische Jeans dabeihast, nein, danke«, erwiderte ich mit dem Mut der Verzweiflung.

»Leider nicht.« Der Jemand klang, als täte es ihm tatsächlich leid. »Aber ich könnte dir ein paar Papierhandtücher anbieten. Und meinen Hoodie. Den kannst du dir vielleicht um den Bauch knoten ...«

»Ehrlich jetzt?« Plötzlich fühlte ich mich ein bisschen weniger schrecklich.

Statt einer Antwort reichte er mir eine Handvoll Papiertücher und einen Kapuzenpulli über die verschlossene Tür. Einen ziemlich gut riechenden Pulli, wie ich flüchtig bemerkte.

»Danke.« Als ich mir den viel zu großen Hoodie umwickelte, ertönte der Schulgong zum Ende der Pause.

»Kommst du dann jetzt raus?«, fragte der Jemand.

»Ehrlich gesagt, lieber nicht.« So nett der Junge auch gewesen war, war es mir trotzdem viel zu peinlich, ihm persönlich gegenüberzutreten.

»Ich schätze, ich erkenne dich ohnehin an dem Hoodie, oder?«, gab er zu bedenken. »Außerdem hätte ich ihn gerne bei Gelegenheit wieder, ist nämlich mein Lieblingspulli.«

»Oh, richtig.« Er hatte recht, ich würde nicht darum herumkommen, ihm irgendwann ins Gesicht zu sehen. Und so nett, wie er gerade gewesen war, stand wohl auch nicht zu befürchten, dass er mich auslachen würde, wenn ich nun herauskam.

Vorsichtig öffnete ich die Kabinentür. Davor wartete dieser Junge. Etwas älter als ich – wie sich später herausstellte, war er eine Klasse über mir. Etwas zu lange Haare, die ihm in die fast schwarzen Augen fielen. Eine minimal schiefe Nase. Und ein breites Lächeln, das seine Augen blitzen ließ. Es war nicht spöttisch oder gar herablassend. Nein, es war genau die Sorte Lächeln, von der einem ganz warm im Bauch wird.

»Steht dir«, sagte er und deutete auf den Pulli, den ich mir wie einen Rock um die Hüfte geschlungen hatte. In exakt diesem Augenblick verliebte ich mich in Lucas Manuel da Costa Moreira.

Wie er hieß und dass er Lulus Bruder war, erfuhr ich natürlich erst später. Genauer gesagt am nächsten Tag, als ich meine grippekranke Freundin zum ersten Mal zu Hause besuchte. Sie hatte mich vorher schon ausgiebig vor ihrem blöden Bruder gewarnt.

»Lucas glaubt, er wäre der Chef im Haus. Seit meine Eltern sich getrennt haben, ist er nicht mehr auszuhalten. Bildet sich wer weiß was darauf ein, dass er ein Jahr älter ist. Ständig will er mir sagen, was ich zu tun und zu lassen habe. Räum deinen Kram weg. Beeil dich. Komm aus dem Bad raus. Mach deine Hausaufgaben. Hilf mal ein bisschen mehr im Haushalt mit …« So wie Lulu ihn nachäffte, klang ihr Bruder nach einem echten Ekel.

Dann öffnete er mir die Wohnungstür. Als er mich sah, wirkte er erst überrascht, doch dann lächelte er wieder dieses Warm-im-Bauch-Lächeln. Vielleicht dachte er, ich wollte ihm seinen Pulli zurückbringen, den ich jedoch als Kopfkissen-Ersatz benutzte.

»Da bist du ja!« Lulu flog mir um den Hals. Besonders krank erschien sie mir nicht mehr. »Tut mir leid, dass du als Erstes meinem blöden Bruder begegnen musstest. Ich war leider nicht schnell genug an der Tür.« Sie schickte einen grimmigen Blick in seine Richtung. Dann sah sie zu mir. Und wieder zu ihm.

»Wieso starrt ihr denn so?«, fragte sie irritiert. »Fall bloß nicht auf sein hübsches Gesicht rein«, fügte sie schnell an mich gewandt hinzu. »Er ist nicht so nett, wie er aussieht.«

»Quatsch, ich steh eh nicht auf dunkelhaarige Typen.« Es war heraus, bevor ich mir auf die Zunge beißen konnte. Ich wollte bloß Lulu damit gefallen. Aber als ich versuchte, einen entschuldigenden Blick in Lucas' Richtung zu schmuggeln, sah ich, wie ihm sein Lächeln aus dem Gesicht rutschte und einem Ausdruck vollkommener Gleichgültigkeit Platz machte. Was seitdem Lucas' Grundhaltung mir gegenüber zu sein schien. Nicht einmal seinen Pullover hat er je zurückgefordert.

Nachdem ich eine knappe Million Mal darüber nachgegrübelt hatte, war ich mir inzwischen völlig sicher, dass Lucas' Lächeln nichts, aber auch wirklich gar nichts zu bedeuten hatte. Nur änderte das leider überhaupt nichts daran, dass mein Herz immer noch nicht kapiert hatte, dass es sich nicht lohnte, schneller zu klopfen, bloß weil Lucas das Zimmer betrat, und mein Magen auch immer noch zu blöd war, um nicht zu flattern, bis mir flau wurde. Immerhin schien man mir das innerliche Geflatter und Geklopfe nicht anzusehen. Lulu hatte jedenfalls noch nichts davon gemerkt.

Anfangs erzählte ich ihr nichts, weil ich fürchtete, dass sie mir sofort wieder die Freundschaft kündigen würde, wenn sie von meiner Schwärmerei für die Person erfuhr, die sie am wenigsten auf der Welt ausstehen konnte. Und dann wurde das Geheimnis irgendwie zur Gewohnheit. Es fand sich einfach nie der richtige Zeitpunkt, um Lulu meine Gefühle für Lucas zu beichten.

Mittlerweile fürchtete ich, sie würde es als Hochverrat an unserer Freundschaft betrachten, wenn sie herausbekam, dass ich Lucas keineswegs so unausstehlich fand wie sie. Und dass ich es ihr die ganze Zeit verschwiegen hatte. Deshalb mussten meine Gefühle ein besser gehütetes Geheimnis bleiben als die Geheimakten der CIA und das Originalrezept von Coca-Cola zusammen. Leicht war das nicht gerade. Denn eigentlich erzählten wir uns alles.

*

»Nicht, dass ich meinem blöden Bruder recht geben wollen würde, aber ich schätze, wir müssen wirklich langsam los.« Lulu betrachtete den Uhrenanhänger. »Es ist schon kurz vor sechs.«

»Funktionieren die etwa?« Ich begutachtete meinen eigenen Anhänger. Die Zeiger standen ebenfalls auf kurz vor sechs. »Muss man die nicht aufziehen, oder so?«

»Vielleicht sind Batterien drin.« Lulu schwang sich vom Bett und streckte mir die Hände hin, um mir hochzuhelfen. Mir erschien es zwar unwahrscheinlich, dass so alte Uhren mit Batterien betrieben sein sollten, doch ich beschloss, dass es im Moment nicht so wichtig war. Vielleicht hatte Alexa ja auch dafür eine Erklärung.

»So gehst du mir aber nicht aus dem Haus.« Lulu begutachtete kritisch mein Gesicht. »Auch wenn ich Pandas süß finde.« Sie kramte in ihrem Nachtschränkchen herum und zog schließlich ein Feuchttuch hervor, mit dem sie unter meinen Augen herumzutupfen begann.

»Schon besser«, erklärte sie schließlich zufrieden, schnappte sich ihren Lipgloss vom Nachttisch und verteilte ihn großzügig auf ihrem Scarlett-Johansson-Mund. Sofort stieg mir der verführerische Schokoladenduft in die Nase.

»Ist eigentlich noch was vom Geburtstagskuchen übrig?«, fragte ich hoffnungsvoll. Sylvia hatte sich mit einem zuckerfreien Dinkel-Vollkorn-Zucchini-Kuchen selbst übertroffen und ich lechzte seit dem Morgen nach einem Gebäck mit mehr als zweieinhalb Kalorien auf hundert Gramm.

»Ob noch was da ist?« Lulu lachte laut. »Meine Mutter hat mal wieder genug für ein ganzes Kinderheim gebacken. Bedien dich ruhig. Die Reste müssen wir ohnehin gleich fürs Buffet in die Schule mitnehmen.«

Lulu hatte nicht zu viel versprochen. In der Küche standen auf dem Tisch schon vier Tupperdosen mit den Ausmaßen von Umzugskartons bereit, die bis oben hin mit Törtchen gefüllt waren. Ich öffnete den Deckel einer Box, sog den süßen Duft ein und ließ die Finger darüber kreisen, wie immer unfähig, mich für eins der köstlichen Küchlein zu entscheiden. Schließlich fiel meine Wahl auf die *Pasteis de Nata*, Blätterteig-Törtchen, deren Namen man »Pasteisch« aussprach, wie ich mittlerweile wusste, und denen ich wegen ihrer sahnigen Cremefüllung nie widerstehen konnte.

»Erst stundenlang stylen und jetzt auch noch futtern … Auf euch zu warten ist schlimmer als auf den Schulgong. Bei dem weiß man wenigstens, dass er irgendwann kommt.« Lucas schlenderte in die Küche und zog ein genervtes Gesicht. Ein hübsches genervtes Gesicht, das ließ sich leider nicht leugnen.

In seiner löchrigen schwarzen Jeans, einem schwarzen Shirt mit verwaschenem Bandlogo und mit den vom Duschen noch feuchten Haaren sah er nicht gerade abstoßend aus. Mein Herz schlug einen kleinen Trommelwirbel. Aber zumindest mein Pokergesicht schien gut zu sitzen, zumindest bemerkte niemand meinen inneren Aufruhr.

»Hör auf zu stänkern«, fauchte Lulu ihren Bruder an. »Nur weil stylen bei dir bedeutet, in die Luft zu spucken und drunter durchzurennen, musst du dich nicht gleich so aufspielen.«

Lucas verdrehte als Antwort die Augen. Im Augenverdrehen erreichte er olympisches Niveau.

»'usch, 'usch, meine Lieben. Es ist an die Seit.« Marisa wehte in die Küche und wedelte wild mit den Händen, um uns hinauszuscheuchen. Sie war eine kleine, kugelige Person mit scheinbar unerschöpflicher Energie und einem starken portugiesischen Akzent. Was sie nicht daran hinderte, doppelt so schnell zu sprechen wie jeder andere Mensch, den ich kannte.

»Ihr seht sauber'aft aus, meine Schätsschen.« Marisa tätschelte ihrer Tochter die Wange, was Lulu mit einem lauten Seufzen quittierte. Aber ich fand es wunderbar, Marisas »Schätsschen« zu sein.

»Und du, Sohn, ssum anbeisen!« Sie strich Lucas die widerspenstigen Haare aus der Stirn.

»Können wir dann endlich? Wir wollen um halb sieben mit dem Soundcheck anfangen!«

Lucas stapfte voraus in den Flur, wo er bereits seine Gitarre geparkt hatte, sodass Lulu und mir nichts anderes übrig blieb, als die vier großen Tupperdosen zu übernehmen.

Zuerst tastete ich aber noch einmal nach dem Anhänger, der mir um den Hals baumelte, und warf einen schnellen Prüfblick darauf. Die Uhr zeigte exakt Viertel nach sechs.

3

»Pünktlisch um ssehn, verstanden?«

»Jaha.« Lulu schlängelte sich als Erste aus dem Auto und ich folgte ihr. Lucas, der vorne gesessen hatte, holte bereits seine Sachen aus dem kleinen Kofferraum des alten Twingo, den Lulus Eltern angeschafft haben mussten, als sie gerade frisch verheiratet gewesen waren.

Für zwei Menschen, die sich sehr gern hatten, hatte der babyblaue Twingo vermutlich die optimale Größe. Drei Teenager, eine Gitarre, einen Verstärker und vier riesige Tupperdosen mit Törtchen darin unterzubringen, war eine sportliche Herausforderung, die vor allem darin bestand, beim Aussteigen aus dem Zweitürer nicht sämtliche Tupperdosen auf den Bordstein vor dem Schultor fallen zu lassen. Erst hielt ich die Dosen, dann reichte ich sie Lulu nach draußen, die beinahe hinter dem Tupperturm auf ihrem Arm verschwand.

»Und wenn isch ssehn sage, meine ich ssweiundswanssisch Uhr nach deutsche Seitverständnis, nicht nach portugiesische. Also nicht ssehn nach ssehn und nicht sswansig nach ssehn, sondern Punkt ssehn!« Auch wenn Marisas Zunge lustig über die vielen Z stolperte, bestand kein Zweifel daran, wie ernst sie es meinte. Lulus Mutter war in vielen Punkten entspannt, zum Beispiel, was das Chaos in Lulus Zimmer betraf oder ihren kreativen Kleidungsstil. Aber wenn Lulu nur fünf Minuten nach der vereinbarten Zeit nach Hause kam, herrschte bei den da Costas Gewitterstimmung.

»Ich warte hier an die Tor.«

»Jaha«, wiederholte Lulu mit Nachdruck.

»Viel Spaß«, rief Marisa uns noch hinterher, doch Lulu warf bereits mit einem eleganten Schwung ihres Hinterteils die Autotür zu. Sie eilte so schnell Richtung Schule, dass ich keine Gelegenheit hatte, ihr wenigstens ein oder zwei der Tupperdosen abzunehmen, die sie einer akrobatischen Darbietung ähnlich auf den Armen balancierte.

»Meine Mutter nervt!«, beschwerte meine Freundin sich, während wir durch das Schultor liefen.

»Sie macht sich halt Sorgen«, verteidigte ich Marisa abwesend, weil ich damit beschäftigt war, den Schulhof nach der Gestalt von Lucas abzusuchen. Aber der war bereits in der gegenüberliegenden Sporthalle verschwunden.

»Ja klar«, ätzte Lulu. »Weil eine Schulparty ja auch so wahnsinnig gefährlich ist. Passiert dauernd, dass Teenager auf Schulpartys entführt werden. Quasi jede Woche … Da!« Sie fuhr herum, was den Tupperdosenstapel in eine bedenkliche Schieflage brachte. »Siehst du? Meine Mutter steht immer noch da und schaut uns hinterher. Was glaubt sie eigentlich, wie alt ich bin? Fünf?«

Lulu schnaubte wütend und drückte mir ohne Vorwarnung den Dosenstapel in den Arm, um ihrer Mutter vehement zum Abschied zu winken. Tatsächlich trat Marisa daraufhin so kräftig aufs Gas, dass der babyblaue Twingo unter vernehmlichem Protest losbrauste. Sie hupte dreimal laut zum Abschied und verschwand.

Das bekam ich allerdings nur aus dem Augenwinkel mit. Denn ich war vollauf mit dem Versuch beschäftigt, die schwankenden Tupperdosen wieder ins Gleichgewicht zu bringen. Was leider nicht funktionierte! Die Dosen mit ihrem süßen Inhalt rutschten, stürzten und landeten eine über der anderen mit lautem Poltern auf dem Schulhof. Eine der Boxen verlor prompt ihren Deckel, sämtliche Törtchen kullerten heraus und verteilten sich um meine Füße auf dem Schulhof.

»Achtung, die Schwerkraft ist heute wieder besonders heimtückisch«, vernahm ich eine mir nur allzu vertraute Stimme. Und schon wehte meine Stiefschwester Sophie in einer süßlichen Parfümwolke durch das Schultor herein, dicht gefolgt von ihren zwei unvermeidlichen Begleiterinnen, Doreen und Daphne. Lulu und ich hatten Sophies Schatten der Einfachheit halber die Doppel-Ds getauft, was sowohl ihrem gut gepolsterten Brustumfang als auch ihrer Intelligenz – doppelt doof – entsprach.

Eigentlich passten die beiden gar nicht zu meiner Stiefschwester. Ich vermutete, sie waren nur mit ihr befreundet, weil sie sie gelegentlich die Hausaufgaben abschreiben ließ. Und Sophie konnte froh sein, überhaupt Freundinnen zu haben.

»Um deine feinmotorischen Fähigkeiten würde dich jede Dampfwalze beneiden.« Mit hocherhobener Nase schritt Sophie an mir und dem Törtchendesaster vorbei. Die Doppel-Ds folgten ihr kichernd, dabei war ich mir ziemlich sicher, dass sie nicht wussten, was feinmotorische Fähigkeiten überhaupt waren.

»Und auf deine emotionale Intelligenz wäre jeder Zombie neidisch«, rief Lulu Sophie hinterher, aber meine Stiefschwester streckte bloß ihr Näschen noch etwas höher gen Himmel und klapperte Richtung Sporthalle davon, von wo bereits die gedämpften Bässe des Soundchecks zu uns drangen. Dass Sophie es sogar auf hohen Hacken schaffte, grazil wie eine Primaballerina herumzutrippeln, war ein unwiderlegbarer Beweis dafür, dass wir aus komplett unterschiedlichen Genpools stammten.

*

Sophie und ich waren am ersten Tag in der Grundschule nebeneinandergesetzt worden. Sie war diejenige mit den geflochtenen Bauernzöpfen, aus denen am Ende des Vormittags keine einzige Strähne herausstand. Ich war diejenige, die den Pausenkakao über sich schüttete. Sie war die mit dem Querflötenunterricht, ich diejenige, die selbst mit einer Blockflöte überfordert war. Sie war diejenige, die den Lük-Kasten im Akkord löste. Ich war diejenige, die vier Schulstunden lang den Vögeln vor dem Fenster beim Loopingfliegen zuschauen konnte. Und sie war dann diejenige, die bei unserer Klassenlehrerin petzte, dass ich versucht hatte, die Rechenaufgaben bei ihr abzuschreiben. Es dürfte nun wirklich niemanden überraschen, dass Sophie und ich uns vom ersten Tag an nicht ausstehen konnten.

Dummerweise war es meinem Vater und Sophies Mutter völlig anders ergangen, als sie sich beim Elternabend über den Weg gelaufen waren. Und sie hatten sogar geglaubt, uns etwas Gutes zu tun, als sie nur ein knappes Jahr später den Bund der Ehe eingegangen waren.

Ich versuchte, mich seither mit dem Gedanken zu trösten, dass auch viele andere Menschen es nicht leicht in ihrem Leben haben. Manche haben eine Warze im Gesicht, andere kreisrunden Haarausfall, und es gibt zahllose Menschen auf der Welt, die unter wirklich schweren Krankheiten, Armut und Hunger zu leiden haben.

Und ich hatte eben Sophie. Ich bemühte mich, diese Prüfung positiv zu betrachten. Ihre täglichen Sticheleien zu ertragen, verschaffte mir langfristig bestimmt ein paar Karma-Pluspunkte, sodass ich vielleicht irgendwann mal als Schmetterling statt als Regenwurm wiedergeboren werde.

Leider trafen Sophies Sticheleien regelmäßig ins Schwarze, zum Beispiel, was meine motorischen Fähigkeiten anging. Um die war es gelinde gesagt eher bescheiden bestellt. Für den Sportunterricht brauchte ich mir inzwischen keine Entschuldigungen mehr auszudenken, weil Herr Helmich, unser Sportlehrer, fast dankbar zu sein schien, wenn ich am Rand sitzen blieb. Wenn ich versuchte, Sport zu treiben, brachte ich grundsätzlich mich oder andere in Lebensgefahr. Immerhin gingen bereits zwei Platzwunden auf mein Konto, eine an meinem eigenen Kopf (Barren) und eine am Kopf von Samuel Sauermann (Badmintonschläger).

»Die gehen noch, man muss nur den Dreck ein bisschen abkratzen.« Lulu kniete zu meinen Füßen, sammelte die verstreuten Törtchen ein und legte sie zurück in die Tupperdose.

»Meinst du wirklich? Das ist doch irgendwie eklig.« Ich hockte mich zu ihr und hob eins der Sahnetörtchen mit spitzen Fingern vom dreckigen Boden auf. Es war so über und über mit Schotter gesprenkelt, dass es aussah wie ein Mohnmuffin.

»Quatsch. Dreck reinigt den Magen.« Lulu brach eine Ecke von einem Kokostörtchen ab, die besonders matschig wirkte, und stellte es neben das Mohn-Sahnetörtchen.

»Na ja.« Ich beschloss, die Tupperdose heimlich verschwinden zu lassen, bevor Lulu sie auf dem Buffet platzieren konnte. Ich wollte nicht dafür verantwortlich sein, dass unsere Mitschüler eine Lebensmittelvergiftung erlitten.

»Ich wusste gar nicht, dass wir statt einer Party ein Picknick veranstalten.«

Ich sah an den Beinen in Baggy Jeans hinauf, die neben mir aufragten, und direkt in Samuel Sauermanns Gesicht, der schallend über seinen eigenen schwachen Scherz lachte.

»Im Ernst, Mädels, braucht ihr Hilfe?« Samuel hörte auf zu lachen und lächelte uns stattdessen breit an.

»Brauchen wir Hilfe?« Ich schaute Lulu herausfordernd an, aber die hatte wie immer, wenn Samuel irgendwo auftauchte, kurzzeitig das Sprechen verlernt.

Alle Mädchen in unserer Klasse waren in Samuel Sauermann verliebt. Alle außer mir. Sogar Lulu fand ihn traumhaft, was er nach allen Maßstäben der Mister-Dream-Skala vermutlich auch war. Samuel sah spitzenmäßig aus – wie eine Mischung aus Austin Butler (der Mund), Liam Hemsworth (die Augen) und Manuel Neuer (das breite Kreuz). Seit dem Badmintonschlägerattentat hatte er eine kleine Narbe an der rechten Braue, die ziemlich sexy wirkte. Samuel war außerdem sportlich, sehr sportlich um genau zu sein. Er schwamm in der ersten Wettkampfmannschaft seines Vereins und hatte bereits jede Menge Medaillen gewonnen. Weil durch den Sport die Schule manchmal etwas kurz kam, musste er letztes Jahr eine Klasse wiederholen. Deshalb war Samuel ein Jahr älter als wir und schien der Phase, in der alle Jungs sich verhielten wie minderbemittelte Kleinkinder, schon entwachsen zu sein.

Man könnte jetzt glauben, dass Samuel arrogant wäre und sich mit uns nicht abgeben wollte, aber das Gegenteil war der Fall. Er war bei allen beliebt und zu jedem nett, sogar zu mir, obwohl ich ihn mit dem Badmintonschläger attackiert hatte. Er hielt nur seitdem einen gewissen Sicherheitsabstand zu mir ein, wenn er in meine Nähe kam.

Das Einzige, was an Samuel nicht perfekt war, war seine minimal zu hohe Stimme. Wenn er den Mund aufmachte, klang es, als hätte er versehentlich einen Zug aus einer Heliumflasche inhaliert. Ein bisschen wie Micky Maus. Niemanden außer mir schien das zu stören, auch nicht Lulu. Sie war heftig und bis auf Weiteres unglücklich in Samuel verliebt, und mir war es unter Androhung der Todesstrafe verboten, ihn Mister Micky Maus zu nennen.

»Ich glaube, wir haben schon alles aufgesammelt«, antwortete ich an Lulus Stelle.

Samuel streckte seine Hand aus, um mir hochzuhelfen, schien allerdings in letzter Sekunde zu realisieren, dass er die Badmintonschlägerattentäterin vor sich hatte, und schwenkte in Lulus Richtung um. Aber meine Freundin, zu überwältigt von Samuels unverhoffter Aufmerksamkeit, ignorierte das Angebot und kam allein wieder auf die Beine. Die Situation hätte ziemlich peinlich werden können, doch Samuel deutete einfach mit der verschmähten helfenden Hand zum Eingang der Sporthalle und erklärte: »Ich geh dann schon mal vor.«

Als Lulu und ich kurze Zeit später beladen mit den vier Tupperdosen ebenfalls die Sporthalle betraten, beendete *Echtzeit*, die Schulband, bei der Lucas Frontsänger und Gitarrist war, gerade den Soundcheck. Ich beobachtete ihn, wie er seine Gitarre abstellte und von der Bühne stieg, die aus ein paar Paletten zusammengebaut worden war. Überrascht und wenig erfreut bemerkte ich, dass in dem Grüppchen, das dort auf die Bandmitglieder wartete, auch Sophie und die Doppel-Ds herumstanden. Was hatte meine Stiefschwester mit Lucas und seinen Kumpels zu schaffen?

Lulus Ellenbogen landete unsanft in meinen Rippen, und mir wurde im Wortsinn schmerzhaft bewusst, dass Frau Dr. No abwartend neben uns stand.

Ihr Gesicht war wie immer starr wie eine Maske – zu viel Botox, wurde in unserer Klasse gelästert – nur ihre schmalen Brauen, die aussahen wie mit dem Bleistift gemalt, hatte sie fast bis zum Haaransatz hochgezogen. Darunter betrachtete sie mich ungeduldig, als erwarte sie von mir die Lösung für irgendeine komplizierte Gleichung.

Frau Dr. Nowottny – von uns bloß Frau Dr. No genannt – unterrichtete unsere Klasse seit Anfang des Schuljahres in Mathe. Und sie hatte es innerhalb weniger Tage geschafft, sich bei allen unbeliebt zu machen. Bei allen außer meiner Streberstiefschwester Sophie natürlich.

Das lag daran, dass Frau Dr. No am Anfang jeder Stunde eine

Reihe komplizierter Gleichungen an die Tafel schrieb und jemanden nach vorne bat, der die Aufgaben dann vor der ganzen Klasse lösen musste. Lulu und mich hatte das auf die Idee gebracht, die Tafel mit Schmierseife zu wischen. Wir fanden es einfach witzig, uns vorzustellen, wie sie auf der eingeseiften Tafel vergeblich versuchen würde, die Aufgaben anzuschreiben.

Später stellte sich leider heraus, dass das Ganze keine wirklich witzige Idee war, weil Frau Dr. No unglücklich auf einer Pfütze ausrutschte und drei Wochen lang in einem Gips herumhumpeln musste. Auch wenn sie nie beweisen konnte, dass wir für den Seifenanschlag verantwortlich waren, fürchtete ich, dass sie einen Verdacht hegte. Und das verbesserte unser Verhältnis nicht unbedingt.

»Ich sagte, ihr könnt den Kuchen da vorne aufs Buffet stellen.«

Ihr Blick bohrte sich in meinen, wanderte hinab zu den Tupperdosen, schien einen Moment zu lang knapp über meinem Herz zu verweilen und kehrte zu meinem Gesicht zurück. Unter den Augen von Frau Dr. No fühlte ich mich immer wie in einem Nacktscanner am Flughafen. Prompt hatte ich Sorge, die Antwort nicht zu kennen, dabei hatte sie mir gar keine Frage gestellt.

»Viel Spaß, ihr zwei«, sagte sie genau in dem Moment, als Lulu und ich es endlich schafften, uns aus ihrem Bannblick zu lösen und zum Buffet zu steuern.

»Äh, danke«, brachte ich entgeistert heraus.

»Was war das denn?«, raunte Lulu mir zu.

»Keine Ahnung, womöglich ein unerwarteter Anflug von Freundlichkeit«, antwortete ich, als wir uns weit genug von Frau Dr. No entfernt hatten, damit sie es nicht mehr hören konnte.

»Vielleicht hat sie sich aber auch was eingefangen«, mutmaßte Lulu. »Aktuell soll ein fieser Virus rumgehen.«

»Hm«, machte ich, hatte aber Frau Dr. No bereits wieder vergessen. Denn quer durch die Halle beobachtete ich Lucas, der sich neben Sophie stellte und etwas zu ihr sagte, woraufhin meine Stiefschwester zu lachen anfing und dabei ihren Kopf mit einer Bewegung zur Seite drehte, die ihre langen blonden Haare von einer Schulter zur anderen schwingen ließ. Jetzt lachte auch Lucas. Er hatte ein wirklich schönes Lachen, das wusste ich, obwohl ich es in diesem Moment nicht hören konnte, und ich fand, dass es an jemanden wie Sophie vollständig vergeudet war. Schwungvoll knallte ich die Tupperdosen aufs Buffet.

»Weißt du, was Lucas mit Sophie zu schaffen hat?«, fragte ich Lulu, die ihre Dosen bereits abgestellt hatte und sich in der Sporthalle umschaute, die sich nach und nach mit immer mehr Leuten füllte.

»Nee, wieso?« Lulu betrachtete jetzt ebenfalls die Gruppe vor der Bühne und zog einen kleinen, spitzen Kussmund. »Aber ich finde, die zwei passen super zusammen. Mein blöder Bruder und deine fiese Schwester, ein echtes Traumpaar. Und sie lebten unausstehlich bis ans Ende ihrer Tage …« Lulu grinste.

Ich fand das überhaupt nicht lustig, doch das konnte ich ihr natürlich nicht sagen. Also beschränkte ich mich auf ein weiteres »Hm« und feuerte ein paar böse Blicke in Sophies Richtung, die eigentlich ihren Schädel hätten durchbohren und ihr grauenhafte Schmerzen hätten verursachen müssen, wovon sie leider nichts zu spüren schien.

»Hey, Mädels, da seid ihr ja wieder.« Samuel Sauermann tauchte neben uns am Buffet auf. »Habt ihr den Kuchen eingefangen?« Er ließ seine Finger über den Tupperdosen kreisen und griff dann gezielt nach dem Törtchen mit den schwarzen Sprenkeln.

»Lecker, ich mag Mohn!«

Mist! Ich hatte mich von Sophie und Lucas ablenken lassen und darüber ganz vergessen, die Dose mit den verseuchten Törtchen klammheimlich unter dem Buffet verschwinden zu lassen.

»Stopp«, rief ich in letzter Sekunde und hängte mich an Samuels Arm, sodass ihm der kleine Kuchen aus der Hand fiel und er mit offenem Mund und einem ziemlich perplexen Gesichtsausdruck zurückblieb.

»Sorry, aber die mit Mohn sind ausschließlich für die Lehrer vorgesehen«, stammelte ich, was zugegeben eine ziemlich abstruse Ausrede war, doch auf die Schnelle fiel mir keine bessere ein.

»Okay«, erwiderte Samuel zweifelnd und betrachtete mich mit einem Blick, als wäre ihm bereits seit der Sache mit dem Badmintonschläger klar, dass er eine Verrückte vor sich hatte, die man nicht übermäßig aufregen durfte.

»Hier, nimm eins mit Kokos.« Ich griff in die Box mit den Törtchen, die nicht auf dem Boden gelandet waren. »Oder eins mit Marzipan. Oder magst du lieber eins mit Mandeln? Oder hier, mit Bohnen?«

Mit jedem Törtchen, das ich aus der Box nahm, weiteten sich Samuels Augen ein bisschen mehr vor Verwunderung. Wahrscheinlich hörte ich mich an wie eine hysterische Bäckereifachverkäuferin.

»Ich glaube, ich hab doch keinen Hunger«, sagte er schließlich. Und ich war sehr dankbar, dass *Echtzeit* genau in diesem Moment zu spielen anfing.

Lulu, die noch immer keinen Ton herausgebracht hatte, fing sofort wie ferngesteuert an, im Takt der Musik mitzuwippen.

Lulu tanzt für ihr Leben gern und sie tanzt wie gesagt fantastisch, im Gegensatz zu mir – ich sehe auf der Tanzfläche aus, als stünde ich unter Starkstrom.

»Hast du vielleicht Lust zu tanzen?«, fragte Samuel sie, ganz klar in dem Bestreben, so schnell wie möglich von mir wegzukommen.

Lulu warf mir einen fragenden Blick zu, und als ich heftig nickte, lächelte sie Samuel glücklich an und steuerte mit ihm Richtung

Tanzfläche. Somit hatte meine peinliche Aktion wenigstens etwas Gutes gehabt.

Als die zwei zwischen den vielen Leuten verschwunden waren, die mittlerweile die Tanzfläche verstopften und mir den Blick auf die Bühne versperrten, ließ ich als Allererstes die Tupperdose mit den Törtchen des Grauens unter dem Tisch verschwinden. Zwei weitere – saubere Törtchen – wanderten in meinen Mund.

Schließlich lehnte ich mich gegen das Buffet, betrachtete das Gedränge und wusste plötzlich nichts mehr mit mir anzufangen. Aus meiner Klasse konnte ich niemanden entdecken, mit dem ich Lust gehabt hätte zu quatschen. Ich wollte aber auch nicht von meinem Platz am Buffet weggehen, weil ich Sorge hatte, dass Lulu mich ansonsten nicht mehr finden würde.

Also lauschte ich dem Konzert von *Echtzeit* und sang im Kopf jeden einzelnen Song mit, denn ich konnte alle Texte auswendig. Abwesend spielte ich währenddessen mit der Halbkugel, die an der Kette um meinen Hals baumelte. Sacht fuhr ich mit dem Finger über die verschlungenen Gravuren und musterte sie erneut. Sie sahen wirklich aus wie Geheimzeichen aus Strichen und Punkten, aber ich konnte mir beim besten Willen nicht vorstellen, was sie zu bedeuten hatten. Vielleicht waren sie ja auch bloß als Verzierung gedacht. Das Zifferblatt zeigte Viertel vor acht, genau wie die große Uhr, die an der Querseite der Sporthalle hing.

Verstohlen seufzte ich. Ich hatte mich so auf die Party gefreut und darauf, unseren Geburtstag mit Lulu gemeinsam zu feiern. Doch jetzt war meine Freundin von Samuel entführt worden. Nicht dass ich es ihr missgönnte – im Gegenteil! Aber mir war, ehrlich gesagt, ziemlich langweilig.

In diesem Moment begann die Band, ein neues Lied zu spielen, das ich noch nicht kannte. Es war eine langsame Ballade, die gerade perfekt zu meiner Stimmung passte. Ich lauschte Lucas' toller tiefer Stimme und, ja, mein Herz fing schon wieder an zu flattern, obwohl ich Lucas wegen der vielen Leute gar nicht sehen konnte.

Gerade, als ich überlegte, ob ich mich doch lieber nach vorne drängen sollte, setzte eine Flöte ein. Sie griff die Melodie auf und trug sie sanft über die Köpfe hinweg zu mir. Ich wunderte mich. Die Jungs von *Echtzeit* spielten selbst geschriebenen Gitarren-Pop-Rock. Ich konnte mir keinen von ihnen mit einer Flöte vorstellen …

Doch dann machten ein paar Leute einen Schritt zur Seite, sodass ich einen Blick auf die Bühne erhaschen konnte. Und dort neben Lucas stand, mit geschlossenen Augen, als würde sie sich ganz der Musik hingeben: meine Stiefschwester.

4

Es gibt Situationen, in denen man glaubt, dass es eigentlich nicht mehr schlimmer kommen kann. Aber dann passiert kurz darauf garantiert etwas, das einen vom Gegenteil überzeugt. Wenn du im strömenden Regen dem Bus hinterherrennst, zum Beispiel, und der Fahrer vor deiner Nase die Türen schließt, brettert natürlich direkt hinter dem Bus ein Auto durch die Pfütze im Rinnstein, sodass du von oben bis unten nass gespritzt wirst.

Oder wenn du unbedingt eine Drei in Mathe schreiben musst, um deine Halbjahresnote zu retten, und dann leuchtet dir eine rote Vier entgegen. Dann besteht immer noch die Möglichkeit, dass Frau Dr. No dir das falsche Heft zurückgegeben hat und unter deiner Mathearbeit eine Fünf steht.

Dieser Augenblick auf der Schulparty, als ich Sophie auf der Bühne neben Lucas entdeckte, war genau so ein Fall. Das wurde mir natürlich erst kurz darauf klar, nämlich als der Auftritt der Band vorbei war und Lucas zum Buffet kam – Seite an Seite mit Sophie. Lulu war immer noch irgendwo verschwunden, und ich hatte gerade beschlossen, sie zu suchen, um ihr zu sagen, dass ich den Bus nach Hause nehmen würde, als die beiden auftauchten.

Vor dem Buffet herrschte großes Gedränge und Lucas schien mich gar nicht zu bemerken, anders jedoch Sophie. Meine Stiefschwester steuerte direkt auf mich zu und Lucas folgte ihr brav.

»Hi, Claire«, begrüßte sie mich zuckersüß, als hätte sie nicht erst vorhin auf dem Schulhof spitze Bemerkungen über mein gestörtes Verhältnis zur Schwerkraft fallen lassen.

»Das ist Lucas.« Sie machte eine Handbewegung, als wollte sie uns einander vorstellen. »Aber das weißt du ja bestimmt.« Manchmal war meine Stiefschwester wirklich nicht zu toppen. Tat so, als müsste sie mich mit dem Bruder meiner besten Freundin bekannt machen. Dabei ging es ihr ganz offensichtlich bloß darum, mir unter die Nase zu reiben, dass sie neuerdings dicke Kumpel waren. Oder sogar mehr … Ich fragte mich bloß, warum! Denn eigentlich konnte Sophie nichts von meinem bestgehüteten Geheimnis wissen.

»Lucas hat mich nach dem Weihnachtskonzert gefragt, ob ich bei *Echtzeit* mitmachen möchte, weißt du«, fuhr sie erbarmungslos fort.

Das Weihnachtskonzert, na klar! Dabei waren der Schulchor und das Orchester, in dem Sophie natürlich spielte, zusammen mit Lucas' Band aufgetreten. Ich persönlich hätte mich für nichts auf der Welt überreden lassen, ebenfalls dort zu stehen. Mich öffentlich vor Publikum zu präsentieren, grenzte für mich an schwere Folter. Was vermutlich der Grund war, warum Sophie nun bei *Echtzeit* mit dabei sein durfte und Lucas mich niemals wahrnehmen würde.

Dabei sang ich gerne, aber ich tat das ausschließlich und exklusiv unter der Dusche. Lulu war die Einzige, die mich jemals gehört hatte, als ich bei ihr übernachtet hatte und dachte, dass sie noch schlief. Und obwohl sie immer wieder darauf beharrte, dass ich so ähnlich klang wie Adele und mindestens so begabt sei, weigerte ich mich strikt, auch nur in die Nähe einer Probe unseres Schulchors zu kommen.

»Jedenfalls fand ich, dass es eine gute Idee sein könnte, vor allem, weil Lucas extra dieses Lied für mich geschrieben hat.« Sie lächelte in seine Richtung und ich hätte am liebsten laut geschrien. Dass Lucas diesen wunderschönen Song extra für Sophie geschrieben haben sollte, fühlte sich an wie ein Dorn, der sich mir direkt ins Herz bohren wollte.

Lucas bekam von all dem nichts mit, denn er war schwer damit beschäftigt, Löcher in die Luft neben meinem Kopf zu starren. Unser Gespräch beziehungsweise Sophies Monolog schien ihn nicht übermäßig zu interessieren.

»Ich hol mir mal was zu trinken«, erklärte er und ging weg, drehte sich aber nach ein paar Schritten noch einmal um. »Soll ich dir was mitbringen?«, fragte er Sophie – nicht mich natürlich.

»Eine Cola light, bitte.« Sie schenkte ihm ein Lächeln, in das eine Gurke quer gepasst hätte.

Ich versuchte, gleichmäßig zu atmen, und mein Blick glitt zu Boden, weil ich Sophies selbstzufriedenes Gurkengrinsen nicht ertrug. Da entdeckte ich das Mohn-Sahnetörtchen, das ich Samuel vorhin aus der Hand geschlagen hatte, direkt neben der Spitze von Sophies hochhackigen Sandalen.

Was hätte ich darum gegeben, wenn Sophie in diesem Moment einen kleinen Schritt zur Seite gemacht hätte. Sahnecreme, die durch die Riemchen der Sandalen quoll, wäre genau der Anblick gewesen, der die Qualen meiner Seele ein klein wenig hätte lindern können. Aber natürlich machte sie keinen Schritt zur Seite. Meiner Stiefschwester passieren solche Missgeschicke einfach nicht.

Ich bückte mich, um das Törtchen aufzuheben und bei nächster Gelegenheit im Müll zu entsorgen. Eine willkommene Ablenkung, um dem Gurkengrinsen noch einen Moment länger zu entgehen, aber als ich wieder nach oben kam, war es noch ein bisschen breiter geworden.

»Bist du etwa so süchtig nach Süßigkeiten, dass du jetzt sogar schon das isst, was auf dem Boden gelandet ist?«, fragte Sophie spitz. »Du solltest wirklich ein bisschen mehr auf deine Figur achten, sonst wird sich nie ein Junge wie Lucas für dich interessieren.«

»Pah«, machte ich und bemühte mich um ein unbeteiligtes Gesicht, obwohl mein Herz bis in den Hals hämmerte und ich den beinah unbändigen Drang niederkämpfen musste, Sophie das Sahnetörtchen in ihr Grinsegesicht zu drücken.

»Kein Wunder, dass du so auf dein Äußeres bedacht bist, denn ein Herz hast du nicht zu bieten. Deswegen mag dich auch niemand. Nicht mal Omili hatte dich wirklich lieb, sonst hätte sie dir bestimmt auch etwas vererbt.« Wie zum Beweis hielt ich den Anhänger hoch. Okay, das war nicht nett von mir, aber Sophie hatte mit ihren Sticheleien nun mal einen empfindlichen Nerv getroffen.

»Im Übrigen«, schob ich hinterher, »ist es mir völlig gleichgültig, ob sich ein Junge wie Lucas für mich interessiert. Denn wenn er sich für *dich* interessiert, kann er keinen besonders guten Geschmack besitzen.« Das war natürlich gelogen, aber es fühlte sich gut an, es zu sagen, vor allem, weil Sophies Augen sich bei meinen Worten zu schmalen Schlitzen verzerrten und das Gurkengrinsen zu einer Grimasse verrutschte.

»Glaubst du wirklich, dass ich dir das abnehme?«, gab sie wütend zurück. »Ich weiß genau, dass du bis über beide Ohren in Lucas verknallt bist. Weil ich nämlich den Zettel gefunden habe, auf den du seinen Namen geschrieben und Millionen von Herzchen dazugemalt hast. Was übrigens echt kindisch ist, aber wen wundert's?«

»Den Zettel hab ich ganz unten in meinem Schreibtisch versteckt«, erwiderte ich, zu perplex, um zu leugnen.

»Nicht schwer zu finden …« Das Gurkengrinsen war zurück und wirkte irgendwie teuflisch.

Ich hätte gerne erwidert, dass sie eine miese Schnüfflerin war und in meinem Zimmer rein gar nichts verloren hatte, doch leider bekam ich keinen Ton mehr heraus. Denn in diesem Moment entdeckte ich Lucas, der mit zwei Gläsern Cola in den Händen hinter Sophie stand. Er hatte einen schwer zu deutenden Gesichtsausdruck, der allerdings keinen Zweifel daran ließ, dass er unseren Streit mit angehört hatte. Zumindest die entscheidenden Passagen. Die, in denen es um meine Gefühle für ihn ging.

Ich las Überraschung in seinem Blick und noch etwas anderes, das ich nicht deuten konnte. Ganz leicht schüttelte er den Kopf, als wollte er mir stumm sagen: Das kann nicht dein Ernst sein. Wo in aller Welt war das Loch im Boden, das sich in solchen Momenten auftun sollte?

Ich fühlte mich, als müsste ich auf der Stelle losheulen. Aber das hätte meine Lage vermutlich nicht verbessert. Also drängte ich die Tränen mit heftigem Blinzeln zurück, murmelte etwas Unverständliches, in dem das Wort Toilette vorkam, zwang meine Beine, sich zu bewegen, und flüchtete. Unter Einsatz meiner Ellbogen arbeitete ich mich durch die Menge vor dem Buffet und stürmte vorbei an Frau Dr. No und Herrn Helmich, die Türdienst hatten, hinaus ins Freie. Erst als ich mich in der dunkelsten Ecke des Schulhofs auf eine Bank hatte fallen lassen, bemerkte ich, dass ich noch immer das verdreckte Törtchen in der Hand hielt. Ich würde es später entsorgen, wenn ich mich aufraffen konnte, wieder aufzustehen.

Es dauerte eine ganze Weile, bis ich wieder in der Lage war, halbwegs klar zu denken. Die ganze Zeit flimmerten Standbilder dieser unendlich peinlichen Szene durch meinen Kopf. Sophies teuflisches Gurkengrinsen. Lucas' verständnisloser Blick. Mist! Mist! Mist! Von allen peinlichen Situationen, in denen ich jemals gesteckt hatte, war das mit Abstand die schrecklichste!

Angestrengt überlegte ich, was ich tun konnte, um diese ganze beschämende Szene ungeschehen zu machen oder wenigstens Lucas' Erinnerung daran auszulöschen. Leider stellte ich nach reiflicher Überlegung fest, dass es rein gar nichts gab, was ich diesbezüglich unternehmen konnte – außer mir irgendwelche Medikamente zu verschaffen, die die Erinnerung auslöschten, und diese Lucas irgendwie zu verabreichen.

Mehrmals kam ich zu dem Schluss, dass es das Beste war, den Bus nach Hause zu nehmen, mich in meinem Bett unter zehn Decken zu vergraben und nie wieder aufzustehen. Aber das bedeutete, dass ich zurück in die Turnhalle gehen musste, um Lulu zu suchen und ihr Bescheid zu sagen. Und das bedeutete, dass ich Gefahr lief, Lucas noch einmal zu begegnen. Deshalb brauchte ich etwa hundert Anläufe, bis ich mich endlich dazu aufraffen konnte. Doch als ich gerade auf die Turnhalle zusteuerte, kam Lulu mir direkt entgegen.

»Hey, Süße, ich hab dich schon überall gesucht. Ist alles okay?« Sie trug die vier großen Tupperdosen – offensichtlich hatte sie auch die mit den Dreck-Törtchen unter dem Buffet gefunden – und dazu einen leicht verklärten Ausdruck im Gesicht.

»Zeit aufzubrechen, fürchte ich«, erklärte sie. »Es ist schon fünf nach zehn. Meine Mutter dreht durch, wenn wir nicht langsam auftauchen.« Sie nickte zum Schultor, wo ich tatsächlich den kleinen blauen Twingo mit eingeschalteten Scheinwerfern entdeckte.

»Was?« Überrascht checkte ich die Uhr in meinem Anhänger, die wirklich kurz nach zehn anzeigte. Zur Sicherheit zog ich mein neues Handy aus der Hosentasche und kontrollierte die Zeit. Tatsache. Es waren fast zwei Stunden seit dem Streit mit Sophie vergangen, in denen ich wie ein Zombie mit einem verdreckten Törtchen in der Hand auf dem Schulhof gesessen und darüber nachgegrübelt hatte, wie ich mir bewusstseinsverändernde Medikamente beschaffen konnte.

»Ist wirklich alles in Ordnung?« Lulu musterte mich besorgt.

»Ja, ja, alles bestens«, erwiderte ich, bemüht, nicht allzu deprimiert zu klingen. Natürlich war nichts in Ordnung. Aber leider war meine beste Freundin der allerletzte Mensch, dem ich erzählen konnte, was passiert war. Wie sollte ich ihr erklären, dass ich sie künftig nie wieder würde besuchen können, weil ich unter allen Umständen vermeiden musste, ihrem großen Bruder über den Weg zu laufen?

»Stress mit Sophie.« Das war immerhin die halbe Wahrheit.

»Oh je. Tut mir echt leid, dass ich dich so lange allein gelassen hab«, entschuldigte Lulu sich, während wir Richtung Schultor gingen. »Ich habe völlig die Zeit vergessen, weil ich mich mit Samuel unterhalten habe.« Sie errötete leicht. »Ich glaube, er mag mich. Krass, oder? Er hat sogar gefragt, ob ich Lust habe, nach der Party mit zu ihm zu kommen. Die wollen dort mit der Clique weiterfeiern. Ich wäre echt gerne mitgegangen, und er wirkte richtig enttäuscht, als ich Nein gesagt habe. Aber dann hätte meine Mutter mich garantiert umgebracht.«

Lulu redete ohne Unterbrechung, doch mir war das nur recht. Dann konnte sie mir wenigstens keine unangenehmen Fragen stellen. Und außerdem freute ich mich für sie. Wirklich. Sehr.

»Samuel ist so witzig. Wir haben total viel gelacht. Und fast hätte er mich geküsst. Ehrlich. Er hat zwei total süße Grübchen in den Mundwinkeln. Ist dir das schon mal aufgefallen? Hier und hier.«

Sie hob den Tupperdosenberg in die Höhe, um mit den Daumen anzudeuten, wo genau sich Samuels süße Grübchen befanden. Ich sah das Unglück kommen, war aber nicht schnell genug, um die Boxen aufzufangen, bevor sie allesamt zu Boden schepperten.

»Ach, Shit, nicht schon wieder!«, fluchte Lulu, als sich eine Dose öffnete und die ohnehin schon schmutzigen Törtchen über den Schulhof kullerten. Und zum zweiten Mal an diesem Abend hockten wir uns hin, um die Törtchen wieder einzusammeln.

»Also doch ein Picknick«, ertönte über uns die Stimme von Samuel, gefolgt von einem schallenden Lachen, in das Lulu sogleich einstimmte. Mit einem strahlenden Lächeln blickte sie zu ihm auf. Und dann konnte man beobachten, wie dieses Lächeln langsam bröckelte und abfiel. Denn Samuel war nicht allein. Nicht nur fünf Jungs aus seiner früheren Klasse waren bei ihm, sondern auch die Doppel-Ds, die Samuel anstrahlten wie zwei Tausend-Watt-Scheinwerfer. Und um jede von ihnen hatte er einen Arm gelegt.

»Schönen Abend noch«, wünschte er uns, bevor er inmitten der Gruppe zum Schultor steuerte.

»Aber, aber …«, stotterte Lulu. Dann brach sie unvermittelt in Tränen aus. »Aber er hatte *mich* gefragt«, schluchzte sie. »Mich!«

»Ist ja gut.« Ich legte Lulu tröstend die Hand auf die Schulter. »Das mit den Doppel-Ds ist doch im Leben nichts Ernstes. Er will dich bloß eifersüchtig machen.« Nicht dass ich selbst glaubte, was ich sagte, aber ich wollte Lulu gern trösten. Leider war sie untröstlich. Ganz Drama-Queen.

»Warum habe ich Nein gesagt, als er mich gefragt hat, ob ich noch mitgehe? Hätte ich doch bloß Ja gesagt! Ja! Ja! So schwer ist das doch nicht! Dann hätte meine Mutter mich halt umgebracht, na und? Was bedeutet schon der sichere Tod, wenn man vorher einen Abend mit Samuel verbringen kann?«

Lulu schniefte lautstark, und ich spürte, dass mir selbst ebenfalls ein Kloß im Hals steckte, der langsam, aber sicher unbedingt in Form von Tränen nach oben wollte. Was für ein Katastrophenabend war das? Definitiv der furchtbarste aller Geburtstage!

Der babyblaue Twingo hupte.

»Ach, verflucht!« Lulu schniefte wieder. »Hinterher ist man immer schlauer. Wenn ich das vorher gewusst hätte, dann hätte ich garantiert Ja gesagt! Manchmal wünschte ich, dass man die Zeit zurückdrehen könnte.«

»Und ich erst«, seufzte ich.

Sie nahm den Uhrenanhänger, der um ihren Hals baumelte, in die Hand und begann, mit dem Zeigefinger und großer Geste an den Zeigern zu drehen. Es war bühnenreif, typisch Lulu eben.

Der Twingo hupte zwei Mal.

»Komm, Süße, lass das.« Ich schluckte kräftig, um den Kloß im Hals loszuwerden. »Wir müssen los.«

Ich beugte mich zu meiner Freundin und nahm sie fest in den Arm. Immerhin hatten wir uns. Sollten die Jungs dieser Welt uns doch einfach gestohlen bleiben!

Und dann passierte es.

Es war nicht spektakulär. Es gab keine Blitze und es brach auch keine plötzliche Finsternis herein. Es gab kein Erdbeben, kein Donnern und Tosen, nicht mal einen klitzekleinen Schwindelanfall verursachte es. Es fühlte sich bloß wieder wie ein winziger Stromschlag an, als ob man nach dem Haarebürsten die Türklinke berührt, nur dass das Gefühl ganz kurz den gesamten Körper erfasste.

»Autsch«, sagte Lulu und stieß mich von sich weg. »Was war das denn?«

Da sahen wir es.

Zwischen uns hingen die beiden Ketten und verbanden sich in der Mitte, wo sich die zwei Hälften des Anhängers zu einer ganzen Kugel zusammengefügt hatten. Die Kugel vibrierte für den Bruchteil einer Sekunde, dann fielen die beiden Hälften wieder auseinander.

»Ups«, machte ich, als der Anhänger gegen meinen Brustkorb schlug.

Ich hörte den Twingo dreimal laut hupen, und als ich zum Schultor schaute, sah ich ihn davonbrausen.

5

»Achtung, die Schwerkraft ist heute wieder besonders heimtückisch«, hörte ich Sophie sagen, die mit den Doppel-Ds durch das Schultor trippelte. Wo kamen die denn plötzlich wieder her? Waren die beiden nicht gerade erst in Samuels Armen zur Privatparty des Jahres aufgebrochen? Und Sophie? Sollte meine wohlerzogene Stiefschwester sich nicht längst auf dem Heimweg befinden? Denn auch für Sophie galt eigentlich eine Ausgangssperre ab zweiundzwanzig Uhr.

»Um deine feinmotorischen Fähigkeiten würde dich jede Dampfwalze beneiden.« Mit hocherhobener Nase schritt Sophie an Lulu, mir und den verstreut auf dem Schulhof liegenden Törtchen vorbei. Die Doppel-Ds folgten ihr kichernd.

Lulu und mich ließen sie völlig verdattert zurück. Das war ja mal ein astreines Déjà-vu! Und meine Stiefschwester war sich nicht zu schade, nach allem, was an diesem Abend zwischen uns vorgefallen war, dieselben blöden Sprüche noch einmal zu machen.

Aber vielleicht halluzinierte ich auch. Womöglich hatte ich einen Zuckerschock von all den Törtchen erlitten, die ich im Laufe des Abends in mich hineingestopft hatte. Ich kniff die Augen fest zusammen und öffnete sie vorsichtig wieder. Alles sah noch genauso aus wie vorher. Die Törtchen, die überall auf dem Boden lagen, sowie Sophie und die Doppel-Ds, die hinüber zur Sporthalle stolzierten. Nur Lulu warf mir äußerst verwunderte Blicke zu.

Das war irgendwie alles ziemlich seltsam!

Und dann fiel mir auf, dass es in den letzten Minuten viel heller geworden zu sein schien. Der Himmel war den ganzen Tag über bedeckt gewesen, eher grau als blau. Doch gerade noch war die Dunkelheit hereingebrochen. Nun aber wirkte es, als hätte jemand den Dimmer wieder auf volle Leistung gedreht.

Das war wirklich sehr, sehr seltsam!

»Ich wusste gar nicht, dass wir statt einer Party ein Picknick veranstalten.« Samuel Micky Maus Sauermann lachte schallend.

»Im Ernst, Mädels, braucht ihr Hilfe?« Er hörte auf zu lachen und lächelte uns stattdessen breit an.

Lulu war sprachlos, was man von ihr in Samuels Gegenwart ja nicht anders kannte. Doch dieses Mal fehlten mir ebenfalls die Worte.

Exakt dasselbe hatte Samuel vorhin auch schon zu uns gesagt. Lange bevor er mit den Doppel-Ds im Arm verschwunden war. Wieso war er überhaupt plötzlich wieder hier? Und warum wiederholten sich heute alle? Das war so was von merkwürdig!

Samuel betrachtete uns irritiert, weil keine von uns beiden ihm antwortete. »Ich geh dann schon mal vor«, erklärte er schließlich und schlenderte ebenfalls Richtung Sporthalle davon.

»Was war das denn?«, stieß ich hervor, als Samuel sich außer Hörweite befand.

»Keine Ahnung.« Lulu guckte wie ein Fragezeichen.

»Wieso sagen alle genau das Gleiche wie vorhin?«

»Und wieso gehen alle rüber zur Sporthalle?«

»Und wieso ist deine Mutter wieder weggefahren?«

»Das ist alles sehr, sehr, sehr seltsam.«

»Seltsam ist gar kein Ausdruck.«

Ich schnappte mir wahllos eins der Sahnetörtchen vom Boden, klopfte grob den Dreck ab und biss hinein. Essen beruhigt bekanntlich die Nerven! Lulu machte den spitzesten Kussmund, den ich je bei ihr gesehen hatte. Und wir starrten beide verwundert zur Sporthalle, von wo die gedämpften Bässe der Band zu uns herüberwehten.

»Hast du auch das Gefühl, im falschen Film zu sein?«, fragte ich meine Freundin.

»Total«, erwiderte Lulu.

»Als hätte jemand alles auf Anfang zurückgespult«, überlegte ich laut.

»So ein bisschen wie in dem Murmeltier-Film, weißt du noch?«

Ich nickte bloß und biss erneut in das Törtchen. Wir hatten den Film vor einiger Zeit bei Lulu angesehen. Ich erinnerte mich nur noch, dass die Hauptfigur immer am Morgen desselben Tages aufgewacht war und dass ein Murmeltier das Wetter vorhersagen sollte.

»Aber das ist natürlich nicht möglich«, stellte Lulu fest. »Ich meine, das war ein Film, oder?«

Ich nickte wieder und schluckte den letzten Bissen vom Törtchen hinunter.

»Das war ein Film«, bestätigte ich. »Und außerdem sehe ich hier nirgends ein Murmeltier.«

Lulu lachte nicht über den schwachen Scherz. Und mir war auch kein bisschen nach Lachen zumute. Ich fand die ganze Situation sehr irritierend. Und beängstigend, um genau zu sein. Wie gesagt: Abenteuer sind nicht so mein Ding.

»Wahrscheinlich ist das alles nur ein Zufall«, erklärte ich deshalb mit mehr Überzeugung, als ich empfand. »Kann doch sein, dass Sophie was Wichtiges in der Sporthalle vergessen hat, und die Doppel-Ds begleiten sie, weil …«

»… sie auch was Wichtiges vergessen haben«, stimmte Lulu mir wenig überzeugt zu. »Und Samuel hat auch was Wichtiges vergessen. Dass er eigentlich mich zu seiner Party eingeladen hatte und nicht die Doppel-Ds, zum Beispiel.«

»Genau.« Ich nickte vehement.

»Klar. Und deshalb haben die Jungs von *Echtzeit* auch gerade wieder mit ihrem Sound-Check begonnen. Weil alle vergessen haben, dass sie vorhin schon gespielt haben«, bemerkte Lulu unverhohlen skeptisch.

»Keine Ahnung. Vielleicht wollen sie noch mal auftreten. Und deshalb ist Sophie auch zurückgegangen, um wieder Flöte zu spielen.« Erneut durchfuhr mich ein Stich der Eifersucht bei der Erinnerung daran. »Und sie hat die Doppel-Ds angerufen, damit die zuhören. Und die haben Samuel wieder mitgebracht. Und ...« Ich unterbrach mich, weil mir selbst langsam die Erklärungen ausgingen.

»Klar«, wiederholte Lulu. »Klingt alles total logisch.«

Mehrere Leute kamen durchs Schultor, musterten verwundert die beiden Mädchen, die zwischen Tupperdosen auf dem Schulhof hockten, und liefen weiter zur Sporthalle. Energisch sprang Lulu auf, als hätte sie soeben einen Entschluss gefasst, und sammelte die Tupperdosen ein, die – wie ich ungläubig bemerkte – bis oben hin voll mit Törtchen waren.

»Wir gehen da jetzt rein«, erklärte sie entschieden. »Dann werden wir ja sehen, was los ist.«

»Okay«, erwiderte ich zögernd, bewegte mich aber nicht von der Stelle.

»Claire«, rief Lulu ungeduldig. »Komm schon. Was soll denn passieren?«

Keine Ahnung, wollte ich erwidern und Lulu sagen, dass genau da das Problem lag. Aber dann riss ich mich zusammen. Es war albern anzunehmen, dass überhaupt etwas Außergewöhnliches passieren würde. Es musste eine einfache Erklärung für all das geben, und die würden wir nur finden, wenn wir zurück in die Sporthalle gingen. Also folgte ich meiner Freundin.

Am Eingang stand noch immer Frau Dr. No Wache.

»Ihr könnt den Kuchen da vorne aufs Buffet stellen«, erklärte sie uns, kaum hatten wir die Halle betreten. Mit offenen Mündern starrten wir sie an.

»Ich sagte, ihr könnt den Kuchen da vorne aufs Buffet stellen«, wiederholte Frau Dr. No streng.

Ich packte Lulu am Arm und zog sie ohne ein Wort zum Buffet.

»Viel Spaß, ihr zwei«, rief Frau Dr. No uns hinterher.

»Das ist so gruselig«, raunte ich Lulu zu, während wir die Dosen auf dem Buffet platzierten.

»Ziemlich«, erwiderte Lulu, im Gegensatz zu mir klang sie jedoch, als würde ihr das gefallen.

Ich riskierte einen Blick Richtung Bühne, und wie ich bereits befürchtet hatte, entdeckte ich dort auf Anhieb Sophie und Lucas, die gemeinsam lachten. Immerhin war ich dieses Mal auf den Anblick vorbereitet, was ihn natürlich nicht besser machte.

»Lecker, ich mag Mohn!«

Ohne dass ich ihn bemerkt hatte, war Samuel neben Lulu und mir am Buffet aufgetaucht. Na klar. Und genau wie vorhin griff er nach dem dreckigen Sahnetörtchen, das ich an diesem Abend schon ein paarmal vom Boden aufgesammelt hatte. Mist!

»Stopp!«, rief ich, ohne darüber nachzudenken, und schlug Samuel das Törtchen zum zweiten Mal an diesem Tag aus der Hand. Aber dieses Mal konnte ich ihn unmöglich noch einmal mit der Erklärung abspeisen, dass die Mohntörtchen für die Lehrer reserviert waren.

»Die sind, äh, gar nicht gut für deine Figur«, improvisierte ich schnell. »Als Sportler musst du doch besonders darauf achten, was du isst, oder? Proteine und so, Low-Carb, was weiß ich, auf jeden

Fall keinen Zucker. Und diese Törtchen enthalten massenweise Zucker!«

»Ach, echt?« Samuel grinste leicht ironisch. »Na ja, recht hast du ja. Danke. Morgen hätte ich das bestimmt bereut.«

»Äh, gern geschehen«, erwiderte ich perplex, als Samuel sich umdrehte, um auf die Tanzfläche zu gehen. Und erst, als ich mich zu Lulu wandte, die Samuel mit düsterer Miene hinterherschaute, machte es in meinem Kopf klick.

Was, dachte ich plötzlich, wenn das hier gerade wirklich die Wiederholung wäre? Was, wenn Samuel gerade nicht zum zweiten Mal versucht hätte, das dreckverseuchte Törtchen zu essen, sondern zum ersten Mal? Was, wenn Frau Dr. No nicht unter Demenz litt, sondern sich nur deshalb nicht daran erinnern konnte, dass sie uns bereits viel Spaß gewünscht hatte, weil sie es noch gar nicht getan hatte? Was, wenn Sophie und die Doppel-Ds nicht zurückgekommen waren, sondern gerade zum ersten Mal angekommen waren, als sie ihre dummen Sprüche machten?

Was, wenn das hier tatsächlich so eine Murmeltier-Sache war?

Wenn das so war, dann hatte meine Freundin gerade die Chance verpasst, mit dem Jungen zu tanzen, den sie seit Monaten still und heimlich anbetete. Und das womöglich bloß, weil ich mich anders verhalten hatte als beim ersten Mal. Obwohl ich nicht ganz so viel von Mr. Micky Maus hielt wie sie, wollte ich auf keinen Fall riskieren, ihr diese einmalige Chance verdorben zu haben.

»Geh ihm nach.« Ich schob Lulu Richtung Tanzfläche.

»Was?« Lulu stemmte sich gegen meine Hände. »Und was soll ich ihm sagen?«

»Gar nichts. Du sollst nur mit ihm tanzen.«

»Aber was, wenn er nicht will?«

»Na, vorhin wollte er doch, oder? Warum sollte er also jetzt nicht wollen?«

Ich schob energischer.

»Lulu«, sagte ich eindringlich. »Ich hab keine Ahnung, was hier gerade passiert. Doch so wie es aussieht, kriegst du eine zweite Chance. Alles richtig zu machen, meine ich.«

Lulu nickte langsam, als würde es nun auch bei ihr klick machen.

»Du hast recht«, sagte sie und ihre Augen begannen zu leuchten. Dann drückte sie mir einen schnellen Kuss auf die Wange und eilte endlich ihrem Schwarm hinterher.

Ich lehnte mich gegen das Buffet und konnte nicht aufhören, den Kopf über diese ganze seltsame Situation zu schütteln. Die Band spielte exakt dieselben Songs, die sie auch schon zuvor gespielt hatte, was man sich natürlich auch damit erklären konnte, dass das ihr übliches Bühnenprogramm war. Aber ich glaubte nicht mehr, dass das der Grund war …

Ich nahm den Anhänger in die Hand und betrachtete ihn. Die Uhr zeigte Viertel vor acht, genau wie die große Sporthallenuhr. Was war hier bloß los? Mit dem Finger zeichnete ich die verschlungenen Gravuren nach und dachte daran, wie sich Lulus und mein Anhänger für einen kurzen Augenblick verbunden hatten, als wir uns umarmten. An den Stromschlag, der uns erwischt hatte. Und ich überlegte, ob das damit zusammenhängen konnte, dass irgendetwas Komisches mit der Zeit passiert war …

Was war das für ein seltsames Schmuckstück, das meine Großmutter mir da hinterlassen hatte?

In diesem Moment begann die Band, eine Ballade zu spielen. Ich ahnte bereits, was mich erwartete. Es war dasselbe Lied, das mir zu Beginn der Party bereits den ganzen Abend verdorben hatte. Ich seufzte.

Das war der mit Abstand schrägste und zugleich schlimmste Geburtstag meines Lebens. Das Ganze war ein Albtraum! Ich kniff mich selbst in den Arm. Autsch! Nein, es war natürlich kein Traum.

Doch dann machte es noch mal klick in meinem Kopf. Und plötzlich hatte ich eine ganz vage Idee. Was hatte ich Lulu gesagt: Das hier ist deine zweite Chance … Wenn das stimmte, also, wenn diese ganzen seltsamen Ereignisse so eine Murmeltier-Sache waren, dann bedeutete das womöglich, dass ich auch eine zweite Chance bekam!

Und dass ich mir keine bewusstseinsverändernden Medikamente besorgen musste, um Lucas' Erinnerung an die größte Peinlichkeit meines Lebens auszulöschen. Sondern dass ich einfach nur verhindern musste, dass sie erneut passierte. Die Frage war bloß: wie?

Dummerweise sah ich Sophie mit Lucas im Schlepptau auf mich zusteuern, bevor ich diesen Gedanken zu Ende denken konnte, geschweige denn eine Antwort auf diese drängende Frage gefunden hatte.

»Hi, Claire«, begrüßte sie mich zuckersüß. »Das ist Lucas.«

Ich seufzte. Der Satz wurde im zweiten Anlauf nicht gerade intelligenter.

»Lucas hat mich nach dem Weihnachtskonzert gefragt, ob ich bei *Echtzeit* mitmachen möchte, weißt du«, fuhr Sophie fort. Als sie anfing, mir die Geschichte mit dem Song, den Lucas extra für sie geschrieben hatte, noch mal unter die Nase zu reiben, beschloss ich, einfach zu gehen.

»Sorry«, sagte ich und wollte mich an Sophie vorbeischieben. »Das ist echt eine spannende Story, aber ich muss mal.« Leider drängelten sich mittlerweile so viele Leute vor dem Buffet, dass mir die Flucht nicht so einfach gelang.

»Ich hol mir mal was zu trinken«, sagte Lucas und ging weg, drehte sich aber nach ein paar Schritten noch einmal um. »Soll ich dir was mitbringen?«, fragte er Sophie.

»Eine Cola light, bitte«, antwortete Sophie.

Und dann, ich konnte es kaum glauben, schaute Lucas mich unvermittelt an.

»Möchtest du auch etwas?«

Wie bitte? Hatte ich mich verhört?

»Äh, ich nehme dasselbe«, stammelte ich perplex über diese überraschende Wendung.

Doch kaum war Lucas zum Getränkestand verschwunden, fuhr Sophie in ihrem Drehbuch fort: »Ist er nicht einfach großartig?«

Ich hätte ihr so gern ihr Gurkengrinsen aus dem Gesicht gewischt. So schrecklich gern. Oder sie einfach stehen lassen. Aber das konnte ich schlecht machen, nachdem ich Lucas gebeten hatte, mir eine Cola mitzubringen. Was würde er von mir denken, wenn ich jetzt einfach abhaute?

Ich schaute auf den Boden, um Sophies Gurkengrinsen nicht länger ertragen zu müssen. Und was entdeckte ich da? Das Sahnetörtchen! Natürlich! Es grenzte wirklich an ein Wunder, dass noch niemand das arme kleine Törtchen zu Matsch getreten hatte. Ich bückte mich und hob es auf, um es dieses Mal wirklich zu entsorgen. Irgendwie hatte ich inzwischen eine gewisse Verbundenheit mit diesem Törtchen entwickelt.

»Bist du so süchtig nach Süßigkeiten, dass du jetzt sogar schon das isst, was auf dem Boden liegt?«, zog Sophie mich erneut auf, kaum stand ich wieder vor ihr. »Wenn du nicht ein bisschen mehr auf deine Figur achtest, wird sich nie ein Junge wie Lucas für dich interessieren.«

Ich atmete tief durch. Leider hatten Sophies Worte auch im zweiten Durchgang noch die gleiche vernichtende Wirkung auf mich. Ich hätte meine Stiefschwester erwürgen können, doch gleichzeitig musste ich den Kloß in meinem Hals hinunterwürgen, weil ich insgeheim befürchtete, dass sie damit recht hatte.

»Wenn Lucas sich tatsächlich bloß für Äußerlichkeiten interessiert, dann ist er bei dir ja genau an der richtigen Adresse«, fuhr ich meine Stiefschwester an. »Denn ein Herz sucht er bei dir vergeblich.« Und damit schob ich mich endgültig an ihr vorbei.

Aber Sophie war offenbar noch nicht mit mir fertig.

»Er mag mich wirklich, weißt du«, rief sie, lief mir hinterher und baute sich erneut vor mir auf. »Lucas, meine ich.«

»Schön. Mir egal.« Wieder drängte ich mich an ihr vorbei. Wieder schob sie sich vor mich.

»Glaubst du wirklich, dass ich dir das abnehme?«, zischte sie. Und mich packte das blanke Entsetzen. Denn genau in diesem Moment tauchte Lucas mit drei Cola-Gläsern hinter ihr auf. Mein Blick flackerte zu ihm, dann zurück zu Sophie, die für ihren nächsten Satz tief Luft zu holen schien. Sie hatte Lucas offensichtlich noch nicht bemerkt.

Laut fuhr sie fort: »Ich weiß genau …«

Auf einmal hatte ich das Gefühl, dass alles in Zeitlupe ablief.

»… dass du …«

Lucas kam einen Schritt näher. Ganz sicher konnte er jetzt deutlich verstehen, was Sophie sagte.

»… bis über beide Ohren …«

Er stand neben ihr. Schaute aber aus irgendeinem Grund mich an. Ich hörte Sophies Stimme und wusste ganz genau, was sie jede Sekunde sagen würde. Und mir wurde klar, dass ich keine Chance mehr hatte, rechtzeitig zu verschwinden. Außer ich schaffte es, mich in Luft aufzulösen.

»… in …«, fuhr Sophie unbarmherzig fort und auf ihrem Gesicht breitete sich wieder das teuflische Gurkengrinsen aus. Ich spürte mein Herz rasen. Mein Wunsch, ihr das Grinsen aus dem Gesicht zu wischen, überwog noch den Wunsch, mich in Luft aufzulösen. Auf jeden Fall musste ich verhindern, dass Sophie mein Geheimnis noch einmal ausplauderte. Und zwar ziemlich schnell.

Und plötzlich wusste ich, was ich zu tun hatte. Ich machte einen Schritt nach vorn, hob in der Bewegung meine Hand, in der ich das dreckige Törtchen hielt, und drückte es meiner Stiefschwester mit einer für meine Verhältnisse erstaunlichen Zielsicherheit direkt in den Mund.

»Ups, sorry«, sagte ich. »Ich muss gestolpert sein. Ich habe heute wohl wirklich ein Problem mit der Schwerkraft.« Dann drehte ich mich auf dem Absatz meiner Sneakers um und drängte mich zwischen den Umstehenden hindurch. In meinem Rücken brach Sophie in einen unverständlichen Wutanfall aus.

Das hatte gutgetan! Aber so was von! Während ich mich über die Tanzfläche kämpfte, um Lulu zu suchen, spürte ich ein Gefühl des Triumphs. Ich hatte Sophie sprachlos gemacht. Und damit das Schlimmste verhindert. Gut, meine Stiefschwester kannte zwar mein Geheimnis. Aber ich hoffte, dass sich so schnell keine Gelegenheit mehr ergeben würde, bei der sie es Lucas verraten könnte.

Jetzt musste ich nur noch Lulu finden und dann würden wir endlich gemeinsam feiern! Es war bloß schade, dass ich Lulu nichts von dem, was gerade passiert war, erzählen konnte.

Es dauerte eine ganze Weile, bis ich meine Freundin schließlich fand. Auf der Tanzfläche war sie nämlich nicht. Stattdessen hatten sie und Samuel sich in die dunkelste Ecke neben dem Buffet verdrückt, und was sie dort taten, sah für mich ganz und gar nicht nach einer tiefgründigen Unterhaltung aus.

Ich räusperte mich so lange lautstark, bis Lulus Lippen sich schließlich von Samuels Mund lösten.

»Hey, Süße«, begrüßte Lulu mich und schaute mich mit einem Blick an, als befände sie sich gar nicht in unserer Welt. »Alles klar?« Es schien ihr schwerzufallen, sich von Samuel zu trennen, und sei es nur für ein paar Sekunden, doch dann kam sie zu mir und zog mich ein Stück zur Seite.

»Du guckst irgendwie komisch«, stellte sie fest. »Ist alles in Ordnung?«

»Ja, alles in Ordnung«, erwiderte ich mit Nachdruck und bemühte mich um einen neutralen Gesichtsausdruck. Meine Freundin kannte mich einfach zu gut, aber ich konnte ihr wirklich nicht erzählen, was gerade passiert war. Leider. »Und bei dir?«

»Siehst du doch.« Lulus Gesichtsausdruck war alles andere als neutral, als sie zu Samuel schaute, der neben dem Buffet auf sie wartete.

»Weißt du was?« Sie senkte ihre Stimme zu einem Flüstern, dabei hätte Samuel sie über die laute Musik hinweg ohnehin kaum verstehen können. »Diese seltsame Murmeltier-Sache ist der Hammer! Es ist alles sogar noch viel besser als beim ersten Mal. Er hat mich sogar geküsst!«

»Ja, das war nicht zu übersehen!« Ich lachte über Lulus grenzdebilen Gesichtsausdruck. »Süße, dich hat's echt erwischt, oder?«

Lulu nickte bloß vehement.

»Und er hat mich wieder gefragt, ob ich noch mit zu seiner Party komme«, raunte sie mir ins Ohr.

»Läuft.« Ich streckte ihr die Hand zum Abklatschen hin und sie schlug ein. Ich hatte recht gehabt. Diese Murmeltier-Sache gab uns beiden eine zweite Chance.

»Du.« Lulu druckste ein bisschen herum. »Ich würde echt gerne hingehen.«

»Du meinst die Party bei Samuel?«

Wieder nickte Lulu.

»Oookay«, machte ich und schluckte. Ich konnte Lulu gut verstehen. Wirklich. Und ich freute mich auch riesig für sie. Wirklich. Aber ich hatte mich auch darauf gefreut, nach der Schulparty bei ihr zu übernachten und die ganze Nacht mit ihr zu quatschen.

»Du kannst mitkommen. Samuel hat bestimmt nichts dagegen«, schlug Lulu eilig vor, als sie mein Zögern bemerkte. »Und ich fänd's toll. Ohne dich würde es nur halb so viel Spaß machen!« Sie griff nach meiner Hand und drückte sie.

»Ach, Süße, das geht doch nicht«, wandte ich ein. »Deine Mutter dreht durch, wenn wir nicht pünktlich um zehn zur Abholung bereitstehen.« Dass ich gar nicht so scharf darauf war, zu Samuels Privatparty zu gehen, sondern viel lieber mit meiner Freundin eine Pyjamaparty feiern wollte, erwähnte ich nicht extra.

»Ich weiß.« Lulu seufzte abgrundtief. »Aber es muss doch eine Möglichkeit geben! Er darf auf gar keinen Fall wieder die Doppel-Ds einladen ...«

»Das wird er bestimmt nicht machen«, versuchte ich meine Freundin aufzuheitern. »Jetzt, wo ihr euch schon geküsst habt.«

»Trotzdem.« Lulu wirkte nicht überzeugt. »Ich würde soooo gerne hingehen. Aber weißt du was?« Plötzlich war Lulu ganz aufgekratzt. »Ich hab eine Idee. Wir rufen meine Mam an und sagen ihr, dass wir spontan beschlossen haben, dass ich bei dir übernachte.«

»Oookay«, machte ich wieder. So ganz konnte ich Lulus Plan noch nicht folgen. »Und was bringt das?«

»Na ja, das machen wir natürlich nicht«, erklärte Lulu aufgeregt. »Stattdessen gehen wir zu Samuel. Deine Eltern denken, du schläfst bei mir, und meine Mam glaubt, ich schlafe bei dir. Aber in Wirklichkeit übernachten wir beide bei Samuel! Genial, oder?«

»Ich weiß nicht«, erwiderte ich zögerlich.

»Ach, Clairchen, komm schon«, versuchte mich Lulu, die Feuer und Flamme für ihre Idee war, zu überzeugen. »Die anderen übernachten auch alle dort. Es ist also nichts dabei.«

»Und wenn etwas schiefgeht?«, gab ich zu bedenken.

»Was sollte denn schiefgehen?«, fragte Lulu ungeduldig.

»Deine Mutter könnte bei uns anrufen oder meine Eltern bei

euch. Und wenn wir dann verschwunden sind, dann rufen die doch sofort die Polizei!«

»Ja, das stimmt.« Lulu warf einen äußerst enttäuschten Blick in Samuels Richtung, der mittlerweile gelangweilt auf seinem Handy herumtippte. Von einer Sekunde auf die andere wirkte sie am Boden zerstört.

»Du möchtest das unbedingt, oder?«, fragte ich.

Lulu nickte bloß unglücklich.

Da gab ich mir einen Ruck.

»Ich habe eine bessere Idee«, sagte ich. »Ich fahre mit dem Bus nach Hause, und du sagst deiner Mutter, dass du bei mir übernachtest. Ich nehme das Telefon einfach mit in mein Zimmer, und falls deine Mam anruft, dann behaupte ich, du würdest tief und fest schlafen.«

»Das würdest du für mich tun?« Lulu sah mich mit weit aufgerissenen Augen an. »Wirklich?«

»Klar.« Ich zuckte mit den Schultern. »Dafür sind beste Freundinnen doch da, oder?«

»Oh, Clairchen!« Lulu fiel mir um den Hals und drückte mich fest. »Du bist einfach die allerallerallerbeste Freundin der Welt!«

»Das mach ich gern für dich.«

Doch plötzlich schien Lulu noch etwas einzufallen. »Aber was sagst du, wenn deine Eltern wissen wollen, wieso du nicht wie geplant bei mir übernachtest?«

»Dann behaupte ich einfach, wir hätten uns gestritten.« Ich zwinkerte ihr verschwörerisch zu.

»Als ob das jemals passieren würde!« Lulu lachte übermütig, führte ihre Hand vom Herz an die Lippen und warf mir einen Luftkuss zu.

6

»Es war genial!« Lulu strahlte und strahlte und strahlte und hörte gar nicht mehr damit auf. »Samuel ist so süß. Und er küsst wirklich fantastisch!«

Wie wir es verabredet hatten, hatte Lulu pünktlich um neun am nächsten Morgen vor unserer Tür gestanden. Sie sah ziemlich unausgeschlafen aus, grinste aber von einem Ohr zum anderen. Gemeinsam waren wir unter meine Bettdecke gekrochen, und Lulu hatte mich wortreich davon in Kenntnis gesetzt, dass Samuel in der Kussdisziplin mindestens so viele Medaillen verdient hatte wie beim Schwimmen.

»Und wie war es sonst?«, erkundigte ich mich. »Vom Küssen mal abgesehen?« Ich bemühte mich, nicht die klitzekleinste Spur von Eifersucht durchklingen zu lassen. Denn es gab ja überhaupt nicht den klitzekleinsten Grund, eifersüchtig zu sein. Ich hatte Lulu selbst vorgeschlagen, zur Party zu gehen und sie zu decken. Und ich freute mich für sie, dass es mit Samuel so gut lief. Wirklich sehr.

»Ach, ganz in Ordnung.« Lulu winkte ab. Obwohl ich mich so sehr bemühte, mir nichts anmerken zu lassen, schien sie genau zu spüren, wie ich mich fühlte, legte mir den Arm um die Schultern und drückte mich an sich. »Samuel hat mir das Haus gezeigt. Das ist riesig. Sie haben sogar einen Pool im Garten. Und ein Poolhaus. Ziemlich krass. Da haben wir Musik gehört und gequatscht und ein bisschen getanzt und so. Und die anderen Jungs haben nur

Mist gelabert. Du hast total gefehlt, ehrlich! Beim nächsten Mal denken wir uns eine gute Ausrede für deine Eltern und für meine Mam aus und gehen beide hin, in Ordnung?«

»Hm«, machte ich. Ich war mir nicht sicher, ob ich überhaupt Lust auf eine Party im Poolhaus von Samuel Micky Maus Sauermann hatte. Aber ich wollte Lulu nicht enttäuschen.

»Wie ist es denn bei dir gelaufen? Gestern Abend, meine ich«, erkundigte meine Freundin sich. »Haben deine Eltern die Lüge geschluckt?«

Das hatten sie tatsächlich. Ohne irgendwelche Nachfragen zu stellen. Eigentlich erstaunlich, aber der Film, den sie gerade schauten, als ich nach Hause kam, schien recht spannend zu sein.

»Das ist alles so cool!« Lulu strahlte immer noch, als hätte jemand in ihrem Kopf ein Flutlicht angeknipst.

»Das hab ich nur dir zu verdanken. Dir. Ganz. Allein.« Bei jedem Wort pikte sie mir mit dem Zeigefinger in den Bauch, direkt auf die Nase von Winnie Pu, der mein Schlafshirt schmückte. Peinlich, ich weiß, aber ich liebte den Bären von sehr geringem Verstand einfach, seit meine Omili mir vor vielen Jahren zum ersten Mal seine Geschichten vorgelesen hatte.

»So, jetzt zu den wirklich wichtigen Fragen«, wechselte Lulu abrupt das Thema und fing an, mit dem Anhänger zu spielen, den sie noch immer um den Hals trug.

»Es gibt Wichtigeres als Mr. Micky Maus?«, zog ich sie auf, woraufhin sie mich erneut in den Bauch pikte.

»Haha. Sehr witzig«, erwiderte Lulu gespielt empört. »Aber mal im Ernst. Hast du eine Erklärung für diese Murmeltier-Sache? Ich meine, das war total genial, ich kapier nur echt nicht, was da eigentlich passiert ist!«

»Nein, ich, ehrlich gesagt, auch nicht.« Vom Nachttisch nahm ich meine Kette, die ich gestern Abend dort abgelegt hatte, und ließ sie durch meine Finger gleiten. Dann legte ich sie mir ebenfalls um.

»Und? Was denkst du?« Wir schauten beide auf die Anhänger in unseren Händen hinunter.

»Es hat mit diesen Anhängern zu tun, schätze ich«, sagte ich schließlich.

»Genau das denke ich auch.« Lulu nickte.

»Es könnte natürlich auch irgendwas anderes gewesen sein. Ein Wurmloch oder so«, wandte ich ein. Ich hatte in der Nacht noch eine ganze Zeit lang im Internet nach Erklärungen für das gesucht, was Lulu und ich erlebt hatten. Aber ich hatte nur einen Bruchteil von dem kapiert, was ich dort gelesen hatte. Meiner Meinung nach klang das meiste davon zu sehr nach schrecklich komplizierten mathematischen Berechnungen, Gleichungen und Formeln.

»Wurmloch, klar.« Lulu lachte schallend. »So wie im Apfel, meinst du?«

»Natürlich nicht.« Ich knuffte sie. »Das ist irgendein Ding im Universum, das sich durch Zeit und Raum frisst, oder so ähnlich. Albert Einstein hat es berechnet, allerdings weiß bis heute niemand so genau, ob es funktioniert.«

»Klingt unglaublich kompliziert.«

»Ziemlich«, stimmte ich zu.

»Aber es schien nicht wirklich kompliziert zu sein, als es passiert ist«, gab Lulu zu bedenken.

»Nicht wirklich«, bestätigte ich. »Wobei die Frage bleibt, was eigentlich genau passiert ist.«

»Stimmt.« Lulus Lippen spitzten sich zu einem besonders nachdenklichen Kussmund. »Ich erinnere mich, dass die beiden Kugelhälften plötzlich aneinanderhingen. Wie zwei Magnete.«

»Ja, daran erinnere ich mich auch.«

»Dann habe ich einen Stromschlag bekommen.«

»Ja, ich auch.«

»Und danach kam deine Stiefschwester über den Schulhof stolziert und hat ihren dummen Spruch zum zweiten Mal aufgesagt.«

»Genau so war es.«

»Dann hätten wir das geklärt.« Lulu klatschte in die Hände.

»Na ja, so richtig klar ist mir immer noch nicht, wie das passiert ist«, wandte ich ein.

»Nein, mir auch nicht«, gab Lulu zu. »Allerdings glaube ich kaum, dass du und ich intelligenter sind als Albert Einstein. Nicht mal zusammen. Die Chance, dass wir diese Frage beantworten können, dürfte also verschwindend gering sein. Deshalb sollten wir es einfach akzeptieren, wie es ist: Deine Großmutter hat dir einen Anhänger vererbt, mit dem man aus irgendeinem unerfindlichen Grund die Zeit zurückdrehen kann.« Lulu rutschte in die Mitte des Bettes, bis sie direkt vor mir saß, und sah mich eindringlich an.

»Krass, oder?«, fragte sie voller Begeisterung.

»Definitiv krass«, gab ich mich geschlagen, allerdings mit deutlich weniger Begeisterung. Ich wollte gern eine logische, wenn möglich weniger abenteuerliche Erklärung. Lulu leider nicht.

»Die einzige Frage, die bleibt, lautet also: Was muss man machen, damit es passiert?«

Ich atmete tief durch. Das klang auf jeden Fall zu sehr nach Abenteuer für meinen Geschmack.

»Lulu«, versuchte ich, meine Freundin zu besänftigen. »Wir wissen doch überhaupt nicht, ob es noch mal funktioniert.«

»Dann lass es uns ausprobieren.« Lulu schäumte fast über vor Tatendrang.

»Jetzt?« Ich schaute an mir hinunter. Ich saß in einem Pu-Bär-Schlafshirt auf meinem Bett und hatte bisher nicht einmal gefrühstückt. Als wäre ihm dieses Versäumnis auch soeben bewusst geworden, knurrte mein Magen lautstark. Der Duft von frischem Kaffee, der aus der Küche zu uns heraufzog, schien mir mit einem Mal übermächtig verlockend zu sein.

»Klar, jetzt.« Lulu ignorierte das Flehen meines Magens. »Warum nicht jetzt?«

»Frühstück ist fertig«, flötete Sylvia gut gelaunt in diesem Augenblick aus der Küche herauf.

»Bin im Bad«, flötete Sophie zurück.

»Komme«, rief mein Vater, dessen Stimme eher Ähnlichkeit mit einer Tuba als mit einer Flöte hatte.

»Wollen wir nicht erst einmal etwas essen?«, schlug ich vor. »Sonst wird der Kaffee kalt.«

Doch Lulu durchschaute mich mühelos und ließ sich nicht erweichen. »Du bist manchmal so ein Angsthase«, zog sie mich auf. »Was soll schon groß passieren?«

»Keine Ahnung! Das ist ja das Problem.«

»Clairchen, komm schon. Riskier mal was.« Lulu rutschte wieder so nah neben mich, dass sich unsere Schultern berührten, und stupste mich sanft an.

»Aber wenn wir jetzt die Zeit zurückdrehen, auf gestern Abend zum Beispiel, und dann tauche ich in diesem peinlichen Nachthemd auf der Schulparty auf, dann wäre das der schlimmste Albtraum, den man sich nur vorstellen kann«, sprudelte ich hervor.

»Ach was!« Lulu schnappte sich meine Hälfte des Anhängers, ohne auf meinen Protest zu reagieren, und presste sie gegen ihre Hälfte.

Nichts geschah.

»Verflixt. So einfach ist es also nicht.«

»Nein, so einfach ist es nicht.« Ich wand Lulu meine Kette wieder aus der Hand. »Und weil wir keine Ahnung haben, wie es funktioniert, lassen wir es schön bleiben, verstanden?«

»Okay, was haben wir gemacht, bevor es passiert ist?« Lulu schien meinen Einwand gar nicht gehört zu haben.

»Verstanden?«, wiederholte ich.

»Hm, ja, schon gut.« Hoch konzentriert musterte meine Freundin ihren Anhänger. Mit dem Finger fuhr sie die Gravur nach, genau wie ich es am Abend zuvor getan hatte. »Ich war schrecklich unglücklich, weil Samuel die Doppel-Ds eingeladen hatte, und dann hab ich gesagt, dass ich am liebsten die Zeit zurückdrehen würde und dann …« Lulu grübelte und ich wollte sie am liebsten schütteln.

»He, du hast gerade zugestimmt, es nicht auszuprobieren«, versuchte ich sie zu erinnern, aber genauso gut hätte ich gegen eine Wand reden können.

»Und dann hab ich an den Zeigern gedreht«, erklärte sie triumphierend. »Genau, das war es. Ganz einfach. Bloß an den Zeigern drehen.« Ihr Finger schwebte über dem winzigen Zifferblatt. »Fünf Minuten, das sollte erst mal reichen.«

Und damit drehte sie an dem Zeiger und kniff fest die Augen zusammen. Und wieder geschah … nichts.

»Mist, so funktioniert es also auch nicht.« Lulu schnaufte.

»Nein, so funktioniert es auch nicht.« Ich betonte jedes Wort. »Weil es gar nicht funktionieren soll!«

»Nur mit einer Hälfte geht es wahrscheinlich nicht. Man muss erst drehen und danach die Teile zusammenfügen«, überlegte sie laut. »Los, gib mir deine Hälfte.«

»Nein, jetzt hör schon auf«, protestierte ich schwach. Doch da schnappte Lulu sich bereits meine Hand, mit der ich den Anhänger festhielt.

»Komm schon, Süße«, bettelte sie und wob ihre Finger in meine. Die Halbkugeln rutschten aus unseren beiden Händen und schienen sich im Fallen erneut magnetisch anzuziehen.

Ich ahnte den Stromschlag, bevor ich ihn tatsächlich spürte, und noch bevor ich den Schmerz registriert hatte, war er schon wieder vorbei.

»Wahnsinn«, jubelte Lulu.

Ich schnaufte.

»Und wie willst du jetzt kontrollieren, ob es wirklich geklappt hat?«, murrte ich.

In diesem Moment erklang Sylvias viel zu gut gelaunte Stimme: »Frühstück ist fertig.«

Und dann meine Stiefschwester: »Bin im Bad.«

Und mein Vater: »Komme.«

»Wahnsinn«, triumphierte Lulu.

»Absoluter Wahnsinn«, knurrte ich.

Aber als Lulu mir um den Hals fiel und mich immer wieder drückte, konnte ich ihr nicht mehr böse sein. Zumal ich ziemlich erleichtert war, dass ich nicht in meinem Schlafshirt auf der Schulparty gelandet war.

»Das ist einfach un-fass-bar. Genau wie bei Harry Potter! Wir können zaubern.« Lulu sprang auf und tanzte durchs Zimmer. »Wir. Können. Die. Zeit. Zurück. Drehen.« Bei jedem Wort vollführte sie eine Pirouette.

»Na ja, nicht ganz wie bei Harry Potter«, wandte ich ein. »Wir sind ja nicht doppelt da.« Doch Lulu ging auf meinen Einwand gar nicht ein.

»Clairchen, das ist der Hammer! Deine Omi war der Hammer! Vererbt dir einfach so einen magischen Anhänger. Mit. Dem. Man. Die. Zeit. Zurück. Drehen. Kann.«

Mir wurde ganz schwindelig von Lulus vielen Drehungen. Vor allem wurde mir schwindelig, wenn ich zu begreifen versuchte, was gerade passiert war. Und was das bedeutete. Ehrlich gesagt, war mir das gerade zu viel. Das musste ich erst mal verdauen.

»Können wir im zweiten Anlauf dann endlich frühstücken?«, schlug ich vor.

»Klingt gut.« Lulu hüpfte voller Energie zurück aufs Bett und zog mich hoch. »Das ist eine super Gelegenheit, um deinen Vater über diesen Anhänger auszuquetschen. Vielleicht weiß er ja doch mehr, als er bisher zugegeben hat.«

»Ich weiß nicht«, versuchte ich, Lulu zu bremsen. »Das Ganze ist so verrückt, vielleicht behalten wir es besser erst mal für uns.« Selbst wenn mein Vater mehr über die seltsamen Kräfte des Schmuckstücks wusste, war ein Familienfrühstück sicher nicht der beste Zeitpunkt, um ihn danach zu fragen. Ich konnte mir gut vorstellen, dass meine Stiefmutter dafür sorgen würde, dass Lulu und ich auf einer geschlossenen Station landeten, wenn wir behaupteten, die Zeit zurückdrehen zu können.

»Okay. Mein Mund ist versiegelt.« Lulu machte eine Geste mit der Hand über die Lippen, als wollte sie einen Reißverschluss schließen. Ich hoffte bloß, dass dieses Versprechen ihre Neugier überwiegen würde.

7

Schon ein normales Sonntagsfrühstück im Hause Fischer war eine anstrengende Angelegenheit. Es war das einzige Frühstück mit der ganzen Familie, weil mein Vater unter der Woche meist auf Dienstreise war und meine Stiefmutter und Sophie dann bloß einen giftgrünen Power-Smoothie zu sich nahmen.

Sonntags deckte Sylvia den Tisch, als würde sie einen Reporter von »Schöner Wohnen« erwarten, um meinen Vater mit gestärkten Servietten und üppigen Blumen über das magere Angebot hinwegzutäuschen. Und der tat ihr zuliebe so, als hielte er Null-Prozent-Fett-Käse und Hundert-Prozent-Vollkorn-Brötchen für einen Hochgenuss.

Sophie ernährte sich ohnehin ausschließlich von Obst, und rechnete mir bei jedem Bissen vor, wie viele Kalorien ich zu mir nahm. Vermutlich hätte ich das Frühstücken längst aufgegeben, wenn es dabei nicht doch etwas zu essen gäbe.

An diesem Tag aber gab es zusätzlich zu viele Tretminen, die das Potenzial hatten, dieses spezielle Frühstück in eine absolute Katastrophe zu verwandeln: das Törtchenattentat. Die Übernachtungslüge. Und natürlich die Sache mit dem magischen Anhänger.

Man kann sich also vorstellen, dass ich ziemlich angespannt war, als ich mich auf meinen Platz neben Paps setzte. Der drückte mir zur Begrüßung einen Kuss auf die Wange, holte ein großes Glas Schokocreme hinter seinem Rücken hervor und platzierte es mitten in Sylvias Null-Prozent-Zucker-Hundert-Prozent-Bio-Idylle.

»Das habe ich für meine Süßen aus der Schweiz mitgebracht.« Er zwinkerte mir zu.

»Du weißt genau, dass wir so etwas nicht essen, Bernd. So viel Zucker ist nicht gesund für uns.« Demonstrativ stieß meine Stiefmutter einen spitzen Finger in den winzigen Bauchansatz meines Vaters. Ich unterdrückte ein Seufzen und spürte, dass Lulu stumm kicherte.

»Nun sei mal nicht so, Sylvieschatz. Ist doch eine absolute Ausnahme.« In der Prä-Sylvia-Ära gab es bei uns eine Schokoschublade, die niemals leer war. Heutzutage hielt sich Paps leider meist an Sylvias Null-Zucker-Politik – wie auch sonst an so ziemlich jede Regel, die sie aufstellte. Wobei ich ihn im Verdacht hatte, sich seine Dosis einfach in den Hotels zu holen, in denen er übernachtete.

Mein Vater arbeitete für eine Firma, die hochspezielle Dichtungssysteme herstellte. Er verdiente sein Geld damit, Unternehmen im Ausland davon zu überzeugen, dass sie genau diese Dichtungen brauchten. Ich fragte mich manchmal, weshalb er all diese Kunden von der Notwendigkeit exakt dieser Dichtungen überzeugen konnte, nicht jedoch seine eigene Frau von der überlebenswichtigen Notwendigkeit von Schokolade.

»Pff«, machte Sylvia. Es klang, als wäre eine *ihrer* Dichtungen nicht ganz dicht, aber wenigstens ließ sie die Schokocreme stehen. Schnell schnappte ich mir das Glas, bevor sie ihre Meinung ändern konnte. Lulu goss sich Kaffee in meine Tasse ein.

»Ich bin etwas überrascht, dich zu sehen.« Sylvia stand auf und holte ein weiteres Gedeck, das sie mit einem gekünstelten Lächeln vor Lulu hinstellte. »Ich dachte, ihr hättet Streit.«

»Ich konnte nicht schlafen wegen des Streits. Deshalb war ich ganz früh da, um mich mit Claire zu versöhnen«, log Lulu und machte ein übertrieben unglückliches Gesicht. Ich hoffte bloß, dass Sylvia das nicht auffiel.

»Guten Morgen.« Sophie wehte herein, frischer als der Sommerblumenstrauß auf dem Tisch. Sie lächelte meinen Vater und Sylvia an, ignorierte Lulu und bedachte mich mit einem mörderischen Blick.

»Wie war denn die Party?« Mein Vater schob mir die Schokocreme wieder zu, nachdem er sein Brötchen bestrichen hatte. Ich hielt die Luft an.

»Der Auftritt der Band war ein voller Erfolg.« Sophie schnitt einen Apfel in schmale Spalten und ordnete diese auf ihrem Teller in einem Kreis an.

Ich nahm einen großen Bissen von meinem Schokobrötchen.

»Also ich hätte mir das nicht zweimal anhören müssen«, warf Lulu ein.

Ich verschluckte mich beinahe an dem Brötchen. Mein Vater runzelte irritiert die Stirn. Verstohlen trat ich Lulu unter dem Tisch gegen das Schienbein.

»Die Jungs wollen mich unbedingt beim Auftritt im *Alten Wartesaal* nächste Woche dabeihaben.« Sophie nahm sich eine Handvoll Erdbeeren, halbierte jede davon und drapierte sie hoch konzentriert auf den Apfelspalten. Doch ich hatte den Eindruck, dass sie mich verstohlen dabei beobachtete. Ich schluckte schwer und biss erneut in das Brötchen.

»Was ist das für ein Auftritt?«, erkundigte sich meine Stiefmutter wenig begeistert und nippte an ihrem grünen Tee. »Solltest du jetzt nicht besser für das Mathematik-Kolloquium lernen?«

»Ach, Mama, das findet doch erst in drei Wochen statt.« Sophie rundete die Obstdekoration mit mehreren Scheiben Honigmelone ab. Das Ganze sah aus wie eine exotische Blume, und ich fragte mich, ob sie es essen oder öffentlich ausstellen wollte.

»Trotzdem.« Sylvia wiegte den Kopf hin und her. »Du hast es bis in die Finalrunde geschafft. Darauf solltest du dich bestmöglich vorbereiten, oder nicht?«

»Ja, natürlich, Mama.« Sophie schob die Melonenstücke auf ihrem Teller hin und her.

Ich rollte mit den Augen. Der Mathematikwettbewerb war aktuell Sylvias Lieblingsthema. Frau Dr. No hatte Sophie angemeldet. Und nachdem meine Stiefschwester sich durch die ersten beiden Runden gerechnet hatte, würde sie nun gegen die größten Nerds des ganzen Landes antreten.

Der Wettbewerb fand im Rahmen des Jahrestreffens der Deutschen Mathematischen Gesellschaft statt, das in diesem Jahr in unserer Stadt abgehalten wurde. Eine Veranstaltung, die im Normalfall komplett an mir vorbeigegangen wäre.

Doch Frau Dr. No war irgendwie an der Organisation des Treffens beteiligt. Deshalb hatte sie in unserer Klasse gefragt, wer sich mit einem Job an der Garderobe oder im Service ein bisschen Geld dazuverdienen wollte. Lulu fand, das wäre eine gute Gelegenheit, um unser Erspartes aufzubessern, und hatte mich schließlich dazu überredet. Auch wenn ich mit meinem Taschengeld eigentlich auskam – im Gegensatz zu Lulu, die wegen ihrer Shoppingsucht ständig knapp bei Kasse war –, wollte ich ihr den Gefallen nicht abschlagen.

»Ich kann trotzdem für das Kolloquium üben«, versuchte Sophie, ihre Mutter zu überzeugen. »Auf den Bandauftritt muss ich mich ja nicht vorbereiten.«

»Nun lass ihr doch den Spaß, Sylvieschatz«, ergriff mein Vater für Sophie Partei.

»Dass du sie unterstützt, war ja klar«, entgegnete Sylvia bissig. »Du weißt eben nicht, was es bedeutet, wenn das eigene Kind hochbegabt ist. Das ist eine große Verantwortung.«

»Natürlich.« Wieder zwinkerte mein Vater mir zu. Mein Paps hatte in der Schule eine Ehrenrunde gedreht – aus purer Faulheit, wie er betonte.

»Was ist eigentlich mit dem Anhänger passiert?«, fragte Sophie plötzlich. Vermutlich wollte sie vom Thema ablenken. Mit spitzem Finger deutete sie erst auf meine und dann auf Lulus Brust. »Habt ihr ihn etwa schon kaputt gemacht?«

Ich wollte protestieren, doch ich hatte den ganzen Mund voller Schokobrötchen. Ich schluckte eilig, um zu widersprechen, aber natürlich verirrte sich ein Krümel in meine Luftröhre und statt einer schlagfertigen Antwort kam nur ein ersticktes Röcheln heraus, gefolgt von einem keuchenden Husten.

»Blödsinn«, mischte Lulu sich schnell ein, als sie meine Notlage erkannte, und hämmerte mir unsanft auf den Rücken. Mein Vater hielt mir ein Glas Wasser hin.

»Ich habe mich nur gefragt, ob Claire vorsichtig genug mit einem so wertvollen Familienerbstück umgeht«, hörte ich Sophie zwischen zwei Hustenanfällen. »Und weil ich die Verantwortungsbewusstere bin, dachte ich …«

Ich hatte es geahnt! Das war ihre Rache für die Törtchenattacke, noch viel hinterhältiger und gemeiner, als ich es erwartet hatte.

»Du … bist …«, presste ich hervor. Aber die Worte »hinterhältig« und »gemein« gingen in einem erneuten Hustenanfall unter.

»Stimmt das?« Mein Vater maß mich mit einem intensiven Blick. »Habt ihr den Anhänger wirklich zerbrochen?«

Wieder schluckte ich. Und dieses Mal hörte das Husten zum Glück endlich auf.

»Natürlich nicht«, erklärte ich so überzeugend wie möglich.

»Es waren von Anfang an zwei Hälften«, sprang Lulu mir bei. »Sie waren nur …«

» … ineinander verhakt«, vollendete ich schnell den Satz, bevor Lulu von Magnetismus und Magie anfangen konnte.

»So, so.« Mein Vater legte den Kopf schräg und blickte von mir zu Lulu und wieder zu mir zurück.

»Wirklich«, betonten wir einstimmig.

»Ich habe dir gleich gesagt, dass so ein altes Familienerbstück nicht in die Hände einer unreifen Fünfzehnjährigen gehört«, mischte sich nun zu allem Überfluss auch noch meine Stiefmutter ein. Ich konnte mir gut vorstellen, dass sie fand, dass solch ein Familienerbstück ausschließlich in ihre eigenen Hände gehörte.

»Ja, das hast du.« Mein Vater tätschelte ihren Arm. »Und ich weiß deine Besorgnis zu schätzen. Doch wie ich dir bereits erklärt habe, ist das nicht meine Entscheidung.«

Sylvia verzog den Mund zu einem schmalen Strich. Offenbar hatte es bereits eine Diskussion über den Anhänger gegeben. Vermutlich hatte sie versucht, Paps zu überreden, das Schmuckstück lieber Sophie statt mir zu schenken.

»Mama hat in ihrem Testament eindeutig festgelegt, dass Claire diesen Anhänger bekommen soll. Und nicht Sophie.« Paps warf meiner Stiefschwester ein entschuldigendes Lächeln zu. »Übrigens«, fuhr er an mich gewandt fort, »ich habe den Brief deiner Großmutter in meinen Unterlagen gefunden.«

Er schob seinen Stuhl zurück, stand auf und verließ das Zimmer. Die zähe Stille, die sich daraufhin über den Tisch senkte, hätte man mit dem Buttermesser schneiden können. Die Blicke, die mich von allen Seiten trafen, waren dafür umso aussagekräftiger. Zum Glück kam mein Vater schnell zurück.

»Hier.« Er überreichte mir einen wattierten Umschlag, auf dem in der gestochenen Handschrift meiner Großmutter mein Name stand. Ich schluckte erneut.

»Danke.« Kaum hielt ich den Umschlag in Händen, hatte ich

nur noch einen Wunsch: Ich wollte so schnell wie möglich einen Blick hineinwerfen.

»Ich hab keinen Hunger mehr«, erklärte ich deshalb und schob den Teller mit der zweiten, unangetasteten Brötchenhälfte von mir weg.

»Das ist ja mal was ganz Neues«, raunte Sophie, aber ich ignorierte sie einfach.

»Ist es okay, wenn ich aufstehe?«, fragte ich. Und noch bevor mein Vater nickte, stand Lulu ebenfalls schnell auf.

»Ich bin auch fertig.« Sie deutete auf ihren unbenutzten Teller. »Wie man sieht.«

Im Nullkommanichts rannten wir die Treppe hinauf und warfen uns wieder auf mein Bett.

»Das ist so wahnsinnig aufregend«, sagte Lulu gespannt. »Los, mach schon auf!«

Doch nun zögerte ich plötzlich. Für mich war es nicht einfach nur aufregend. Für mich war dieser Brief das letzte Vermächtnis meiner Großmutter.

»Sie hat gewollt, dass du ihn öffnest.« Lulu spürte meine Stimmung, legte mir den Arm um die Schulter und drückte mich fest an sich.

Ich wog den Umschlag in der Hand und roch daran. Ich war mir nicht sicher, ob ich tatsächlich einen Hauch von Omilis Parfüm wahrnahm oder ob ich mir das nur einbildete. Ich presste den Brief gegen mein Herz und atmete tief durch.

»Willst du ihn nicht lesen?«, fragte Lulu vorsichtig.

»Doch.« Natürlich wollte ich ihn lesen. Aber gleichzeitig wollte ich den Moment noch ein kleines bisschen hinauszögern.

Lulu drückte mich erneut an sich, und ich spürte ihre Ungeduld, die sie mühsam für mich zu bändigen versuchte. Doch schließlich hielt ich es selbst nicht länger aus.

Vorsichtig schob ich meinen Zeigefinger unter das Dreieck auf der Rückseite des Umschlags, der mit rotem Siegellack verschlossen worden war, und löste behutsam den Lack. Einfach zerreißen wollte ich den Umschlag nämlich auf keinen Fall. Ebenso behutsam zog ich den dicken, gefalteten Briefbogen heraus. Doch noch bevor ich ihn auseinanderfalten konnte, fielen drei Fotos heraus und landeten auf meinen Beinen.

Ich ließ den Brief sinken, um mir zuerst die Bilder anzuschauen. Das erste war schwarz-weiß und hatte einen gezackten Rand wie bei einer Briefmarke. Es zeigte ein kleines Mädchen, das mit ernstem Blick und ohne zu lächeln in die Kamera schaute.

»Das ist sie, glaube ich. Meine Omili.« Ich legte das Foto neben mich und betrachtete das nächste. In verwaschenen Orangetönen zeigte es einen Jungen in braunen Cord-Latzhosen.

»Das ist mein Paps.« Ich musste über das freche Augenzwinkern grinsen, das er offensichtlich schon als Kind perfekt beherrscht hatte. Auch dieses Foto legte ich zur Seite. Als Letztes entdeckte ich ein Bild von mir selbst. Ich erinnerte mich an den Tag, als es gemacht worden war: meine Einschulung.

Zwei blonde Zöpfe standen von meinem Kopf ab, mir fehlten die beiden oberen Vorderzähne, und ich hielt ein riesiges Eis in der Hand, das ich bereits großzügig um meinen Mund verteilt hatte. Mir fiel ein, dass Omili mich auf die Idee gebracht hatte, das Eis durch die Zahnlücke zu saugen, woraufhin ich das halbe Himbeereis über mein neues Einschulungskleid gekleckert hatte. Wir hatten sehr viel gelacht an diesem Tag.

Tränen stiegen mir in die Augen. Wieder drückte Lulu mich ganz fest.

»Und jetzt?«, fragte sie.

»Und jetzt …« Ich atmete tief durch. »Jetzt lese ich wohl am besten mal diesen Brief.«

Meine liebe Kleine,

ich schreibe dir diesen Brief für den Fall, dass ich nicht selbst die Gelegenheit haben werde, dir zu erklären, was es mit unserem besonderen Familienerbstück auf sich hat.

Wenn du dies liest, bin ich nicht mehr bei dir. Und glaub mir, wenn ich dir sage, dass mir das schrecklich leidtut.

Nicht, weil ich nicht ein ganz wunderbares Leben gelebt habe. Ein Leben, das du noch um so vieles reicher gemacht hast. Sondern nur deshalb, weil ich gern noch ein bisschen länger für dich da gewesen wäre. Wenigstens so lange, bis du selbst erwachsen geworden und aus dem Haus gegangen wärst.

Nun, es sollte wohl nicht sein. Aber ich bin froh um jede Minute, jeden Augenblick, den ich mit dir verbringen durfte. Jeder davon war ein besonderes Geschenk.

Jetzt möchte ich dir sagen, was ich über den speziellen Anhänger weiß, den du zu deinem Geburtstag bekommen hast. Meinen Glückwunsch übrigens, meine Kleine, so groß bist du nun schon.

Es ist Tradition in unserer Familie, dass dieses Schmuckstück immer dann den Besitzer wechselt, wenn die älteste Tochter ihren fünfzehnten Geburtstag feiert. So wurde es festgelegt vor langer Zeit, aber da ich keine eigene Tochter bekommen habe, wie du weißt, sondern nur die Freude hatte, deinen Vater großzuziehen, bist nun du die Nächste in unserer Familie, die den Anhänger erhält. Und solltest du selbst einmal eine Tochter bekommen, dann bitte ich dich, führe die Tradition fort und reiche das Schmuckstück an sie weiter, sobald sie fünfzehn wird.

Wann die Tradition begann und von wem das Schmuckstück stammt, ist eine lange Geschichte, zu lang, um sie in diesem Brief niederzuschreiben. Wenn du mehr darüber erfahren willst, lies Amalias Tagebuch. Darin erfährst du alles über unsere Familienlegende.

Nur so viel: Wenn man den alten Geschichten Glauben schenkt, dann besitzt dieser Anhänger größere Kräfte, als es auf den ersten Blick den Anschein hat. Deshalb pass gut auf ihn auf. Und sei achtsam bei allem, was du damit tust.

Wenn an den Geschichten etwas Wahres ist, dann kann dieser Anhänger dir den Menschen zeigen, der deinem Herzen am nächsten ist. Glaub immer daran, dass es einen solchen Menschen gibt. Einen Menschen, dem du dein volles Vertrauen schenken kannst und der dir das seine schenkt. Der immer für dich da ist. Und mit dem du alles teilst.

Du hast es verdient, einem solchen Menschen zu begegnen, mein Liebling. Und ich bin überzeugt, dass du es eines Tages tun wirst.

Ich liebe dich von ganzem Herzen. Für immer.

Deine »Omili« Olivia

8

»Nur ein Viertelstündchen, bütte, bütte, bütte, büüüüütte!« Lulu fiel vor ihrem eigenen Bett auf die Knie und rang die Hände, um mich umzustimmen.

»Nein. Wirklich nicht.« Ich schüttelte den Kopf.

»Zehn Minuten? Fünf?« Jetzt versuchte meine Freundin es auch noch mit einem Welpenblick.

»Was würde dir das bringen? Selbst wenn wir eine halbe Stunde zurückspringen, würde dir die Zeit nicht reichen. Weil du dich dann einfach noch hundertmal mehr umziehen würdest, ohne ein Outfit zu finden, das in deinen Augen bestehen kann …«

»Aber dann müsste ich diese Sachen schon mal alle nicht mehr anprobieren.« Lulu zeigte auf den Kleiderberg auf ihrem Bett und warf dann theatralisch die Arme in die Luft. »Hab Erbarmen, Süße, so kann ich unmöglich aus dem Haus gehen!«

Doch ich hatte kein Erbarmen. Denn erstens fand ich, dass sie das durchaus konnte. Zumindest wenn man über die etwas gewagte Kombination von kobaltblauen Strümpfen zu einem kanarienvogelgelben Minikleid hinwegsah. Und zweitens hatte ich mittlerweile eine gewisse Übung im Hartbleiben.

Nachdem ich den Brief meiner Großmutter gelesen hatte, hatte ich zwei wichtige Entscheidungen getroffen. Erstens: Ich überließ Lulu die eine Hälfte des Anhängers quasi als Dauerleihgabe. Lulu war mein Herzensmensch. Und so wie ich meine Omili verstanden hatte, sollte ich mit ihr alles teilen. Was lag da näher, als dieses besondere Zeichen unserer Freundschaft miteinander zu teilen? Zumindest bis ich eine fünfzehnjährige Tochter hatte, was vermutlich nicht so bald der Fall sein würde.

Und zweitens entschied ich, dass wir nicht mehr zusammen durch die Zeit springen würden. Auch in diesem Punkt fand ich die Worte meiner Großmutter unmissverständlich. Ich sollte achtsam bei dem sein, was ich mit dem Anhänger tat. Das bedeutete, dass ich verantwortungsvoll mit ihm umgehen musste. Und vor allem mit seinen Superkräften, auch wenn meine Großmutter offenbar nicht gewusst hatte, dass er sie tatsächlich besaß. Auf jeden Fall bedeutete das nicht, dass wir willkürlich damit in die Vergangenheit hüpfen durften, bloß weil wir Lust dazu hatten. Und das erklärte ich auch Lulu jedes Mal, wenn sie mich anbettelte, den Anhänger erneut zu benutzen.

»Wir wissen nichts darüber, wie das Ganze funktioniert«, wiederholte ich zum gefühlt tausendsten Mal. »Wir wissen nicht, was passiert, wenn wir die Zeit zurückdrehen. Welche Auswirkungen das möglicherweise hat …«

»Dann sollten wir das allmählich mal herausfinden, oder?« Lulu schaute auf ihre Hälfte des Anhängers, die an der Kette um ihren Hals hing, um die Uhrzeit abzulesen. »Und zwar am besten innerhalb der nächsten fünf Minuten.«

»Tja, fragt sich nur wie.«

Natürlich hatte ich meinen Vater nach dem Tagebuch gefragt, von dem meine Großmutter schrieb. Aber der zuckte, wie zu erwarten gewesen war, nur mit den Schultern. Ich solle mal mit Sylvia sprechen, schlug er vor. Die habe die Wohnung meiner Großmutter schließlich ausgeräumt und vielleicht hatte sie dabei etwas gefunden. Mir war klar, dass ich mir das genauso gut sparen konnte. Von meiner Stiefmutter würden wir sicher nichts erfahren und außerdem wollte ich lieber nicht ihre Aufmerksamkeit auf mich und das besondere Erbstück lenken. Was die Geschichte des Anhängers betraf, die meine Großmutter nur angedeutet hatte, tappten wir also weiterhin völlig im Dunkeln.

»Clairchen, bitte«, versuchte Lulu mich mit verzweifeltem Ton zu überzeugen, aber damit konnte sie mich nicht täuschen. Ich wusste, wann Lulu die Drama-Queen gab.

»Wenn du die letzten fünf Minuten zum Schminken statt zum Jammern genutzt hättest, wärst du schon fertig.« Ich schnappte mir Lulus Schoko-Lipgloss vom Nachttisch und hielt ihn ihr hin. »Benutz den, das reicht. Sehr viel mehr als den Geschmack deiner Lippen wird Samuel sowieso nicht wahrnehmen«, neckte ich sie.

Seit der Übernachtungsparty war meine beste Freundin offiziell mit Samuel Sauermann zusammen. Und ich war mir sicher, dass sie es in der Kategorie Dauerknutschen, ohne Luft zu holen, locker ins Guinness-Buch der Rekorde schaffen konnten. Zum Glück beschränkte sich der Kusskontakt auf die Schulpausen, weil bei Samuel nachmittags immer sein Schwimmtraining auf dem Programm stand. So durfte ich zwar das zweifelhafte Vergnügen genießen, die Pausen in Gesellschaft einiger grenzdebiler Jungs aus Samuels Clique zu verbringen. Doch wenigstens hatte sich außerhalb der Schule zwischen Lulu und mir nichts verändert. Ich fand, das war ein akzeptabler Kompromiss.

Also perfektionierte ich während der Schulpausen meine Fähigkeit, extrem interessiert zu wirken, während die Jungs ihre Topscores bei irgendeinem Computerspiel verglichen, und gleichzeitig Löcher in die Luft zu starren, die so riesig waren, dass sie ebenfalls einen Eintrag im Guinness-Buch verdient hatten.

»Du bist ganz schön fies, weißt du das?« Lulu schnappte sich den Lipgloss und pikste mir damit in den Bauch.

»Autsch, das gibt blaue Flecken, hör auf!« Ich quietschte, als

Lulu sich auf mich stürzte, um mich zu kitzeln. Das energische Schrillen der Türklingel rettete mich.

»Das ist er.« Lulu sprang vom Bett wie von einer Riesenhornisse gestochen und raste aus dem Zimmer.

Ich ließ mich in die Kissen zurücksinken. Ich war nicht übermäßig begeistert gewesen, als Samuel vor einer halben Stunde angerufen hatte und anbot, Lulu mit der Vespa abzuholen. Der ursprüngliche Plan war gewesen, dass Lulus Mutter uns beide und Lucas zum Auftritt der Band in den *Alten Wartesaal* fahren würde. Allerdings war Lulu natürlich sofort hin und weg gewesen und sogar Marisa war einverstanden – was sollte ich also dagegen sagen?

»Tschüss, Süße, bis gleich.« Lulu flog herein, schnappte sich ihre Jeansjacke und warf mir einen Luftkuss zu. »Ach, übrigens, meine Mam hat gebacken. Sie fragt, ob du was probieren möchtest.«

»Was für eine Frage«, murmelte ich und stemmte mich aus dem Kissenberg hoch. Die Aussicht auf ein oder zwei von Marisas Traumtörtchen versüßte mir auf der Stelle Lulus Abgang.

»Ah, die kleine Ssuckerschnute«, begrüßte Marisa mich, als ich die Küche betrat, wo es verführerisch duftete.

»Magst du eine Törtschen 'aben? Ist nach eine alte Familienressept.« Sie schob einen Teller mit Cremeküchlein in meine Richtung und räumte mit der anderen Hand schnell einen Stapel Papiere in die Schublade unter dem Tisch. Ich hatte fast den Eindruck, dass sie nicht wollte, dass ich die Zettel sah. »Backen ist gut für meine Nerven, weißt du.« Marisa lachte, aber ich fand, dass es ein bisschen gezwungen klang.

»Hast du Stress?«, erkundigte ich mich. Marisa verbreitete normalerweise nie etwas anderes als gute Laune, deshalb wunderte ich mich ein bisschen.

»Nichts, worum du dich bekümmern solltest, meine Kleine.« Marisa deutete auf den Teller. »Nimm.«

Ich nahm eins der Törtchen, biss hinein und stieß ein wohliges Seufzen aus. Der Blätterteig war knusprig, die Sahnefüllung cremigzart und schmeckte intensiv nach Vanille.

»Fantastisch«, nuschelte ich mit vollem Mund. »Damit könntest du reich werden.«

»Das sind nur *Pasteis.*« Marisa lachte wieder. Aber erneut hatte ich den Eindruck, dass sie irgendwie betrübt wirkte. »Wer will das kaufen?«

»Wenn du ein Café hättest, würden die Leute dir die Türen einrennen«, betonte ich. »Ganz bestimmt.« Ich nahm einen weiteren Bissen von dem Gebäck.

»Ein eigenes Café …« Marisa lächelte versonnen. »Das war immer meine Traum.«

»Echt?« Ich hatte mir noch nie Gedanken darüber gemacht, dass Marisa ihren Job nicht mögen könnte. Sie arbeitete als Sekretärin bei einer großen Firma, die irgendetwas mit Computern machte. »Warum hast du es dann nicht einfach probiert? Ein eigenes Café zu eröffnen, meine ich.«

»Ich habe sswei Kinder. Und eine Ex-Mann, der nicht bessahlt.« Marisa schüttelte energisch den Kopf. »Da macht man keine Café auf.«

»Vielleicht solltest du Lotto spielen«, schlug ich etwas hilflos vor.

»Pah«, machte Marisa jedoch bloß. »Lotto. Bei so etwas habe ich keine Glück.«

Ich griff nach einem weiteren Törtchen und biss ein besonders großes Stück ab, weil ich nicht wusste, was ich darauf erwidern sollte. Ich war es nicht gewohnt, dass Erwachsene mir ihre Sorgen anvertrauten.

»Können wir los?« Zu meiner Erleichterung kam in diesem Moment Lucas in die Küche und schaute erwartungsvoll von Marisa zu mir und zurück zu seiner Mutter. »Wo steckt Lulu?«

»Ist schon weg. Mit ihre Schatss.« Marisa lachte und dieses Mal klang es schon viel fröhlicher.

»Sie ist mit Samuel gefahren?« Lucas wirkte gar nicht erfreut, im Gegenteil, er schien fast wütend zu sein. »Mit dem Roller?«

»Ja.« Marisa ließ ihre Antwort wie eine Frage klingen, aber er reagierte nicht. »Lass deine Schwester doch den Spaß«, fügte sie schließlich noch hinzu.

Lucas verdrehte die Augen. »Können wir dann?«

»Ja, fahren wir.« Marisa nahm ihre beutelförmige Handtasche vom Stuhl und schob ihren Sohn vor sich her aus der kleinen Küche. Schnell steckte ich mir den Rest des Törtchens in den Mund und eilte den beiden hinterher.

»Sag noch mal: Warum ist die Auftritt heute so wichtig?«, erkundigte Marisa sich, als wir uns schließlich alle samt Gitarre und Verstärker in den Twingo gefaltet hatten. Immerhin hatte ich die Rückbank heute für mich.

»Weil die beiden besten Bands zum Landesentscheid fahren«, erklärte Lucas. »Und wer da gewinnt, wird von einem bekannten Label, das Nachwuchsbands sucht, unter Vertrag genommen.«

»Oh, klingt gut.« Marisa ließ das Lenkrad los, um begeistert in die Hände zu klatschen. Der Twingo schlingerte. Sofort griff Lucas ins Lenkrad und brachte den Wagen wieder in die Spur.

»Lass das.« Marisa schlug ihm spielerisch auf die Finger. »Du kannst lenken, wenn du deine Führerschein gemacht hast.«

»Dann fahr vernünftig.« Lucas schüttelte den Kopf, und ich vermutete, dass er schon wieder die Augen verdrehte. »Und spar dir den Beifall, bis wir gewonnen haben. Falls wir gewinnen …« Er tat den Einwand mit einer lässigen Handbewegung ab, doch man konnte deutlich spüren, wie aufgeregt er tatsächlich war.

Es wurde ruhig im Auto bis auf das Brummen des Twingo und ich vertiefte mich in die Betrachtung von Lucas' Hinterkopf. Seine dunklen Haare waren ein bisschen zu lang und kringelten sich in seinem Nacken. Mein Herz machte ein paar nervöse Hüpfer, als ich mir ausmalte, wie es sich anfühlen würde, meinen Finger in eine von diesen Locken zu wickeln.

»Ist das jetzt was Ernstes mit meiner Schwester und Samuel?«

Ich zuckte zusammen wie ertappt und lief garantiert tomatenrot an, als Lucas sich plötzlich zu mir umdrehte. Dabei hatte ich mir bloß *vorgestellt*, wie es wäre, mit seinen Haaren zu spielen, und nichts dergleichen getan. Allerdings kam es extrem selten vor, dass er mich ansprach. Und dann ausgerechnet in diesem Moment.

»Ähm«, machte ich wortgewandt. »Was meinst du?«

»Ob die zwei jetzt fest zusammen sind, meine ich.« Lucas wirkte schon wieder angespannt.

»Ich denke, ja«, erwiderte ich vorsichtig.

»Na toll, ausgerechnet!« Lucas schnaubte und wandte sich wieder nach vorne. Ich wunderte mich, warum er deswegen so genervt wirkte.

»Da sind wir«, verkündete Marisa jedoch, bevor ich mir noch weitere Gedanken machen konnte, was mit ihm los war. Vermutlich war er ohnehin bloß nervös.

»Toi, toi, toi, Sohn.« Sie tat, als würde sie ihm über die Schulter spucken, und er wischte sich übertrieben die Wange, als sei etwas von der imaginären Spucke darauf gelandet. Das Theatralische lag definitiv in der Familie.

Der Jugendtreff war in einem stillgelegten Bahnhof untergebracht, was ihm seinen Namen *Alter Wartesaal* gegeben hatte. Es war ein schönes Gebäude aus rotem Backstein, das über dem Eingangsportal sogar ein Türmchen mit einer riesigen Bahnhofsuhr besaß. Ich schaute auf meinen Anhänger und verglich die Zeit. Fünf vor fünf. Mein Uhrenanhänger ging wie immer auf die Minute genau, obwohl ich ihn im Verlauf der vergangenen Woche nie aufgezogen hatte oder etwas in der Art. Ich hätte ja nicht einmal gewusst wie.

»Ich geh dann mal die anderen suchen.«

Ich zuckte zusammen, als Lucas mich unerwartet wieder ansprach. Bevor ich noch eine weitere geistreiche Bemerkung machen konnte, war er aber bereits durch die offen stehende Eingangstür verschwunden.

»Tschüss. Und viel Glück«, flüsterte ich ihm hinterher.

Im Inneren waren alle Wände mit Graffiti vollgesprüht und es roch muffig. Ich war erst ein einziges Mal hier gewesen, als Lulu beschlossen hatte, dass wir Billard spielen lernen sollten. Wie sich herausstellte, gab es allerdings gar keinen Billard-, sondern nur zwei Kickertische.

Deshalb hatte sie mich überredet, es mit Darts zu probieren. Und ich hatte einem Jungen, den wir nicht kannten, der aber die ganze Zeit mein zugegebenermaßen eher mäßiges Spiel kommentierte, beinahe einen Pfeil genau zwischen die Augen geworfen. Er hatte sich gerade noch rechtzeitig geduckt und der Pfeil hatte nur seine Baseballkappe gestreift.

Ich hoffte bloß, dass ich dem Kerl heute nicht begegnen würde, allerdings war die Wahrscheinlichkeit in dem großen Gedränge, das bereits herrschte, wohl eher gering. Ich fragte mich, wie ich unter all den Leuten Lulu finden sollte. Zumal das Licht auf ein Minimum gedimmt war.

Entschuldigungen murmelnd schob ich mich an den Leuten vorbei, die in Gruppen zusammenstanden und an ihren Plastikbechern nippten. Nach gefühlt zwanzig Ellenbogen, die ich in die Seite bekommen hatte, und mindestens zehn blöden Kommentaren, weil ich mich nach vorne drängte, sowie einem großen Schwall Cola über mein linkes Bein gab ich das Entschuldigen auf und quetschte mich einfach wortlos weiter durch.

Mich auf die Zehenspitzen zu stellen, war leider ebenfalls sinnlos, weil ich zu klein war, um mehr als ein paar Hinterköpfe und die Musiker auf der Bühne zu sehen, die gerade ihren Auftritt beendet hatten und ihre Instrumente wegräumten, um Platz für die nächste Band zu machen.

Da hörte ich plötzlich über den Lärm der vielen Gespräche hinweg Lulus aufgeregte Stimme.

»Was soll das? Was bildest du dir eigentlich ein?«, schnauzte sie.

Während ich mich wunderte, mit wem meine beste Freundin sich wohl zoffte, arbeitete ich mich in Richtung ihrer lauten Stimme vor.

»Ständig spielst du den Bewacher! Ich kann prima auf mich selbst aufpassen, hörst du?«, rief sie wütend.

Dann stand ich auf einmal neben ihr. Hand in Hand mit Samuel wirkte sie sehr aufrecht und wie eine kleine Insel in der Menge. Und direkt vor ihr entdeckte ich zu meiner Überraschung Lucas, die Gitarrentasche noch auf dem Rücken und den kleinen Verstärker in der Hand. Aus tiefschwarzen Augen funkelte er seine Schwester wütend an. Ich fragte mich kurz, ob er Lulu absichtlich gesucht hatte oder ihr und Samuel zufällig über den Weg gelaufen war. Aber vor allem fragte ich mich, worüber die Geschwister so heftig stritten.

»Ich habe nur gesagt, dass du vorsichtig sein sollst, verstanden«, presste er offensichtlich mühsam beherrscht hervor. »Mehr nicht.« Doch dabei bedachte Lucas Samuel mit einem Blick, von dem es mir kalt den Rücken hinunterlief. Was ging denn da zwischen den beiden Jungs ab?

»Was willst du damit sagen, he?« Samuel machte einen Schritt nach vorn und baute sich vor Lucas auf. Ein erneuter Schauer lief mir über den Rücken. Mit seinem breiten Schwimmerkreuz und den zusammengekniffenen Lippen wirkte Samuel auf einmal gar nicht mehr nett. Sondern sogar ziemlich bedrohlich. Doch Lucas schien das nicht im Geringsten einzuschüchtern.

»Das weißt du ganz genau.« Auch Lucas trat einen Schritt vor, sodass die beiden Jungs bloß noch etwa eine Handbreit trennte. Das Ganze sah eindeutig nach Ärger aus. Allerdings verstand ich einfach nicht warum.

»Hör zu.« Lucas straffte die Schultern, als wolle er sich größer machen. Tatsächlich reichte er Samuel gerade mal bis zur Nasenwurzel, und obwohl Lucas nicht schmächtig war, wirkte Samuel vor ihm wie ein Schrank. Ich spürte, dass mein Nacken zu kribbeln anfing. Ich hatte noch nie zuvor erlebt, dass zwei Jungs sich wegen eines Mädchens prügelten, aber in diesem Moment schien nicht viel zu fehlen, damit es zur Schlägerei kam. Und ich war nicht scharf darauf, es zu erleben.

»Hör mir gut zu«, wiederholte Lucas. »Ich weiß genau, wie du drauf bist. Und wenn du meiner Schwester irgendwelchen Ärger machst, dann mache ich dir Ärger. Ist das klar?«

»Pah«, machte Samuel und richtete sich um weitere fünf bis zehn Millimeter auf, doch genau in diesem Moment hatte Lulu endgültig die Nase voll.

»Du kannst mich mal«, schnauzte sie ihren Bruder an. Ihre Wangen glühten und ihre langen Locken standen wie elektrisiert um ihren Kopf. »Hör gefälligst auf, dich ständig in mein Leben einzumischen. Samuel und ich sind jetzt zusammen. Ob es dir gefällt oder nicht. Und jetzt hau endlich ab. Ich dachte, du hättest einen ach so wichtigen Auftritt …«

Energisch schob sie sich zwischen die beiden Jungs und stieß ihrem Bruder beide Fäuste mit voller Kraft gegen die Schultern.

Lulu war einen halben Kopf kleiner als Lucas, doch er schien nicht auf ihren Stoß vorbereitet gewesen zu sein. Vielleicht hatte er auch die Kraft seiner kleinen Schwester unterschätzt. Und vielleicht hatte er einfach schon sein Gewicht verlagert, weil er tatsächlich vorgehabt hatte zu gehen. Auf jeden Fall brachte Lulus Stoß Lucas aus dem Gleichgewicht.

Er schwankte, machte einen wackeligen Schritt rückwärts und stolperte dabei ausgerechnet über den Fuß eines Jungen, der so breitbeinig hinter ihm stand, als wäre er ein Cowboy und gerade von seinem Pferd gestiegen. Ich stieß einen schrillen Schreckenslaut aus, als Lucas wie ein gefällter Baum nach hinten kippte, es wegen der Gitarrentasche auf seinem Rücken und dem Verstärker in seiner Hand nicht schaffte, sich rechtzeitig zu drehen, und ausgerechnet in einer Lücke zwischen zwei Grüppchen zu Boden ging.

Für den Bruchteil einer Sekunde schien der Lärm um uns herum zu verebben. Ich sah, wie sich Lucas' Gesicht vor Schmerz verzerrte, als er mit seinem gesamten Gewicht auf der rechten Hand landete, die er ausgestreckt hatte, um seinen Sturz abzufangen. Vergeblich.

»Scheiße, alles okay?« Lulu ging neben ihrem Bruder in die Knie. Ihre Wut war so schnell verraucht, wie sie gekommen war, sie klang besorgt. Vermutlich hatte sie genau wie ich den schmerzvollen Ausdruck in Lucas' Gesicht gesehen, den er nun mühsam zu unterdrücken versuchte, während er seinen rechten Unterarm mit der linken Hand umfasste.

»He, komm hoch, Mann.« Samuel streckte Lucas die Hand hin, er schien ebenfalls nicht mehr sauer zu sein.

Aber Lucas schüttelte den Kopf und kniff für einen kurzen Moment die Augen fest zusammen. Irgendetwas war ganz und gar nicht in Ordnung. Dann sah ich es. Lucas' rechte Hand stand in einem irgendwie seltsamen Verhältnis zu seinem Unterarm und durch sein Handgelenk ging eine eindeutig unnatürliche Stufe. Ich musste dreimal sehr kräftig schlucken, bevor ich es schaffte, mich zusammenzureißen.

»Sieht aus, als wäre es gebrochen.«

»Fühlt sich auch verdammt noch mal so an«, presste Lucas zwischen zusammengebissenen Zähnen hervor. In seinem Gesicht las ich außer dem akuten Schmerz noch etwas anderes: bittere Enttäuschung.

Ich hockte mich auf seiner anderen Seite hin. Direkt neben den Verstärker, der den Sturz unbeschadet überstanden zu haben schien, ebenso wie Lucas' Gitarre, die noch immer quer über seinem Rücken hing.

Nur was nützte das, wenn er ein gebrochenes Handgelenk hatte? Den Auftritt konnte er damit sicher nicht spielen.

»Oh Shit, das tut mir schrecklich, schrecklich leid«, jammerte Lulu zerknirscht.

»Was soll's?« Lucas zuckte mit den Schultern und zog im selben Moment scharf die Luft ein, weil ihm das offensichtlich noch mehr Schmerzen bereitete. »Ist nur blöd, dass ich die anderen im Stich lassen muss … Wir hatten uns von dem Auftritt heute echt was erhofft.«

»Nein, ehrlich, das wollte ich nicht.« Lulu war den Tränen nahe. »Es tut mir so leid. Ich wünschte, ich könnte das ungeschehen machen, wirklich.«

Als sich über Lucas' Kopf hinweg unsere Blicke trafen, flackerte in Lulus Augen plötzlich Hoffnung auf.

Im selben Moment begriff ich, dass es eine Möglichkeit gab, genau das zu tun: rückgängig zu machen, was gerade passiert war. Und Lucas damit die Chance zu geben, seinen größten Traum wahr werden zu lassen. Ich verbot mir sämtliche Gedanken an mögliche Risiken und Nebenwirkungen. Denn mir war sofort klar, dass es in diesem Fall nicht richtig gewesen wäre, es nicht zu tun.

9

»Ich fand es ja unfair, dass die Jungs von *Echtzeit* nicht gewonnen haben. Sie waren definitiv besser als diese *Die Wer?* Was ist das überhaupt für ein bescheuerter Bandname?«

»Meine Schuld war es jedenfalls nicht.« Lulu drückte mir einen überschwänglichen Kuss auf die Wange. »Dank dir.« Noch ein Kuss. »Und außerdem dürfen sie ja trotzdem zum Landesentscheid fahren. Als zweiter Sieger. Oh, guck mal, wie findest du das?« Lulu zog ein bunt gemustertes Top von einem Ständer, über dem in großen roten Buchstaben »Sale« stand.

In allen Läden hingen reduzierte Sommersachen, obwohl der Sommer gerade erst angefangen hatte. Deshalb hatten Lulu und ich nach der letzten Stunde spontan beschlossen, in die Stadt zu fahren. Ich ging eigentlich nicht gerne shoppen, weil ich fand, dass das Licht in den Umkleidekabinen an Körperverletzung grenzte, und weil ich am Ende sowieso bei Jeans und T-Shirt landete.

Aber Lulu liebte es, stundenlang zu bummeln und schräge Klamotten anzuprobieren und die besten Schnäppchen zu kaufen, und hatte mich damit geködert, dass wir einen Abstecher zu Pino, dem Eisdealer unseres Vertrauens, machen könnten, der so verlockende Sorten wie Käsekuchencremeeis und Rosinenapfeljoghurteis im Angebot hatte.

»Ich lad dich auf eine extragroße Portion ein«, hatte sie versprochen. »Mit Sahne und Streuseln. Das bin ich dir definitiv schuldig.«

Ich fand nicht, dass sie mir etwas schuldig war. Denn in erster Linie hatte ich mich Lucas zuliebe bereit erklärt, die Zeit zurückzudrehen. Und entgegen meiner vorherigen Befürchtungen war nichts Schreckliches geschehen. Im Gegenteil. Es war absolut unspektakulär gewesen.

Zehn Minuten, das musste reichen, hatten wir flüsternd entschieden. Dann hatte Lulu die Zeiger ihrer Uhr zurückgedreht, so wie sie es schon bei den ersten beiden Malen getan hatte, wir hatten die Anhänger aneinandergepresst. Und – schwupp – waren wir mit einem kleinen Stromschlag zurück in der Zeit katapultiert worden. Genau an den Punkt, an dem ich zu dem streitenden Trio dazugestoßen war.

Doch dieses Mal hatte Lulu einfach den Mund gehalten und Samuel mit einem Kuss abgelenkt, als der sich vor Lucas aufbauen wollte. Und ich hatte das nervöse Kribbeln in meinem Nacken und eigentlich an meinem gesamten Körper ignoriert und zu Lucas gesagt: »Ich glaube, Sophie sucht dich. Da vorne.« Unbestimmt hatte ich Richtung Bühne gedeutet. »Sie sagt, es hat eine Änderung im Zeitplan gegeben und ihr seid als Nächstes dran.«

Was natürlich Unsinn war. Ich hatte weder Sophie irgendwo getroffen noch wusste ich etwas von einer Änderung im Zeitplan. Aber Lucas ließ sich davon überzeugen und verschwand mit einem vernichtenden Blick auf Samuel und Lulu, die noch immer mit Knutschen beschäftigt waren, in die angedeutete Richtung.

Wie gesagt, das Ganze war ziemlich unspektakulär gewesen. Und die Jungs von *Echtzeit* hatten schließlich den zweiten Platz belegt, obwohl sie meiner Meinung nach den ersten verdient hätten. Aber immerhin hatten sie damit ein Ticket für den Landeswettbewerb gezogen.

»Sag schon, wie findest du es?« Lulu hielt mir noch immer das Top unter die Nase und schaute mich fragend an.

»Äh, bunt?«, schlug ich vor.

Lulu seufzte theatralisch.

»Du hast so viel Ahnung von Mode wie ein Zebra von Karos und Pünktchen«, maulte sie und schlug sich erschrocken die Hand vor den Mund. »Sorry, Clairchen, ich hab's nicht so gemeint.«

»Schon gut. Du hast ja recht«, beruhigte ich sie. Ich war es längst gewohnt, dass meine Freundin oft schneller redete, als sie nachdenken konnte. Und ich wusste, dass sie es nie böse meinte.

»Nein, das war nicht nett. Es tut mir wirklich leid.« Lulu hängte das Top zurück auf die Stange und zog ein längs gestreiftes, schwarz-weißes Trägerkleid hervor. »Das hat was von Zebra, oder? Vielleicht sollte ich es zur Strafe kaufen.«

Ich musste lachen.

»Weißt du, was auch gut an der Zeitsprungsache sein könnte?«, fragte Lulu beiläufig, während sie scheinbar hoch konzentriert weiter die heruntergesetzten Sachen musterte. »Wenn ich mal wieder was wirklich Blödes gesagt habe, dann könnten wir einfach ein paar Minütchen die Zeit zurückdrehen, und ich würde es im zweiten Versuch besser machen.« Sie schaute mich erwartungsvoll an.

»Ich fürchte bloß, dass du es im zweiten Anlauf auch nicht besser hinkriegen würdest.«

Lulu knuffte mich gegen die Schulter und ich lachte wieder.

»Und außerdem«, fügte ich hinzu, »würde das – wenn überhaupt – nur bei anderen Leuten funktionieren. Weil ich ja trotzdem wüsste, was du gesagt hast …«

»Stimmt. Diese ganze Sache ist echt verwirrend. Aber auch ziemlich praktisch, das musst du zugeben.«

Lulu wandte sich von dem Ständer mit Sonderangeboten ab und schlenderte weiter zu einem zweiten. Ich folgte ihr nachdenklich.

Tatsächlich konnte ich nicht anders, als zuzugeben, dass sich die besonderen Kräfte des Anhängers am Vortag als ausgesprochen hilfreich erwiesen hatten. Jedes Mal, wenn ich an Lucas' schmerzverzerrtes Gesicht und an die offensichtliche Enttäuschung darin dachte, war ich ziemlich froh, dass wir die Zeit einfach hatten zurückdrehen können.

Der Vorfall hatte meine vorherigen Bedenken natürlich nicht weggewischt, allerdings ließ er sie in einem anderen Licht dastehen. Meine Großmutter hatte geschrieben, dass ich achtsam mit dem Erbstück umgehen sollte. Und womöglich meinte sie damit, dass ich es nur benutzen sollte, um damit gute Sachen zu machen und anderen zu helfen. Das war zumindest eine Möglichkeit, über die es sich lohnte nachzudenken.

»Das hier, das muss ich haben«, rief Lulu in diesem Moment und riss mich damit aus meinen Gedanken. Triumphierend hielt sie einen Kleiderbügel in die Höhe, an dem ein Kleid mit Glockenrock baumelte, es hatte einen herzförmigen Ausschnitt, eine breite blaue Schleife als Gürtel und ein kunterbuntes Streublumenmuster. Ich nickte anerkennend. Es war wirklich hübsch.

Fröhlich pfeifend verschwand Lulu mit ihrer Beute in der Umkleidekabine und kam nach kurzer Zeit mit einem strahlenden Lächeln wieder heraus.

»Toll, oder?«

»Daumen hoch.« Sie sah darin aus wie der Sommer in Person. »Wie viel kostet es?«

Lulu drehte mir den Rücken zu, sodass ich das Preisschild aus dem Ausschnitt angeln konnte. Ich schluckte.

»Fünfzig.«

»Und reduziert?«

»Das ist schon der reduzierte Preis.«

»Oh, Mist! So viel sollte ich definitiv nicht ausgeben. Aber es ist so toll. Das muss ich einfach haben …«

»Hast du denn so viel dabei?«

»Ja, schon. Doch das wäre dann mein ganzes Erspartes. Und dann könnte ich dich nicht mehr zum Eis einladen.«

»Vergiss das Eis, das geht auf mich«, schlug ich vor, weil ich genau merkte, wie sehr Lulu sich das neue Kleid wünschte. »Vielleicht lassen wir das Kleid erst mal zurückhängen, dann kannst du noch mal darüber nachdenken.«

»Okay«, erklärte Lulu sich einverstanden und verschwand wieder in der Umkleide. »Du bist echt ein Schatz«, rief sie mir durch den Vorhang zu.

Kurze Zeit später servierte Pino uns zwei gigantische Eisbecher mit Extrasahne und bunten Streuseln, und während ich mich in das kalte Süß stürzte, schwärmte Lulu noch immer von dem Kleid.

»Frag doch deine Mutter, ob sie dir etwas dazugibt«, schlug ich zwischen zwei Löffeln Eis vor. Marisa zeigte sich gelegentlich sehr großzügig, wenn es um die Shoppingtouren ihrer Tochter ging. Sie sagte immer, dass Lulu das Shopping-Gen von ihr geerbt habe und dass es deshalb nur gerecht sei, wenn sie Lulus besonderes Talent förderte. Aber dieses Mal winkte meine Freundin sofort ab.

»Das kannst du vergessen.«

»Wieso?«, hakte ich nach, während ich ein Stück gefrorene Sahne lutschte.

»Wir sind gerade knapp bei Kasse«, erklärte Lulu.

Marisas Bemerkung fiel mir ein, als wir uns über ihren Traum vom eigenen Café unterhalten hatten. Da hatte sie gesagt, dass sie kein Geld von ihrem Ex-Mann bekam. Und sie hatte gewirkt, als hätte sie Sorgen.

»Was ist denn los?«, erkundigte ich mich.

»Meine Mutter musste ihre Stunden reduzieren.« Lulu wirkte plötzlich fast so besorgt wie Marisa. »Sparmaßnahmen in der Firma oder so. Auf jeden Fall hat sie jetzt nur noch eine halbe Stelle. Das bedeutet, sie verdient auch nur noch die Hälfte.«

»Oje.« Ich ließ den Löffel in den Becher sinken. »Und wie lange geht das schon so?«

»Wohl schon seit ein paar Monaten.«

»Wieso hast du mir denn nichts davon erzählt?« Ich griff über den Tisch und legte meine Hand auf Lulus. Lulu zuckte unglücklich mit den Schultern.

»Sie hat es uns erst gestern gebeichtet. Sie wollte nicht, dass wir uns unnötig Sorgen machen. Sie hat einige Bewerbungen rausgeschickt, aber im Moment ist es wohl schwierig, eine neue Stelle zu finden. Wahrscheinlich hätte sie es uns überhaupt nicht erzählt, wenn ich nicht gestern Abend mein Deutschheft gesucht und in der Küchenschublade drei Absagen gefunden hätte …«

Plötzlich sprudelten die Worte nur so aus Lulu heraus. Von ihrem Eis hatte sie bisher kaum etwas gegessen, sondern nur darin herumgerührt. Die Kugeln im Becher waren fast vollständig geschmolzen und vermischten sich mit der Sahne und den Zuckerstreuseln zu einem bunten Matsch.

»Das tut mir leid.« Mit dem Daumen streichelte ich tröstend über Lulus Hand, ich fühlte mich hilflos. »Kann dein Vater nicht helfen? Ich meine, wenigstens bis deine Mutter einen besseren Job gefunden hat?«

»Ach, der.« Wieder wedelte Lulu abwehrend mit der freien Hand. Auf ihren Vater war sie nicht besonders gut zu sprechen. Er war Musiker, allerdings kein erfolgreicher, so viel hatte ich inzwischen herausbekommen. Vor der Trennung von Lulus Mutter hatte er als Aushilfsmusiklehrer gearbeitet, danach war er spontan nach Liverpool gezogen, weil er die englische Hafenstadt für die Musikmetropole Nummer eins hielt. Dort jobbte er jetzt in einem Pub.

»Wenn ich irgendwas tun kann …«, sagte ich unbeholfen, aber erneut winkte Lulu ab.

»Das wird schon wieder. Ich bin mir sicher, dass meine Mam

ganz schnell einen neuen Job findet«, erklärte sie bemüht zuversichtlich. »Zur Not besorgen wir ihr mithilfe des Zeitumkehrers die Lottozahlen, was meinst du? Nein, schon gut«, lenkte sie schnell ein, bevor ich moralische Bedenken äußern konnte. »Meine Mam würde ohnehin niemals Lotto spielen.«

Ich warf ihr ein schiefes Lächeln zu.

»Weißt du was?« Plötzlich fiel mir wenigstens ein kleiner Gefallen ein, den ich Lulu tun konnte. »Ich gebe dir die Hälfte zu dem Kleid dazu.«

Ich kramte mein Portemonnaie aus meinem Rucksack, um Pino das Geld für die Eisbecher hinzulegen.

»Das würdest du tun?« Wie erhofft schlug Lulus Stimmung spontan um und sie strahlte mich mit der ganzen Breite ihres Scarlett-Johansson-Lächelns an. »Aber das musst du nicht«, fügte sie schnell hinzu.

»Doch, muss ich«, beharrte ich. Schon deshalb, weil Lulu nicht mehr so geknickt wirkte, seit ich es angeboten hatte. »Und du weißt doch, dass ich es meinem Paps einfach als kleine Sonderausgabe verkaufen kann.«

Geld war bei uns kein Thema. Wenn ich mehr brauchte, als ich an Taschengeld bekam, dann fragte ich meinen Paps, und der gab es mir. Das kam aufgrund meiner Shoppingabneigung allerdings nicht häufig vor. Vermutlich funktionierte es deshalb so gut.

»Dann los.« Lulu sprang auf und sprintete so schnell aus dem Eiscafé, dass ich ihr kaum folgen konnte. Auch die Strecke zu dem Geschäft, wo ihr neues Lieblingskleid auf sie wartete, legte sie in Rekordzeit zurück. Als ich endlich keuchend dort ankam, stand Lulu bereits an der Kasse und diskutierte heftig mit einer wasserstoffblonden Verkäuferin.

»Eine halbe Stunde, länger legen wir Artikel aus dem Sale nicht zurück«, erklärte diese gerade in herablassendem Ton, als ich mich noch immer schwer atmend zu den beiden gesellte. »Das habe ich dir vorhin schon gesagt.«

»Wir können unmöglich länger als eine halbe Stunde weg gewesen sein«, empörte Lulu sich. »Claire, wie lange waren wir weg?«

»Na ja.« Ich warf einen Blick auf meinen Uhrenanhänger und versuchte, mich zu erinnern, wann wir den Laden verlassen hatten. Pino lag drei Häuserblocks entfernt. Und auf dem Weg hatte Lulu unbedingt einen kurzen Zwischenstopp bei ihrem Lieblings-Second-Hand-Laden einlegen müssen. Aber vielleicht war der Zwischenstopp nicht ganz so kurz gewesen?

»Eine Dreiviertelstunde vielleicht?«

»Das ist auf jeden Fall länger als dreißig Minuten.« Die Verkäuferin war offensichtlich ein mathematisches Genie.

»Ja, schon gut«, blaffte Lulu. »Und wo ist das Kleid jetzt?«

»In der Umkleide.« Die Verkäuferin wies mit dem Zeigefinger zu den Kabinen, als würde sie eine Pistole darauf richten. »Aber nicht allein. Ich meine, das probiert gerade jemand an«, fügte sie warnend hinzu, als Lulu sich sofort in Richtung geschlossener Vorhang in Bewegung setzte.

Wie auf Kommando wurde der Vorhang in diesem Augenblick zur Seite geschoben und heraus traten: die Doppel-Ds. Doreen trug das schwarz-weiß gestreifte Zebrakleid auf einem Bügel vor sich her und Daphne Lulus Blümchenkleid. Die beiden steuerten auf die Kasse zu.

»Mein Kleid«, quietschte Lulu entsetzt, als Daphne es direkt neben ihr auf den Verkaufstresen schmiss, ohne eine von uns eines Blickes zu würdigen.

»Wir nehmen beide«, erklärte sie der Verkäuferin, die schlagartig zuckersüß lächelte.

»Nein, tut ihr nicht!« Lulu warf sich zwischen Daphne und die Kasse und riss das Blümchenkleid an sich.

»Geht's noch?« Daphne schnappte sich einen Zipfel des Kleides und fing an, daran zu ziehen. »Hast du heute Morgen vergessen, deine Pillen zu nehmen, oder wo liegt das Problem?«

»Ich hab das Kleid zuerst gesehen. Es ist meins«, erklärte Lulu mit einem Tonfall, der mich, wäre ich Daphne gewesen, sofort dazu gebracht hätte, Lulu das Kleid zu überlassen. Aber Daphne ließ sich anscheinend nicht so leicht einschüchtern.

»Du hast sie ja nicht alle«, giftete sie und griff nach einem weiteren Zipfel des Kleides, an dem sie ebenfalls mit voller Kraft zog. Lulu hielt dagegen. Und dann hörte man nur noch ein sehr lautes Ratschen. Lulu und Daphne stolperten rückwärts. Jede hielt einen bunt geblümten Fetzen in der Hand.

»Das … ist … jetzt … nicht … wahr.« Lulu starrte erschrocken auf das zerrissene Kleid in ihren Händen.

Daphne hingegen reagierte alles andere als schockstarr. Mit einer fließenden Bewegung warf sie ihre Hälfte des ruinierten Kleides auf den Tresen, griff Doreen am Ellenbogen und zog sie sehr schnell hinter sich her aus dem Laden, ohne sich noch einmal umzusehen. Eine für die Doppel-Ds erstaunlich intelligente Entscheidung, wie sich gleich darauf herausstellte.

»Das müsst ihr aber bezahlen.« Die Verkäuferin tippte relativ emotionslos auf ihrer Kasse herum. Vielleicht erlebte sie es häufiger, dass sich zwei Kundinnen wegen eines Kleidungsstücks buchstäblich fetzten.

»Das ist nicht fair«, wehrte Lulu ab. »Es ist ja nicht allein meine Schuld.« Doch das schien die Verkäuferin nicht sonderlich zu interessieren.

»Was ist schon fair im Leben?«, fragte sie und knipste wieder ihr zuckersüßes Lächeln an, das noch unechter wirkte als zuvor. »Fünfzig Euro, bitte.« Sie streckte Lulu ihre geöffnete Hand hin. »Oder soll ich lieber den Sicherheitsdienst rufen?«

Lulu sah jetzt wieder so zerknirscht aus, dass es mir einen schmerzhaften Stich versetzte. Ich musste unbedingt etwas unternehmen.

»Moment, bitte«, sagte ich und zog meine Freundin unter dem argwöhnischen Blick der Verkäuferin in die Umkleidekabine.

»Was soll das denn werden?«, rief sie uns hinterher, als sich der Vorhang schloss.

Doch da hatte ich bereits meinen Anhänger in der Hand und drehte an den Zeigern.

»Eine Stunde«, murmelte ich. »Das sollte auf jeden Fall passen.«

»Willst du das wirklich machen?«, flüsterte Lulu hoffnungsvoll.

Und als ich bloß nickte, drückte sie ihren Anhänger auf meinen.

Fünf Minuten später, oder besser gesagt eine knappe Stunde früher, verließen wir den Laden. Zufrieden schlenkerte Lulu die Tüte mit dem Blümchenkleid in ihrer Hand hin und her.

»Weißt du was«, sagte sie fröhlich. »Ich finde, es wird Zeit, dass wir mal wieder etwas richtig Verrücktes unternehmen.«

»Wie bitte?« Ich blieb wie angewurzelt stehen und schaute Lulu ungläubig an. »Du meinst, etwas noch Verrückteres als durch die Zeit zu springen?«

»Na ja.« Meine Freundin zuckte mit den Schultern. »An diese Sache mit den Zeitsprüngen gewöhnt man sich irgendwie, findest du nicht?«

»Nein«, erwiderte ich kopfschüttelnd.

»Ich meine ja nur.« Lulu zuckte wieder mit den Schultern. Nach kurzem Nachdenken fuhr sie fort: »Ich fände es schön, etwas zu unternehmen, was nichts mit der Zeitsprungsache zu tun hat. So wie früher. Was hältst du von einer Freundinnenaktion?«

»Aber es ist doch gar nicht unser Monatstag«, wandte ich ein.

»Ist doch egal.« Lulu zuckte mit den Schultern. »Dafür haben wir an unserem Geburtstag keine Aktion gemacht, dabei war das sogar unser Jahrestag. Ich finde, das müssen wir unbedingt nachholen.«

»Na gut«, stimmte ich zu und stellte fest, dass ich plötzlich Vorfreude spürte.

»Super.« Lulu legte mir einen Arm um die Schulter. »Ich hab nämlich schon eine Idee, ich brauche nur ein kleines bisschen Vorbereitungszeit. Wir treffen uns morgen Nachmittag nach Schulschluss hinter der Sporthalle.«

Mehr ließ sie sich nicht entlocken.

*

»Es wird ein blühendes Zeichen unserer Freundschaft«, erklärte Lulu stolz, als ich am nächsten Nachmittag am vereinbarten Treffpunkt ankam, wo sie bereits auf mich wartete.

»Ich weiß nicht …« Skeptisch betrachtete ich das dünne Stämmchen in dem Plastiktopf, den Sack Blumenerde und die beiden kleinen Schaufeln, die Lulu mitgebracht hatte. »Erlaubt ist das garantiert nicht.«

»Erlaubt ist langweilig.« Lulu verdrehte die Augen. Sie war darin mindestens so begabt wie ihr Bruder. »Außerdem ist es auch nicht ausdrücklich verboten. Oder siehst du hier irgendwo ein Schild, auf dem *Bepflanzen verboten* steht? Und denk an die Kirschen, die wir nächsten Sommer ernten können. Dann veranstalten wir ein Kirschkernweitspucken.« Sie klatschte freudig in die Hände.

»Ich nehme die Erde, du musst nur den Baum tragen. Die Schaufeln kann ich mir in den Gürtel stecken.« Noch während sie sprach, schob sie die beiden Schaufeln unter das breite blaue Band ihres neuen Sommerkleids und schnappte sich den Sack mit Erde. Dann begann sie, die ausziehbare Leiter zu erklimmen, die auf der Rückseite der Sporthalle gegen die Dachumrandung gelehnt war.

»Wo kommt eigentlich diese Leiter her?«, wunderte ich mich.

»Die haben die Handwerker gestern vergessen, nachdem sie das Oberlicht repariert haben«, erklärte Lulu über ihre Schulter hinweg, ohne ihren Aufstieg zu unterbrechen. »Das hat mich doch überhaupt erst auf die Idee gebracht ...«

»Nun warte doch mal«, rief ich, aber Lulu hangelte sich bereits über den Rand des Dachs nach oben.

»Komm schon.« Ihr Kopf erschien wieder. »Ich nehme den Baum entgegen.« Sie streckte ihren Arm so weit nach unten, dass ich Sorge hatte, sie würde hinunterfallen. Also klemmte ich mir den Blumentopf mit dem winzigen Baum unter den Arm und beeilte mich, ihr aufs Dach zu folgen. Zum Glück litt ich nicht unter Höhenangst.

»Perfekt, oder?«, fragte Lulu begeistert, kaum als ich oben war, und wies mit ihrem ausgestreckten Arm über die Dachfläche, als wäre es ihr Königreich. Was daran perfekt sein sollte, konnte ich allerdings beim besten Willen nicht erkennen.

Die Dachfläche war vor Urzeiten begrünt worden. An den meisten Stellen war das Gras vertrocknet und braun und die Büschel, die vereinzelt daraus hervorsprossen, wirkten struppig.

»Wirklich idyllisch«, stimmte ich meiner Freundin ironisch zu. »Und nun komm, lass es uns schnell hinter uns bringen.«

Denn auch wenn man uns vom Schulhof am hinteren Ende des Dachs nicht sehen konnte, fürchtete ich, dass uns jemand bemerken und verpetzen würde. Zumal aus der Halle immer wieder das Geräusch von Bällen zu hören war, die auf den Hallenboden knallten, und Rufe und Pfiffe zu uns drangen. Offenbar trainierte direkt unter uns gerade die Basketball-AG. Aber Lulu wirkte so gelassen, als würde eine Pflanzaktion auf dem Dach der Sporthalle zu ihren täglichen Übungen gehören.

»Warum machst du dir Sorgen?«, fragte sie. »Wenn uns jemand

entdeckt, können wir die Sache immer noch abbrechen und ein bisschen in der Zeit zurückspringen. Wir sind auf der absolut sicheren Seite.«

Ich schüttelte bloß den Kopf. Obwohl ich mich in den letzten Tagen zweimal hatte überzeugen lassen, den Anhänger zu benutzen, war ich nach wie vor der Meinung, dass Lulu die Zeitsprungsache viel zu leicht nahm.

»Erst einmal müssen wir testen, ob der Ort überhaupt zum Kirschkernweitspucken geeignet ist«, erklärte Lulu, zog eine spitze, braune Papiertüte aus ihrem Rucksack, griff hinein und zauberte eine Handvoll tiefroter Kirschen hervor. Sie hatte wirklich alles bis ins Detail durchgeplant.

Noch bevor ich protestieren konnte, steckte sie sich eine der Kirschen in den Mund, kaute, schluckte, legte den Kopf weit in den Nacken und ließ den Kirschkern mit einem energischen »Phh« herausschießen. Er beschrieb eine steile Flugbahn über die Dachkante hinweg und prallte gegen die Schulmauer.

»So muss das aussehen«, sagte Lulu stolz und zeigte auf sich selbst. »Darf ich vorstellen: Lulu da Costa Moreira, Meisterin im Kirschkernweitspucken.«

»Das, meine Liebe, war gar nichts.« Abschätzig schaute ich sie an. »Sieh zu und lerne.«

Ich nahm ihr drei Kirschen aus der Hand, die ich alle gleichzeitig in meinem Mund verschwinden ließ. Dann kaute und lutschte ich so lange darauf herum, bis ich nur noch drei perfekt glatte Kerne auf meiner Zunge spürte. Ich bog ebenfalls den Kopf nach hinten, aber nicht zu weit, legte mir die Geschosse im Mund zurecht, atmete tief durch die Nase ein und spuckte. Einmal, zweimal, dreimal – und die Kerne flogen im Stakkato zwischen meinen gespitzten Lippen hervor, gerade und flach über die Dachkante hinweg, einer hinter dem anderen über die Schulmauer in den Nachbargarten.

»Das glaub ich jetzt nicht.« Lulu starrte mich mit offenem Mund an. »Meine Freundin ist eine Kirschkernkönigin! Warum hast du mir das nie verraten?«

»Warum hätte ich dir das erzählen sollen?« Ich lachte laut. Das hatte richtig viel Spaß gemacht. Und ich war ein bisschen stolz, dass ich es immer noch so gut konnte.

»Weil man seiner besten Freundin seine geheimen Talente nicht verschweigen darf«, ereiferte sich Lulu. »Woher kannst du das denn bloß so gut?«

»Das habe ich früher stundenlang mit meiner Omili gemacht.« Ich grinste bei der Erinnerung daran. »Sie war noch viel besser als ich. Sie konnte das mit fünf Stück.«

»Wahnsinn.« Lulu schüttelte ungläubig den Kopf. »Das musst du mir unbedingt beibringen.«

Also zeigte ich Lulu die Technik. Und auch wenn sie es am Ende nur mit einem Kern über die Mauer schaffte, hatten wir eine Menge Spaß dabei. Dann waren die Kirschen alle.

»Ein Grund mehr, einen Freundschaftskirschbaum zu pflanzen«, erklärte Lulu entschieden.

»Unbedingt«, stimmte ich zu. »Aber findest du wirklich, wir sollten das hier oben tun?«

»Ist doch der ideale Ort zum Weitspucken«, wiederholte Lulu.

»Schon, aber ich weiß nicht, ob es so schlau ist, einen Baum aufs Dach zu pflanzen«, wandte ich ein. »Der Baum kann hier doch gar nicht richtig Wurzeln schlagen«, gab ich zu bedenken. »Die Erde ist nicht tief genug.«

»Ich schätze, du hast recht«, gab Lulu zu. »So was Blödes. Jetzt haben wir alles umsonst hier hochgeschleppt.«

»Egal.« Ich winkte ab. »Der Spaß war es definitiv wert.«

»Aber wo pflanzen wir unseren Baum ein?« Mitleidig betrachtete meine Freundin das kleine Pflänzchen. »In eurem Garten?«

»Besser nicht.« Ich dachte an Sylvias englischen Rasen, den sie mit der Nagelschere stutzte, und an die Lorbeerhecke, aus der sie täglich überstehende Blätter herauszupfte.

»Dann im Schulgarten«, schlug Lulu vor.

»Gute Idee. Dann können wir immer in den Pausen davon naschen.«

»Und wenn wir mal nicht mehr an der Schule sind, ist das unser Vermächtnis«, überlegte Lulu laut. »Der Claire-und-Lulu-Gedächtnis-Baum.«

»Ist klar.« Ich schnappte mir den Topf mit dem Bäumchen und fing an, die Leiter wieder hinunterzuklettern, was sich als deutlich komplizierter erwies als hinauf. Fast wäre mir der Claire-und-Lulu-Gedächtnis-Baum aus der Hand gerutscht und abgestürzt.

»Ich muss erst noch schnell zur Toilette«, bemerkte ich, als auch Lulu wieder festen Boden unter den Füßen hatte. »Ich geh in der Sporthalle, wenn sie offen ist, okay?«

»Okay, ich warte hier.« Lulu deponierte den Sack mit Blumenerde und die Schaufeln hinter einem Busch und ich stellte das Bäumchen dazu.

10

Auf dem Weg zur Toilette warf ich einen Blick auf meinen Kettenanhänger, um nach der Uhrzeit zu sehen. Mist, so spät schon? Eigentlich hätte ich längst zu Hause sein sollen, um für die Mathearbeit zu pauken, mit der Frau Dr. No uns in drei Tagen erfreuen würde. In der letzten hatte ich eine Fünf minus geschrieben – »mit deutlicher Tendenz zur Sechs«, wie Frau Dr. No bei der Rückgabe meiner Arbeit betont hatte.

Eine Sechs im Jahreszeugnis, das wäre mein persönlicher GAU. Nicht nur, weil ich dann das Schuljahr würde wiederholen müssen und nicht mehr mit Lulu zusammen in eine Klasse gehen könnte, sondern auch, weil Sophie und meine Stiefmutter mich vermutlich für den Rest meines Lebens daran erinnern würden.

Andererseits würde ich auch bei allem Lernen vermutlich nie verstehen, wie und vor allem warum man ein Baumdiagramm erstellen sollte. Da konnte ich genauso gut stattdessen einen echten Kirschbaum pflanzen.

Die vordere Eingangstür der Sporthalle war nur angelehnt, wie ich es schon vermutet hatte. Das Schloss funktionierte seit Monaten nicht richtig. Doch als ich hineingehen wollte, hörte ich Stimmen auf der anderen Seite des Gebäudes. Sie kamen mir sehr bekannt vor. Und obwohl ich natürlich nicht lauschen wollte, schob ich mich wie von einer Schnur gezogen langsam an der Hauswand entlang, bis ich verstehen konnte, was die Stimmen sagten.

»Ich muss in diese Richtung«, sagte die erste Stimme, die ganz eindeutig meiner Stiefschwester Sophie gehörte.

»Dann bis morgen«, antwortete die andere Stimme, die ich als die von Frau Dr. No identifizierte. Was taten die beiden hier zusammen weit nach Schulschluss?

»Danke noch mal für Ihre Hilfe bei dem Wettbewerb. Es ist wirklich toll, dass Sie mir auch bei den Vorbereitungen für die Prüfung helfen«, sagte Sophie wie zur Erklärung.

»Das ist doch selbstverständlich. Ich habe ja auch ein persönliches Interesse daran, dass meine Schülerin gut abschneidet«, erklärte Frau Dr. No.

»Ich bin Ihnen wirklich dankbar«, wiederholte Sophie. »Und meine Mutter ebenfalls.«

Brr. Ich schüttelte mich. Wenn Sophie so weitermachte, würde sie auf ihrer eigenen Schleimspur ausrutschen. Trotzdem blieb ich an Ort und Stelle. Irgendetwas hielt mich davon ab, mich wieder davonzuschleichen.

»Denk einfach daran, was ich dir gesagt habe …«, erwiderte Frau Dr. No und senkte dabei die Stimme.

»Meinen Sie wirklich, das geht in Ordnung?«, fragte Sophie, ebenfalls leiser.

Das klang tatsächlich mal interessant! Worüber sprachen die beiden bloß?

»Natürlich geht das in Ordnung. Es ist ja nur zur Ansicht. Und es steht dir zu«, entgegnete Frau Dr. No wieder lauter.

»Da haben Sie natürlich recht«, sagte Sophie. »Also bis morgen, tschüss.« Schritte näherten sich.

Mist! Was, wenn die beiden mich entdeckten? Verboten war es natürlich nicht, mich auf dem Schulhof herumzudrücken. Aber es würde Frau Dr. Nos Meinung von mir auch nicht gerade verbessern, wenn sie merkte, dass ich sie und Sophie belauscht hatte.

Und ganz sicher würde sie einen Weg finden, mich dafür büßen zu lassen. Im Zweifel, indem sie einen oder zwei Punkte in meiner Mathearbeit einfach übersah. Und im schlechtesten Fall würde sie herausfinden, dass Lulu und ich auf das Dach der Sporthalle geklettert waren, und uns bei der Schulleitung melden, und das würde richtig Ärger geben … Ich musste schleunigst verschwinden.

Kopflos hastete ich zurück, zerrte die schwere Tür zur Sporthalle auf und schlüpfte hinein, gerade in dem Moment, als ich Frau Dr. No um die Ecke biegen sah.

Doppelter Mist! Garantiert hatte meine Lehrerin mitbekommen, dass jemand – ich – durch die Tür geschlüpft war. Und wenn sie eins und eins zusammenzählte (was ihr als Mathelehrerin vermutlich keine Probleme bereiten würde), dann wäre ihr klar, dass dieser Jemand – ich – sie belauscht hatte. Schon sah ich ihren Schatten vor der Milchglastür auftauchen. Ich musste verschwinden. So richtig verschwinden. Schnell. Jetzt!

In meinem Rücken spürte ich eine Tür, ich drückte die Klinke, und als sie sich öffnete, schlüpfte ich schnell durch den Spalt. Puh! Gerade noch geschafft. Ich lehnte mich mit dem Rücken gegen die Tür, Augen geschlossen, und atmete tief durch.

»He«, hörte ich da.

»Was soll das?«, fragte jemand.

»Spinnt die?«, sagte eine andere Stimme.

Dann hörte ich nur noch lautes Johlen. Ich riss die Augen auf. Und wäre beinah reflexartig wieder durch die Tür gestürmt. In letzter Sekunde fiel mir ein, dass das keine gute Idee war, weil sich davor Frau Dr. No befand. Doch hier, vor mir, standen etwa zehn Jungs, allesamt in ihren Unterhosen, und pfiffen und machten ziemlich eindeutige Kommentare darüber, was sie von weiblichem Besuch in ihrer Umkleide hielten.

Und gerade als ich dachte, es könnte nicht mehr peinlicher werden, kamen drei weitere Jungen aus der Dusche. Ihre Haare waren noch klatschnass, die Handtücher bloß locker um die Hüften geschlungen. Vermutlich wollten sie wissen, warum die anderen so laut grölten. Ich erkannte Lucas eine Millisekunde früher, bevor er mich entdeckte. Das war leider zu wenig, um mich einfach in Luft aufzulösen.

Sein erstaunter Gesichtsausdruck ging in ein spöttisches Lächeln über, dann schüttelte er fassungslos den Kopf. Ich konnte seine Gedanken förmlich lesen: *Die schon wieder! Scheint sich gerne in Jungentoiletten und Jungenumkleiden herumzutreiben, die kleine Spannerin. Hoffentlich hat sie es nicht auf mich abgesehen …*

Meine Hand zuckte zum Türgriff und zuckte hektisch wieder zurück, als mir Frau Dr. No einfiel. Zuckte hin, zuckte zurück. Vermutlich sah es aus, als litte ich unter einem nervösen Anfall. In meinem Kopf zuckte es genauso. Raus, nein, raus, nein, weg hier! Leider flitzten die Gedanken so schnell hin und her, dass sie einen Kurzschluss verursachten. Aber dann merkte ich, dass die Tür geöffnet wurde. Frau Dr. No!

Ohne weiter darüber nachzudenken, rannte ich los. Einmal quer durch die gesamte Jungenumkleide. Sprang über Sporttaschen, zickzackte zwischen Rucksäcken hin und her, rempelte zwei Jungs in Boxershorts aus dem Weg und stürmte auf der gegenüberliegenden Seite durch die Tür, die zur Halle führte. Nicht schlecht, Claire Fischer, dachte ich noch. Vielleicht solltest du dich beim Rugby-Team bewerben. Dann fiel mir auf, dass ich in der Falle saß.

Die Sporthalle hatte nämlich keinen Hinterausgang.

»Claire Fischer, soso«, hörte ich in diesem Moment Frau Dr. No hinter mir.

»Clairchen, was machst du denn?«, rief im selben Augenblick Lulu genervt von der anderen Seite. »Ich warte und warte …«

Ich drehte mich ruckartig einmal um meine eigene Achse. Lulu!

In der Tür zur Mädchenumkleide. Natürlich! Warum war ich nicht selbst auf die Idee gekommen? Ich sprintete los, packte meine Freundin im Laufen am Handgelenk und riss sie hinter mir her, ohne auf ihren Protest zu achten.

»Claire, Lulu, bleibt sofort stehen«, schimpfte Frau Dr. No. Aber auch die ignorierte ich. Mit Lulu am Arm stürmte ich an den staunenden Mädchen in der Mädchenumkleide vorbei und aus der Sporthalle hinaus auf den Schulhof.

Hektisch blickte ich mich um. Ich bekam kaum noch Luft. Wo konnten wir uns verstecken? Mein Blick flog über ein paar spärliche Büsche, die Tischtennisplatten und die Fahrradständer hinüber zum Hauptgebäude. Alles keine guten Verstecke.

Schon kam Frau Dr. No aus der Sporthalle auf uns zu. Und mir wurde klar, dass es ohnehin sinnlos war, sich zu verstecken. Weil Frau Dr. No mich schon gesehen und ihre Schlüsse längst gezogen hatte. Und weil ich das nicht mehr ändern konnte, würde es garantiert Folgen haben, heute, morgen oder irgendwann.

Außer …

Außer …

»Ich erklär es dir später«, flüsterte ich meiner Freundin zu, drehte die Zeiger auf meinem Anhänger zurück und presste ihn gegen Lulus.

*

»Was hat sie bloß damit gemeint?«, fragte Lulu zum bestimmt hundertsten Mal, als wir am nächsten Nachmittag bei ihr zu Hause für die Mathearbeit lernten.

Ich zuckte mit den Schultern. Egal, wie oft sie danach fragte, hatte ich noch immer keine Antwort darauf. Natürlich hätte ich auch liebend gerne gewusst, worüber Sophie und Frau Dr. No sich unterhalten hatten. Doch nachdem unser Zeitsprung gelungen war – es war übrigens ziemlich schräg gewesen zuzusehen, wie Frau Dr. No von einer Sekunde auf die andere nicht mehr auf dem Schulhof gestanden hatte –, hatte ich es nicht gewagt, erneut zu der Stelle zu schleichen, wo ich die beiden belauscht hatte.

Das Risiko, durch irgendeinen blöden Zufall noch einmal entdeckt zu werden, erschien mir einfach zu groß …

»Ich tippe darauf, dass sie Sophie die Prüfungsfragen besorgt«, wiederholte ich meine Vermutung.

»Das ist *eine* Möglichkeit«, sagte Lulu nachdenklich.

»Und was ist die andere?«, erkundigte ich mich.

»Ich habe keine Ahnung«, erklärte meine Freundin frustriert. »Wenn du mich doch bloß nicht weggezerrt hättest. Dann hätten wir die beiden noch mal belauschen können. Und dann wüssten wir jetzt, worüber sie wirklich gesprochen haben …«

»Ich weiß.« Wieder zuckte ich mit den Schultern. »Aber wie ich dir jetzt schon mehrfach versucht habe zu erklären, hatte ich echt Angst, dass wir dabei wieder auffliegen.«

Gleich nach unserem Zeitsprung hatte ich die völlig verblüffte Lulu gepackt und ohne weitere Erklärung vom Schulhof gezerrt. Erst als wir sicher im Bus saßen, hatte ich ihr erklärt, wie es zu all dem gekommen war. Den Kirschbaum und die Blumenerde hatten wir in ihrem Versteck gelassen und die Pflanzaktion auf das Wochenende verschoben.

»Wenn du bloß nicht immer so ein Angsthase wärst«, zog Lulu mich auf.

»Ist doch jetzt auch egal«, verteidigte ich mich. »Ich meine, was interessiert es uns, ob Sophie bei diesem Mathewettbewerb gewinnt oder nicht? Mich interessiert aktuell mehr, wie ich es schaffen soll, in der blöden Mathearbeit nicht total zu versagen.«

Entnervt schob ich mein Mathebuch quer über den Tisch. Wir

wollten zusammen lernen, damit ich allein zu Hause dabei nicht bloß Löcher in die Luft guckte. Aber ich konnte genauso gut so lange auf die Seite starren, bis die Zahlen vor meinen Augen zu tanzen anfingen. Begreifen würde ich das, was da stand, niemals.

»Lass uns ins Kino gehen«, schlug Lulu spontan vor.

»Was?«

»Kino. Du weißt schon. Film gucken, Popcorn essen und so. Im Rex ist Tanzfilmwoche, da läuft heute *West Side Story*.«

»Den hast du doch schon tausend Mal gesehen.«

Lulu zuckte bloß mit den Schultern und grinste.

»Verlockend, aber ich muss echt lernen«, erklärte ich bedauernd. Natürlich wäre ich liebend gern ins Kino gegangen, zur Not sogar in einen uralten Tanzfilm, aber ich konnte mir wirklich keine weitere Fünf in Mathe leisten.

»Ach, komm schon, Clairchen.« Lulu schnappte mir das Buch weg. »Der Kopf muss auch mal durchlüften, sonst passen keine neuen Informationen rein.«

»Ich weiß nicht.«

»Vorschlag.« Lulu lehnte sich zu mir und senkte verschwörerisch die Stimme. »Wir gehen ins Kino und dann machen wir einen klitzekleinen Zeitsprung, zwei Stündchen etwa, und dann haben wir immer noch jede Menge Zeit zu lernen. Was meinst du, ist das genial oder ist das genial?«

»Ich weiß nicht«, wiederholte ich.

»Wir könnten auch in den dritten Teil von diesem Zeitreisefilm gehen«, bot Lulu an. »Könnte ja vielleicht lehrreich sein.«

Ich seufzte. Lulu kannte mich einfach zu gut. Sie wusste genau, dass ich bei diesem Vorschlag nicht würde widerstehen können.

»Okay, du hast mich.« Ich klappte mein Heft zu und packte es in meinen Rucksack. Wer war ich denn, darauf zu bestehen, dass wir Mathe paukten? Und vielleicht war die Idee mit dem Zeitsprung gar nicht so schlecht. Ich hatte mir zwar geschworen, den Anhänger nur im Notfall zu benutzen. Aber war eine anstehende Mathearbeit, die in Konkurrenz zur Verfilmung meiner aktuellen Lieblingsbücher trat, nicht auch ein Notfall?

Wir wollten uns gerade auf den Weg machen, als Marisa ins Zimmer platzte.

»Die weiße oder die blaue?« Sie hielt zwei Kleiderbügel in die Höhe, an denen je eine Bluse baumelte.

»Wofür?« Lulu musterte erst die Blusen und dann ihre Mutter, die jedoch nicht antwortete, sondern nur einen deutlichen Blick in meine Richtung warf.

»Ach so. Claire weiß Bescheid.« Sie legte mir einen Arm um die Schultern. »Ich hab es ihr gesagt, ich meine, es ist ja kein Geheimnis, oder? Und Claire gehört doch ohnehin quasi zur Familie ...«

»Sim, claro«, erwiderte Marisa abwesend auf Portugiesisch – ja, klar. Ihr Blick flog unsicher zwischen den Blusen hin und her. »Ist für eine Vorstellungsgespräch.«

»Um diese Zeit?« Erstaunt schaute ich auf meinen Anhänger. Die Uhr zeigte schon halb sechs.

»Ja, ist sehr wichtig«, erklärte Marisa. »Ist für eine Unternehmen, die Handel mit Südamerika macht. Sie brauchen jemand, die Spanisch und Portugiesisch spricht. Sieht gut aus für mich. Als persönliche Assistentin für die Geschäftsführer. Er will mich treffen, doch er hat viele Termine. Deshalb gleich, um sechs, nur eine Viertelstunde. Ich muss unbedingt pünktlisch sein.«

»Das ist ja toll.« Lulu sprang so stürmisch auf, dass ihr Stuhl umkippte, und fiel ihrer Mutter um den Hals. »Nimm die weiße«, sagte sie dann, »die sieht schicker aus.«

»Danke.« Marisa drückte ihrer Tochter einen Kuss auf die Wange und stürmte aus dem Zimmer. Eineinhalb Minuten später stand sie wieder in der Tür und sah in ihrer weißen Bluse wirklich sehr elegant und sehr professionell aus. Ich hatte keinen Zweifel, dass sie den Job bekommen würde.

»Tschüss, meine Schätsschen, wünscht mich Glück.«

»Viel Glück«, riefen wir im Chor.

»Ach, Mam.« Lulu lief ihrer Mutter hinterher. »Fährst du zufällig am Cineplex vorbei? Und könntest du uns dort rauswerfen? Ist doch nur ein klitzekleiner Umweg … Bitte, bitte, bitte … Super, danke!«

Sieben Minuten später hatte Marisa zwei rote Ampeln überfahren, das Tempolimit in der Dreißigerzone um dreiundzwanzig Stundenkilometer überschritten und sich nur deshalb nicht mit einem Fußgänger angelegt, der ihr einen Vogel gezeigt hatte, weil sie dafür hätte anhalten müssen.

»Danke fürs Mitnehmen.« Lulu sprang leichtfüßig aus dem Twingo und warf ihrer Mutter eine Kusshand zu.

Ich schwankte hinterher. Das flaue Gefühl verging jedoch schnell wieder, als ich einen großen Eimer mit Popcorn in der Hand hielt. Und dann vergaß ich es vollständig ebenso wie die anstehende Mathearbeit, die peinliche Szene in der Jungenumkleide und das Gespräch zwischen Frau Dr. No und Sophie und versank für knapp zwei Stunden in der spannenden Handlung des Films.

*

»Das war eine großartige Idee.« Ich strahlte Lulu breit an, als wir das Kino verließen und uns mit dem Bus wieder auf den Heimweg machten. »Und ein echt genialer Film.«

»Na ja, ein bisschen übertrieben, oder?«

»Aber du musst doch zugeben, dass der Film spannend war, oder?« Ich knuffte meine Freundin gegen die Schulter.

»Spannend schon, aber etwas gelernt habe ich daraus jetzt nicht. Für unsere spezielle Situation, meine ich.«

»Oh, Lulu.« Ich knuffte sie noch mal. »Was hast du denn erwartet? Einen Dokumentarfilm über Zeitreisen? Das ist doch alles bloß erfunden.«

»Meinst du? Wenn jemand das verfilmen würde, was wir gerade erleben, würden die Zuschauer wahrscheinlich auch nicht glauben, dass es wahr ist, oder?«

»Wer würde unser Leben schon verfilmen wollen?«

»Keine Ahnung.« Lulu lachte. »Aber ich würde in dem Film gerne die Hauptrolle spielen.«

»Olá, meine Schätsschen.« Marisa begrüßte uns mit einem Glas Sekt in der Hand und offensichtlich in bester Partylaune, als wir bei Lulu zu Hause ankamen. »Wer möchte gerne eine Schluck? Zur Feier von die Tag. Und von meine neue Stelle?«

»Du hast es geschafft. Du bist die Beste!« Jubelnd umarmte Lulu ihre Mutter.

»Herzlichen Glückwunsch.« Ich streckte Marisa meine Hand hin, wurde aber ebenfalls in eine heftige Umarmung gezogen.

»Stoßen wir alle an.« Marisa füllte je zwei Finger breit Sekt aus der bereits halb leeren Flasche in drei Gläser, die sie auf dem Küchentisch bereitgestellt hatte. »Deine Bruder kommt auch gleich.«

»Ich muss leider los«, entschuldigte ich mich. Denn erstens war ich kein großer Fan von Alkohol, auch nicht in sehr kleinen Mengen. Aber noch weniger behagte mir die Vorstellung, zusammen mit Lucas Sekt zu trinken. Denn selbst wenn er sich dank des Zeitsprungs nicht an die oberpeinliche Szene in der Umkleide erinnerte, so hatte ich sie dennoch genau vor Augen und würde vermutlich tomatenrot anlaufen, sobald er den Raum betrat.

»Nichts da«, mischte Lulu sich jedoch ein und versperrte mir den Weg. »Wir müssen noch Mathe lernen, schon vergessen?«

»Ehrlich jetzt?« Ich versuchte, mich an ihr vorbeizudrücken.

»Ist es nicht schon zu spät dafür?«, sprang Marisa mir bei. Doch Lulu durchbohrte mich bloß so lange mit Blicken, bis ich klein beigab.

»Na gut, aber dann sofort.« Ich nahm meine Freundin an der Hand und zog sie hinter mir her in ihr Zimmer.

»Und der Sekt?«, protestierte Lulu.

»Den kannst du nachher trinken«, erwiderte ich unwillig. »Wenn deine Mutter die Flasche zum zweiten Mal aufmacht.«

»Stimmt.« Lulu strahlte, sie freute sich ganz offensichtlich auf unseren geplanten Zeitsprung.

Ich hingegen hatte wenig Lust dazu, die Zeit zurückzudrehen, um sie zum Mathelernen zu nutzen. Aber abgemacht war abgemacht, das war mir auch klar.

»Dann los, bringen wir es hinter uns.« Ich drehte die Zeiger auf meinem Anhänger zurück auf halb sechs. Mittlerweile fühlte sich das Ganze fast selbstverständlich an. Lulu stellte sich dicht vor mich, wir legten die beiden Halbkugeln aufeinander und wie erwartet durchzuckte ein kurzer Stromstoß meinen Körper.

»Die weiße oder die blaue?« Marisa erschien im Zimmer, noch bevor ich es geschafft hatte, mein Mathebuch aufzuschlagen. In den Händen hielt sie wie vorhin die beiden Blusen.

»Die weiße«, entschied Lulu, ohne hinzuschauen. »Darin siehst du superschick aus.«

Verwundert runzelte Marisa die Brauen, bevor sie das Zimmer wieder verließ.

»Viel Erfolg, Mam!«, rief Lulu ihr hinterher. »Ich weiß, dass du es schaffst!«

Dann klappte sie ihr Heft auf und zückte einen Bleistift. Auch ich öffnete mein Mathebuch und las mir die erste Übungsaufgabe für die Arbeit noch einmal durch: »Hinter einem Fußballplatz befindet sich ein Haus mit zwei Fenstern. Die Wahrscheinlichkeit, dass während eines Fußballspiels das große Fenster getroffen wird, beträgt 0,2 Prozent. Die Reparaturkosten liegen bei 150 Euro. Die Wahrscheinlichkeit, dass das kleine Fenster getroffen wird, beträgt 0,1 Prozent. Die Reparatur kostet 110 Euro. Im Falle eines Schadens finden bis zur Reparatur keine Fußballspiele mehr statt. Wie groß ist die Wahrscheinlichkeit, dass nach sieben Spieltagen die Reparaturkosten mehr als 1.500 Euro betragen?«

Fassungslos starrte ich auf die Aufgabe. Mir fiel dazu nur eine einzige Antwort ein, nämlich: Wen interessiert's? Aber ich vermutete, dass die Wahrscheinlichkeit, mit dieser Antwort von Frau Dr. No null Punkte zu kassieren, bei exakt hundert Prozent lag. Genauso wie die Wahrscheinlichkeit, die maximalen Reparaturkosten zu erreichen, wenn man mich auf diesem Platz spielen ließe …

Ich las mir die Aufgabe noch einmal durch.

Und noch mal.

Dann starrte ich bloß noch mit leerem Blick darauf und dachte daran, wie wir gemeinsam auf dem Dach der Sporthalle gesessen und Kirschkerne gespuckt hatten. Meine Gedanken schweiften ab vom Dach der Sporthalle, hinunter in die Jungenumkleide, und bei aller Peinlichkeit konnte ich nicht umhin, mich daran zu erinnern, wie toll Lucas mit den nassen Locken ausgesehen hatte. Und mit nichts als einem Handtuch um die Hüften …

»Träumst du?« Lulu klopfte mit dem Bleistift auf die Seite in meinem Buch. »Kommst du nicht weiter?«

»Nicht einen Millimeter.« Ich seufzte lautstark.

»Soll ich es dir erklären?«

»Ich glaube nicht, dass das was bringt, aber du kannst es gerne versuchen.«

»Okay, schau mal.« Lulu zog das Buch ein Stück näher zu sich heran. Meine Freundin schrieb in Mathe eigentlich immer eine

Drei. Leider hatten ihre regelmäßigen Versuche, mir die Aufgaben zu erklären, bisher keinerlei Erfolg gezeigt …

Eine knappe Stunde später hörten wir, dass die Wohnungstür aufgeschlossen und anschließend mit einem lauten Knall wieder zugeworfen wurde.

»Mam?«, rief Lulu. »Bist du das? Bist du schon wieder da?«

»Merda!« Marisa klang absolut nicht, als wäre sie in Sektlaune. Lulu zuckte zusammen. Vermutlich war das irgendein derber portugiesischer Fluch, den ich nicht verstand.

»Was ist denn los?«, rief Lulu und eilte aus dem Zimmer zu ihrer Mutter. Ich lief hinterher.

Marisa stand im Flur, die Hände ausgebreitet, als wollte sie sagen: Da, schaut, was passiert ist. Auf den ersten Blick war leider nicht zu erkennen, was das sein könnte.

»Was denn?«, bohrte Lulu besorgt nach.

»Ich wollte zu eine Vorstellungsgespräch«, berichtete Marisa aufgebracht. »Aber ich hatte noch etwas Zeit. Und ich war so aufgeregt. Da habe ich die Café entdeckt, gegenüber von den Firma. Eine süße, kleine Café. Also dachte ich, ich trinke eine Bica. Das beruhigt meine Nerven.«

Bica? Ich schaute Lulu fragend an.

»Einen Espresso«, flüsterte meine Freundin mir zu. Lauter fragte sie ihre Mutter: »Wie kommst du auf die Idee, dass ein Kaffee deine Nerven beruhigt? Und wo ist jetzt eigentlich das Problem?«

Marisa schnaubte durch die Nase.

»Ich bin in die Café gegangen, wirklich eine sehr hübsche Café, und habe mich eine Bica bestellt. Und da ist die Besitzer mit die Kaffee an meine Tisch gekommen, und ich schwör dir, ich wollte nur schnell die Kaffee trinken, aber dann habe ich gesagt, wie hübsch die Café ist, ich wollte nur ein bisschen nett sein und wirklich nur ganz schnell meine Bica trinken, wirklich, aber da hat sich die Besitzer zu mich gesetzt, und ich hab gemerkt, dass er gerne mit jemand reden musste, und stellt euch vor, er ist auch Portugiese und hat die Café schon über swansisch Jahre, doch jetzt muss er zurück zu seine alte Eltern in Lissabon und muss die schöne Café aufgeben und er war wirklich sehr traurig deswegen …«

»Mam«, unterbrach Lulu Marisas konfusen Redeschwall ungeduldig und legte ihr eine Hand auf den Arm. »Das ist ja alles sehr interessant, aber wie ist das Vorstellungsgespräch gelaufen?«

»Pah«, machte Marisa und klang auf einmal sehr resigniert. »Über die Gerede hab ich die Sseit vergessen, fürchte ich. Und dann war es ssu spät für die Vorstellungsgespräch.«

»Du bist nicht hingegangen?«, fragte ich erschrocken.

»Mam«, sagte Lulu entsetzt. »Du hattest den Job doch bereits.«

»Was?« Marisa schaute ihre Tochter verständnislos an.

Ich hingegen begriff natürlich sofort, was Lulu sagen wollte. Vorhin, vor unserem Zeitsprung, war Lulus Mutter zu ihrem Vorstellungsgespräch gegangen. Pünktlich. Kurz vor unserem Zeitsprung hatte sie noch fröhlich mit Sekt auf ihre neue Stelle anstoßen wollen. Wie war es möglich, dass plötzlich alles anders war?

Doch dann begriff ich es. Wir waren schuld!

»Komm mal mit.« Ich zupfte Lulu am Ärmel und deutete energisch zu ihrem Zimmer. »Wir müssen reden.«

Zum Glück kapierte Lulu sofort, was ich von ihr wollte. Irritiert schaute Marisa uns nach, als wir unvermittelt verschwanden.

»Das ist unsere Schuld«, raunte ich Lulu zu, kaum hatte sie die Zimmertür hinter uns geschlossen. »Weil wir die Zeit zurückgedreht haben. Und nicht ins Kino gefahren sind. Deshalb war deine Mutter ein kleines bisschen zu früh dran. Und deshalb ist sie in dieses Café gegangen und hat sich dort verquatscht.«

Lulu nickte langsam mit dem Kopf und spitzte die Lippen.

»Ich schätze, du hast recht. So ein Mist! Wir haben nicht darüber nachgedacht, dass sich auch für alle anderen die Zeit zurückdreht, wenn wir die Anhänger benutzen.«

»Genau«, pflichtete ich ihr bei. »Und dass Sachen, die beim ersten Mal gut gelaufen sind, plötzlich auch schiefgehen können.«

»Ja, verdammt, so sieht's wohl aus.« Man konnte meiner Freundin das schlechte Gewissen deutlich ansehen. Ihr tat es unter Garantie noch viel mehr leid als mir, dass wir ihre Mutter unwillentlich in so eine blöde Lage gebracht hatten. Und ihre Chancen auf den Job, den sie dringend brauchte und den sie eigentlich schon in der Tasche gehabt hatte, zunichtegemacht hatten.

Wir hörten Marisa in der Küche rumoren und erneut lautstark auf Portugiesisch fluchen.

»Dann haben wir jetzt nur eine Möglichkeit.« Entschieden drehte ich die Zeiger auf meinem Anhänger ein weiteres Mal zurück und hielt ihn Lulu hin. Meine Freundin nickte.

»Ja, springen wir noch einmal. Und dann begleiten wir meine Mam bis vor die Tür von diesem Geschäftsführer. Damit sie dieses Mal auf keinen Fall auf die Idee kommt, sie müsste noch schnell einen Kaffee trinken.« Lulu nahm ebenfalls ihren Anhänger und drückte ihn gegen meinen.

In Erwartung des Stromschlags schloss ich meine Augen. Und wartete. Eine Sekunde. Zwei … Doch der Stromschlag blieb aus.

Erstaunt klappte ich die Augen wieder auf. Auch Lulu schaute mich überrascht an.

»Hast du was gespürt?«

»Nein, du?«

»Sind wir denn gesprungen?«

»Keine Ahnung.«

Ich zog mein Handy aus der Hosentasche und überprüfte die Zeit. Kurz vor halb sieben. Nein. Es hatte offensichtlich nicht funktioniert.

»Haben wir irgendetwas falsch gemacht?«, überlegte ich laut. Aber Lulu schüttelte entschieden den Kopf.

»Nein, wir haben dasselbe gemacht wie immer.«

»Seltsam.« Ich wog meine Hälfte des Anhängers in der Hand und begutachtete sie genau. »Sieht auch genauso aus wie immer. Er wird doch hoffentlich nicht kaputt sein.« Ein kleiner Anflug von Panik packte mich.

»Probieren wir es noch mal«, schlug Lulu vor. Dieses Mal drehte sie die Zeiger auf ihrem Anhänger zurück. Wieder pressten wir die Hälften aufeinander. Doch wieder blieb der Stromschlag aus.

»Merda! Merda! Merda!« Lulu klang schon genau wie ihre Mutter. »Was machen wir denn jetzt?«

»Tja.« Ratlos betrachtete ich die beiden Anhänger. Ich wollte einfach nicht glauben, dass sie kaputtgegangen waren. Wie auch? Wir hatten wirklich nichts anders gemacht als sonst. »Irgendetwas stimmt nicht damit. Aber ich habe keine Ahnung, was das sein könnte. Ich hab dir von Anfang an gesagt, dass wir nicht genug darüber wissen, um sie zu benutzen.«

Es war nicht böse gemeint, dennoch brauste Lulu sofort auf.

»Ja, hast du. Doch dann haben wir es trotzdem gemacht. Und du kannst jetzt nicht behaupten, dass ich dich gezwungen hätte …«

»Schon gut.« Ich hob beschwichtigend die Hände. »Ich finde nur, wir sollten die Anhänger jemandem zeigen, der sich besser mit so etwas auskennt als wir. Lass uns morgen mal zu Schnick-Schnack gehen.«

»Okay«, willigte Lulu sofort ein, aber glücklich wirkte sie nicht. »Ich frag mich nur, was wir jetzt tun sollen. Wegen meiner Mam, meine ich.«

»Tja«, machte ich erneut. Ich hatte ein furchtbar schlechtes Gewissen, aber ich wusste nicht, was ich Lulu sonst sagen sollte. »Ich fürchte, dass wir gar nichts tun können.«

11

Schnick-Schnack-Schmuck war der ungewöhnlichste Laden, den ich je gesehen hatte. Wenn man ihn betrat, hatte man den Eindruck, in ein Wohnzimmer zu kommen und nicht in ein Geschäft. Ein ungewöhnliches Wohnzimmer, keine Frage. Aber alles wirkte so persönlich, als würde Alexa zwischen den alten Schränken und Kommoden, in denen sie ihre Kreationen präsentierte, selbst wohnen. Vielleicht tat sie das sogar. Womöglich schlief sie auf dem roten Samtsofa mit den goldlackierten Löwenfüßen, das einladend in der Ecke stand, und las im Schein der mehrarmigen Stehlampe mit den fünf verschiedenen Lampenschirmen. Bei Alexa konnte ich mir so ziemlich alles vorstellen. Ich kannte Alexa Lagrande schon mein ganzes Leben lang, denn sie und meine Großmutter waren beste Freundinnen gewesen. Während die beiden stundenlang auf dem roten Sofa gesessen, Lakritzlikör getrunken und sich unterhalten hatten, hatte ich als Kind in den Schätzen gekramt, die sich in den Schubladen unter dem Arbeitstisch fanden.

Die Geschichte, wie sie und meine Großmutter sich kennengelernt hatten, war ziemlich abenteuerlich, und als Kind hatte ich sie immer wieder gerne gehört. In ihrem ersten Leben hatte Alexa nämlich bei der Polizei gearbeitet und bei meiner Omili hatte es einige Jahre vor meiner Geburt einen Einbruch gegeben. Meine Großmutter, die zum Glück einen leichten Schlaf hatte, hatte sich in ihrem Schlafzimmer verschanzt und sofort die Polizei gerufen.

Und die war – in Person von Alexa und ihrem Partner – gerade noch rechtzeitig erschienen, um die Einbrecherin festzunehmen. Die übrigens mit leeren Händen dastand. Was die Frau ausgerechnet bei meiner Großmutter gesucht hatte, hatte Alexa nicht aus ihr herausbekommen. Aber nach diesem Einbruch waren sie und Omili Freundinnen geworden.

Kurz darauf hatte Alexa genug von den Verbrechen gehabt, mit denen sie sich täglich befassen musste. Sie beschloss, sich nur noch mit schönen Dingen zu umgeben, kündigte, machte eine Ausbildung zur Schmuckgestalterin und eröffnete ihren Laden, in dem sie Kreationen verkaufte, denen sie ebenfalls ein zweites Leben geschenkt hatte.

Sie durchstöberte Flohmärkte, Dachböden und Garagen nach alten Schätzen wie Krawattennadeln, Knöpfen sowie aussortiertem und angelaufenem Schmuck und machte daraus etwas Neues, Besonderes. Alexa selbst war ein ebensolches Unikat wie ihre Kreationen. Ihre wehenden Kaftane und weiten Hosen kombinierte sie mit auffälligem, selbst gemachtem Schmuck. Und sie besaß mindestens hundert verschiedene Brillen im XXL-Format, die ihr allesamt eine gewisse Ähnlichkeit mit Puck der Stubenfliege verliehen. Das heutige Modell war lila mit sternförmigen Glitzersteinen.

»Hallo, ihr Hübschen. Alles Gute nachträglich zum Geburtstag«, begrüßte Alexa uns fröhlich, als wir ihr Geschäft betraten. Mit einer Geschmeidigkeit, die man ihr in ihrem Alter kaum zugetraut hätte, kam sie hinter dem langen, weißlasierten Holztisch hervor, der mittig in ihrem Laden stand und auf dem sie ihre Werkzeuge und unfertigen Kreationen verteilt hatte. Sie wehte auf uns zu und drückte jede von uns an ihre ausladende Brust. »Ich sehe, meine Ketten gefallen euch«, stellte sie zufrieden fest.

»Ja, vielen Dank«, erwiderte ich. »Ein guter Tipp.«

»Nun, ich hatte da so eine Ahnung, dass ihr sie gebrauchen könntet.« Alexa schmunzelte in sich hinein.

»Wieso?«, fragten Lulu und ich wie aus einem Munde. Hoffnung keimte in mir auf. Hieß das womöglich, dass Alexa über den Anhänger Bescheid wusste?

»Kommt erst mal rein.« Alexa ging leider gar nicht auf unsere Frage ein, sondern dirigierte uns zu ihrem Sofa und bot uns Lakritzschnecken an, die wir beide ablehnten. Ich liebte zwar den Duft von Lakritz, aber es war die einzige Süßigkeit, die ich nicht mochte.

»Also, deine Ahnung«, kam ich aufs Thema zurück, nachdem Alexa sich ein Glas Lakritzlikör eingegossen hatte.

»Eigentlich war es keine Ahnung«, erklärte sie und nippte an ihrem Glas. »Olivia hat vor einigen Jahren mal erwähnt, dass sie zu deinem fünfzehnten Geburtstag eine Kette bei mir bestellen wollte, weil sie dir an diesem Tag einen besonderen Anhänger schenken wollte. Daran habe ich mich erinnert. Und deshalb habe ich die Kette gemacht. Pure Nostalgie vermutlich.« Sie wedelte mit der Hand, an der mehrere Ringe glänzten, und ich hatte den Eindruck, dass ihre Augen hinter der Brille feucht wurden. »Ich vermisse deine Großmutter, weißt du?«

»Ja, ich auch.« Ich seufzte.

»Aber warum zwei Ketten?«, fragte Lulu schnell nach, bevor die Stimmung zu traurig werden konnte.

»Oh, das war so ein Gefühl …« Wieder wedelte Alexas Hand durch die Luft. »Weil Olivia damals gesagt hat, dass sie womöglich zwei Ketten brauchen würde. Sehr seltsam war das … Und da dachte ich, das wäre doch ein schönes Geschenk für euch beide. Auch wenn ich natürlich nicht wusste, was aus dem ominösen Anhänger geworden ist.«

»Sie hat ihn mir vererbt.« Ich musste mehrmals schlucken. »Ich habe ihn zum Geburtstag bekommen.«

Ich zog die Kette über den Kopf und zeigte Alexa die Halbkugel auf meiner ausgestreckten Hand.

»Sososo«, machte sie, beugte sich darüber und musterte den Anhänger über den Rand ihrer Puck-Brille hinweg. »Ich habe mich schon gefragt, ob er das womöglich sein könnte.«

Sie nahm den Anhänger aus meiner Hand, betrachtete ihn eingehend und brummte Unverständliches vor sich hin, bevor sie schließlich den Blick hob und Lulus Brust fixierte.

»Du trägst den gleichen?«, fragte sie. »Es sind also eigentlich zwei Anhänger?«

Lulu und ich nickten.

»Ursprünglich war es allerdings nur einer«, erklärte ich. »Eine Kugel, genauer gesagt. Die beiden Hälften waren fest ineinander verhakt, als ich sie bekommen habe.«

»Wir dachten schon, wir hätten ihn kaputt gemacht und wollten ihn hierherbringen«, mischte Lulu sich ein. »Doch dann haben wir gemerkt, dass es wohl von Anfang an zwei Teile gewesen sind. Also haben wir die beiden Teile einfach benutzt. Doch jetzt scheint wirklich irgendwas kaputt zu sein, denn gestern … Autsch!«

Ich boxte meiner Freundin unsanft den Ellenbogen in die Seite, bevor sie sich verplapperte, was gestern passiert war. Wir hatten uns nämlich darauf geeinigt, Alexa nichts über die speziellen Kräfte des Anhängers zu erzählen. Selbst für eine so außergewöhnliche Person wie sie würde es wohl unwahrscheinlich klingen, dass wir mit diesem Erbstück in der Zeit springen konnten.

Im besten Fall würde sie lachen, im schlechtesten würde sie bei uns zu Hause anrufen. Mein »Hirngespinst« wäre dann das perfekte Argument für Sylvia, um meinen Vater so lange zu bearbeiten, bis er mir die Anhänger wieder wegnahm.

»Das sind aber mal zwei außergewöhnliche Stücke.« Alexa streckte Lulu ihre Hand hin, bis auch meine Freundin ihre Kette über den Kopf zog und sie Alexa gab. Gespannt beobachteten wir, wie sie die Schmuckstücke zu ihrem Arbeitstisch trug.

»Du hast die Anhänger also vorher nie gesehen?«, hakte ich nach, während Alexa sie unter einer großen Lupe betrachtete. Wenn meine Großmutter das Schmuckstück irgendjemandem gezeigt hatte, dann hätte ich auf Alexa getippt. Nicht nur, weil die beiden beste Freundinnen gewesen waren. Alexa kannte sich auch besser mit Schmuck aus als jeder andere Mensch.

»Nein, die habe ich nie zuvor gesehen.« Alexa schüttelte entschieden den Kopf. »Nach dem Einbruch damals hat Olivia ein Schließfach angemietet, das hat sie mir erzählt. Vermutlich hat sie ihre wertvollsten Schmuckstücke dort aufbewahrt.«

»Ja, das stimmt. Schade«, sagte ich enttäuscht.

»Kannst du sie reparieren?«, fragte Lulu.

»Was ist denn damit?«, erkundigte Alexa sich. »Funktioniert das Uhrwerk nicht? Das kann schon sein, immerhin scheinen das sehr alte Uhren zu sein. Aber …« Sie beugte sich tiefer über die Lupe. »Aber die Uhren scheinen einwandfrei zu laufen.« Sie warf einen Blick auf ihre eigene überdimensionierte Armbanduhr. »Auf die Minute genau.«

»Das ist ja auch gar nicht unser Problem«, erklärte Lulu ungeduldig. Dafür kassierte sie von mir einen zweiten Ellbogencheck.

»Sondern?«, fragte Alexa erstaunt.

»Es ist eher so, dass wir gerne mehr über die Anhänger herausfinden möchten«, lenkte ich das Gespräch schnell in sichere Bahnen und gesellte mich zu Alexa an den Arbeitstisch. Lulu stieß dazu, hielt aber zum Glück den Mund. Manchmal war es wirklich lästig, dass meine Freundin immer erst redete, bevor sie nachdachte.

»Deine Großmutter hat dir also auch nichts darüber erzählt?«, erkundigte Alexa sich.

»Nein. Sie hat ihn mir nie gezeigt. Und nie darüber gesprochen. Ich habe nur einen Brief von ihr bekommen, in dem sie geschrieben hat, dass es sich um ein altes Familienerbstück handelt. Mehr weiß ich wirklich nicht.« Ich bemühte mich um einen Gesichtsausdruck, der meine Worte nicht Lügen strafte.

»Sososo«, sagte Alexa und betrachte erst den einen, dann den anderen Anhänger noch einmal eingehend durch die Lupe. Man hätte angenommen, dass sie mit ihrer Puck-Brille so gut sehen konnte wie ein Adler, doch vermutlich war das Teil bloß ein modisches Accessoire mit Fensterglas.

»Anfang neunzehntes Jahrhundert würde ich tippen«, erklärte sie schließlich. »Ein wunderschönes Stück, so filigran gearbeitet, das findet man selten. Definitiv wertvoll würde ich sagen. Wenn du willst, kannst du ihn mir hierlassen und die andere Hälfte auch, dann lasse ich sie von einem Bekannten schätzen.«

Ich schüttelte bloß den Kopf und streckte meine Hand aus, damit Alexa mir den Anhänger zurückgab. Die Vorstellung, ein Fremder könnte mein Erbstück in die Finger bekommen, gefiel mir überhaupt nicht.

»Zweihundert Jahre.« Lulu wirkte beeindruckt.

»Ja, plusminus ein bisschen«, bestätigte Alexa.

»Und kannst du uns irgendetwas darüber sagen, woher die Anhänger kommen?«, fragte ich hoffnungsvoll. »Oder wer sie gemacht haben könnte?«

Alexa schüttelte den Kopf.

»So gut kenne ich mich mit solchen Antiquitäten leider nicht aus. Wie gesagt, ich könnte sie einem Bekannten zeigen.«

Schnell schloss ich meine Hand um den Anhänger. Alexa bemerkte es natürlich, lächelte aber bloß verständnisvoll.

»Vielleicht kann aber die Gravur darüber Aufschluss geben«, fuhr sie fort.

»Die Gravur?«, echoten Lulu und ich.

»Du meinst diese seltsamen Vertiefungen in der Oberfläche?«, hakte ich nach und fuhr mit dem Daumen über die eingravierten Zeichen, die mir schon zuvor rätselhaft erschienen waren. »Haben die denn etwas zu bedeuten?«

»Ja, natürlich.« Alexa lachte fröhlich. »Das ist ein Schriftzug, der sich um die ganze Kugel windet.«

»Und was steht da?« Lulu griff ebenfalls nach ihrem Anhänger und betrachtete die verschlungen Zeichen genauer. »Also ich kann das nicht lesen.«

»Ich hab eine Idee.« Zum zweiten Mal hielt Alexa uns ihre gefurchten Handflächen hin, an denen eine Wahrsagerin vermutlich ihre helle Freude gehabt hätte. Nachdem wir ihr die beiden Halbkugeln gegeben hatten, platzierte Alexa sie auf der Arbeitsplatte und fing an, mehrere Schubladen zu öffnen und zu schließen, die sich unter der Tischplatte befanden, bis sie schließlich fündig wurde. Sie nahm einen schmalen Pinsel, ein kleines Gläschen mit Farbe und ein Blatt Papier heraus, legte alles nebeneinander auf die Tischplatte und holte am Ende eine in Folie gewickelte Kugel hervor, die mich an Kinderknete erinnerte, nur dass sie nicht bunt, sondern beigefarben war.

»Das ist eine spezielle Knetmasse«, bestätigte Alexa meinen Eindruck, wickelte die Kugel aus der Folie und drückte sie flach auf den Tisch.

»Genial.« Lulu trat näher an die Arbeitsfläche heran. »Du willst einen Abdruck machen.«

»Genau.« Alexa lächelte sie wohlwollend an.

»Bekommt man das denn wieder ab?«, erkundigte ich mich.

»Keine Sorge, ich werde sie danach für euch reinigen. Dann glänzen sie wie neu«, versicherte Alexa, ohne in der Bewegung innezuhalten. »Das müsste ausreichen.«

Sie nahm die erste der beiden Halbkugeln und rollte sie mit der flachen Hand mit leichtem Druck in alle Richtungen über die Knete. Dann verfuhr sie mit der anderen Hälfte ebenso. Als sie die beiden Anhänger anschließend vorsichtig zwischen Daumen und Zeigefinger nahm und wieder anhob, zeichneten sich deutlich Erhebungen und Vertiefungen in der Masse ab.

»Cool!« Lulu staunte.

»Schon. Aber ich kann nichts erkennen«, bemerkte ich.

»Momentchen, bitte.« Alexa legte die Kugelhälften zur Seite. »Darum kümmere ich mich gleich.« Sie griff nach Pinsel und Farbe und betupfte die Abdrücke damit. Schließlich drückte sie das Papier darauf und zog es dann mit einer großen Geste wieder ab wie ein Zauberer, der seinen besten Trick vorführt.

»Wow«, entfuhr es nun auch mir.

Auf dem weißen Blatt hoben sich die dunkelblauen geschwungenen und gezackten Schriftzeichen so klar ab, als würden sie leuchten. Doch als Alexa uns das Blatt reichte, stellte sich schnell wieder Ernüchterung ein. Denn leider konnte ich die Zeichen nicht lesen.

»Und was soll das jetzt bedeuten?«, fragte ich.

»Hmhmhm«, machte Alexa, nahm mir das Blatt wieder aus der Hand und legte es vor uns auf den Tisch. »Das ist eine alte Schreibschrift, Kurrentschrift nennt sie sich. Sie war bis vor etwas über hundert Jahren gebräuchlich. Ein bisschen schwer zu entziffern. Wartet mal.« Aus einer weiteren Schublade holte sie ein Notebook hervor und klappte es auf. Das moderne Gerät wirkte ein wenig fehl am Platz in diesem Geschäft voller alter Dinge. Doch schon nach wenigen Sekunden hatte Alexa gefunden, wonach sie suchte, und drehte den Bildschirm zu uns.

»Bitte sehr, ein Alphabet der Kurrentschrift. Es ist gar nicht so schwierig, eine Reihe von Buchstaben entspricht sogar der heutigen Schreibweise. Es ist bloß irritierend, dass einige vollkommen anders geschrieben werden.«

»Stimmt.« Lulu hatte die Lippen gespitzt und studierte die Buchstaben. »Das O sieht genauso aus wie unseres.«

Das O vielleicht! Aber die meisten Buchstaben sahen für mich aus, als hätte jemand kunstvolle Kringel gemalt. Mein Blick sprang wie ein Pingpong-Ball zwischen dem Bildschirm und dem Abdruck auf dem Papier hin und her, während ich versuchte, aus dem Geschriebenen schlau zu werden. Ohne großen Erfolg.

»Der erste Buchstabe ist ein T, oder?« Lulu stürzte sich hingegen mit Feuereifer auf die Aufgabe. »Der zweite ein O. Noch ein T. Und das sieht aus wie ein N. Und noch ein T. Totnt? Was soll das denn heißen? Und das zweite Wort … guaufnu? Was ist das bitte für eine Sprache?«

»Das ist ein kleines E«, belehrte Alexa sie, die sich ebenfalls über das Blatt gebeugt hatte. »Und das da ist ein kleines R. Lass mich das mal sehen, ich kann ja gar nichts erkennen.«

Sie zog die Seite zu sich und nahm wieder ihre Lupe zu Hilfe. Fensterglas, ich hatte es ja gewusst.

»Hmhmhm«, machte sie. Und: »Sososo.« Und schließlich: »Ohohoho.« Es klang irgendwie erstaunt.

»Was denn?«, fragte ich ungeduldig. Ohne mir eine Antwort zu geben, nahm Alexa einen Füller vom Tisch und notierte etwas unter dem Stempelabdruck. Schließlich schob sie uns das Papier wieder hin. In einer ebenso geschwungenen Handschrift wie die Gravur, allerdings mit mir bekannten Buchstaben, hatte sie vier Zeilen darunter geschrieben:

Tötet grauser Mord den einen,
obsiegt fortan der Menschheit Streit.
Nur Gemini die Feinde einen,
wenn sie verdrehen den Lauf der Zeit.

»Was?« Ich starrte auf die Wörter auf dem Blatt, und obwohl ich sie nun alle lesen konnte, begriff ich immer noch nichts.

»Das klingt ja komisch«, sprach Lulu aus, was ich dachte. »Wie ein Gedicht, oder so. Ein ziemlich gruseliges Gedicht. Wer graviert denn so was in einen Kettenanhänger?«

Das fragte ich mich allerdings auch. Ich hatte erwartet, einen Namen darauf zu finden, meinetwegen auch zwei Namen. Und Jahreszahlen. Machte man das nicht üblicherweise so, wenn man ein Schmuckstück gravieren ließ? *Von Schnucki für Mausi zum Hochzeitstag. Ich werde dich ewig lieben* … Oder so ähnlich. Aber vielleicht hatte man vor zweihundert Jahren ja nichts von kitschigen Gravuren gehalten und lieber grausige Verse von Streit und Mord in Schmuckstücken verewigt. Wer weiß, vielleicht hatte derjenige, der die Gravur in Auftrag gegeben hatte, einen besonders bösartigen Humor oder ein ernstes Problem mit seiner Frau …

Anderseits wussten wir längst, dass dieses Schmuckstück nicht gewöhnlich war. Warum also hätte die Gravur gewöhnlich sein sollen? Eins war klar: Diese seltsame Gravur musste etwas mit den speziellen Fähigkeiten des Anhängers zu tun haben. Die Frage war nur, was!

»Besonders hilfreich ist das jetzt allerdings nicht«, formulierte Lulu erneut meine Gedanken. »Ich meine, was sollen wir denn damit anfangen?«

»Das ist wirklich ungewöhnlich. So etwas habe ich bisher noch nie gesehen«, erwiderte Alexa. Ihre Augen hinter der Puck-Brille leuchteten förmlich vor Begeisterung, die ich in diesem Moment nur schwer nachempfinden konnte. »Wartet mal.« Alexa tippte auf ihrem Notebook herum. »Vielleicht findet man das Gedicht irgendwo im Internet. Und wenn wir herausfinden können, von wem es stammt, gibt uns das womöglich Aufschluss darüber, wem das Schmuckstück gehört haben könnte.«

»Stimmt, gute Idee.« Während Alexa noch mit gerunzelter Stirn ihren Bildschirm betrachtete, zog ich mein Smartphone aus der Tasche und startete ebenfalls eine Suche. Gespannt schaute Lulu mir über die Schulter. Doch schon nach kurzer Zeit stießen wir alle drei ein frustriertes Brummeln aus.

»Nichts«, stellte ich fest.

»Schade«, bestätigte Alexa. »Es gibt rein gar nichts dazu im Internet. Womöglich hat der Graveur sich das Gedicht selbst ausgedacht. Aber was wollte er uns damit sagen?«

»Dass er einen schrägen Sinn für Humor hat«, schlug ich vor.

»Oder auf Gruselgeschichten steht«, ergänzte Lulu.

»Nein.« Alexa tat, als hätte sie die Ironie nicht bemerkt. »Dahinter muss mehr stecken … Ohohoho, Moment mal.« Sie griff nach dem Blatt mit dem Stempelabdruck, hielt es sich so nah vor die Augen, dass sie eigentlich nichts mehr darauf erkennen konnte, und nahm dann wieder ihre Lupe zu Hilfe.

»Da steht noch etwas, ganz unten. Ich habe es gerade übersehen, weil es zur Hälfte abgeschnitten ist. Hmhmhm, was mag das heißen?«

Lulu und ich beobachteten gespannt, wie sich Alexas Stirn in eine immer tiefere Kraterlandschaft verwandelte. Und dann, urplötzlich, glättete sie sich wieder und Alexa schaute uns mit einem breiten Strahlen an.

»Nostradamus«, erklärte sie zufrieden. »Es muss Nostradamus heißen.«

»Wie bitte?«, fragte ich.

»Gesundheit«, murmelte Lulu im Spaß.

Aber Alexa ließ sich in ihrer Begeisterung davon nicht beirren. »Nostradamus«, wiederholte sie. »Apotheker, Arzt und Astrologe. Nie von ihm gehört?«

»Nö«, sagte Lulu.

»Muss man den kennen?«, fragte ich.

»Wenn man sich nicht für seine Prophezeiungen interessiert, nicht unbedingt«, schränkte Alexa ein. »Obwohl er schon zu seiner Zeit eine ziemliche Berühmtheit erlangt hat, die bis heute eher gewachsen als geschrumpft ist. Soweit ich weiß, besitzt er noch immer eine große Fangemeinde. Seine Anhänger sind überzeugt, dass er die Zukunft vorausgesehen hat.«

»Oookay«, erwiderte ich gedehnt. Diese ganze Sache wurde immer und immer verrückter.

In diesem Moment ertönte die Glocke, die über der Ladentür hing, und eine ältere Frau mit einem zerknautschten Handtaschenhund kam herein.

»Ach, hallo, meine Liebe«, begrüßte Alexa die Hundefrau. »Setz dich und gönn dir einen Lakritzlikör.« Sie deutete zum Sofa. »Ich bin sofort bei dir.«

»Mehr kann ich euch im Moment leider auch nicht sagen«, wandte sie sich bedauernd an uns. »Wenn mir noch etwas einfällt, dann melde ich mich, ja? Und ihr könnt natürlich jederzeit gerne wieder vorbeischauen. Moment, ich wollte die Anhänger ja noch reinigen …«

»Nicht nötig.« Ich winkte ab. Alexa hatte Kundschaft, da mochte ich nicht länger stören. Außerdem wollte ich jetzt unbedingt herausfinden, was es mit diesem Nostradamus und seiner seltsamen Prophezeiung auf sich hatte. Ich hatte zwar keine Ahnung, wie die wirren Worte mit den Zeitsprüngen zusammenhängen sollten, aber es war immerhin eine Spur, der wir folgen konnten. Und es war mir lieber, das ohne Alexa zu tun, denn sonst schöpfte sie womöglich doch noch Verdacht, was die Special Effects des Anhängers betraf.

»Hier.« Alexa drückte mir ein kleines Fläschchen in die Hand. »Das ist Spiritus, am besten geht es mit Wattestäbchen ab.«

»Vielen Dank.« Ich nahm das Fläschchen entgegen und die beiden Halbkugeln vom Arbeitstisch.

»Tschüss, und noch mal vielen Dank«, sagte ich und schob Lulu vor mir her zur Tür, die etwas überrascht zu sein schien, dass plötzlich alles so schnell ging.

»Wieso hattest du es denn auf einmal so eilig?«, erkundigte sie sich, kaum dass wir vor dem Laden standen. »War irgendwas?«

»Nee«, erwiderte ich. »Aber wir zwei haben jetzt ein Date mit Nostradamus. Und ich finde, dafür sollten wir besser allein sein.«

12

»Hier steht aber, dass er vor über fünfhundert Jahren geboren wurde«, stellte Lulu empört fest. »Hat Alexa nicht gesagt, dass der Anhänger ungefähr zweihundert Jahre alt ist? Das passt doch überhaupt nicht zusammen.«

Wir saßen nebeneinander auf meinem Bett, und ich versuchte, einen Überblick über die zigtausend Links zu bekommen, die mein Smartphone ausgespuckt hatte, nachdem ich als Suchbegriff Nostradamus eingegeben hatte. Währenddessen hatte Lulu sich das Buch *Bedeutende Persönlichkeiten der Weltgeschichte* – Sophies Geburtstagsgeschenk – geschnappt und darin geblättert. Doch jetzt klappte sie es mit einem Knall zu und legte es auf das Regal neben meinem Bett.

»Ich verstehe nicht, wie uns das weiterhelfen soll«, sagte sie genervt. »Soll uns dieses seltsame Gedicht erklären, wie wir mit den Anhängern in der Zeit springen können? Ich meine, da steht ja was davon, dass man den Lauf der Zeit verändern soll, zumindest glaube ich, dass das damit gemeint ist. Aber was das damit zu tun hat, dass jemand grausam getötet wird, kapier ich echt nicht. Also, ich kriege höchstens Mordgedanken, weil dieser Nostradamus sich nicht verständlicher ausdrücken konnte.«

»Pst«, unterbrach ich, weil ich mich bei Lulus Monolog nicht auf den Text konzentrieren konnte, den ich gerade geöffnet hatte.

»Was steht denn da Spannendes?«, erkundigte Lulu sich und

rutschte dicht neben mich, um über meine Schulter hinweg mitzulesen.

»Nostradamus hieß eigentlich Michel de Nostredame. Wurde 1503 in Frankreich geboren. War Apotheker, aber wohl kein Arzt, zumindest steht hier, dass er das Medizinstudium nicht abgeschlossen hat …«

»Laaaangweilig«, stöhnte Lulu. »Lass uns lieber ausprobieren, ob die Anhänger inzwischen wieder funktionieren, nachdem wir sie so gründlich sauber gemacht haben.« Sie ließ ihre Halbkugel hin und her schwingen wie ein Pendel. Tatsächlich glänzte das Metall im Schein der Abendsonne, der durch das Fenster auf mein Bett fiel, so gut wie neu.

Wir hatten die Anhänger zunächst wie von Alexa empfohlen mit Spiritus gereinigt und dann mit einem Spezialtuch poliert, das Sylvia in der Besteckschublade aufbewahrte. Doch wir hatten noch nicht ausprobiert, ob sie wieder funktionierten oder ob sie immer noch kaputt waren, weil ich erst die Spur weiterverfolgen wollte, die uns diese seltsame Gravur gewiesen hatte.

»Jetzt warte doch mal«, wimmelte ich meine Freundin deshalb ab und studierte weiter die Webseite, die sich mit dem Leben und Werk des Nostradamus beschäftigte.

»Ein richtiger Astrologe war er wohl auch nicht«, referierte ich weiter. »Er bezeichnete sich selbst als Sternenfreund, steht hier.«

»Was macht denn ein richtiger Astrologe?«, erkundigte Lulu sich eher desinteressiert, und ich öffnete eine weitere Seite, um den Begriff zu suchen.

»Astrologen deuten die Sterne und lesen Ereignisse daraus ab«, erklärte ich.

»So was wie Horoskope?«

»Genau.«

»Nostradamus hat also Horoskope geschrieben«, schlussfolgerte Lulu knapp. »So was im Stil von: Weil der Aszendent des Zwillings im siebten Mond der Jungfrau steht, herrscht diese Woche in Ihrem Leben Kussflaute, dafür werden Sie endlich Ihren Lippenherpes los?«

Sie kicherte und ich schüttelte den Kopf, konnte mir ein Grinsen aber nicht verkneifen.

»Eher nicht. In seinen Prophezeiungen ging es weniger um Liebesdinge und Lippenherpes, sondern um irgendwelche weltbewegenden Sachen, Kriege, Naturkatastrophen, solches Zeug.«

»Streit und Mord«, ergänzte Lulu unser Wissen, das wir bereits durch das eingravierte Gedicht gesammelt hatten.

»Genau«, bestätigte ich. »Nostradamus hat Unmengen solcher Prophezeiungen verfasst und veröffentlicht. Und bis heute gibt es viele Leute, die fest daran glauben, dass er damit die Zukunft vorausgesagt hat. Dabei sind die Gedichte alle ziemlich ungenau. Exakte Jahreszahlen oder Namen fehlen. Und wie es scheint, sind sie alle so unverständlich formuliert wie unseres hier.« Ich deutete auf den Anhänger, den ich nach der ausgiebigen Reinigung auf das Regal neben meinem Bett gelegt hatte.

»Das ist doch völlig verrückt«, amüsierte Lulu sich. »Warum glaubt irgendjemand an diesen Unsinn? Ich meine, das wäre ja, als würde ich an Horoskope über Kussflauten und Lippenherpes glauben, oder?«

»Keine Ahnung.« Ich zuckte mit den Schultern. »Es könnte an dieser Prophezeiung liegen. *Der junge Löwe wird den alten besiegen auf dem Schlachtfeld in einem einzigen Zweikampf*«, las ich vor. »*Im goldenen Käfig wird er ihm die Augen ausstechen, von zwei Brüchen der erste, dann sterben eines grausigen Todes.*«

»Hä?« Meine Freundin sah mich an, als wäre ich nicht ganz klar bei Verstand.

»Das steht hier«, erklärte ich. »Und, dass vier Jahre nachdem

Nostradamus diese Prophezeiung gemacht hatte, ein Turnier stattfand, bei dem ein Gegner dem damaligen König Heinrich eine Lanze durch das Visier seines goldenen Helms stieß. Sie durchbohrte sein Auge und tötete ihn.«

»Puh, gruselig.« Lulu schüttelte sich. »Außerdem ist es nicht gereimt so wie unseres.«

»Auf Französisch schon, nur die Übersetzung nicht«, stellte ich klar. »Vielleicht stammt unser Gedicht auch gar nicht wirklich von Nostradamus. Immerhin haben wir es nirgends im Internet finden können. Dabei gibt es unzählige Seiten mit seinen Prophezeiungen. Und hier steht, dass es zu seiner Zeit eine ganze Reihe von Nachahmern gab, die ebenfalls damit Geld verdienen wollten …«

»Das ist wirklich alles hochinteressant«, unterbrach Lulu mich. »Aber ich fürchte, ich muss leider auf eine Fortsetzung der seltsamen Abenteuer des kleinen Michel verzichten. Ich habe Samuel nämlich versprochen, dass ich ihn vom Training abhole. Wir wollen noch ein Eis essen gehen.«

»Ach so.« Ich spürte einen Stich der Enttäuschung, womöglich war es sogar ein kleines bisschen Eifersucht, als Lulu sich vom Bett schwang und sich ihren Rucksack über die Schulter warf.

»Tut mir leid, Süße, aber versprochen ist versprochen.« Lulu strahlte mich breit an. In ihrem Horoskop stand diese Woche garantiert nichts von einer Kussflaute. »Ruf mich an, falls du noch was Interessantes herausfindest, okay? Mein Uralthandy ist zwar nicht internetfähig, aber telefonieren kann man damit immerhin.« Ein Luftkuss flog in meine Richtung und dann war Lulu auch schon weg.

Ich versuchte noch eine Weile, mehr über Nostradamus und seine Prophezeiungen herauszufinden, aber schließlich legte ich mein Smartphone frustriert zur Seite. Unsere heiße Spur hatte sich als Sackgasse erwiesen. Zwar wussten wir jetzt, was die Gravur auf dem Anhänger bedeutete, nur leider brachte uns das keinen Schritt weiter, zumindest nicht in der Frage, wie er funktionierte.

*

Ich träumte von Alexa, die hoch zu Ross in ein Turnier ritt. Der leuchtend rote Bubikopf legte sich wie ein Helm um ihren Kopf und die Strasssteine auf ihrer Puck-die-Stubenfliege-Brille glitzerten in der Sonne. Ich selbst saß hinter ihr im Sattel und klammerte mich ängstlich an ihrer Taille fest, weil ich bei dem hohen Tempo ansonsten in großem Bogen vom Pferd geflogen wäre.

»Ohoho«, brüllte Alexa. Und: »Sososo.« Es klang wie ein Schlachtruf. »Lasst uns gemeinsam der Menschheit Streit besiegen!«

»Moment mal«, rief ich. »Wir wissen doch gar nicht, ob die Prophezeiung überhaupt von Nostradamus stammt.«

Aber Alexa war das egal.

»Zwei außergewöhnliche Stücke«, antwortete sie, was für mich keinen Sinn ergab, bis ich erkannte, dass sie gar keine Lanze in die Höhe streckte, sondern einen Morgenstern schwang. Normalerweise bestand diese mittelalterliche Waffe aus einer eisernen Kugel mit tödlichen Dornen, so viel war mir aus dem Geschichtsunterricht in Erinnerung geblieben. Doch statt einer Kugel mit Dornen hing an der Kette in Alexas Hand ein kugelförmiger Anhänger, der mit seinen Gravuren exakt so aussah wie mein Erbstück, nur viel, viel größer.

»Gib mir meinen Anhänger zurück«, rief ich, aber Alexa schien mich gar nicht zu hören. Denn in diesem Moment galoppierte unter ohrenbetäubendem Jubel und Applaus der Zuschauer – wo kamen die denn plötzlich alle her? – Alexas Gegner in die Arena.

»Es ist Heinrich höchstpersönlich!« Auch Alexa brach in Jubel aus. »Heinrich mit dem goldenen Helm!«

»Blödsinn!«, rief ich, denn ich hatte den Reiter ebenfalls erkannt. Es war Samuel, der das Visier seines Motorradhelms über die Augen geklappt hatte und mit seiner Vespa über den Kampfplatz knatterte. Dummerweise erschreckte das Geräusch Alexas Pferd so sehr, dass es stieg.

Mit einem Aufschrei klammerte ich mich noch enger um ihren Bauch und kniff die Augen fest zusammen. Ich würde stürzen, ganz bestimmt, im Staub der Arena von den Hufen des wild gewordenen Tieres zertrampelt werden. Ich hatte schon immer riesigen Respekt vor Pferden gehabt, wie war ich bloß auf die Idee gekommen, mich auf dieses hier zu setzen …

»Sei nicht so ein Angsthase«, hörte ich Lulus Stimme in meinem Kopf. »Du bist doch die Kirschkernkönigin. Wer drei Kerne über eine Mauer spucken kann, kann alles schaffen.«

Ich presste meine Beine fest gegen den Leib des Pferdes. Und dann spürte ich, dass es auf einmal ganz still stand. Vorsichtig öffnete ich die Augen und stellte fest, dass ich gar nicht mehr im Sattel, sondern auf einem roten Samtsofa mit goldenen Löwenfüßen saß.

Samuel hatte seine Vespa direkt vor mir zum Stehen gebracht. Nun klappte er das Visier des Helms hoch, und ich erkannte, dass ich mich getäuscht hatte. Das war nicht Samuel, sondern Lucas.

»Tut mir leid, ich muss los«, sagte er. »Ich bin noch mit Sophie zum Eisessen verabredet, Käsekuchencremeeis mit extra viel Sahne und Streuseln.« Er schwang sich wieder auf seinen Roller – äh, Samuels Roller. »Versprochen ist versprochen«, rief er und brauste davon.

Na toll, dachte ich. Nicht einmal in meinem eigenen Traum hatte ich eine Chance bei Lucas, weil mir meine blöde Stiefschwester wieder einmal zuvorgekommen war.

»Hatte ich dir nicht gesagt, dass du gut darauf achtgeben sollst?«

Ich zuckte zusammen, als ich plötzlich eine liebe Stimme neben mir hörte, die ich schon so lange schmerzlich vermisste. Überrascht wandte ich mich um. Und da saß sie neben mir auf dem roten Samtsofa.

»Omili.« Ich fiel ihr stürmisch um den Hals. »Was machst du denn hier?«

»Ich bringe dir zurück, was dir gehört«, sagte sie und reichte mir eine Kette, an der mein Anhänger baumelte, jetzt wieder auf Normalmaß geschrumpft.

»Danke. Es tut mir leid, dass ich nicht besser darauf aufgepasst habe«, entschuldigte ich mich, nahm das Schmuckstück und drückte meiner Großmutter einen Kuss auf die faltige Wange.

»Unsinn.« Sie wischte meine Entschuldigung mit einer Handbewegung zur Seite. »Du machst das ganz wunderbar.«

»Aber ich weiß viel zu wenig darüber, wie diese Anhänger funktionieren. Kannst du es mir erklären, bitte?« Mit einem Mal war ich ganz aufgeregt. Das war die perfekte Gelegenheit, endlich mehr über die Kräfte des Schmuckstücks zu erfahren. Doch meine Großmutter schüttelte bedauernd den Kopf.

»Das hier ist *dein* Traum, meine Kleine. Ich kann dir nichts erzählen, was du nicht ohnehin schon weißt.«

»Das ist ein total bescheuerter Traum«, beschwerte ich mich frustriert. »Ich hab so viele Fragen und niemand kennt die Antworten.«

»Amalia kennt die Antworten«, sagte meine Großmutter und strich mir sanft mit der Hand über den Kopf. »Ich muss jetzt los. Pass gut auf dich auf, meine Kleine. Und auf deine Freundin. Ihr müsst fest zusammenhalten, hörst du, sonst werdet ihr es nicht schaffen …«

»Warte, Omili«, rief ich. Was meinte sie denn bitte schön damit?

Aber meine Großmutter hatte sich einfach in Luft aufgelöst, die ein klitzekleines bisschen nach Lakritz duftete. »Ich weiß nicht, was das bedeutet«, sagte ich laut in den Lakritzduft hinein.

»Du musst einfach nur gründlicher nachdenken«, antwortete Frau Dr. No mit starrer Miene. »Dann löst sich das Problem quasi von selbst. Also, wenn ein Lehrer einen Würfel benutzt, um die Noten seiner Schüler zu bestimmen, und für jeden Schüler dreimal würfelt, wie groß ist die Wahrscheinlichkeit, eine Sechs zu bekommen?« Sie baute sich breitbeinig vor dem roten Sofa auf.

»Ähm, hundert Prozent?«, schlug ich vor, dabei war mir schon klar, dass das vermutlich nicht stimmte.

»Falsch, falsch, total falsch. Das ist eine glatte Sechs, glatte Sechs, glatte Sechs«, erklärte Frau Dr. No prompt in einem seltsamen Singsang. Dazu führte sie eine Art Tänzchen auf, bei dem sie gefährlich hin und her schwankte, weil sie einen Gips trug, der von ihrem Fuß bis zu ihrem Oberschenkel reichte.

»Ich weiß es, ich weiß es.« Sophie sprang neben mir auf dem Sofa auf und ab wie ein aufgeregtes Kleinkind, den Arm erhoben, als wollte sie sich melden, und schnipste dabei mit den Fingern. »Es sind vierundsiebzig Komma acht neun drei eins sieben viereinhalb Prozent«, erklärte sie eifrig, bevor Frau Dr. No sie überhaupt aufgerufen hatte. Das war garantiert auch falsch.

»Sehr gut, wie zu erwarten«, lobte Frau Dr. No sie dennoch. »Den ersten Preis beim Mathematikwettbewerb hast du dir redlich verdient. Bitte schön.« Und damit riss sie mir den Kettenanhänger aus den Fingern und hängte Sophie die Kette um wie eine Medaille.

»Meinen Sie, das geht in Ordnung?«, fragte Sophie und strich mit den Fingern über den Anhänger.

Ich wollte ihr erklären, dass das keineswegs in Ordnung ging, aber Frau Dr. No schien zu ahnen, dass ich protestieren würde, und hielt mir einfach mit einer Hand den Mund zu.

»Natürlich geht das in Ordnung. Es steht dir zu.«

»Nein. Nein. Nein!«, brüllte ich. Leider nur in meinem Kopf, weil Frau Dr. Nos Hand mich am Sprechen hinderte.

Sophie sprang vom Sofa und drehte eine Pirouette, bevor sie einfach davonhüpfte. Dabei schwang sie die Kette mit meinem Anhänger mit so viel Schwung, dass sie mir gegen den Kopf schlug.

*

»Autsch!« Ich erwachte mit einem Schmerzenslaut und fasste mir noch im Halbschlaf an den Kopf. Etwas war mir daraufgefallen.

»He, was soll das?« Im Halbdunkel meines Zimmers erkannte ich eine graue Gestalt, die zur Tür eilte. Ein Einbrecher? Der mir etwas über den Kopf gehauen hatte? Aber warum, wenn ich doch bereits tief geschlafen und ihn nicht bemerkt hatte? So dämlich war kein Einbrecher. Und kein Einbrecher würde so leichtfüßig durchs Zimmer tänzeln wie eine Primaballerina, da war ich mir absolut sicher, auch wenn mein Verstand sich immer noch im Halbschlaf befand.

»Stopp!«, rief ich. »Bleib gefälligst stehen, Sophie. Was hast du in meinem Zimmer zu suchen? Um diese Zeit?« Ich tastete neben mir auf dem Regal nach meinem Handy, um nach der Uhrzeit zu schauen, fand es aber nicht. Als ich meine Nachttischlampe anknipste, entdeckte ich, dass es bereits neben mir auf dem Kissen lag. Vermutlich war es mir gerade auf den Kopf gefallen und hatte mich geweckt. Blieb allerdings die Frage, wie es vom Regal gerutscht war … ich hatte da eine gewisse Primaballerina im Verdacht, die jetzt mit in die Seite gestützten Armen und abwehrbereiter Miene am Fußende meines Bettes stand.

Ich stemmte mich hoch und musterte meine Stiefschwester mit einem, wie ich hoffte, vernichtenden Blick.

»Also, was willst du hier um … halb zwei nachts?«, fragte ich nach einem Blick auf mein Handy.

»Ich wollte mir etwas ausleihen«, erklärte Sophie bestimmt, als sei es eine Selbstverständlichkeit, dass sie mitten in der Nacht in mein Zimmer schleichen durfte, um sich an meinen Sachen zu bedienen.

»Aha«, machte ich. »Und was wolltest du dir ausleihen?« Ich zog das letzte Wort in die Länge und setzte es mit meinen Fingern in der Luft in Anführungszeichen. Sophies Blick flog zu meinem Regal und ich folgte ihm mit meinen Augen. Ein großer Stapel Bücher lag darauf, zuoberst befand sich *Bedeutende Persönlichkeiten der Weltgeschichte*, in dem Lulu vorhin geblättert hatte. Auch Sophie hatte es entdeckt.

»Das Buch.« Sie zeigte darauf. »Ich brauche es für ein Referat in Geschichte.«

»Ja, klar.« Ich verzog den Mund zu einem ironischen Lächeln, um meiner Stiefschwester zu signalisieren, dass ich ihr kein Wort glaubte. Aber mein Blick haftete noch immer an dem Regal. Denn ich hatte das Gefühl, dass tatsächlich etwas fehlte. Nicht die bedeutenden Persönlichkeiten … etwas wirklich Wichtiges. Hatte ich nicht vorhin meine Kette dort abgelegt? Doch, hatte ich! Und wo war sie jetzt?

»Du hast meine Kette geklaut.« Anklagend richtete ich meinen Zeigefinger auf meine Stiefschwester und sprang aus dem Bett. »Autsch!« Ich war mit dem nackten Fuß auf etwas Hartem, Spitzem gelandet. Ich machte einen Schritt zur Seite, ohne Sophie aus den Augen zu lassen, und bückte mich, um aufzuheben, worauf ich getreten war. Als ich meine Finger darum schloss, konnte ich sehen, wie sich ein überhebliches Grinsen auf Sophies Gesicht ausbreitete. Es war meine Kette mitsamt dem kugelförmigen Anhänger, auf dessen Öse ich gerade so unsanft gelandet war.

»Ich gehe dann mal wieder ins Bett, wenn es recht ist«, sagte Sophie spitz. »Immerhin schreiben wir morgen eine Mathearbeit, da sollte ich vorher ein paar Stunden Schlaf bekommen.«

Damit schwebte sie aus dem Zimmer. Dass sie kurz zuvor behauptet hatte, ein Geschichtsreferat vorbereiten zu müssen, schien ihr bereits wieder entfallen zu sein.

»Oh Mann.« Ich wog die Kette in meiner Hand und schüttelte ungläubig den Kopf. Was für eine Nacht! Erst dieser schräge Traum und dann schlich auch noch meine Stiefschwester in meinem Zimmer herum und erzählte, sie wolle sich ein Buch ausleihen. So ein Blödsinn! Ich hätte eine extragroße Portion Käsekuchencremeeis mit Sahne und Streuseln verwettet, dass sie es auf die Kette abgesehen hatte. Als ich aus Versehen darauf getreten war, hatte sie mehr als einen Meter vom Regal entfernt auf dem Boden gelegen. Es erschien ziemlich unwahrscheinlich, dass sie dort von allein hingehüpft war.

Sehr viel plausibler erschien mir, dass Sophie sie vom Regal genommen und dann fallen gelassen hatte, als ich aufgeschreckt war. Das Blöde war nur, dass ich das nicht beweisen konnte. Zumal ich keine Ahnung hatte, warum Sophie sie mitgehen lassen wollte. Bloß um mich zu ärgern? Denn tragen konnte sie den Anhänger wohl kaum. Und von seiner besonderen Funktion konnte sie auch nichts wissen …

Ich legte mich wieder ins Bett und ließ mich in die Kissen zurücksinken. Obwohl ich mich erschöpft fühlte, war ich gleichzeitig hellwach, weil mir zu viele Dinge durch den Kopf gingen. Sophies Seitenhieb auf die Mathearbeit ließ mich auch nicht gerade ruhiger werden. Es war einfach zu viel passiert in den letzten Tagen, sodass ich mich so gut wie gar nicht darauf vorbereitet hatte. Wenigstens ein paar Stunden Schlaf sollte ich mir als Vorbereitung also noch gönnen.

Je angestrengter ich allerdings versuchte einzuschlafen, desto munterer wurde ich. Die Bilder meines verrückten Traums tanzten immer und immer wieder durch meinen Kopf. Ich dachte an meine Großmutter, die mir in diesem Moment ganz furchtbar fehlte. Wie gern hätte ich sie wirklich noch einmal fest umarmt. Und ihr all die Fragen gestellt, auf die wir keine Antworten fanden. Doch dann wurde mir schlagartig klar, dass sie mir im Traum bereits eine Antwort geliefert hatte. Ich griff nach meinem Handy und wählte Lulus Nummer.

»Was ist los?«, nuschelte meine Freundin verschlafen, als sie endlich dranging. »Warum rufst du mitten in der Nacht an? Ist alles in Ordnung?«

»Lulu«, sagte ich. »Wir müssen unbedingt dieses Tagebuch finden. Und ich habe auch eine Idee, wo es sein könnte.«

13

»Autsch!«, jaulte ich unterdrückt, als ich mit den nackten Zehen gegen etwas Hartes stieß.

»Pst«, machte Lulu an meinem Ohr. »Sei bloß leise.«

»Sehr witzig«, jammerte ich so leise, wie man jammern kann, wenn es sich anfühlt, als würde der kleine Zeh gerade langsam über einer offenen Flamme geröstet. »Das tut höllisch weh.«

»Stell dich nicht an, Sherlock Holmes«, gab Lulu gnadenlos zurück. »Man muss auch mal bereit sein, kleine Opfer zu bringen, wenn man einem großen Geheimnis auf der Spur ist.«

Dabei fand ich überhaupt nicht, dass ich mich anstellte. Erstens hatte ich mir in dieser Nacht schon zum dritten Mal innerhalb einer halben Stunde wehgetan, das schaffte selbst ich sonst höchstens im Sportunterricht. Und zweitens war *ich* diejenige, die gerade durch unser stockdunkles Haus schlich, um nach dem Tagebuch zu suchen, während Lulu gemütlich in ihrem Bett lag und dem Geheimnis nur via Handy auf der Spur war.

Andererseits war ich heilfroh, dass ich Lulu in der Leitung hatte, denn ganz allein hätte ich mich mitten in der Nacht im Dunkeln wahrscheinlich schrecklich gegruselt. Noch mehr, als ich es ohnehin schon tat.

Aber ich konnte kein Licht machen, weil ich sonst womöglich Sophie wieder aufgeweckt hätte. Ich hatte extra abgewartet, bis ich mir relativ sicher gewesen war, dass meine Stiefschwester wie angekündigt in ihrem Bett verschwunden war, um ihrem Großhirn den Schönheitsschlaf zu geben, den es für eine Eins plus in Mathe brauchte.

Unter Sophies Tür sah man zumindest keinen Lichtstreifen, und aus ihrem Zimmer drang kein Geräusch, als ich über den Flur zur Treppe schlich. Sicherheitshalber trug ich meine Kette wieder um den Hals, nicht dass Sophie anfing zu schlafwandeln und sie mir doch noch aus meinem Zimmer stahl. Ebenfalls sicherheitshalber hatte ich kein Licht angeknipst, da unser Haus ein offenes Raumkonzept hatte, sprich das Licht aus der unteren Etage konnte man auch im oberen Stockwerk noch sehen.

»Warte mal«, flüsterte ich Lulu zu und nahm das Smartphone von meinem Ohr, um es als Taschenlampe zu verwenden. Schon viel besser. Im bläulichen Schein des Handydisplays erkannte ich, dass ich mit dem Metallschirmständer neben unserem Schuhschrank kollidiert war. Ich wich der Garderobe aus und tapste auf – schmerzenden – Zehenspitzen Richtung Wohnzimmertür, die ich so behutsam wie möglich öffnete.

»Wo bist du jetzt, Sherlock?«, tönte Lulus Stimme aus dem Handy. Sie flüsterte ebenfalls.

»Wohnzimmer«, gab ich meinen Standort durch. »Ich schleiche gerade zum Bücherschrank. Und hör auf mich so zu nennen. Wäre ich Sherlock Holmes, wäre ich schon längst auf die Idee gekommen, Omilis alte Bücher unter die Lupe zu nehmen.«

Tatsächlich war mir aber erst gerade der Einfall gekommen, als meine Stiefschwester das langweilige Buch als Vorwand vorgeschoben hatte, in meinem Zimmer zu sein.

Fast alle Sachen meiner Großmutter waren auf dem Sperrmüll oder im Sozialkaufhaus gelandet. Aber eben nur fast alle. Denn vor drei Jahren hatte Sylvia unser Wohnzimmer neu gestaltet und drei Regalreihen voll ledergebundener Bücher mit Goldprägung aus Omilis Wohnung in unseren Schrank sortiert, »weil die Einbände so ansprechend mit dem Raumkonzept harmonieren«, wie sie erklärt hatte.

Obwohl ich gerne las, hatte ich die Existenz dieser Bücher komplett ausgeblendet, denn es handelte sich um alte Lexika und Klassiker von Goethe, Schiller und wie sie alle hießen. Nichts, was durchschnittliche Teenagerherzen also höherschlagen ließ.

»Und, hast du es schon gefunden, Sherlock?«, fragte Lulu gespannt.

»Natürlich nicht«, erwiderte ich leicht genervt. »Ich steh ja gerade erst davor. Und jetzt hör auf zu quatschen, ich brauch das Licht vom Handy, um zu erkennen, was auf den Büchern steht.«

Ich schaltete die Taschenlampenfunktion des Telefons erneut ein und ließ den schmalen Leuchtkegel langsam über die Buchrücken gleiten.

»Mist, so wird das nichts«, stellte ich jedoch nach kurzer Zeit frustriert fest.

»Was ist denn?«, erkundigte sich Lulu, die bis zu diesem Moment überraschenderweise tatsächlich still gewesen war, vermutlich hatte sie sich die Bettdecke in den Mund gesteckt.

»Auf mindestens der Hälfte der Bücher steht kein Titel«, erklärte ich das Problem. »Wie soll ich rausfinden, welches davon Amalias Tagebuch ist? Wenn es überhaupt dabei ist, die sehen nämlich alle nicht aus wie ein Tagebuch …«

»Du musst reinschauen«, stellte Lulu das Offensichtliche fest. »In alle.«

Na super! Ich legte das Handy ins Regal, um die Hände frei zu haben, und fing an, die dicken Bücher aus den Borden zu ziehen, klappte einen Band nach dem anderen auf und wieder zu und schob ihn zurück ins Regal.

Das komplette unterste Fach enthielt eine völlig veraltete Brockhaus-Ausgabe in siebenundzwanzig Bänden mit Goldprägung. Wer brauchte denn so was noch in Zeiten von Wiki?

Währenddessen plapperte Lulu fröhlich aus dem Handy auf dem Regal weiter: »Wahrscheinlich hat sie es getarnt, damit man es nicht sofort als Tagebuch erkennt. Vermutlich steht ein anderer Titel drauf. Ein besonders langweiliger. Oder das Tagebuch ist in einem anderen Buch versteckt. In einem Buch-Safe. Das sieht man doch ständig in alten Spionagefilmen, dass in einem Buch eine Vertiefung ausgeschnitten ist, und dann wird etwas Wichtiges hineingelegt.«

»Psst«, machte ich Richtung oberes Regalbord. Dabei war ich eigentlich ganz froh über Lulus Stimme, weil ich die ganze Zeit das Gefühl hatte, als würde mich jemand von hinten beobachten. Was nicht der Fall war, ich hatte mich zweimal umgedreht. Wahrscheinlich lag es nur an meinen angespannten Nerven und daran, dass ich normalerweise nicht mitten in der Nacht ins Wohnzimmer schlich, um Geheimverstecke zwischen Buchdeckeln zu suchen.

»Schau als Erstes in den allerlangweiligsten Büchern nach«, empfahl Lulu. »Lexika zum Beispiel, die sind als Verstecke besonders beliebt.«

»Hab ich schon«, flüsterte ich. Ich widmete mich der nächsten Regalreihe und erwischte ein Pflanzenbestimmungsbuch mit handgemalten Abbildungen. Als Nächstes schlug ich *Die vollständige Geschichte des deutsch-französischen Krieges* auf und anschließend ein Werk mit dem Titel *Vom Mädchen zur Frau, ein zeitgemäßes Erziehungs- und Ehebuch* von Frau Doktor Emanuelle L. N. Meyer. Ich schüttelte mich. Ob Sylvia überhaupt wusste, was für Bücher sie sich in den Schrank gestellt hatte? Vermutlich nicht.

»Und? Hast du schon was gefunden?«, meldete meine Freundin sich wieder.

»Hmhm«, machte ich, während mein Blick die nächsten Buchrücken scannte, auf denen nur große römische Zahlen aufgedruckt waren, vermutlich ein weiteres Lexikon.

»Wer weiß, vielleicht ist es auch gar nicht dabei«, gab Lulu zu bedenken. »Es war ja bloß eine Idee. Aber wie wahrscheinlich ist es, dass deine Großmutter das Tagebuch in einem ihrer anderen Bücher versteckt hat, ich meine, das ist ja schon mit einem gewissen Aufwand verbunden, so einen Buch-Safe herzustellen. Man muss die Seiten zusammenkleben und dann in der Mitte ein Loch ausschneiden … andererseits kann man so was vermutlich auch einfach online bestellen.«

Ich ignorierte Lulus Zweifel und suchte weiter. Die nummerierten Bücher entpuppten sich als Gedichtsammlung, gefolgt von einem *Illustrierten Kochbuch für die einfache und feine Küche*, das ich bei einem Rezept für Rinderzunge in Aspik aufschlug. Igitt. Schnell klappte ich es wieder zu und stellte es zurück ins Regal.

Doch als ich meine Fingerspitzen auf den Ledereinband des nächsten Buchs legte, hielt ich überrascht inne. Denn auf dem Rücken stand in schmaler Prägung *Die Abenteuer von Pu der Bär*. Meine Finger begannen leicht zu zittern. Was machte Winnie Pu hier im Schrank? Es handelte sich auf jeden Fall nicht um das Buch, aus dem meine Großmutter mir als Kind immer vorgelesen hatte. Denn das hatte einen bunten Einband und stand in meinem Zimmer zwischen meinen anderen Lieblingsbüchern im Regal. Mir war bis gerade eben nicht klar gewesen, dass meine Großmutter noch eine weitere Ausgabe davon besessen hatte. Oder hatte sie das womöglich gar nicht?

Vorsichtig zog ich den schmalen Band heraus. Aber gerade, als ich ihn aufklappen wollte, hörte ich Schritte auf der Treppe. Und ausgerechnet in diesem Moment fing Lulu wieder an zu reden.

»Sag mal, Clairchen, bist du eigentlich noch da? Ich höre ja gar nichts mehr von dir …«

»Sei ruhig«, zischte ich und wollte schnell nach dem Handy greifen, um es – beziehungsweise Lulu – zum Schweigen zu bringen. Doch in meiner Hektik rutschte es mir dummerweise aus der Hand und fiel polternd zu Boden, wo es auseinandersprang und in zwei Teilen über das Parkett schlitterte. Mist!

Die Schritte kamen näher. Meine Gedanken überschlugen sich ebenfalls. War das meine Stiefmutter? Oder meine Stiefschwester? Und vor allem: Welche überzeugende Erklärung konnte ich ihnen liefern, weshalb ich mitten in der Nacht im dunklen Wohnzimmer herumschlich? Aber womöglich war es ein Einbrecher. Mit einer Pistole, die er skrupellos benutzen würde, wenn er bei seinem Einbruch gestört wurde. Von mir gestört wurde. Ich war mir nicht sicher, welche Variante ich bevorzugte.

Schaffte ich es noch mit einem Hechtsprung hinters Sofa? Eher nicht, Hechtsprünge waren nicht so mein Ding! Und da flammte bereits die Deckenlampe auf und tauchte das ganze Wohnzimmer in helles Licht. Ich hielt die Luft an und versuchte, mich unsichtbar zu machen.

»Claire, was treibst du denn hier?«

Puh! Es war mein Vater im gestreiften Pyjama, der mit überraschter Miene im Türrahmen stand, in der Hand hielt er einen Regenschirm wie einen Degen von sich gestreckt.

»Ich dachte, du wärst ein Einbrecher«, erläuterte er mit einem Kopfnicken in Richtung des Schirms.

»Und den hättest du dann damit aufgespießt?« Bei der Vorstellung platzte die Anspannung der letzten Minuten mit einem leicht hysterischen Kichern aus mir heraus. »Sehr effektiv.«

»Einen Versuch wäre es wert gewesen, oder? Aber vielleicht hätte ich ihn auch mit meiner angsteinflößenden Erscheinung in die Flucht geschlagen.« Mein Vater strich sich über seinen gemütlichen Bauchansatz in dem gestreiften Schlafanzug.

»Ganz bestimmt.« Wir lachten gemeinsam.

»Jetzt mal im Ernst.« Paps legte den Regenschirm, den er nun nicht mehr als Degen benötigte, auf dem Esstisch ab und kam auf mich zu. »Was machst du um diese Uhrzeit im Wohnzimmer? Und warum machst du dabei so einen Krach?«

Ich zuckte bloß die Schultern, eine logische Erklärung, die nichts mit der Suche nach dem möglicherweise überhaupt nicht existierenden Geheimversteck eines Tagebuchs zu tun hatte, konnte ich leider auch ihm nicht geben. Das Einzige, das mir einfiel, war: »Ich wollte mir bloß was zu lesen holen.« Und weil das, wie mir selbst klar war, eine ziemlich lahme Erklärung war, streckte ich das Buch, das ich noch immer in der Hand hielt, wie einen Beweis dafür in die Höhe.

»Aha.« Wie zu erwarten schien mein Vater nur mäßig überzeugt. »Ich wusste gar nicht, dass du dich für Mutters alte Schinken interessierst.« Wahllos zog er ebenfalls einen Band aus dem Regal und runzelte die Stirn, als er den Titel las. Es war Frau Doktor Emanuelle L. N. Meyers zeitgemäßes Erziehungs- und Ehebuch. Skeptisch schaute er mich an, vermutlich fürchtete er, ich hätte es auf genau dieses Werk abgesehen.

»Ich brauchte ein Nachschlagewerk über den deutsch-französischen Krieg. Für ein Referat in Geschichte«, borgte ich mir Sophies dreiste Lüge, zog schnell das entsprechende Buch aus dem Schrank und legte es über die Abenteuer von Winnie Pu.

»Ach, Claire, mein Schatz, aber doch nicht nachts um halb drei. Du solltest dir die Schule nicht so zu Herzen nehmen. Es können nicht alle solche Überflieger sein wie Sophie. Du kommst einfach zu sehr nach mir. Ich hab die Schule nur gerade so geschafft. Trotzdem ist was aus mir geworden. Und jetzt ab ins Bett. Du brauchst deinen Schlaf.« Er gähnte herzhaft. »Und vor allem brauche ich meinen Schlaf.«

Mein Vater legte mir den Arm um die Schulter, eine liebevolle, aber bestimmte Geste, aus der ich mich nur kurz befreien konnte, um die Einzelteile meines Smartphones aufzuheben. Dann schob mein Vater mich aus dem Wohnzimmer, löschte das Licht und eskortierte mich bis zu meiner Zimmertür. Es war unmissverständlich, dass er von mir erwartete, umgehend im Bett zu verschwinden. Also drückte ich ihm einen Kuss auf die stoppelige Wange und schlüpfte in mein Zimmer.

Ich zwang mich, fünf Minuten zu warten, bis ich mich traute, mein Nachtlicht anzuknipsen und endlich *Pu der Bär* aufzuschlagen. Vor Aufregung klopfte mein Herz so heftig, dass ich es bis in den Hals spüren konnte. Schon als ich dieses Buch aus dem Regal gezogen hatte, war mir klar geworden, dass ich Amalias Tagebuch darin oder in keinem der Bücher finden würde. Ganz eindeutig: Meine Omili hatte mir damit einen Hinweis geben wollen. Und ich wurde nicht enttäuscht.

»Lulu«, flüsterte ich in mein Telefon, nachdem ich die beiden Teile so schnell wie möglich wieder zusammengesetzt und meine Freundin angerufen hatte. Sie hatte inzwischen mehr als zwanzig Mal versucht, mich zu erreichen. »Ich hab's gefunden.«

»Verflucht, Claire, was ist passiert? Ich war schon halb auf dem Weg zu euch, weil ich Angst hatte, du wärst einem Einbrecher in die Quere gekommen und der hätte dich niedergeschlagen oder Schlimmeres mit dir angestellt.«

»Quatsch«, beruhigte ich sie. »Mein Vater ist bloß wach geworden und dachte, ich wäre der Einbrecher. Aber vorher hab ich das Buch gefunden. In einem falschen Einband, auf den meine Großmutter *Die Abenteuer von Winnie Pu* hat drucken lassen.«

»Dein Lieblingsbuch.« Lulu kapierte es sofort. »Das ist ja total genial.«

»Ja, oder? Bestimmt ist sie davon ausgegangen, dass niemand

sich dafür interessieren würde, außer mir. Blöd nur, dass ich damals nicht beim Aufräumen geholfen habe und erst jetzt draufgekommen bin.«

»Na ja, jetzt reicht ja immer noch«, tröstete Lulu mich. »Und was steht nun drin? In dem Tagebuch, meine ich natürlich.«

»Tja«, sagte ich. »Das ist das Problem. Das ganze Ding ist in dieser komischen Kurrentschrift geschrieben. Wie die Gravur auf dem Anhänger. Ich kann nichts davon lesen.«

»Tja«, machte Lulu ebenfalls. »Wir werden es wohl irgendwie entziffern müssen.« Sie gähnte lautstark. »Morgen.« Sie gähnte wieder. »Jetzt muss ich erst mal noch eine kleine Runde schlafen.«

Wir verabredeten, uns am nächsten Nachmittag sofort nach Schulschluss hier bei mir zu treffen. Aber nachdem wir aufgelegt hatten, war ich überhaupt nicht müde. Also rief ich die Seite mit dem Alphabet der Kurrentschrift auf, die Alexa uns gezeigt hatte, und fing mühsam an, Wort für Wort des Tagebuchs zu entschlüsseln. Anfangs fiel es mir noch schwer, auch wegen der umständlichen, ungewohnten Sprache. Doch von Seite zu Seite wurde ich mehr in die Geschichte von Amalia und ihrer Zwillingsschwester Eugenia hineingezogen und konnte einfach nicht aufhören, bis pünktlich um Viertel nach sechs mein Wecker klingelte.

Erschöpft rieb ich mir die mittlerweile müden Augen, die brannten, als hätte ich mir in jedes eine Handvoll Sand gestreut. Ich hatte das Tagebuch etwa zur Hälfte entziffert.

Ich wusste jetzt, für wen die beiden Anhänger angefertigt worden waren und warum. Ich wusste, wie sie funktionierten und vor allem, warum sie manchmal nicht funktionierten. Und ich wusste, warum man sie nur zu zweit verwenden konnte.

Was ich allerdings nicht wusste, war, wie ich diese verfluchte Mathearbeit überstehen sollte, ohne mit dem Kopf auf der Tischplatte einzuschlafen.

*

Am Tage vor Christi Himmelfahrt, 1820

Wie selig war ich, als ich am heutigen Morgen neben Eugenia erwachte. Wie herzte ich die geliebte Schwester, die soeben auch ihre Augen auftat. Seit fünfzehn Jahren schliefen wir nunmehr jede Nacht gemeinsam in unserer Kammer. Und heute an unserem Geburtstag hatte uns der Vater ein großes Geheimnis zu lüften versprochen, das wir von nun an gemeinsam hüten sollten.

Wir eilten, uns anzuziehen und in die Stube zu gehen, wo uns die Magd ein gutes Frühstück bereitet hatte. Und da trat er auch schon ein, der liebe Vater. Seine klugen Augen blickten freundlich in seinem von der Krankheit gezeichneten Gesicht, und er begrüßte uns mit dem Psalm, mit dem er uns jedes Jahr erneut seinen Segen gegeben hatte: »Der Herr behüte euch vor allem Übel, er behüte eure Seele.«

Wir aber, ich muss es gestehen, hatten nur Augen für das hölzerne Kästchen, das er in seiner Hand trug. Wissend lachte der Vater und hieß uns an seine Seite treten.

»Geliebte Töchter«, hub er an zu sprechen. »Ihr habt mit dem heutigen Tag eure Kindheit hinter euch gelassen und seid bereit, euch den Aufgaben zu stellen, die die Vorsehung, deren Werkzeug auch ich bin, euch zugedacht hat. Heute ist der Tag, den die Sterne dafür bestimmt haben.«

Und damit öffnete er das Kästchen und entnahm diesem eine seiner kunstvoll gefertigten Uhren. Doch wie groß war unsere Überraschung, als diese sogleich in zwei Teile zerfiel. Der Vater legte jeder von uns eins der Teile in die Hände. Dabei sprach er langsam und mit tiefem Ernst: »Tötet grauser Mord den einen, obsiegt fortan der Menschheit Streit. Nur Gemini die Feinde einen, wenn sie verdrehen den Lauf der Zeit.« Und er fuhr fort: »Ihr zwei seid die Zwillinge, die der große Nostradamus prophezeit hat, so habe ich es in den Sternen gelesen. Ihr seid dazu ausersehen, die Menschheit vor der erneuten Regentschaft der Zwietracht zu bewahren. Ich aber durfte dazu die Mittel bereiten.«

Und er erklärte uns, welche Bewandtnis es mit dieser geteilten Uhr auf sich habe. Mit ihrer Hilfe, so sagte er, sei es uns möglich, ein Stück weit in der Zeit zurückzuwandern. Bis zu zwölf Stunden könne jede von uns in die Vergangenheit gehen und alles, was seitdem geschah, werde durch unser Tun hinfällig. Böses könnten wir dadurch in Gutes verkehren, Unrecht ungeschehen machen und dunklen Wegen eine lichte Wendung geben.

»Doch hütet diese Gabe wohl«, schloss der Vater, denn nicht unerschöpflich ist ihre Kraft. Nur einmal im Laufe des Tages kann sie angewendet werden. Und muss sich danach neu sammeln. Deshalb macht nur Gebrauch von ihr zum Wohle anderer und zu edlen Zwecken. Erweist euch dieser Gabe würdig.«

Staunend und ungläubig hörten Eugenia und ich seine Worte. Doch er wies uns, die Funktion dieser seltsamen Uhren sogleich zu prüfen, und bestimmte, dass ich als die Ältere vorangehen sollte. Deshalb tat ich, wie mir geheißen war, und drehte ein klein wenig an den fein gearbeiteten Zeigern. Und so wie ich es getan hatte, wandelten sich mein Staunen in Entzücken und mein Unglaube in Ehrfurcht.

14

»Was ist das denn für ein schreckliches Geschwafel?«, beschwerte Lulu sich und ließ die karierten Blätter sinken, auf die ich die Übersetzung des ersten Tagebucheintrags geschrieben hatte.

»Psst«, machte Sophie empört, drehte sich um und bedachte uns beide über die Bussitze hinweg mit einem Blick, bei dem ein weniger geübtes Gegenüber zu Eis erstarrt wäre. Aber Lulu und ich hatten ja zum Glück einige Erfahrung im Umgang mit Sophies bösen Blicken. Noch im Bus zur Schule beschäftigte meine Stiefschwester sich intensiv mit ihrem Mathebuch, wobei sie sich offensichtlich von uns gestört fühlte. Als ob Sophie das nötig gehabt hätte!

Allerdings musste ich ihr ausnahmsweise in der Sache recht geben. Ich liebte Lulu über alles, samt ihrer dramatischen Ader. Doch in diesem Moment wäre mir lieber gewesen, sie spräche nicht so laut, als stünde sie auf einer Bühne. Es musste ja nicht gleich jeder im Bus erfahren, dass ich das geheimnisvolle Tagebuch entschlüsselt hatte. Vor allem meine Stiefschwester musste davon nichts wissen.

Also legte ich energisch meinen Zeigefinger an die Lippen, um Lulu zu bedeuten, die Lautstärke zu regulieren.

»Das ist halt alt«, verteidigte ich flüsternd Amalias gewöhnungsbedürftigen Schreibstil. »Ich schätze, vor zweihundert Jahren war es ganz normal, so zu schreiben.«

»Kann schon sein, aber es macht keinen Spaß, es zu lesen«, moserte Lulu leiser, aber noch immer etwas zu laut für meinen Geschmack.

»Stell dir vor, es hat auch nicht sehr viel Spaß gemacht, es die ganze Nacht lang zu entziffern«, konterte ich im Flüsterton und gähnte demonstrativ.

»Entschuldige, liebste Claire«, lenkte Lulu schnell ein und zog ein zerknirschtes Gesicht. »Du hast natürlich recht. Du bist eine Heldin und ich bin ein Trampel und jetzt erzähl mir bitte, bitte, wie es weitergeht.«

»Schon gut.« Ich tippte mir mit dem Zeigefinger erneut gegen die Lippen und machte eine Kopfbewegung in Richtung meiner Stiefschwester. Sophie durfte auf keinen Fall mitkriegen, worüber wir redeten. Zwar schien sie sich voll und ganz auf ihr geliebtes Mathebuch zu konzentrieren, aber man konnte ja nie wissen. Und seit ihrem Besuch in meinem Zimmer mitten in der Nacht fand ich, dass große Vorsicht geboten war.

Also nahm ich Lulu die Karoblätter aus der Hand, mit denen sie sich selbst Luft zufächelte, und verstaute sie sorgfältig wieder in meinem Schulrucksack. Ich hatte mir nur beim ersten Eintrag und bei besonders interessanten Stellen die Mühe gemacht, das Ganze Wort für Wort abzuschreiben. Danach war mir das viel zu mühselig gewesen, und ich hatte mich damit begnügt, die wichtigsten Punkte als Stichworte festzuhalten. Eigentlich wäre das nicht nötig gewesen. Obwohl mein müder Kopf sich anfühlte, als wäre er mit Brei gefüllt, war mir alles, was ich in der vergangenen Nacht gelesen hatte, fast Wort für Wort im Gedächtnis geblieben.

»Zunächst einmal …« Ich rückte näher an Lulu heran, um ihr besser ins Ohr flüstern zu können. »… stimmt es, dass die zwei Hälften des Anhängers von Anfang an getrennt waren. Es war sogar so, dass man mit jeder der Uhren allein die Zeit zurückdrehen konnte und nicht beide zusammen dafür brauchte.«

»Das steht ja auch so in diesem schwafeligen Text«, unterbrach Lulu mich, schlug sich aber sofort die Hand vor den Mund und sah mich entschuldigend an.

»Genau«, ging ich über die Unterbrechung hinweg. »Gebaut hat die beiden Uhren ein Uhrmacher, der der Vater von Amalia und Eugenia war. Sein Name taucht in dem Tagebuch allerdings nicht auf.«

»Nicht ein einziges Mal?«, hakte Lulu nach.

»Würdest du in dein Tagebuch die Namen deiner Eltern reinschreiben?«

»Ich führe kein Tagebuch«, wandte Lulu ein und grinste mich an, als ich sie anfunkelte.

»Rein theoretisch würde ich das vermutlich auch nicht«, räumte sie ein. »Ist aber trotzdem schade, sonst könnte man versuchen, etwas mehr über ihn herauszufinden.«

»Könnte man, müssen wir aber gar nicht. Alles, was wir wissen müssen, hat Amalia ja zum Glück aufgeschrieben. Es war nämlich wohl so, dass dieser Uhrmacher ein großer Fan von Nostradamus war …«

»Wie überraschend, wo er sogar dieses seltsame Gedicht in die Uhren graviert hat«, unterbrach Lulu mich schon wieder. Genervt stupste ich sie gegen die Schulter.

»Sag mal, willst du jetzt wissen, was in dem Tagebuch steht, oder nicht?«, fragte ich. »Wir sind gleich an der Schule.«

Wie zur Bestätigung bog der Busfahrer in seinem üblichen halsbrecherischen Tempo um eine Kurve und hielt dann abrupt an der nächsten Haltestelle. Routiniert stützten Lulu und ich uns mit den Händen an der Rückenlehne der vorderen Sitzreihe ab. Erneut drehte Sophie sich zu uns um und warf uns einen Tiefkühlblick zu.

»Ja, natürlich will ich das«, flüsterte Lulu endlich in einer vernünftigen Lautstärke, als der Bus wieder anfuhr. »Entschuldige, ich bin nur so aufgeregt, weil wir endlich mehr über die Anhänger herausgefunden haben. Also, leg schon los, ich bin jetzt auch mucksmäuschenstill, versprochen.«

»Okay.« Wieder lehnte ich mich zu meiner Freundin. »Der Uhrmacher war nicht nur ein Fan von Nostradamus. Sein Hobby war auch Sternenkunde. Und irgendwie kam er dann auf die Idee, dass diese alte Prophezeiung von Nostradamus und das, was er da in den Sternen entdeckt hatte, darauf hindeuteten, dass ausgerechnet seine beiden Töchter die Welt retten sollten.«

»Und wieso?« Lulu presste die Lippen zusammen, als ihr klar wurde, dass sie mich schon wieder unterbrochen hatte, aber ich fuhr einfach fort.

»Weil in dieser seltsamen Prophezeiung von Gemini die Rede ist. Das ist das lateinische Wort für Zwillinge. Und Amalia und Eugenia waren … rate mal.«

»Zwillinge«, schlussfolgerte Lulu treffsicher.

»Genau.«

»Aber damit hätten so ziemlich alle Zwillinge gemeint sein können, oder nicht?«, wandte Lulu ein.

»Stimmt, doch dieser Uhrmacher schien wie besessen von der Idee zu sein, dass es sich um seine Töchter handeln musste. So ganz sauber hat der wahrscheinlich nicht getickt«, erklärte ich.

Der Bus bremste in letzter Sekunde vor einer roten Ampel und wieder wurden wir gegen die Sitzreihe vor uns geschleudert. Sophie schnaubte bloß genervt, aber mir fiel bei der Gelegenheit auf, dass sie seit Fahrtbeginn kein einziges Mal die Seiten ihres Mathebuchs umgeblättert hatte. Ob sie es womöglich wirklich bloß als Tarnung benutzte, um uns zu belauschen? Ich senkte meine Stimme zu einem beinah tonlosen Flüstern, auch wenn der Lärmpegel im Bus mittlerweile so hoch war, dass es eigentlich unmöglich sein musste, in der Reihe vor uns etwas zu verstehen.

»Deshalb hat er diese Uhren gebaut, mit denen man die Zeit zurückdrehen kann. Weil es so in der Prophezeiung steht. Und jetzt frag bitte nicht, wie das Ganze funktioniert, das wusste Amalia nämlich selbst nicht. Er hat seinen Töchtern nur erklärt, dass man die Zeit damit maximal zwölf Stunden zurückdrehen kann, also einmal rund ums Zifferblatt, und dass die Uhren sich nach jedem Sprung, egal wie lang er war, erst wieder zwölf Stunden lang aufladen müssen, sodass man nie zweimal direkt hintereinander in dasselbe Zeitfenster zurückspringen kann.«

»Das haben wir ja bei meiner Mam erlebt«, fügte Lulu unglücklich hinzu.

»Genau.« Ich nickte. »Aber jetzt wissen wir es wenigstens.«

»Und warum funktionieren die beiden Uhren inzwischen nur noch, wenn man sie zusammen benutzt?«, erkundigte Lulu sich neugierig.

Doch bevor ich zu einer Antwort ansetzen konnte, bremste der Bus wieder scharf, und als sich die Türen öffneten, drängten alle um uns herum nach draußen.

»Schon da?« Ich schaute aus dem Fenster. Wir waren tatsächlich an der Schulhaltestelle angekommen. Ich stand ebenfalls auf. »Den Rest erzähl ich dir nachher«, versprach ich. »Nach Mathe.« Ich rollte mit den Augen. Ich war im Augenrollen noch nicht so gut wie Lucas, aber ich bekam immer mehr Übung.

Mit einem lauten Knall schlug Sophie ihr Mathebuch zu und verstaute es im Rucksack. Dann drehte sie sich noch einmal demonstrativ zu uns um.

»Bei eurem Geschwätz kann man sich wirklich auf nichts Sinnvolles konzentrieren«, meckerte sie.

»Als ob du es nötig hättest, für Mathe zu lernen«, entgegnete ich spitz. »Bei deiner Freundin Frau Dr. No hast du die Eins doch ohnehin im Dauerabo.«

»Dir hingegen würde es nicht schaden, gelegentlich mal einen Blick ins Mathebuch zu werfen«, erwiderte meine Stiefschwester mindestens ebenso spitz. »Ich hab gehört, dass mittlerweile sogar schon dein Vater davon spricht, dass du dringend Nachhilfe bekommen solltest.«

Autsch, das saß. Davon hatte ich nämlich noch nichts gehört. Und Sophie wirkte nicht, als ob sie sich das gerade ausgedacht hätte. Dabei hatte ich geglaubt, meinem Vater wäre es nicht so wichtig, dass ich gute Noten schrieb. Von einer Sekunde auf die andere packte mich ein ganz mieses Gefühl, weil ich mich nicht besser auf diese Arbeit vorbereitet hatte. Gar nicht vorbereitet hatte, um genau zu sein.

Sophie konnte mir offenbar am Gesicht ablesen, was ich dachte. Mit einem zufriedenen Grinsen stolzierte sie aus dem Bus.

Auch Lulu hatte meinen plötzlichen Stimmungsumschwung natürlich bemerkt.

»Was ist los, Süße?«, erkundigte sie sich, während wir als Letzte den Bus verließen.

»Ach, es ist nur wegen dieser blöden Mathearbeit. Ich hab Angst, dass ich es schon wieder total verbocke.«

»Mensch, Clairchen.« Lulu legte mir ihren Arm um die Schulter und zog mich an sich. »Es gibt Wichtigeres im Leben, als ein Mathegenie zu sein. Dafür hast du letzte Nacht ein uraltes Tagebuch entschlüsselt.«

»Ich weiß, trotzdem …« Niedergeschlagen zuckte ich mit den Schultern. »Ich will einfach nicht immer als die Blöde in der Familie dastehen.«

»Tust du doch gar nicht«, tröstete Lulu. »Außerdem gibt es einen großen Unterschied zwischen blöd und blöd. Und bei letzterem Blöd gewinnt Sophie mit Abstand den Wettbewerb.«

»Du bist so lieb.« Ich versuchte zu lachen, aber es gelang mir nicht richtig. »Ich will ja auch gar keine Einser wie Sophie. Ich wünschte, ich könnte einfach mal eine Drei schreiben, so wie du. Das würde mir schon reichen.«

»Weißt du was?« Lulu drückte erneut meine Schulter. »Ich glaube, das lässt sich einrichten. Wir müssen nur schnell noch an der Toilette vorbeigehen …«

*

Wie zu erwarten gewesen war, war die Mathearbeit die reinste Qual. Ich verstand nichts, aber wirklich rein gar nichts von dem, was auf dem Aufgabenblatt stand. Ich notierte ein paar willkürliche Zahlen und Diagramme in mein Arbeitsheft, um nicht durch vollständiges Nichtstun unangenehm aufzufallen. Frau Dr. No, die die ganze Zeit über zwischen den Einzeltischen patrouillierte, schnaubte bloß missbilligend, wenn sie mir über die Schulter blickte.

Zwischendurch schaute ich gelegentlich zu Lulu hinüber, die zwei Reihen von mir entfernt saß, brach jedoch den Blickkontakt immer schnell ab, bevor Frau Dr. No etwas davon bemerkte. Ansonsten wäre sie womöglich misstrauisch geworden, weil Lulu mir ständig verschwörerisch zublinzelte. Die größte Herausforderung war tatsächlich, mich neunzig Minuten lang wach zu halten, denn mittlerweile spürte ich den Schlafmangel immer stärker, der unerbittlich hinter meinen Augen brannte. Aber die zwei Schulstunden mussten wir wohl oder übel absitzen. Während der Mathearbeit gemeinsam auf die Toilette zu gehen, war natürlich verboten. Und wir konnten ja schlecht einfach aufstehen und quer durch den Raum marschieren, um mitten in der Klasse unseren Zeitsprung durchzuführen. Da wäre Frau Dr. No ganz sicher eingeschritten, bevor ich auch nur in Lulus Nähe gelangte.

Als der Gong endlich ertönte, klappte ich erleichtert mein Heft zu, nicht jedoch ohne vorher das Aufgabenblatt wie besprochen unter dem Tisch verschwinden zu lassen. Dort faltete ich es und steckte es mir in die hintere Jeanstasche. Erst danach trug ich mein Heft nach vorne und legte es auf dem wachsenden Stapel auf Frau Dr. Nos Tisch ab.

»Geheimmission Mathearbeit trifft sich in fünf Minuten auf der Mädchentoilette«, raunte Lulu mir zu, als wir zusammen den Klassenraum verließen.

»Psst«, machte ich mal wieder und warf ihr einen strengen Blick zu. Doch zum Glück hatte Frau Dr. No nichts gehört. Sie stand hinter ihrem Lehrertisch und unterhielt sich, wie sollte es anders sein, mit Sophie. Ich fragte mich, ob die beiden schon wieder irgendetwas Geheimnisvolles zu besprechen hatten oder ob sie sich einfach nur angeregt über die interessante Mathearbeit austauschten.

Wie immer in der Pause herrschte großer Andrang in der Mädchentoilette. Eine Horde Fünftklässlerinnen bildete bereits eine Warteschlange vor den Kabinen, und vor dem Spiegel drängten sich die älteren Mädchen, um ihren Lidstrich nachzuziehen und frischen Lipgloss aufzutragen. Natürlich waren auch die Doppel-Ds darunter.

»Hier hinein.« Kaum öffnete sich eine der Türen, schleppte Lulu mich hinter sich her, vorbei an den laut protestierenden Fünftklässlerinnen. Unter den verwunderten Blicken der Doppel-Ds verschwanden Lulu und ich gemeinsam in einer Kabine und meine Freundin schloss schnell ab.

»Warst du A oder B?«, erkundigte sie sich.

»B.«

Frau Dr. No begnügte sich nämlich nicht damit, uns alle während der Mathearbeiten an Einzeltischen sitzen zu lassen. Sie verteilte außerdem noch zwei verschiedene Versionen der Aufgaben.

»Perfekt, ich auch. Dann gib mal her.«

Ich zog das Arbeitsblatt aus meiner Jeanstasche hervor und reichte es ihr. Sie holte ebenfalls einen Zettel hervor, den sie sich in einen der grünen Overknees gesteckt hatte, die sie heute zu einem gepunkteten Kleid trug. Sie legte beide Zettel auf den geschlossenen Toilettendeckel, strich sie glatt und fing sofort an, die Ergebnisse von ihrem Blatt auf meins zu übertragen.

»So haben wir beide etwas davon«, erklärte sie grinsend. »Und ich muss gleich nicht alles noch mal neu rechnen.«

»Und du findest wirklich, dass das in Ordnung ist?«, fragte ich.

»Ja«, erwiderte sie abgelenkt. »Das hab ich dir doch schon gesagt. Das ist total in Ordnung.«

»Schon, aber …« Ich war nicht restlos überzeugt. Auch wenn ich mich vorhin mehr als bereitwillig auf die Idee eingelassen hatte, überwogen im Moment wieder die Zweifel. »Ich hab noch nie abgeschrieben. Und das, was wir hier machen, ist doch wie abschreiben …«

»Jepp, nur viel genialer.« Meine Freundin reichte mir mein Arbeitsblatt mit einem zufriedenen Gesichtsausdruck zurück. Sie hatte mir zu fast jeder Aufgabe eine Lösung und sogar den Lösungsweg notiert.

»Ich weiß nicht, ob das alles so stimmt, und eine Aufgabe habe ich auch nicht kapiert. Aber für eine Drei müsste es eigentlich reichen. Wie gewünscht.«

»Lulu, das ist echt lieb von dir.« Zögerlich nahm ich das Blatt in die Hand. »Aber ich weiß nicht, ob wir das nicht lieber lassen sollten. Es kommt mir einfach nicht richtig vor, deine Ergebnisse für meine auszugeben.«

»Jetzt hör schon auf.« Lulu schnalzte unwillig mit der Zunge. »Wir sind allerbeste Freundinnen für immer. Wir teilen alles, auch unsere Matheergebnisse.«

Von draußen wurde heftig gegen unsere Kabinentür geklopft.

»Seid ihr bald mal fertig?«, beschwerte sich Daphne.

»Was treibt ihr eigentlich da drin?«, meckerte Doreen.

»Moment noch, wir lackieren uns gerade die Fußnägel«, konterte Lulu. »Können wir dann?«, hakte sie an mich gewandt nach.

»Steckt ihr etwa immer noch hier drin?«, erklang hinter der Kabinentür in diesem Moment die genervte Stimme meiner Stiefschwester. »Ich dachte, wir treffen uns im Pausenraum, um unsere Ergebnisse zu besprechen.«

Sie meinte natürlich die Doppel-Ds und nicht uns, doch die Erklärungen der beiden bekam ich nicht mehr mit. Denn kaum hatte ich Sophies Stimme gehört, wurde mir klar, dass ich an Lulus und meinem Plan festhalten würde. Ich war es einfach so leid, immer das Ziel von Sophies Spott zu sein. Endlich bot sich mir die Gelegenheit, mal wieder eine ordentliche Mathenote nach Hause zu bringen. Niemand würde mich mehr zwingen, Nachhilfe zu nehmen, auf die ich so viel Lust hatte wie auf eine Wurzelbehandlung beim Zahnarzt. Und es bestünde auch keine Gefahr mehr, mit einer Sechs im Jahreszeugnis zu enden.

Wortlos zog ich meinen Anhänger aus dem T-Shirt, drehte die Zeiger um zwei Stunden zurück und hielt ihn Lulu hin. Meine Freundin grinste mich verschwörerisch an und drückte ihre Hälfte der Kugel auf meine.

Auch in der Wiederholung erwies sich die Mathearbeit als qualvoll. Zwar musste ich mir dieses Mal nicht den Kopf über die Lösungen zerbrechen, ich hatte sie ja feinsäuberlich von Lulu auf meinem Arbeitsblatt notiert bereits bei mir. Aber erstens musste ich aufpassen, dass Frau Dr. No nichts davon bemerkte, wie ich die Zahlen und Diagramme eins zu eins in mein Arbeitsheft übertrug. Was an sich schon eine komplexe Aufgabe war, denn Frau Dr. No schien auf ihrem Patrouillengang alle fünf Sekunden neben meinem Platz aufzutauchen. Und jedes Mal musste ich so schnell wie möglich mein frisches Aufgabenblatt, das meine Mathelehrerin eben wieder ausgeteilt hatte, über das Blatt schieben, auf dem Lulu die Lösungen aufgeschrieben hatte.

Und zweitens war ich mittlerweile so müde, dass mir sogar während des Schreibens beinah die Augen zufielen. Ich blinzelte, als hätte ich nervöse Zuckungen, und verrenkte mir fast den Kiefer beim Versuch, nicht häufiger als alle drei Minuten in heftiges Gähnen auszubrechen. Fast noch mehr als beim ersten Durchlauf kam mir der Gong schließlich wie eine Erlösung vor.

Schnell schob ich meine Unterlagen zusammen und trug das Heft nach vorne. Während ich es auf den Stapel legte, vermied ich es, Frau Dr. No in die Augen zu schauen. Ich fürchtete zu sehr, dass sie mir irgendwie ansehen konnte, was ich gerade getan hatte. Hinter mir hörte ich Lulu fröhlich vor sich hin summen. Lulu war nicht annähernd so musikalisch wie ihr Bruder, trotzdem konnte man erkennen, dass es sich bei dem Lied um den Weltmeister-Song »Ein Hoch auf uns« handelte. Ich hoffte bloß, dass unsere Mathelehrerin das Lied nicht kannte oder daraus zumindest keine Schlüsse zog. Im Schulflur sprang meine Freundin mir von hinten um den Hals und riss mich in ihrem Begeisterungssturm beinah zu Boden.

»Es hat funktioniert«, jubelte sie.

»Psst«, machte ich mal wieder, immerhin stand die Klassentür noch weit offen, und es wäre wirklich zu ärgerlich gewesen, wenn Frau Dr. No uns auf den letzten Metern doch noch überführt hätte.

»Darauf haben wir uns ein Schokokussbrötchen verdient, findest du nicht?«, ließ Lulu sich nicht in ihrem Freudentaumel stören. »Los, lass uns in die Cafeteria gehen. Und dann erzählst du mir endlich den Rest der Geschichte aus Amalias Tagebuch, okay?«

»Okay«, willigte ich ein. Lulu hatte mich natürlich schon beim Schokokussbrötchen überzeugt. Allerdings sehnte ich mich heute ausnahmsweise weniger nach etwas Süßem als nach einem ganzen Eimer voll Kaffee.

Wir machten also erst mal einen Abstecher in die Cafeteria, und zu meiner Überraschung scheuchte Lulu sogar Samuel weg, als er sich uns anschließen wollte. »Wir haben heute Mädchenthemen zu bequatschen«, erklärte sie entschieden, woraufhin er sofort das Weite suchte.

Nachdem wir es uns auf einer Bank auf dem Schulhof in der Sonne bequem gemacht hatten und ich den größten Becher Milchkaffee, den es in der Cafeteria gab, in einem Zug zur Hälfte geleert hatte, erzählte ich meiner Freundin, wie tragisch sich die Geschichte von Amalia und Eugenia weiterentwickelt hatte.

»Die beiden Schwestern waren also in denselben Typen verliebt?«, fasste Lulu zusammen.

»Genau. In den größten Konkurrenten ihres Vaters. Und sie haben die Anhänger benutzt, um diesen Typen rumzukriegen beziehungsweise um ihn der jeweils anderen auszuspannen.« Ich biss in das Brötchen und versuchte, mich nicht mit der Schaummasse zu bekleckern, die an den Seiten herausquoll.

»Klingt ja megadramatisch.« Lulu spielte mit dem Deckel ihres Kaffeebechers. »Und dann?«

»Dann haben sie sich aufs Übelste zerstritten. Woraufhin ihr Vater stinksauer wurde.« Ich biss erneut in das Brötchen und kaute genüsslich. Lulu schaute mich ungeduldig an.

»Und danach?«

»Er war wohl schwer krank und hatte Sorge, dass er sterben würde, bevor seine Töchter ihre Aufgabe erfüllt hatten. Deshalb hat er ihnen die Anhänger wieder weggenommen und dann … warte mal, diese Stelle habe ich mir genau aufgeschrieben.«

Ich drückte Lulu den kleinen Rest meines Brötchens in die Hand, von ihrem eigenen hatte sie erst einmal abgebissen. Mit klebrigen Fingern kramte ich in meinem Rucksack herum, bis ich das karierte Blatt fand, auf dem ich mir die wichtigsten Informationen aus Amalias Tagebuch notiert hatte. Ich faltete ihn auseinander und suchte nach der richtigen Stelle.

»Hier.« Ich trank einen Schluck Kaffee, was bei Lulu einen weiteren Ungeduldsseufzer auslöste, dann begann ich vorzulesen:

Fest schloss sich Vaters Faust um die beiden halben Kugeln. Rot liefen seine knotigen Finger an, weiß traten die Knöchel hervor und ein immer stärker werdendes Beben ließ die Hand vibrieren, ergriff den Arm und schließlich den ganzen Körper. So stark schüttelte es ihn, dass er in die Knie sank und kalter Schweiß seine Stirn überzog, doch er öffnete die Faust nicht.

»Aus zwei wird eins«, stieß er zwischen zusammengebissenen Zähnen hervor. »Und nur zwei reine Herzen, die im gleichen Takt für das gleiche Ziel schlagen, werden seine Macht nutzen können.«

Als das Beben verebbte, sank Vaters Körper langsam zur Seite. Während seine Augen sich für immer schlossen, öffnete sich seine Faust. Und heraus rollte eine unversehrte Kugel, der man nicht im Geringsten ansah, dass sie je geteilt gewesen war.

»Krass.« Lulu schnappte sich den Zettel, und ich nahm ihr schnell den Rest meines Schokokussbrötchens aus der Hand, bevor sie damit meine Notizen verschmieren konnte, und steckte es mir in den Mund.

»Aber was hat er mit den beiden reinen Herzen und dem gleichen Ziel gemeint?«, überlegte meine Freundin laut.

»Na ja«, nuschelte ich und zuckte mit den Schultern. »Ich denke, er wollte sichergehen, dass seine Töchter den Anhänger nur benutzen konnten, wenn sie sich einig waren«, erklärte ich, als mein Mund wieder leer war. »Damit sie ihn nicht verwendeten, um sich weiter um diesen Typen zu streiten, sondern für diese seltsame Sache, um die es in der Prophezeiung geht.«

»Und haben sie das getan?«, erkundigte Lulu sich. »Ich meine, haben sie es geschafft, den Anhänger wieder zu benutzen?«

»Keine Ahnung. So weit bin ich mit dem Entziffern nicht gekommen. Doch ich schätze, dass sie es nicht geschafft haben. Sonst hätte meine Großmutter mir wohl kaum den ganzen Anhänger vererbt, sondern die beiden einzelnen Teile, oder?«

»Stimmt.« Lulu strich mit dem Finger fast liebevoll über die Halbkugel, die um ihren Hals baumelte, und machte einen nachdenklichen Kussmund. »Weißt du, was das bedeutet?«, fragte sie schließlich mit einem breiten Grinsen.

Ich lächelte sie ebenfalls an. Schon als ich die Worte entschlüsselt hatte, war mir der Gedanke gekommen. Es war so, wie meine Großmutter in ihrem Brief an mich geschrieben hatte.

»Ich schätze, die Anhänger haben es bewiesen: Du bist mein Herzensmensch«, sagte ich.

»Beste Freundinnen. Zwillingsschwestern. Für immer«, bestätigte Lulu. »Als hätten wir das nicht längst gewusst.«

Sie nahm mich in die Arme und wir drückten uns fest. Mit einem leisen Klirren schlugen unsere Anhänger aneinander.

In einem kitschigen Film wäre jetzt der Abspann gekommen. Samt Sonnenuntergang vermutlich. Und opulentem Orchesterklang.

In der Realität ertönte bloß der Schulgong.

»Shit, schon so spät«, sagte Lulu, drückte mir den Notizzettel wieder in die Hand und trank ihren Kaffee auf ex.

Ich faltete den Zettel zusammen und wollte ihn schnell in die Tasche meiner Jeans schieben.

Da fiel mir auf, dass etwas fehlte.

In meiner Jeanstasche fehlte etwas.

Nämlich das Aufgabenblatt.

Das Aufgabenblatt aus der Mathearbeit.

Mit allen Lösungen, die Lulu für mich aufgeschrieben hatte.

War nicht in meiner Jeanstasche.

Das Schokokussbrötchen drängte unsanft wieder nach oben, als mir klar wurde, was das bedeutete.

Ich hatte den dämlichsten, blödesten, schlimmsten Fehler begangen, den man sich nur vorstellen konnte. Ich hatte den Spickzettel aus Versehen zusammen mit meinem Arbeitsheft abgegeben. Und es gab keine Möglichkeit, diesen Fehler ungeschehen zu machen.

15

»Claire, Luisa, ich möchte euch nach der Stunde sprechen.« Frau Dr. No betrachtete uns kurz so, als wären wir zwei kümmerliche Kellerasseln und sie das menschgewordene Insektenvernichtungsmittel, dann setzte sie ihre Runde durch die Klasse fort, um die korrigierten Mathearbeiten zu verteilen.

Unser Tisch blieb leer.

Frau Dr. No hatte uns unsere Hefte nicht zurückgegeben. Zusammen mit dem Insektenvernichtungsblick war das ein eindeutig schlechtes Zeichen. Dabei brauchte ich eigentlich gar keine schlechten Zeichen, um mir meines nahenden Untergangs bewusst zu sein.

Während des gesamten Wochenendes hatte ich mir ausgemalt, wie Frau Dr. No mich würde büßen lassen. Lulu hatte extra eine Verabredung mit Samuel abgesagt, um mir beizustehen, Händchen zu halten und mir in Endlosschleife zu versichern, dass Frau Dr. No vermutlich gar nicht auf die Idee kommen würde, dass es sich bei dem Aufgabenblatt um einen vorbereiteten Spickzettel handelte. Denn unsere Lehrerin konnte ja schließlich nicht wissen, dass wir den Zeitumkehrer benutzt hatten. Und somit war es theoretisch unmöglich, dass wir das Aufgabenblatt bereits vor der Arbeit in die Finger bekommen und die Lösungen darauf notiert hatten. Das war zwar lieb von Lulu gemeint, aber natürlich unrealistisch.

Denn selbst, wenn Frau Dr. No nicht wissen konnte, wie wir an das Arbeitsblatt gelangt waren, so musste ihr auffallen, dass sich in meinem Heft zwei dieser Blätter befanden. Und dass die Handschrift auf einem davon leider nicht meine eigene war.

Egal also, welche Erklärung sie sich dazu zusammenreimte, ich steckte richtig tief in der Patsche.

»Wird schon schiefgehen.« Lulu boxte mich freundschaftlich in die Seite. Ich bewunderte sie wirklich für ihren Optimismus, aber in diesem Moment musste ich das Bedürfnis unterdrücken, sehr fest zurückzuboxen. Was nicht nett war, ich weiß, sie meinte es ja wie gesagt nur lieb.

Als wir nach der Stunde warteten, bis alle den Klassenraum verlassen hatten, um dann erst nach vorne an Frau Dr. Nos Tisch zu gehen, nahm Lulu sogar meine Hand und drückte sie. Ich versuchte mich an einem gequälten Lächeln, doch es geriet zu einer Schauergrimasse.

Frau Dr. No tat so, als müsste sie ganz dringend noch etwas in ihren dicken Terminkalender eintragen, als wir an ihren Tisch traten. Es dauerte sehr lange. Und mit jeder Sekunde fühlte ich mich noch ein bisschen schlechter, soweit das überhaupt möglich war. Als sie uns endlich ihre Aufmerksamkeit schenkte, war das fast schon eine Erleichterung.

»Ich denke, ihr wisst, warum ihr hier steht.« Allein der giftige Klang ihrer Stimme führte dazu, dass ich mich wieder wie eine Kellerassel fühlte.

Sie zog ein Blatt unter ihrem Terminkalender hervor und knallte es mit der flachen Hand vor uns auf den Tisch. Es war das Aufgabenblatt mit Lulus Lösungen.

»Kann mir eventuell eine von euch eine einleuchtende Erklärung dafür liefern, wie dieses Blatt, auf dem ich ganz zweifelsfrei Luisas Handschrift erkenne, wie also dieses Blatt in das Arbeitsheft von Claire gelangt ist? In dem ich zu meinem großen Erstaunen genau die Lösungen wiedergefunden habe, die sowohl auf diesem Arbeitsblatt als auch in Luisas Heft stehen.« Mit ihrem ausgestreckten Zeigefinger deutete Frau Dr. No immer abwechselnd auf diejenige von uns, die sie gerade ansprach, als wollte sie uns damit aufspießen.

»Und ich habe in euren Arbeiten nicht nur exakt die gleichen Lösungen gefunden, sondern fast exakt die gleichen Fehler, bis auf die paar zusätzlichen, die du, Claire, noch eingebaut hast«, fuhr Frau Dr. No unbarmherzig fort und unterstrich ihre Worte, indem sie mit dem Zeigefinger auf mehrere rot markierte Stellen auf dem Arbeitsblatt tippte.

»Wie könnt ihr mir das überzeugend erklären?« Frau Dr. No hob ihre schmalen Bleistiftbrauen fast bis zum Haaransatz hoch, was ihr Botoxgesicht seltsam verzerrte, und ich wünschte plötzlich, ich wäre wirklich eine Kellerassel und könnte einfach unter der nächsten Fußbodenleiste verschwinden.

»Hm, na ja«, machte Lulu und zog einen recht ratlosen Kussmund. »Vielleicht …« Ich drückte ihre Hand so fest, dass sie erschrocken zusammenzuckte. Auf keinen Fall durfte ich zulassen, dass Lulu die Situation mit irgendwelchen abstrusen Erklärungsversuchen noch schlimmer machte, als sie ohnehin schon war.

»Ich dachte mir schon, dass euch dazu nichts einfallen würde. Mir nämlich auch nicht.« Frau Dr. No lehnte sich mit verschränkten Armen auf ihrem Stuhl zurück. »Außer einer einzigen logischen Schlussfolgerung. Nämlich dass du, liebe Luisa, dachtest, du könntest deiner Freundin hier helfen, indem du ihr deine Ergebnisse gibst, die, wenn man es genau betrachtet, immer noch recht durchschnittlich sind, aber immerhin für eine glatte Drei ausreichen. Was zumindest besser ist als alles, was du, Claire, jemals in meinem Unterricht abgeliefert hast.«

Frau Dr. No bedachte uns mit einem missbilligenden Kopfschütteln. »Allerdings so dumm zu sein, das Arbeitsblatt mit deinem Heft abzugeben, das hätte ich nicht einmal dir zugetraut, Claire.«

Ich hätte heulen können. Ehrlich gesagt war ich kurz davor. Aber diese Blöße wollte ich mir nicht geben. Also schluckte ich und versuchte, dem Blick standzuhalten, mit dem Frau Dr. No mich zu durchbohren schien. Ich fühlte mich so kellerasselig wie nie zuvor in meinem Leben.

»Nun, ich habe darüber nachgedacht, wie ich mit dieser Situation umgehen soll.«

Ich schluckte wieder und schaute zu Boden. Ich ertrug den selbstzufriedenen Ausdruck einfach nicht, der sich irgendwie auf Frau Dr. Nos botoxstarrem Gesicht breitgemacht hatte.

»Was dich angeht, sind mir leider die Hände gebunden.« Frau Dr. No reichte Lulu ihr Arbeitsheft. »Obwohl du ganz eindeutig an diesem Täuschungsversuch beteiligt warst, habe ich deine Arbeit mit einer Drei benotet, Luisa, denn demjenigen, der abschreiben lässt, steht dennoch die seiner Leistung entsprechende Note zu. Eine Regelung, die mir zwar unbegreiflich ist, an die ich mich aber halten muss«, fügte sie grummelnd hinzu.

Ich konnte spüren, wie Lulu neben mir die angespannten Schultern fallen ließ. Sie hatte sich also doch Sorgen gemacht, auch wenn sie das Gegenteil behauptet hatte. Wieder drückte sie meine Hand, und ich hatte das Gefühl, vor Anspannung gleich platzen zu müssen.

»Was dich betrifft, Claire«, wandte unsere Lehrerin sich an mich, »habe ich für dieses Mal beschlossen, darauf zu verzichten, disziplinarische Maßnahmen zu ergreifen.«

Ich atmete tief durch. War das möglich? Ließ Frau Dr. No mich tatsächlich davonkommen?

»Leider habe ich in deiner Arbeit keinerlei selbst erbrachte Leistung erkennen können«, fuhr sie fort und reichte mir mein Heft.

»Deshalb war ich gezwungen, deine Arbeit mit einem *Ungenügend* zu bewerten.«

Autsch!

Die gerade erst erwachte Hoffnung verpuffte in einer gewaltigen Staubwolke. Trotz heftigen Widerstands konnte ich nicht verhindern, dass mir nun doch die Tränen in die Augen stiegen.

Ich hatte es kommen sehen, ja, natürlich. Aber es jetzt rot auf weiß in meinem Heft zu lesen, war dennoch ein Schock.

Eine Sechs. Addiert zu meiner Fünf aus der letzten Arbeit. Das Ganze gepaart mit meiner miesen mündlichen Beteiligung. Und der Tatsache, dass ich bei Frau Dr. No nun endgültig auf der Abschussliste stand. Das ließ für meine Note im Zeugnis nur düstere Prognosen zu. Meine Gedanken kreisten so sehr ums drohende Sitzenbleiben, dass ich mich in diesem Moment gar nicht darüber wunderte, dass Frau Dr. No nicht auf das zweite Arbeitsblatt in meinem Heft eingegangen war. Das fiel mir aber erst viel später wieder ein.

»Scheiße«, murmelte ich, als ich neben Lulu aus dem Raum schlich. »Shit. Shit. Shit.«

»Na, komm schon, Clairchen«, versuchte Lulu mich aufzumuntern, nachdem wir die Tür des Klassenzimmers hinter uns geschlossen hatten. »Jetzt gönnen wir uns erst mal ein Schokokussbrötchen und dann sieht die Welt nicht mehr ganz so schlimm aus.«

»Von wegen.« Ich stieß ein resigniertes Schnauben aus. »Bei diesem Problem können mir auch keine hundert Schokokussbrötchen helfen. Und außerdem hast du deins schon beim letzten Mal nicht aufgegessen«, murrte ich.

»Hä?« Lulu schaute mich verwundert an. »Was soll das denn jetzt heißen?«

»Ich mein ja bloß.« Ich wusste selbst nicht, was mich plötzlich gepackt hatte. Gerade noch hatte ich mit den Tränen gekämpft, aber jetzt war ich auf einmal wütend. Wütend auf Frau Dr. No. Wütend auf die Ungerechtigkeit der ganzen Welt. Und auch ein bisschen wütend auf Lulu.

»Es ist nämlich nicht so, dass du jetzt ein Problem hast. Du hast eine Drei geschrieben. Und in deinem Zeugnis wird ebenfalls eine Drei stehen. Wohingegen in meinem eine Sechs stehen wird, wenn nicht noch ein Wunder geschieht. Und dann bin ich diejenige, die nächstes Schuljahr eine Ehrenrunde drehen muss«, brauste ich auf.

»Ach, Quatsch«, versuchte Lulu mich zu beruhigen. »Bei der nächsten Arbeit probieren wir es einfach noch mal, aber wir passen besser auf und dann bekommst du auch eine Drei und Frau Dr. No kann dir im Zeugnis keine Sechs mehr verpassen …«

»Vergiss es.« Jetzt war ich wirklich wütend. »Es wird kein nächstes Mal geben. Auf keinen Fall werde ich den Anhänger noch mal zum Schummeln benutzen. Ich war ja schon beim ersten Mal nicht wirklich dafür …«

»Wie bitte?« Lulu sah mich mit weit aufgerissenen Augen an. »Willst du jetzt etwa behaupten, ich hätte dich dazu überredet?«

»Die Idee hattest jedenfalls du. Und ich habe gleich gesagt, dass ich es eigentlich nicht richtig finde.«

»Moment mal!« Nun wirkte auch Lulu wütend. »Du kannst doch nicht einfach mir die Schuld geben. Ich wollte dir nur helfen. Ich kann ja nichts dafür, dass du nicht nur zu blöd für Mathe bist, sondern sogar zu blöd zum Abschreiben.«

Kaum hatte sie es gesagt, schlug Lulu sich die Hand vor den Mund. »Es tut mir leid, das ist mir so rausgerutscht.«

Doch ich hörte ihre Entschuldigung kaum, denn in meinem Kopf brannten gerade alle Sicherungen durch. So war das also. Selbst meine beste Freundin hielt mich insgeheim für zu blöd für diese Welt. »Das denkst du von mir?«, schrie ich Lulu an, sodass sich ein paar andere Schüler erschrocken umdrehten, aber das war mir in diesem Moment egal. »Du bist ja genauso schlimm wie Sophie. Ständig geht es bloß um dich und das, was du willst …«

»Du spinnst wohl«, gab Lulu hitzig zurück, aber jetzt kam ich erst so richtig in Fahrt.

»Ach, und wie war das auf der Schulparty? Als du unbedingt mit zu Samuel wolltest? Nur weil ich zurückgesteckt und für dich gelogen habe, hast du jetzt deinen tollen Freund. Und die Sache mit dem zerrissenen Kleid? Und bei dem Bandauftritt? Du baust Mist und ich darf es ausbaden. So sieht's nämlich aus!«

»Das ist ja wohl der Hammer!« Aus Lulus Augen schienen Funken zu sprühen. »Ohne mich würdest du überhaupt nichts machen! Geschweige denn irgendwas Aufregendes erleben. Ohne mich würdest du den ganzen Tag bloß in deinem Schneckenhaus hocken. Und wahrscheinlich würde dir die ganze Langeweile auch noch Spaß machen.«

»Pah«, schrie ich. »Lieber alleine langweilen, als mit dir ständig Ärger am Hals zu haben.« Und damit drehte ich mich um und stürmte die Treppe hinunter.

»He, Claire, warte!« Lulu rannte hinter mir her. »Hau nicht ab. Wir sind noch nicht fertig!«

Aber ich lief einfach weiter. Im Treppenhaus kämpfte ich mich durch eine Gruppe schnatternder Mädchen hindurch und erntete zahlreiche wütende Blicke und einige ziemlich unfreundliche Beschimpfungen.

Fast hätte ich einen Fünftklässler über den Haufen gerannt, der meinte, die Treppe wäre ein guter Platz, um ausgiebig seine Brille zu putzen. Er bemerkte mich in letzter Sekunde und brachte sich mit einem gewagten Sprung und einem empörten Quietschen in Sicherheit. Wie ich Hindernislauf hasste!

Aber ich stoppte nicht. Ich wollte nur noch nach Hause, mich in meinem Zimmer verkriechen und mir die Decke über den Kopf ziehen. In den letzten beiden Stunden stand Sport auf dem Stundenplan. Das konnte ich mir getrost sparen. Das war bloß ein weiteres Fach, in dem ich nichts auf die Reihe bekam.

»Claire!« Lulu war direkt hinter mir. Ich musste einen Haken um einen Haufen aus Schulranzen auf dem Treppenabsatz schlagen, was mich kurz aus dem Tritt brachte, doch dann nahm ich immer zwei Stufen auf einmal nach unten. Ich wollte jetzt nicht mehr streiten. Ich wollte in Ruhe heulen.

Da tauchte wie aus dem Nichts Samuel mitten auf der Treppe auf.

»Hey, Mädels«, rief er. »Ich hab euch schon gesucht.« Er breitete die Arme aus, um Lulu abzufangen, leider konnte ich ihm dadurch nicht mehr ausweichen. Wobei natürlich fraglich war, ob ich es ansonsten geschafft hätte. Immerhin trug Samuel bereits eine Narbe von mir auf der Stirn.

»Sorry«, rief ich, als ich mit der Schulter gegen ihn knallte.

»He!«, rief Samuel.

»Claire!«, rief Lulu noch einmal. Dann kreischte sie plötzlich auf. Doch ich war schon bei der Tür zum Pausenhof, stieß sie auf und drehte mich nicht noch einmal um.

Als kurz darauf mein Handy zu klingeln begann, ignorierte ich es. Ich überhörte es auch im Bus, wo es beinahe fortwährend klingelte. Als ich schließlich zu Hause angekommen war, ignorierte ich die zwanzig verpassten Anrufe von Lulu einfach weiterhin und schaltete das Handy aus. Und als es an der Haustür Sturm läutete, tat ich, als wäre ich nicht da. Deshalb erfuhr ich erst am nächsten Morgen, was passiert war, als es längst zu spät war, um noch etwas daran zu ändern.

16

Samuel hatte sich den Fuß verstaucht, weil ich ihn auf der Treppe so unsanft angerempelt hatte, dass er drei Stufen hinuntergestolpert war. Ich erfuhr es wie gesagt am nächsten Morgen, als er auf Lulus Schultern gestützt in die Klasse humpelte. Lulu war nicht mit dem Bus, sondern mit dem Rad zur Schule gefahren, vermutlich, damit sie früher da war und Samuel beim Humpeln unterstützen konnte. Aber womöglich auch, um mich nicht im Bus zu treffen. Ich war mir nicht sicher.

In meinem Universum hätte ein verstauchter Fuß mindestens zwei Wochen lang eine willkommene Blankoentschuldigung für den Sportunterricht dargestellt. In Samuels Welt hingegen kam es dem nahenden Untergang ebendieser gleich. Denn es bedeutete, dass er für vierzehn Tage sein Schwimmtraining aussetzen musste.

Es war ihm also hoch anzurechnen, dass er meine Entschuldigung ohne Zögern annahm. Dabei betrachtete er mich zwar nicht mit diesem Blick, den er für verrückte, aber ungefährliche Personen reserviert hatte, sondern wie eine ernst zu nehmende Gefährdung seiner Gesundheit. Doch das fand ich nicht weiter schlimm.

Viel schlimmer war, dass Lulu und ich uns zwar ebenfalls entschuldigten und danach so taten, als wäre alles wieder in bester Ordnung. Allerdings fühlte es sich überhaupt nicht so an, als wäre es wieder in Ordnung.

Wir saßen nebeneinander auf unseren üblichen Plätzen im Unterricht, aber wir schrieben uns keine heimlichen Briefchen, und Lulu machte keine schrägen Witze, über die ich dann versuchte, nicht zu kichern, damit wir keinen Ärger bekamen. Wir verbrachten auch die Pausen wie üblich zusammen beziehungsweise verbrachten sie – wie immer in der letzten Zeit – zusammen mit Samuel und seiner seltsamen Clique, sodass ich mir dir ganze Zeit blöde Bemerkungen über meine umwerfende Wirkung auf Jungs anhören musste. Aber Lulu warf mir keinen verschwörerischen Blick zu, wie sie es normalerweise unter Garantie getan hätte.

Und nach dem Unterricht verabschiedeten wir uns zum allerersten Mal, seit wir vor einem Jahr, zwei Wochen und drei Tagen Freundinnen geworden waren, ohne uns für den Nachmittag zu verabreden. Stattdessen murmelte Lulu, dass sie noch etwas für ihre Mutter in der Stadt erledigen müsse. Und ich machte mich zum ersten Mal seit einem Jahr, zwei Wochen und drei Tagen allein auf den Heimweg.

Mir ging es also, gelinde gesagt, nicht besonders gut, als ich nach Hause kam. Und mein einziger Wunsch war, mich wie schon am Tag zuvor in meinem Zimmer zu verkriechen und nicht besonders gut drauf zu sein. Vorher wollte ich mir nur schnell noch etwas Essbares aus der Küche holen. Doch dort traf ich leider Sylvia. Wie ich aus jahrelanger Erfahrung im Zusammenleben mit meiner Stiefmutter eigentlich hätte wissen müssen, besitzt Sylvia kein übermäßig feines Gespür für meine Wünsche. Und ihr Interesse daran lässt auch zu wünschen übrig.

»Ich habe einen Nachhilfelehrer für dich«, erklärte sie, kaum hatte ich die Küche betreten, während sie eine ihrer zucker-, fett- und geschmacksfreien Kuchenkreationen aus dem Backofen holte.

Ich überlegte, einfach auf dem Absatz kehrtzumachen, um dem Gespräch aus dem Wege zu gehen. Aber mein Magen knurrte vernehmlich, als der Duft des frisch gebackenen Kuchens bei ihm ankam. Erstaunlich eigentlich, dass etwas, das nach so wenig schmeckte, so appetitlich riechen konnte.

»Frau Dr. Nowottny hat ihn mir empfohlen«, erklärte Sylvia.

»Was?«, fragte ich entsetzt. »Du hast mit Frau Dr. No gesprochen?«

»Das heißt *Wie bitte*«, korrigierte Sylvia mich. »Und, ja, ich habe mit Frau Dr. Nowottny gesprochen. Sie hat nämlich hier angerufen.«

»Und was hat sie gesagt?« Ich schluckte. Wenn Sylvia mit Frau Dr. No gesprochen hatte, hatte diese ihr sicher nicht nur von meiner katastrophalen Mathenote, sondern auch von meinem Täuschungsversuch erzählt. Innerlich wappnete ich mich für eine Strafpredigt. Doch zu meiner Überraschung blieb sie aus.

»Sie sagte, dass es dir offenbar an jeglichem Verständnis für mathematische Zusammenhänge mangelt. Und dass sie eine Nachhilfe für dringend angeraten hält. Und dann war sie so freundlich, mir einen Kontakt zu vermitteln. Er heißt Tarek, ist der Sohn eines angesehenen Mathematikprofessors und hat gerade sein Abitur gemacht. Natürlich mit einer Eins plus in Mathematik.« Sie erzählte das so stolz, als sei es ihr persönliches Verdienst. »Frau Dr. Nowottny ist mit der Mutter bekannt. Und der gute Junge hat sich gleich bereit erklärt, dir gegen ein Taschengeld zu helfen, um die größte Katastrophe hoffentlich noch abzuwenden. Ist das nicht ein großes Glück?«

»Na ja …« Großes Glück war nicht unbedingt der Ausdruck, der mir als Erstes dazu einfiel. Der blanke Horror erschien mir schon treffender.

Sylvia hatte sich also mit Frau Dr. No verbündet und meinen Vater schließlich doch noch davon überzeugt, dass ich Nachhilfe bekommen musste. Ich würde meine freien Nachmittage künftig mit dem verbringen, was ich am meisten auf der Welt hasste: Mathematik. Und das in Gesellschaft eines Tarek. Schon der Name klang für mich nach Super-Nerd.

»Aber das allergrößte Glück ist, dass er bereits heute Nachmittag Zeit hat«, ließ Sylvia sich von meiner sauren Miene nicht in ihrer Begeisterung bremsen. Oder machte es ihr womöglich Spaß, mich zu quälen? »Genauer gesagt, in einer halben Stunde. Du musst jetzt also los. Und nimm bitte diesen Walnuss-Karotten-Kumquat-Kuchen mit. Ich habe ihn extra als Dankeschön gebacken.«

Ich betrachtete den Kuchen, den Sylvia mir reichte und der die Farbe und Form von etwas hatte, das ich nicht zwangsläufig als essbar eingestuft hätte. Mittlerweile duftete er nicht einmal mehr gut. Normalerweise hätte ich mich in Grund und Boden geschämt, einen solchen Kuchen als Geschenk irgendwohin mitzubringen. Aber vielleicht war das ja genau das Richtige für einen Super-Nerd.

Als ich eine knappe halbe Stunde später an der Tür der Vorstadt-Villa in dem verwildert wirkenden Vorgarten klingelte, öffnete mir jedoch nicht wie erwartet ein Streber mit Hornbrille und Cordhosen. Stattdessen stand ich einer jungen Frau mit wilden roten Locken gegenüber, die mich mit einem breiten Lächeln begrüßte. Zwischen den Schneidezähnen hatte sie eine auffällige Zahnlücke.

»Frau Giesinger?«, fragte ich unsicher, obwohl der Name unmissverständlich auf dem getöpferten Namensschild neben der Klingel stand. Aber die Frau wirkte zu jung, um die Mutter von diesem Tarek zu sein, zumindest wenn er sein Abitur nicht mit fünf Jahren gemacht hatte.

»Nenn mich Charlotte«, erwiderte die Frau fröhlich, ohne mir zu verraten, ob sie nun tatsächlich Frau Giesinger war oder nicht. »Und du musst Claire sein. Los, komm rein.«

Sie öffnete die alte Holzeingangstür weit, damit ich eintreten konnte, und ich erlebte die nächste Überraschung. Ich weiß nicht genau, welche Vorstellungen ich mir von der Villa eines Matheprofessors gemacht hatte, eigentlich bis zu diesem Tag noch gar keine. Aber was ich sicher nicht erwartet hatte, war das gemütliche Chaos, das in jedem Raum herrschte. »Tarek, dein Besuch ist da!«, rief Charlotte durchs Treppenhaus.

»Möchtest du erst mal etwas trinken?«, fragte sie dann an mich gewandt. »Ist ja ziemlich warm heute.« Sie führte mich in eine geräumige Küche, in deren Mitte ein runder Tisch stand.

»Setz dich.« Sie räumte einen überquellenden Wäschekorb von einem der Stühle und deutete darauf. »Ich habe frischen Eistee gemacht.«

»Klingt gut.« Ich ließ mich auf den Stuhl plumpsen. Es war wirklich warm, und ich hatte mit dem Fahrrad kommen müssen, weil die Busverbindung so kompliziert war, dass ich nicht vor Sonnenuntergang angekommen wäre.

Dabei fiel mir ein, dass der Kuchen noch im Fahrradkorb stand. Vielleicht sollte ich ihn einfach dort vergessen … Doch womöglich liefen die Giesingers meiner Stiefmutter mal über den Weg. Und so wie ich Sylvia kannte, würde sie sich dann garantiert erkundigen, ob der Kuchen geschmeckt hatte.

Also entschuldigte ich mich und rannte hinaus, um das fragwürdige Gastgeschenk zu holen. Durch den holprigen Transport im Fahrradkorb hatte das Backwerk nicht gerade an Attraktivität gewonnen. Trotzdem überreichte ich das Mitbringsel tapfer an Charlotte.

»Den hat meine Stiefmutter gebacken, als Dankeschön«, erklärte ich das peinliche Geschenk.

»Ist das etwa getrockneter Elefantendung?«, fragte hinter mir eine fröhliche Stimme. Ich schoss herum.

»Tarek, bitte«, tadelte Charlotte. Man konnte hören, dass sie sich ein Lachen verbiss.

Das also war Tarek, mein künftiger Nachhilfelehrer, der – Überraschung – gar nicht wie ein Super-Nerd aussah. Ehrlich gesagt sah er ziemlich normal aus. Nein, besser als normal. Und er grinste mich frech, aber freundlich an.

»Das ist selbst gebackener Walnuss-Karotten-Kumquat-Kuchen«, erklärte ich entschuldigend.

»Oh«, machte Charlotte, ging mit drei schnellen Schritten an mir vorbei und warf den mitgebrachten Kuchen in den Mülleimer.

»Oh«, machte ich ebenfalls. Nicht dass ich ein großer Fan von Sylvias Kuchen gewesen wäre. Aber dass Charlotte ihn direkt in den Müll warf, schien mir doch eine etwas drastische Maßnahme zu sein.

Tarek lachte laut. Vermutlich machte ich ein ziemlich dummes Gesicht.

»Mein Vater hat eine starke Nussallergie«, erklärte er.

»Deswegen kommen mir keine Nüsse ins Haus«, ergänzte Charlotte. »Es tut mir leid, ich bin da etwas übervorsichtig, aber selbst die kleinste Menge könnte dazu führen, dass Peter erstickt. Da wollen wir nichts riskieren.«

»Nein, natürlich nicht, tut mir leid«, stammelte ich und verfluchte Sylvia dafür, dass sie mich mit ihrem Kuchen in eine doppelt peinliche Situation gebracht hatte.

»Na komm, dann wollen wir mal mit Mathe angefangen«, schlug Tarek vor.

Ich hätte nie geglaubt, dass mir diese Aufforderung einmal wie eine Rettung vorkommen würde.

»Viel Erfolg. Und vergiss deinen Eistee nicht.« Charlotte drückte mir ein kühles Glas in die Hand.

»Es tut mir echt leid«, wiederholte ich, als Tarek mich in sein Zimmer geführt hatte. »Ich hoffe, deine Mutter ist nicht sauer auf mich.«

»Quatsch. Charly ist nie wegen irgendwas böse. Sie ist einfach viel zu gutmütig.« Tarek lachte wieder. Er schien sehr gern zu lachen. Und wirklich nett zu sein. Ich konnte gar nicht anders, als ihn zu mögen.

»Sie ist übrigens nicht meine Mutter«, fügte er hinzu. »Dafür wäre sie wohl ein paar Jährchen zu jung«, bestätigte er meinen Eindruck. »Sie war eine Studentin meines Vaters und dann hat sie ihn geheiratet, keine Ahnung, was sie an dem alten Eigenbrötler findet.«

»Also ist sie auch Mathematikerin?«, erkundigte ich mich erstaunt. Charlotte Giesinger passte überhaupt nicht zu dem Bild, das ich im Kopf hatte, wenn ich an eine Mathematikerin dachte. Frau Dr. No entsprach dem wesentlich besser. Andererseits war Tarek ja auch nicht der Super-Nerd, den ich erwartet hatte.

»Nee, sie ist Physikerin. Sie hatte seine Mathegrundvorlesung belegt, das hat wohl gereicht.« Tarek lachte wie über einen Witz.

»Aha«, machte ich ehrfürchtig. Mathe, Physik, egal, mir war beides zu hoch. In diesem Haus schien es von Genies nur so zu wimmeln. Es war allerdings erstaunlich, wie nett die Genies in dieser Familie waren. Bislang war ich nur einem begegnet und das war meine schreckliche Streberstiefschwester.

»Wollen wir dann mal?«, unterbrach Tarek meine Gedanken.

Er wies auf einen Klappstuhl, den er für mich aufgestellt hatte, und ich schluckte. Jetzt wurde es also ernst. Ich wünschte, ich hätte noch eine etwas längere Schonfrist gehabt, bevor ich mich mit dem beschäftigen musste, was ich am meisten hasste. Noch ein kleines bisschen mehr Zeit, um mich einfach nett mit dem netten Tarek zu unterhalten, bevor er das wahre Ausmaß meiner Unfähigkeit, mit Zahlen umzugehen, erkennen würde und vermutlich jedes Interesse daran verlieren würde, überhaupt noch mit mir zu reden.

Tarek holte ein Mathebuch hervor, das mir nur zu gut bekannt war, und fing an, darin zu blättern. Ich warf einen sehnsüchtigen

Blick aus dem Fenster hinter dem Schreibtisch. Man hatte freie Sicht in den Nachbargarten mit einem riesengroßen Pool.

Kurz ließ ich meiner Fantasie freien Lauf und sah mich im Bikini, der mir erstaunlich gut stand, am Pool liegen. Es war eine verlockende Vorstellung. Leider zu hundert Prozent unwahrscheinlich. Ich seufzte.

»Alles okay?«, erkundigte sich Tarek.

»Ja, geht schon.« Ich riss mich zusammen und setzte mich auf den Klappstuhl. Die Chance, um die Nachhilfestunde herumzukommen, schätzte ich auf unter null Prozent. Vielleicht wäre es ja die einzige, die ich überstehen musste. Und vielleicht würde Tarek Sylvia hinterher mitteilen, dass ich ein hoffnungsloser Fall war und er mir nicht helfen konnte. Wobei ich es jetzt schon fast bedauerte, dass ich ihn dann nicht mehr sehen würde …

Doch dann geschah ein Wunder. Kein achtes Weltwunder oder so. Ich begriff nicht von einer Sekunde auf die andere den tieferen Sinn der Wahrscheinlichkeitsrechnung. Ich begriff auch nicht urplötzlich, wie ich die Textaufgaben in meinem Mathebuch lösen sollte. Aber als ich mich eine Stunde später von Tarek verabschiedete, hatte ich eine Ahnung, dass es möglich war, dass ich es eines Tages mit seiner Hilfe begreifen würde. Zumindest die Textaufgaben.

Deshalb war ich, zu meiner eigenen Überraschung, richtig gut drauf. Wer hätte gedacht, dass mich ausgerechnet eine Mathenachhilfestunde aus meinem Stimmungstief herausholen würde? Selbst der Stress mit Lulu erschien mir mit einem Mal nicht mehr ganz so schlimm. So ein blöder Streit konnte doch unserer Freundschaft nichts anhaben!

Leider hielt meine Hochstimmung nur kurz an. Genauer gesagt, bis ich mein Fahrrad aus der Einfahrt schob und zufällig einen Blick zum Nachbarhaus warf.

17

Das Nachbarhaus war natürlich auch eine Villa. Allerdings war sie das genaue Gegenteil von dem gemütlich chaotischen Haus mit dem leicht verwilderten Garten, aus dem ich gerade kam. Sie war modern und schick, mit viel Beton und Glas und einem Vorgarten, in dem die Buchsbäume mit Lineal und Zirkel in akkurate geometrische Formen getrimmt worden waren. Und zwischen einem quadratischen Buchsbaum und einem kegelförmigen stand ein Pärchen, das von seiner akkuraten Umgebung nicht allzu viel mitbekam, weil es mit heftigem Knutschen beschäftigt war.

Das Ganze hätte mich nur mäßig interessiert, wenn das knutschende Mädchen nicht ein bunt kariertes Kleid zu knallblauen Turnschuhen getragen hätte, genau das Outfit, das Lulu in der Schule angehabt hatte. Das Mädchen hatte auch Lulus lange dunkle Locken und der Junge hatte ein breites Kreuz und einen Blondschopf exakt wie Samuel. So viel dazu, dass Lulu noch dringend etwas für ihre Mutter erledigen musste.

Ein Stich durchfuhr mich, den ich unschwer als Eifersucht erkannte. Bislang hatten die Nachmittage uns gehört. Lulu und mir. Gut, ich musste einige meiner Nachmittage künftig mit Tarek verbringen, aber darauf hatte ich ja keinen Einfluss. Lulu hingegen hatte sich offenbar entschieden, mir eine Ausrede aufzutischen, um sich dann heimlich mit Samuel zu treffen.

Und ich war auch noch selbst schuld daran! Indem ich Samuel

versehentlich die Treppe hinuntergeschubst hatte, hatte ich dafür gesorgt, dass er nicht zum Training gehen konnte. Und deshalb nachmittags jede Menge Zeit hatte. Zeit für Lulu.

Mein erster Impuls war, zu den beiden hinüberzugehen und meiner Freundin die Meinung zu sagen. Aber ich widerstand dem Wunsch. Nein, das war unserer Freundschaft unwürdig. Auf sich beruhen lassen wollte ich die Sache aber auch nicht. So wie in den letzten zwei Tagen sollte es ja nicht ewig weitergehen.

Deshalb beschloss ich, nicht direkt nach Hause, sondern stattdessen zu Lulu zu fahren und dort auf sie zu warten. Diese Knutschorgie, deren Zeuge ich ungewollt wurde, sah für mich nach der großen Verabschiedungszeremonie aus. Es konnte also nicht mehr so lang dauern, bis auch Lulu nach Hause kam. Und dann würden wir uns in Ruhe aussprechen. Im besten Fall hatte Marisa wieder gebacken, sodass ich mir die Wartezeit versüßen konnte. Nach der Schule hatte ich es ja nicht geschafft, etwas zu essen, und so langsam machte mein Hunger sich wirklich unangenehm bemerkbar.

Doch das Hungergefühl verschwand schlagartig wieder, als mir nach mehrmaligem Klingeln ausgerechnet Lucas die Tür öffnete. Warum hatte ich eigentlich nicht vorher daran gedacht, dass nur Lulus Bruder zu Hause sein könnte?

»Lulu ist nicht da«, erklärte er kurz angebunden.

»Ich weiß«, erwiderte ich und versuchte, den üblichen Schmetterlingsaufstand in meinem Bauch in den Griff zu kriegen. »Ich dachte, ich könnte vielleicht hier auf sie warten.«

»Klar.« Gleichgültig ließ Lucas mich in die Wohnung und verschwand ohne ein weiteres Wort in seinem Zimmer.

Unschlüssig stand ich im Flur herum, beschloss dann aber, dass ich genauso gut in Lulus Zimmer auf sie warten konnte. Bisher hatte ich mich bei Lulu immer wie zu Hause gefühlt. Doch jetzt kam ich mir beinahe wie ein Eindringling vor. Trotzdem machte ich es mir wie sonst auch zwischen den Patchworkkissenbergen auf Lulus Bett bequem und hoffte, dass meine Freundin nicht allzu lange brauchen würde, um sich von Samuel zu verabschieden.

Leider dauerte so eine Abschiedsknutscherei offenbar länger, als ich vermutet hatte. Sehr viel länger. Ich lag auf Lulus Bett und starrte Löcher in die Luft. Durch die angelehnte Tür konnte ich hören, dass Lucas Gitarre spielte. Ich kannte das Lied nicht, es gehörte definitiv nicht zum Repertoire von *Echtzeit*. Deren Stücke hätte ich alle mitsingen können. Aber es gefiel mir.

An ein paar Stellen klang die Gitarre launisch und laut, dann wurde sie durch einen ruhigeren Teil abgelöst, bei dem ich Lucas leise mit seiner schönen Stimme singen hörte. Immer wieder unterbrach er sich und probierte etwas Neues aus. Ganz klar, Lucas arbeitete an einem neuen Song. Ich hoffte bloß, dass er ihn nicht wieder für Sophie schrieb.

Es war schon eine komische Sache mit dem Verliebtsein, dachte ich, während ich auf Lulus Bett lag und Lucas lauschte. Warum Lulu sich zum Beispiel ausgerechnet in Samuel Micky Maus Sauermann verliebt hatte, war mir bis heute rätselhaft. Und warum ich Tarek, der so nett zu mir gewesen war, einfach nur gern mochte, bei Lucas aber, der mich wie Luft behandelte, das große Flattern kriegte, konnte ich auch nicht erklären.

Leise summte ich die Melodie mit, die Lucas spielte. Der neue Song war wirklich mitreißend. Sogar mein Magen knurrte im Takt. Richtig. Ich hatte ja eigentlich Hunger. Der war bloß über das Zusammentreffen mit Lucas in Vergessenheit geraten. Und da Lulu nun so lange auf sich warten ließ, beschloss ich, mir in der Küche schnell etwas zu essen zu suchen. Da ich Lucas aus seinem Zimmer hören konnte, war auch die Gefahr gering, dass ich ihm noch mal über den Weg laufen würde.

In der Küche inspizierte ich als Erstes den Kühlschrank. Jippi!

Marisa hatte tatsächlich eine große Tupperdose mit *Pasteis de Nata* darin deponiert. Genau das, was ich jetzt brauchte. Ich stellte sie auf der Arbeitsplatte ab, setzte mich direkt daneben und biss genüsslich in das erste Törtchen.

Kaum hatte ich das zweite Törtchen gegessen, spürte ich, wie meine gute Laune von vorhin zurückkehrte. Ich kannte das schon: Wenn ich hungrig war, sahen meine Probleme immer mindestens doppelt so groß aus. Mit etwas zu essen im Bauch erschien die Situation dann in einem ganz anderen Licht.

Vermutlich hatte Lulu mich nur nicht verletzten wollen, als sie mir die Ausrede aufgetischt hatte, anstatt mir einfach zu erzählen, dass sie mit Samuel verabredet war. Wir würden uns schon einigen. Zumal ich künftig dreimal pro Woche zu Tarek musste und daher ohnehin weniger Zeit hatte. Vielleicht konnten wir uns sogar nach meinen Nachhilfestunden dort treffen und gemeinsam nach Hause fahren. Praktischerweise waren Tarek und Samuel ja Nachbarn.

Ich machte mich über das nächste Törtchen her und meine Laune hob sich noch weiter. Mithilfe von Tarek, dachte ich, würde ich womöglich sogar mein Matheproblem in den Griff bekommen. Und dann musste ich mir keine Sorgen mehr machen, die Versetzung nicht zu schaffen. Lulu und ich blieben in einer Klasse und alles könnte so weitergehen wie bisher.

Wow! Marisas Backkunst schien eine noch stärkere Wirkung zu haben, als ich bisher angenommen hatte. Vielleicht sollte sie die Törtchen als rezeptfreie Medikamente verkaufen.

Die Musik aus Lucas' Zimmer klang jetzt lauter zu mir herüber. Er hatte zusätzlich einen Schlagzeugbeat eingeschaltet, und meine Füße, die in der Luft baumelten, fingen wie von selbst an, im Takt zu wippen. Wahrscheinlich war ihnen nicht bewusst, dass ich beim Tanzen aussah wie ein Wackeldackel unter Strom.

Dann sang Lucas wieder den Refrain, und ich konnte nicht anders, ich musste einfach mitsummen, während ich mir ein weiteres Törtchen in den Mund schob. Aber irgendetwas fehlte da noch, dachte ich und wunderte mich gleichzeitig über mich selbst. Ohne bewusste Entscheidung was ich tat, schluckte ich den Rest des Törtchens hinunter und fing an mitzusingen.

Der Text gefiel mir und war so eingängig, dass ich ihn sofort auswendig konnte. Und plötzlich hatte ich auch eine neue Melodie dazu im Kopf. Sie kam ganz von selbst und sie passte perfekt zum Refrain. Erst sang ich sie nur leise, doch als ich merkte, wie super die beiden Stimmen zusammenpassten und wie gut es klang, sang ich ein klitzekleines bisschen lauter. Und auf einmal waren meine Füße der Meinung, sie müssten dringend mitmachen, ich konnte sie einfach nicht davon abhalten, dass sie wie wild wippten. Unversehens war ich von der Arbeitsplatte gerutscht und bewegte mich wackeldackelig im Rhythmus der Musik.

»Das klingt richtig cool«, sagte jemand.

Ich erstarrte mitten in der Bewegung. Samt weit offen stehendem Mund.

Hilfe! Das war ja Lucas!

Aber wieso stand Lucas plötzlich in der Küche, während er gleichzeitig in seinem eigenen Zimmer sang und Gitarre spielte?

»Äh … ich … ähm … was … du … hier?« Nicht nur mein Sprachzentrum war schlagartig schwer gestört, meine Füße hatten auch spontan vergessen, was ihre Aufgabe war. Nämlich einfach auf dem Boden zu stehen. Sie stolperten übereinander bei dem Versuch, an Lucas vorbei aus der Küche zu stürmen, um dieser schrecklich peinlichen Situation so schnell wie möglich zu entkommen.

Womit sie das Ganze natürlich bloß noch verschlimmerten. Hätte Lucas nicht geistesgegenwärtig die Arme ausgestreckt, um mich aufzufangen, wäre ich direkt vor ihm zu Boden gegangen. So stolperte ich stattdessen unsanft gegen seine Brust, was mein Denkvermögen für den Moment vollständig außer Kraft setzte.

Verwirrt schaute ich zwischen Lucas und der Küchentür hin und her. Aus seinem Zimmer klangen noch immer seine Gitarre und seine Stimme herüber.

»Ich habe es aufgenommen.« Lucas lachte, als er kapierte, warum ich so irritiert war. Dann stellte er mich behutsam zurück auf meine Füße. »Hast du dir das gerade ausgedacht?«

Siehst du hier sonst noch jemanden, wollte ich antworten, schaffte es aber nur zu nicken. Offensichtlich war ich ein ebensolcher Fisch, wie Lulu es Samuel gegenüber gewesen war.

»Wirklich cool.« Er nickte anerkennend. »Wollen wir es zusammen probieren?«

Ich schaute ihn aus großen Augen an. War das sein Ernst? Oder machte er sich bloß lustig? Nein. Sein Lächeln wirkte kein bisschen spöttisch und er blickte mich erwartungsvoll an.

»Ich weiß nicht.« Okay, keine sehr intelligente Antwort. Aber das hier war gerade ein bisschen viel für mich. Da stand ich mit Lucas ganz allein in einer Küche, und er ignorierte mich nicht nur nicht, wie er das fast das komplette vergangene Jahr getan hatte. Nein, er fragte mich sogar, ob ich Lust hatte, einen Song mit ihm gemeinsam zu singen! Ausgerechnet ich, die niemals, wirklich nie vor anderen Leuten sang und schon gar nicht vor Lucas.

»Ach, komm schon. Oder hast du was Besseres vor?«, ließ er nicht locker.

»Na gut«, sagte ich. Vermutlich hatte Marisa tatsächlich etwas in die Sahnetörtchen gemischt.

Anfangs klappte es nicht besonders gut. Erst sang ich zu leise. Dann zu schnell. Und dann vergaß ich die Hälfte des Textes. Es war einfach unmöglich, mich auf die Musik zu konzentrieren, wenn

Lucas direkt neben mir saß. Ich überlegte, ob ich ins Badezimmer umziehen sollte, um unter der Dusche zu singen, wie es meine Gewohnheit war. Doch das war natürlich keine Option, sonst hätte Lucas ja mitkommen müssen.

Schließlich legte er die Gitarre zur Seite. Mist! Ich hatte es verbockt. Das hier war meine erste und vermutlich einzige Chance gewesen, Lucas zu zeigen, dass ich mindestens so talentiert und vor allem viel netter war als meine blöde Stiefschwester. Und ich hatte es natürlich nicht auf die Reihe bekommen.

»Stell dich vor die Wand«, sagte Lucas.

»Wie bitte?«

»Versuch es einfach mal.« Lucas sprang vom Boden auf, wo wir nebeneinander gesessen hatten, und stellte sich mit dem Gesicht zur Wand.

»So?« Wenn ich mir vorstellte, mich mit dem Gesicht zur Wand zu drehen, kam ich mir total lächerlich vor. Noch lächerlicher, als ich mich ohnehin schon fühlte. Wollte er sich doch bloß lustig machen? Wieder war ich mir nicht sicher. Aber Lucas schaute mich ernst an, und dann lächelte er das Lächeln, von dem mir schon bei unserer ersten Begegnung ganz warm im Bauch geworden war.

»Mir hat es geholfen«, erklärte er. »Als wir zum ersten Mal mit *Echtzeit* auf der Bühne standen, hatte ich wirklich übelstes Lampenfieber. Ich hab mich eine halbe Stunde lang in der Umkleidekabine herumgedrückt, bis die Jungs mich einfach raus auf die Bühne gezerrt haben. Den ersten Song habe ich komplett mit dem Rücken zum Publikum gespielt. Danach war es okay.«

Ich lachte ungläubig. Das musste beim Schulfest im vergangenen Jahr gewesen sein. Ich konnte mich nicht daran erinnern, dass Lucas ein ganzes Lied mit dem Rücken zum Publikum gespielt hatte. Aber womöglich hatte ich es auch für einen Teil der Show gehalten. Auf jeden Fall hatte Lucas mit der Geschichte erreicht, dass ich mich etwas besser fühlte. Außerdem, was hatte ich schon zu verlieren? Also stellte ich mich so hin, wie er es mir vorgemacht hatte, er setzte sich wieder auf den Boden. Dann fing er von vorne an, den neuen Song zu spielen, und ich sang der Wand meinen Part vor.

»Echt cool«, sagte Lucas anerkennend, als ich mich am Ende zu ihm umdrehte. Ich konnte nicht anders, ich musste ihn breit angrinsen. Ich war noch nie in meinem Leben so stolz gewesen. Und noch nie so verliebt in Lucas.

»Hast du was dagegen, wenn ich das den Jungs vorspiele? Ich könnte mir vorstellen, dass die auch begeistert sind.« Er zeigte auf sein Aufnahmegerät.

»Du hast es aufgenommen?«

»Nur um dir zu beweisen, wie gut es klingt.« Er grinste frech. »Willst du es dir anhören?«

»Lieber nicht.« Für die Wand zu singen war das eine. Mir selbst dabei zuzuhören eine ganz andere Sache. Was, wenn es doch nicht so toll klang? »Ich muss dann auch mal langsam los.«

»Willst du nicht auf Lulu warten?«

»Eigentlich ja, aber ich weiß nicht, wie lange es noch dauert, bis sie kommt.« Ich blickte auf meinen Anhänger, um die Zeit zu checken. »Ist ja schon ziemlich spät.«

»Wo steckt meine Schwester überhaupt?«, erkundigte Lucas sich. »Bei Samuel?«

Als ich nickte, verdrehte er die Augen so weit, dass es schmerzhaft sein musste.

»Was findet sie bloß an dem?« Lucas schien mehr mit sich selbst als mit mir zu sprechen. Also sagte ich nichts, zumal ich auch keine gute Antwort auf die Frage hatte.

»Wieso kannst du Samuel eigentlich nicht leiden?«, erkundigte ich mich stattdessen. Die Frage stellte ich mir schon seit dem Vorfall im *Alten Wartesaal*, als Lucas sich mit Samuel angelegt hatte.

»Weil er ein Dreckskerl ist, der seine Freundinnen so oft wechselt wie seine Unterhosen.« Lucas trommelte wütend mit den Fingern auf seiner Gitarre herum. »Wahrscheinlich sogar häufiger. Er fährt auch gerne mal zweigleisig.«

»Und woher willst du das wissen?«, hakte ich nach. Nicht dass ich übermäßig viel von Samuel hielt, aber was Lucas behauptete, erschien mir doch ziemlich übertrieben. Immerhin war Lulu jetzt schon seit zweieinhalb Wochen mit Mr. Micky Maus zusammen. Und ich hoffte inständig, dass er seine Unterwäsche in der Zwischenzeit gelegentlich gewechselt hatte.

»Ich war ein paar Monate mit ihm in einer Klasse, bevor er kleben geblieben ist, wie du vermutlich weißt. Und mit seinen kranken Kumpels hab ich immer noch täglich das Vergnügen. Da kriegt man so einiges mit.«

»Aber er scheint total verknallt in Lulu zu sein«, überlegte ich laut. »Und behandelt sie echt süß.« Soweit man das ständige Abknutschen süß nennen konnte … Aber irgendwie hatte ich das Gefühl, Lulu und ihre Gefühle für Samuel in Schutz nehmen zu müssen.

»Das will ich ihm auch geraten haben«, brauste Lucas auf. Seine schwarzen Augen funkelten gefährlich. »Sonst kriegt er es mit mir zu tun …«

Oh nein! Ich wollte lieber nicht miterleben, dass es doch noch zur Schlägerei zwischen Lucas und Samuel kam. Zumal ich mir über den Ausgang nicht sicher war.

»Ich glaube nicht, dass Lulu sich von ihm derart behandeln lassen würde, so blöd ist sie nicht«, versuchte ich, Lucas und mich selbst zu beruhigen.

Genau in diesem Moment wurde die Tür zu Lucas' Zimmer

schwungvoll aufgestoßen und Lulu stürmte herein. Und sie sah nicht erfreut aus.

»Ha! Hab ich doch richtig gehört. Was machst du denn hier?«, blaffte sie mich an. »Hängst du jetzt seit Neuestem mit meinem blöden Bruder ab?« Sie schoss wütende Blicke auf Lucas und mich ab. »Habt ihr etwa über mich geredet?«

»Da gibt es wirklich spannendere Gesprächsthemen«, entgegnete Lucas trocken, bevor ich etwas sagen konnte. »Wir haben zusammen einen neuen Song ausprobiert, falls es dich interessiert.«

»Klar, genau so hat es sich angehört, als ich reingekommen bin«, giftete Lulu. »Außerdem würde Claire lieber sterben, als jemand anderem als ihrer Quietscheente etwas vorzusingen. Falls es *dich* interessiert.« Sie maß mich mit einem Blick, der mich unangenehm an den Nacktscannerblick von Frau Dr. No erinnerte. »Oder, Claire?«

»Äh, ja, nein, weißt du …«, versuchte ich zu erklären. Ich hatte ja geahnt, dass meine Freundin wenig begeistert sein würde, wenn sie jemals herausfand, was ich für ihren Bruder empfand. Aber dass sie gleich so ausflippen würde, bloß weil ich mich mit Lucas unterhalten hatte, überraschte mich trotzdem. Auch wenn sie zugegebenermaßen recht hatte, was den Inhalt unseres Gesprächs betraf.

»Das hätte ich nicht von dir gedacht«, fuhr Lulu typisch theatralisch fort. »Hinter meinem Rücken ausgerechnet mit meinem Bruder über mich zu lästern.«

»Das stimmt doch gar nicht«, fing ich an, mich zu verteidigen. Aber dann fiel mir ein, dass ich gar nicht diejenige war, die sich rechtfertigen musste. Klar, Lucas und ich hatten über Lulu gesprochen, aber doch bloß, weil wir uns beide um sie sorgten. Meine Freundin hingegen hatte mir heute Mittag eine dicke Lüge aufgetischt, um sich heimlich mit Samuel zu treffen.

»Wenn hier eine von uns etwas hinter dem Rücken der anderen macht, dann sicherlich nicht ich«, sagte ich wütend.

Mein Vorsatz, mich in Ruhe mit Lulu auszusprechen, löste sich in Luft auf. Offenbar konnte man zurzeit nicht vernünftig mit ihr reden. Ehrlich gesagt hatte ich gerade überhaupt keine Lust mehr, mit ihr zu diskutieren.

Stattdessen stürmte ich aus dem Zimmer, schnappte mir meinen Rucksack, der im Flur lag, und radelte noch immer wutschnaubend nach Hause. Erst dort fiel mir auf, dass ich nicht bloß Lulu, sondern auch Lucas einfach hatte stehen lassen, ohne mich von ihm zu verabschieden. Und das, nachdem er mich endlich wahrgenommen hatte. Na toll, wahrscheinlich hielt er mich jetzt für eine Zicke ersten Grades und redete nie mehr ein Wort mit mir. Und ob Lulu je wieder mit mir sprechen würde, war wohl auch eher fraglich. Es würde ganz schön still um mich herum werden, wenn ich so weitermachte.

18

Als der Gong zum Ende der letzten Stunde ertönte, blieb ich sitzen und schob meine Sachen so langsam zusammen, dass jede Schnecke vor Neid erblasst wäre.

»Und nicht vergessen, wir legen nächste Woche mit den Referaten los«, versuchte Frau de Boer, unsere Geschichtslehrerin, sich über den aufbrandenden Lärm hinweg Gehör zu verschaffen. »Ich lege die Themenliste am Anfang der nächsten Stunde aus, bitte tragt euch jeweils in Zweierteams für ein Thema ein.«

Alle um mich herum sprangen auf und stürmten aus dem Klassenraum, noch bevor Frau de Boer den Satz beendet hatte. Ich räumte die Stifte in Zeitlupe in mein Mäppchen. Normalerweise wären Lulu und ich unter den Ersten gewesen, die hinausdrängten. Das Wetter war großartig, die Schule endlich vorbei, und normalerweise hätten wir es garantiert gar nicht erwarten können, Pläne für den Nachmittag zu schmieden. Zusammen Eis essen zu gehen. Ein Picknick im Park zu veranstalten. Oder meinetwegen sogar ins Schwimmbad zu fahren.

Leider war nichts mehr normal.

Lulu redete tatsächlich nicht mehr mit mir. Oder besser gesagt: nur das Nötigste. Als ihr vorhin der Füller runtergefallen und unter meinen Stuhl gekullert war, hatte ich mich gebückt und ihn für sie aufgehoben, und sie hatte Danke gesagt. Und als Samuel einen Papierflieger auf unseren Tisch geworfen hatte, woraufhin Lulu sich zu ihm umdrehte und mich aus Versehen mit dem Ellenbogen erwischte, hatte sie sich entschuldigt. Aber das war es dann auch schon.

Obwohl ich heute ebenfalls mit dem Rad zur Schule gekommen war, waren wir uns nicht begegnet. Lulu musste extrafrüh losgefahren sein. Und während der Pausen hatte ich mich hinter einem Buch verschanzt, weil es sich komplett falsch anfühlte, mich zu dem Trüppchen um Lulu und Samuel zu gesellen.

»Claire«, riss Frau de Boer mich aus meinen trüben Gedanken. »Besteht Hoffnung darauf, dass du diesen Bleistift heute noch in dein Mäppchen räumst?« Unsere Geschichtslehrerin wartete ungeduldig neben der Tür, der Klassenraum war leer. »Ich würde dann nämlich gerne abschließen.«

»Entschuldigung«, murmelte ich und stopfte meine Sachen schnell in meinen Rucksack. Ich hatte nur getrödelt, damit es nicht so auffiel, dass ich nicht mit Lulu zusammen die Klasse verließ. Und wenn möglich wollte ich auch vermeiden, ihr auf dem Schulhof über den Weg zu laufen. Womöglich Arm in Arm mit ihrem Freund. Diesen Anblick konnte ich zurzeit nur schlecht ertragen. Vermutlich schwang sie sich gerade auf ihr Fahrrad, um nach Hause zu düsen. Oder direkt zu Samuel. Ich versuchte, nicht eifersüchtig zu sein. Und mich nicht so ausgeschlossen und allein zu fühlen. Zumal ich für den Nachmittag ohnehin andere Pläne hatte: meine nächste Nachhilfe bei Tarek.

Sicherheitshalber trödelte ich auch im Treppenhaus noch etwas herum. Doch als ich gerade beschlossen hatte, mich endlich auf den Weg zu machen, stand plötzlich Frau Dr. No wie aus dem Nichts vor mir. Natürlich kam sie nicht aus dem Nichts, sondern aus einem angrenzenden Klassenraum, dennoch entfuhr mir ein Schreckenslaut.

»Aber, Claire, ich tue dir doch nichts.« Ihre Gesichtsmaske verzog sich zu der Grimasse, die bei ihr einem Lächeln am nächsten kam. »Wie ich höre, gehst du jetzt zur Nachhilfe.«

Ich nickte, auch wenn ich keine Ahnung hatte, warum sie das fragte, wenn sie es doch schon wusste.

»Ich begrüße das, wirklich. Es ist viel besser, sich seine Leistungen zu erarbeiten, als sie sich durch Täuschung zu erschleichen, denkst du nicht?«

»Sicher.« Ich nickte, zunehmend verwirrt.

»Nun, dann grüß schön, wenn du das nächste Mal dort bist. Und falls du Professor Giesinger triffst, frag ihn mal, wie er mit seiner Arbeit vorankommt.«

»Hä?«, machte ich, aber da rauschte Frau Dr. No bereits an mir vorbei Richtung Lehrerzimmer. Einen Moment lang schaute ich ihr entgeistert hinterher. Was für ein seltsames Gespräch! Dank Frau Dr. No war ich nun wirklich spät dran. Schnell checkte ich die Uhrzeit. Mist. Ich würde kräftig in die Pedale treten müssen, um pünktlich bei der Nachhilfe anzukommen. Anderseits war das immer noch besser, als Lulu über den Weg zu laufen.

Doch als ich auf dem Schulhof um die Ecke bog, um zu den Fahrradständern zu gelangen, stellte ich fest, dass ich heute offenbar das Doppellos gezogen hatte. Denn dort stand Lulu. Und sie war nicht allein. Mir stockte fast der Atem, als ich sah, mit wem meine Freundin sich unterhielt. Denn das war nicht, wie man vielleicht noch hätte erwarten können, Samuel, sondern meine Streberstiefschwester Sophie. Zum Glück hatten die beiden mir die Rücken zugewandt, sodass sie mich nicht bemerkten.

»Also hab ich mich gefragt, ob du vielleicht Lust hättest, mit mir zusammen ein Team zu bilden, um das Referat auszuarbeiten«, sagte Sophie in diesem Moment zu Lulu. »Was das Thema angeht, bin ich relativ offen, ich habe mich schon vor längerer Zeit in die gesamte Thematik eingelesen und weiß vermutlich mehr darüber, als wir jemals im Unterricht durchnehmen werden.« Ja, so kannte man Sophie. »Ich bin auf jeden Fall die kompetenteste Partnerin, die du bekommen kannst«, fuhr sie fort. »Und ich könnte mir vorstellen, dass du allmählich genug davon hast, dich immer von meiner stupiden Stiefschwester ausbremsen zu lassen.«

»Hmpf«, machte die stupide Stiefschwester. Also ich.

Lulu und Sophie drehten sich ruckartig um. Und zu Lulus Verteidigung muss man sagen, dass sich ein Ansatz von Rot auf ihren Wangen zeigte.

»Sorry«, sagte sie zu Sophie. »Aber ich arbeite schon mit Samuel zusammen.« Dann schwang sie sich auf ihr Fahrrad und fuhr davon.

Sophie wirkte vollkommen unberührt von der Situation. Eine stramme Leistung, wenn man bedachte, dass sie soeben versucht hatte, mir meine beste Freundin auszuspannen, und mich dabei auch noch als stupide bezeichnet hatte.

»Stimmt doch.« Sie zuckte gleichgültig mit den Schultern und marschierte ebenfalls davon.

Nur ich blieb wie erstarrt stehen und konnte mich einfach nicht bewegen. Meine Gedanken hingegen rasten. Warum, fragte ich mich, hatte Sophie auf einmal das Bedürfnis, mit Lulu zusammen das Referat zu machen? Bisher hatte sie sich um jede Teamarbeit gedrückt, um allein die Spitzennoten einzukassieren. Und wann hatte Lulu sich entschieden, mit Samuel zusammenzuarbeiten? Bislang waren wir immer ein Team gewesen. Wie hatte mein Leben innerhalb so kurzer Zeit so kompliziert werden können?

Diese Fragen beschäftigten mich auf dem ganzen Weg zur Nachhilfe, sodass ich das seltsame Gespräch mit Frau Dr. No fast vergaß. Erst als Charlotte Giesinger mir die Tür öffnete, fiel es mir wieder ein.

»Hallo, Claire«, begrüßte sie mich fröhlich.

»Hallo«, erwiderte ich weit weniger fröhlich.

»Alles in Ordnung?«, erkundigte Charlotte sich.

»Na ja.« Ich zuckte mit den Schultern. Ich wollte Charlotte Giesinger nicht mit meinen Sorgen langweilen.

»Ich soll schöne Grüße von meiner Lehrerin ausrichten«, sagte ich stattdessen.

»Ach, von Tatjana, vielen Dank. Schönen Gruß zurück.«

Es dauerte einen Moment, bis ich begriff, dass Tatjana der Vorname von Frau Dr. No sein musste. Er gefiel mir nicht. Überraschung! Und ich war ehrlich gesagt auch erstaunt, dass Charlotte ihn benutzte. Waren die zwei so gut befreundet? Sie passten überhaupt nicht zusammen.

»Seid ihr befreundet?« Die Frage rutschte mir heraus, obwohl es mich vermutlich nichts anging.

»Nein, nicht wirklich.« Charlotte winkte ab. »Wir haben ein paar Mal einen Kaffee zusammen getrunken, nachdem Tatjana mich kontaktiert hatte, weil sie sich für meine Forschungsarbeit an unserem Supermagneten interessiert.«

»Aha«, machte ich, ohne genau zu verstehen, was Charlotte damit meinte. Was bitte war ein Supermagnet? Doch bevor ich nachfragen konnte, polterte Tarek die Treppe herunter.

»Ha, ich wusste, dass ich die Klingel gehört habe. Hi, Claire«, begrüßte er mich. »Willst du dich etwa um Mathe drücken oder warum kommst du nicht hoch?«

»Nein, ich bin schon ganz wild drauf.« Ich verdrehte die Augen und Tarek lachte.

Doch als wir an seinem Schreibtisch saßen, beschäftigte mich zunächst noch eine andere Frage.

»Sag mal, woran arbeitet eigentlich dein Vater?«, erkundigte ich mich, weil mir der seltsame Auftrag von Frau Dr. No nicht aus dem Kopf ging.

»Wieso?«, fragte Tarek, während er das Mathebuch aufklappte.

»Meine Lehrerin hat gesagt, ich soll mich erkundigen, wie er vorankommt. Total komisch, oder?«

»Absolut nicht!« Tarek lachte laut. »Das wüsste vermutlich so ziemlich jeder gerne, der sich mit höherer Mathematik beschäftigt.«

»Echt?«, fragte ich erstaunt. »Wieso?«

»Weil mein Vater ankündigt hat, auf dem Mathematikkongress einen Vortrag über die Hodgkinson-Higgs-Vermutung zu halten.«

»Über was?« Tarek hätte genauso gut Chinesisch mit mir sprechen können.

»Die Hodgkinson-Higgs-Vermutung«, wiederholte er. »Das ist ein hoch kompliziertes Problem der Stochastik, an dem sich bereits zahllose Mathematiker die Zähne ausgebissen haben. Und jetzt vermuten alle, dass er endlich den Beweis erbringen kann.«

»Hä?«, machte ich. Das war definitiv zu hoch für mich. »Und was ist daran so toll?«

»Was daran so toll ist?« Tarek lachte, na klar. »Das ist eins der Million-Dollar-Probleme. Eine amerikanische Gesellschaft hat eine Million Dollar Preisgeld für den Beweis dieses und einiger anderer Probleme ausgeschrieben. Ruhm und Ehre gibt's natürlich noch gratis dazu.«

»Krass«, sagte ich ehrfürchtig. Das war eindeutig eine andere Liga als Wahrscheinlichkeitsrechnung bei Frau Dr. No. Ach was, das war eine völlig andere Disziplin. »Aber warum schickt dein Vater dann nicht einfach den Beweis für dieses Hockey-Hicks-Dings nach Amerika?«, hakte ich nach. »Ich meine, warum macht er so ein Geheimnis draus, ob er es nun gelöst hat oder nicht?«

»Gute Frage«, erwiderte Tarek. »Das dürfte daran liegen, dass mein Vater total paranoid ist.«

»Wie, paranoid?«

»Er fertigt keinerlei Aufzeichnungen an, verbrennt jeden Zettel, speichert alles nur in seinem Kopf. Und hat gesagt, dass er den Beweis vor ganz großem Publikum führen wird, um so viele Zeugen wie möglich zu haben.«

»Aber warum?« Das klang überhaupt nicht nach Mathematik, das klang wie ein spannender Krimi.

»Weil ihm seine Ergebnisse schon mal gestohlen wurden. Vor über zwanzig Jahren dachte mein Vater, er hätte den Beweis gefunden. Doch bevor er ihn einreichen konnte, kam ihm jemand zuvor. Ein Mitglied seiner Forschungsgruppe, mit dem er damals sogar eng befreundet war.«

»Krass«, wiederholte ich mich. Das war echt wie ein Krimi.

»Bevor das Preisgeld an diesen falschen Freund ausgezahlt wurde, fand mein Vater allerdings selbst einen Fehler im Beweis.« Tarek grinste. »Tja, so war's nichts mit der Million. Der Freund ist danach wohl verschwunden. Aber mein Vater hat diese extreme Paranoia behalten, was seine Forschung betrifft. So, und jetzt ist Schluss mit den spannenden Storys aus der Welt der Mathematik.« Tarek schob das Mathebuch zu mir. »Wir müssen langsam mal loslegen.«

»Oookay«, machte ich gedehnt. Auch wenn ich gerade festgestellt hatte, dass es Bereiche in der Mathematik gab, die so spannend wie ein Krimi waren, so zählten meine eigenen Aufgaben noch lange nicht dazu.

Lieber hätte ich mich weiter mit Tarek unterhalten. Das hätte mich sicher auch von der unschönen Szene mit Lulu und Sophie abgelenkt, die sich, kaum sollte ich mich mit meinem Mathebuch beschäftigen, zurück in meinen Kopf drängte. Leider schien Tarek nicht mehr in Plauderlaune zu sein, sondern tippte bloß mit dem Zeigefinger auf eine Aufgabe.

Ich seufzte. Aber dann wandte ich mich dem Mathebuch zu.

Verdrängte Lulu aus meinen Gedanken, die ihr Referat lieber mit Samuel machen wollte als mit mir. Und Sophie, die ganz offensichtlich versuchte, mir meine beste Freundin auszuspannen. Und alles andere. Schon um Tarek nicht zu enttäuschen, der so nett war und sich solche Mühe mit mir gab. Doch noch bevor ich die erste Aufgabe durchgelesen hatte, wurde ich erneut abgelenkt.

Denn aus dem Nachbargarten ertönte ein spitzer Schrei. Und der brachte alle Probleme zurück.

19

In dem Pool im Nachbargarten war eine wilde Wasserschlacht ausgebrochen. Wasserfontänen spritzten in die Höhe, Wellen schwappten über den Rand, und mittendrin entdeckte ich einen breitschultrigen Jungen mit blonden Haaren, der ein kreischendes Mädchen wieder und wieder ins Wasser tunkte. Ich schluckte trocken. Denn der Junge war Samuel, logisch, der wohnte ja nebenan. Und somit musste das Mädchen Lulu sein. Und die beiden hatten jede Menge Spaß, während ich nur ein paar Meter weiter über einer Matheaufgabe brütete.

Aber was war das? Das Mädchen tauchte auf und warf seine nassen Haare zurück, sodass Wassertropfen in alle Richtungen flogen. Doch die Haare waren viel kürzer als Lulus. Und sie waren auch nicht dunkelbraun, sondern, das konnte man trotz der Nässe eindeutig erkennen, blond. Das Mädchen war definitiv nicht Lulu!

»Claire«, unterbrach Tarek meine Gedanken, die, kaum hatte ich Samuel mit dem fremden Mädchen entdeckt, wieder begonnen hatten zu rasen. »Ich kann mir vorstellen, dass du jetzt lieber da drüben im Pool planschen würdest, aber wir haben noch nichts geschafft heute und unsere Zeit ist schon fast rum. Soll ich es dir nicht doch noch mal erklären?«

»Nein«, sagte ich und starrte weiter zu Samuel und der blonden Badenixe hinüber. »Die Aufgabe ist nicht das Problem.«

»Sondern?«, erkundigte sich Tarek.

»Das da drüben ist der Freund meiner besten Freundin«, erklärte ich und zeigte auf Samuel, der genau in diesem Moment das fremde Mädchen aus dem Wasser hob.

»Und?«, fragte Tarek.

»Und das Mädchen da ist nicht Lulu, meine Freundin«, sagte ich wütend. Ganz egal, wie es gerade um Lulu und mich stand: Dass ihr Freund mit einem wildfremden Mädchen flirtete, das in seinem knappen Bikini noch dazu unverschämt gut aussah, ging gar nicht.

»Und?«, hakte Tarek nach und schob das Buch mit der Aufgabe demonstrativ noch näher zu mir hin. »Die beiden machen doch nichts. Zumindest noch nicht.«

»Na ja.« Ich schaute skeptisch in den Nachbargarten hinüber. Tatsächlich warf Samuel das Mädchen gerade in hohem Bogen zurück ins Wasser und wieder ertönte ein spitzer Schrei.

»Ist wahrscheinlich bloß seine Cousine.« Tarek lachte und tippte wieder auf die Gleichung vor mir. »Komm, Claire, lass uns endlich loslegen.«

Tatsächlich zwang ich meinen Blick zurück auf das Buch und bemühte mich, die Aufgabe auszurechnen. Schon allein, weil ich Tarek den Gefallen tun wollte. Aber es klappte nicht. Denn in meinem Kopf war noch immer das Bild von Samuel und der Bikinischönheit. Das laute Kreischen und Planschen wirkten auch nicht gerade konzentrationsfördernd. Was hatte Lucas noch gesagt? Dass Samuel ständig eine neue Freundin hatte. Und sogar mehrere gleichzeitig. Was, wenn Lucas damit recht hatte? Mein Blick schoss wieder hoch Richtung Pool. Gerade rechtzeitig, um zu sehen, wie Samuel das Bikinimädchen wieder in die Höhe hob. Und sie ihre langen Beine um seine Hüften schlang. Und er sie an sich zog. Und sie küsste. Mitten auf den Mund. Nicht auf die Stirn oder die Wange oder so. Das Ganze war schon ziemlich eindeutig.

»Ist wohl doch nicht seine Cousine«, stellte Tarek trocken fest. Offensichtlich hatte er die beiden ebenfalls beobachtet.

»Sieht nicht so aus.« Ich seufzte laut. »Was für ein Scheißkerl.«

»Quod erat demonstrandum.« Tarek schüttelte den Kopf.

»Wie bitte?«

»Wie zu beweisen war«, erklärte Tarek. »Das sagen die Mathematiker, wenn sie einen Beweis erbracht haben.«

»Und was hat das mit Samuel und diesem Mädchen zu tun?«

»Das heißt bloß, dass Samuel mir schon immer falsch vorkam«, erklärte Tarek. »Als wir Kinder waren, dachten unsere Eltern, es wäre nett, wenn wir uns anfreundeten. Hat aber nicht funktioniert. Jedenfalls nicht mehr, nachdem Samuel behauptet hat, ich hätte seine Lieblingsactionfigur geklaut. Dabei waren mir Actionhelden schon als Sechsjähriger total gleichgültig.«

Tarek lachte erneut, aber mir war überhaupt nicht nach Lachen zumute. War es wirklich möglich, dass wir uns so in Samuel getäuscht hatten? Lulu und ich, meine ich. Und so ziemlich jedes andere Mädchen in unserer Klasse. Hatten Lucas und Tarek recht, und Samuel war gar nicht der sympathische Typ, für den ich ihn die ganze Zeit gehalten hatte, von seiner Micky-Maus-Stimme mal abgesehen?

»Und was willst du jetzt machen?«, fragte Tarek.

»Tut mir leid, aber ich glaub, ich schaffe diese Aufgabe heute nicht mehr«, entschuldigte ich mich.

»Nein, das meinte ich nicht«, sagte Tarek gutmütig. »Ich wollte bloß wissen, ob du vorhast, es deiner Freundin zu erzählen.«

»Das sollte ich wohl, oder?« Ich war mir nicht sicher. Sollte ich es Lulu erzählen? Musste ich das nicht sogar? Hatte Lulu nicht ein Recht darauf, zu erfahren, was ihr Freund hinter ihrem Rücken trieb? Absolut! Als Lulus beste Freundin war es meine Pflicht, ihr die Augen zu öffnen.

Nur was, wenn sie mir nicht glaubte? Es lief gerade nicht gut mit unserer Freundschaft. Was, wenn Lulu annahm, ich wollte bloß einen Keil zwischen sie und Samuel treiben? Noch bis vor wenigen Tagen hätte ich diesen Gedanken gar nicht gehabt. Was Lulu sagte, glaubte ich. Und ich ging davon aus, dass sie mir auch vertraute.

So wie es zurzeit um unsere Freundschaft stand, hielt ich es jedoch für möglich, dass sie mir keinen Glauben schenkte, wenn ich ihr von der Fremdknutscherei im Pool erzählte. Auf Samuel ließ sie garantiert nichts kommen. Im schlechtesten Fall riskierte ich einen weiteren Streit.

Aber welche Wahl blieb mir? Bloß weil Lulu und ich gerade Schwierigkeiten hatten, waren wir doch immer noch Freundinnen. Ich konnte sie nicht im Dunkeln lassen, was die Untreue ihres Freundes betraf. Es wäre bloß alles einfacher gewesen, wenn sie es mit eigenen Augen gesehen hätte …

Und da hatte ich eine Idee.

»Kann ich meine Freundin vielleicht mal mit hierher bringen?«, fragte ich Tarek.

»Ähm, klar«, erwiderte er leicht verwundert. »Wieso?«

»Ich hab da einen Plan«, erklärte ich, führte meine Idee aber nicht weiter aus. Tarek zu erklären, was ich plante, ohne das Wort Zeitsprung zu erwähnen, wäre schwierig geworden. Oder besser gesagt unmöglich.

»Okay.« Zum Glück fragte er nicht weiter nach.

»Es tut mir leid, aber ich muss jetzt los«, erklärte ich eilig. Ich warf einen letzten Blick in den Garten. Samuel und Blondie schlabberten immer noch aneinander rum. Brr. Ich musste wirklich dringend etwas unternehmen.

»Tschüss«, rief ich. »Und danke. Beim nächsten Mal mach ich besser mit, versprochen.«

»Okay«, rief Tarek mir hinterher. »Dann bis übermorgen.«

»Oder bis vorhin«, murmelte ich leise.

Noch im Hausflur zog ich mein Handy aus der Tasche und rief bei Lulu an.

*

»Was gibt's denn so Wichtiges?« Lulu wartete schon auf dem Schulhof, als ich endlich auf dem Fahrrad angeschnauft kam. Ich war morgens mit dem Rad zur Schule gefahren, von dort im Eiltempo zur Nachhilfe gestrampelt. Und jetzt von dort mindestens ebenso schnell zurück zur Schule gedüst. Das war definitiv zu viel sportliche Betätigung für mich.

»Hi«, rief ich Lulu zu, unsicher, ob ich sie mit unserem Ritual begrüßen sollte. Doch da Lulu mich bloß abwartend anschaute, ließ ich es bleiben und beschloss, ohne große Vorrede zur Sache zu kommen.

»Wir müssen einen Zeitsprung machen«, sagte ich. Auf der ganzen Fahrt zur Schule hatte ich darüber nachgegrübelt, was ich Lulu erzählen sollte, um sie dazu zu überreden. Sie würde den Grund wissen wollen, so viel stand fest.

»Warum?«, fragte Lulu.

Tja, war ja klar.

»Ich fürchte, ich kann es dir nicht erklären. Aber es ist wirklich wichtig.«

Lulu schaute mich abschätzend an. Ich hielt die Luft an. Dieser Moment erschien mir plötzlich entscheidend. Nicht nur, weil ich Lulu vor Samuel beschützen wollte. Ich hatte auch das Gefühl, dass er zentral für unsere Freundschaft war. Konnte ich mich darauf verlassen, dass diese trotz aller Konflikte stark genug war? Dass Lulu mir vertraute?

»Also los«, sagte sie und ich stieß die Luft aus.

»Wir müssen zu den Fahrradständern gehen. Da haben wir uns zuletzt gesehen.« Ich hatte mir das Ganze schon genau überlegt.

»Aber da war die ganze Zeit Sophie dabei.« Lulus Gesichtsausdruck war schwer zu deuten. Allerdings hatte ich den Eindruck, dass sie ein kleines bisschen schuldbewusst wirkte. Wahrscheinlich fiel ihr gerade wieder ein, dass sie sich entschieden hatte, ihr Referat mit Samuel zusammen zu schreiben. Statt mit mir. Doch dieses Thema wollte ich jetzt nicht vertiefen.

»Ich weiß.« Ich hatte auch schon darüber nachgedacht, dass das ungünstig war. Leider gab es keine andere Möglichkeit. »Wir müssen es riskieren.«

»Scheint ja wirklich sehr wichtig zu sein.« Lulu schaute mich mit großen Augen an und zog einen Kussmund. Es war offensichtlich, dass sie zu gern gewusst hätte, was ich vorhatte. Umso glücklicher war ich, dass sie nicht weiter nachbohrte. Wenn ich einen Beweis gebraucht hatte, dass unsere Freundschaft diese kleine Krise überstehen würde, dann lieferte Lulu ihn mir in diesem Moment.

»Ehrlich gesagt hatte ich bloß gehofft, dass wir meine stupide Stiefschwester ein bisschen erschrecken könnten«, wagte ich einen Witz. Lulu lachte laut. Und mir wurde noch ein bisschen leichter zumute. In diesem Moment fühlte sich alles wieder so normal an zwischen uns. Fast als hätte es unseren Streit nie gegeben.

»Okay. Dann wollen wir mal deine Stiefschwester schocken«, erwiderte sie.

Ich parkte mein Fahrrad in demselben Ständer, in dem ich es schon morgens abgestellt hatte, genau wie Lulu. Danach ging ich zu ihr und stellte mich direkt neben sie. Wir nahmen unsere Anhänger in die Hände. Es fühlte sich seltsam an und ich musste an unseren letzten gemeinsamen Zeitsprung denken. Daran, dass wir uns wie die größten Gewinner gefühlt hatten, als wir die Mathearbeit wiederholt hatten. Und daran, wie gründlich das schiefgegangen war.

»Bist du so weit?«, fragte Lulu.

»Denke schon.«

Wir drückten die Halbkugeln zusammen.

»Huch«, machte Sophie und zuckte zurück. Für sie musste es aussehen, als wäre ich wie aus dem Nichts neben Lulu aufgetaucht. Ich grinste in mich hinein. Stiefschwester erfolgreich erschreckt.

»Wo kommst du denn plötzlich her?« Sophie starrte mich feindselig an. Ich erwiderte ihren Blick, ohne zu blinzeln. Ob sie mich schon als stupide beschimpft hatte? Oder ob sie es gerade tun wollte? So genau hatte ich das Zurückdrehen der Uhr nämlich nicht planen können.

Ich hatte nach dem Gespräch mit Frau Dr. No auf die Uhr geschaut. Auf diese Zeit hatte ich fünf Minuten draufgeschlagen. Ich wollte zu einem Punkt springen, an dem Lulu und ich zur selben Zeit am selben Ort gewesen waren, denn ich war mir nicht sicher, ob der Zeitsprung funktionierte, wenn Lulu und ich dabei an zwei verschiedenen Plätzen landeten.

»Ich kann apparieren, wusstest du das noch nicht?«, erwiderte ich ungerührt und freute mich über Sophies verständnislosen Gesichtsausdruck. Wenn ich einen echt guten Tag hatte, würde ich ihr mal meine Harry-Potter-Gesamtausgabe leihen.

»Also, überleg es dir halt«, sagte Sophie zu Lulu, woraus ich schloss, dass sie meine Freundin bereits gefragt haben musste, ob sie mit ihr ein Team bilden wollte, Lulu aber noch nicht abgesagt hatte.

Meine Stiefschwester warf mir einen wütenden Blick zu, dann rauschte sie davon.

»Und was machen wir jetzt?«, erkundigte Lulu sich, nachdem Sophie verschwunden war.

»Jetzt besuchen wir meinen Nachhilfelehrer.« Ich bemühte mich, es wie einen verlockenden Vorschlag klingen zu lassen.

»Wieso das denn?«

Hatte wohl nicht geklappt.

»Tarek ist total nett«, versuchte ich, Begeisterung zu wecken. »Du wirst ihn mögen.«

»Kann schon sein.« Lulu runzelte die Stirn. »Aber ich kapiere nicht, was daran so wichtig sein soll.«

Das konnte ich gut nachvollziehen. Trotzdem wollte ich Lulu lieber nicht sagen, worum es tatsächlich ging. Noch nicht. Ich war mir einfach nicht sicher, wie sie reagieren würde. Sie musste Samuel und Blondie mit eigenen Augen sehen.

»Ich will dir dort etwas zeigen«, erklärte ich vage.

Lulu sah mich fragend an.

»Ach, komm schon«, bat ich. »Oder hast du etwas Besseres vor?«

»Nein«, antwortete Lulu zu meiner Erleichterung. »Eigentlich nicht.«

Insgeheim hatte ich auf genau diese Antwort gehofft. Wenn Samuel Zeit hatte, sich mit der fremden Badenixe im Pool zu vergnügen, dann bedeutete das im Umkehrschluss, dass er nicht mit Lulu verabredet war. Und das hieß vermutlich, dass Lulu den ganzen Nachmittag über zu Hause gesessen und sich gelangweilt hatte.

»Hast du was mit Samuel ausgemacht?«, erkundigte ich mich, als wir auf unseren Rädern vom Schulhof fuhren. Mir war klar, dass ich mich mit der Frage auf dünnem Eis bewegte. Aber ich war neugierig, ob Samuel Lulu eine Lüge aufgetischt hatte, um sich mit Miss Bikini zu treffen.

»Nee, der muss heute zu irgendeinem Familientreffen bei seiner Cousine«, erwiderte Lulu genervt.

Ich musste mir ein Lachen verbeißen, als ich an Tareks Bemerkung über die Cousine dachte. Aber die Situation war eigentlich keineswegs lustig.

Lulu erkundigte sich, wie ich mit der Nachhilfe vorankam. Und sie freute sich sichtlich, als ich ihr erzählte, dass ich tatsächlich kapierte, was Tarek mir erklärte. Weshalb ich Nachhilfe bekam, erwähnten wir mit keinem Wort. Während der ganzen Fahrt quatschten Lulu und ich über mehr oder minder belanglose Themen. Und wir lachten so viel, dass wir fast von den Fahrrädern gekippt wären. Das fühlte sich so wunderbar normal an, dass ich kurz davor war, die Mission Miss Bikini abzubrechen. War es wirklich nötig, Lulu diesen Schmerz zuzufügen?

Andererseits war ja nicht ich diejenige, die Lulu verletzte. Es war Samuel, der sie betrog. Und es war Lulus gutes Recht, das zu erfahren.

Als wir in die Straße einbogen, in der sowohl Tareks als auch Samuels Familie lebten, wurde Lulu plötzlich still. Und als wir vor der Villa der Giesingers stoppten, zog sie ihre Lippen kraus und schaute mich verwundert an.

»Da wohnt Samuel.« Sie zeigte auf das protzige Nachbarhaus.

»Ich weiß.« Ich lächelte sie schief an. Ihr Kussmund wurde noch ein wenig spitzer, doch ich marschierte einfach Richtung Haustür, bevor Lulu weitere Fragen stellen konnte.

Wie schon bei ersten Mal öffnete Charlotte Giesinger uns, aber dieses Mal sagte ich nur schnell »Hallo« und zog Lulu dann hinter mir her die Treppe hoch in Tareks Zimmer. Der schaute ziemlich verblüfft, als wir zu zweit bei ihm auftauchten.

»Hast du Verstärkung mitgebracht?«

»Das ist meine beste Freundin«, sagte ich. Ich hatte Tarek ja gefragt, ob ich Lulu mal mitbringen durfte. Aber mir war natürlich klar, dass er sich nicht daran erinnern konnte. Oder besser gesagt, dass das für ihn niemals stattgefunden hatte.

»Sie hat auch Probleme mit Wahrscheinlichkeitsrechnung, und wir dachten, sie könnte heute mal mit zur Nachhilfe kommen«, erklärte ich forsch.

»Hä?«, machte Lulu hinter mir, doch ich ignorierte sie.

Tarek zog ein fragendes Gesicht. Okay, meine Erklärung war nicht brillant, aber ich konnte ja schlecht zu Tarek sagen: Hey, wir müssen in dein Zimmer, um den untreuen Freund meiner besten Freundin auf frischer Tat zu ertappen. Zumal auch Lulu immer noch nicht wusste, was wir hier eigentlich machten.

Doch dann ging sie einen Schritt nach vorne, sodass sie genau neben mir stand. Und der fragende Ausdruck in Tareks Gesicht verwandelte sich in ein extrabreites Lächeln.

»Oh, hallo, Freundin von Claire«, sagte er.

»Ich bin Lulu.« Sie lächelte ihn ebenfalls an. »Claire hat mir schon von dir vorgeschwärmt. Von deinen Qualitäten als Nachhilfelehrer, meine ich natürlich.« Lulu hatte definitiv großes schauspielerisches Talent.

»Na, dann kommt rein, damit ich meine Qualitäten unter Beweis stellen kann.« Wie nicht anders zu erwarten, lachte er dabei fröhlich.

Die nächste Viertelstunde gestaltete sich etwas seltsam. Statt über das Hockey-Higgs-Dings sprach Tarek über meine Matheaufgaben, aber dieses Mal schien *er* sich schlecht konzentrieren zu können. Er lachte noch viel mehr als in der ersten Version und warf ständig verstohlene Blicke über meinen Kopf hinweg in Lulus Richtung. Die wiederum schien davon nichts zu bemerken, weil sie aus dem Fenster in den Nachbargarten starrte und mir in regelmäßigen Abständen fragende Blicke zuwarf. Und während der ganzen Zeit wartete ich angespannt darauf, dass Samuel und seine Blondine endlich auftauchten und die Poolparty begann.

Dann ging alles ganz schnell. Und völlig anders als geplant.

Die Terrassentür der Nachbarvilla öffnete sich und heraus kam Samuel in Badeshorts und Flip-Flops. Mit einer Dose Cola in der Hand machte er es sich auf einem Liegestuhl am Pool bequem. Mit der freien Hand zog er sein Smartphone aus der Tasche seiner Shorts und fing an, mit dem Daumen darauf zu tippen.

Verflixt, wo war Blondie?

»Ich glaub es nicht.« Lulu sprang so heftig auf, dass der Klappstuhl umkippte, den Tarek extra für sie hingestellt hatte. »Dieser Mistkerl! Erzählt mir, er müsse zu seiner langweiligen Cousine, und hängt stattdessen am Pool ab. Ohne mich.«

»Ähm«, machte ich. Das war sicher ein guter Grund, sich zu ärgern. Aber der eigentliche Grund stand ja noch aus. Bevor ich etwas sagen konnte, rannte Lulu bereits zur Tür hinaus.

»Was war das denn?«, erkundigte sich Tarek überrascht. Ich blieb ihm eine Antwort schuldig, weil ich Lulu folgte, so schnell ich konnte. Doch als ich im verwilderten Vorgarten der Giesingers ankam, konnte ich gerade noch beobachten, wie Lulu am Nachbarhaus klingelte, worauf die Tür geöffnet wurde und meine Freundin hineinstürmte.

In diesem Moment brauste eine knallrote Vespa in die Einfahrt der Sauermanns, ein Mädchen in knappen Shorts stieg ab, zog sich den Helm vom Kopf und schüttelte ihr blondes Haar in Form. Ich seufzte. Mein toller Plan funktionierte vorne und hinten nicht.

Am Haus vorbei lief ich in den hinteren Garten, wo ich zwischen den Büschen hindurch einen fast ebenso guten Blick auf den Pool hatte wie von Tareks Zimmer aus. Und was sich dort vor meinen Augen abspielte, war eine drehbuchreife Szene, die es mit jeder Vorabendserie hätte aufnehmen können. Lulu stand, die Arme in die Seiten gestützt, vor Samuels Sonnenliege.

»Du hast gesagt, du musst zu deiner Cousine«, rief sie wütend. »Stattdessen hängst du hier in der Sonne ab.«

»Und?« Samuel lehnte sich entspannt auf der Liege zurück. »Plan hat sich geändert. Wo ist das Problem?«

»Du hättest anrufen können? Vielleicht hätte ich ja auch Lust gehabt, am Pool rumzuliegen.« Anklagend wies Lulu auf die freie Sonnenliege neben Samuel.

Mir wurde mulmig, da ich ja schon sehr genau wusste, für wen Samuel diese Liege reserviert hatte. Was trieb Blondie eigentlich noch im Haus? Musste sie sich erst mal die Nase pudern, bevor sie in den Pool springen konnte?

»Aber vielleicht hatte ich ja auch Bock, mal ganz in Ruhe am Pool abzuhängen«, erwiderte Samuel genervt. »Ohne deine Gesellschaft.«

»Was?«, rief Lulu empört. »Was soll das denn heißen?«

»Das soll heißen«, Samuel stellte die Beine links und rechts der Liege auf und setzte sich hin, »dass du ganz schön klammerst. Und dass mir das langsam ziemlich auf den Nerv geht.«

»Was?«, wiederholte Lulu bloß. Sie klang nicht mehr ganz so empört. Eher erschrocken.

»Was machst du überhaupt hier?« Samuel lehnte sich vor. »Stalkst du mich jetzt, oder was?«

Lulu kam nicht dazu, eine passende Antwort zu geben. Denn in diesem Moment öffnete sich die Terrassentür erneut und heraus trat Miss Bikini. Sie hatte ihre knappen Shorts und das Top gegen den mir schon bekannten Zweiteiler eingetauscht und sah darin einfach nur supermodelmäßig aus.

»Tamara ist da!«, rief Frau Sauermann aus dem Haus. Was ja nicht zu übersehen war. Tamara hieß sie also. Barbie hätte auch gut gepasst.

»Hi, Tamara«, grüßte Samuel. »Cool, dass du kommst.«

»Hi.« Blondie hob die Hand mit gespreizten Fingern. Wollte sie winken oder Verkehrspolizist spielen?

»Und wer ist das?«, schaltete Lulu sich ein. »Deine Cousine?« Ich fand, dass sie sich angesichts der Lage ziemlich taff hielt.

»Quatsch. Das ist Tamara aus dem Verein«, erläuterte Samuel. Er stand auf und schlenderte zu Tamara aus dem Verein hinüber. Dicht neben ihr blieb er stehen und legte ihr die Hand auf die Schulter. »Sie ist rübergekommen, um ein bisschen extra zu trainieren.« Er machte eine ausladende Geste zum Pool, als handelte es sich um ein Olympiabecken.

»Ach so.« Lulus Stimme war anzuhören, was sie von Tamara in ihrem knappen Bikini und der Erklärung mit dem Extratraining hielt. »Klar. Klingt total logisch.«

»Jetzt mach aber mal 'nen Punkt.« Samuel ging zu Lulu und baute sich direkt vor ihr auf. Er hatte wirklich ein beachtlich breites Kreuz. Und sein perfektes Gesicht wirkte plötzlich gar nicht mehr hübsch, so wütend schaute er Lulu an. »Du schneist hier uneingeladen rein. Machst 'nen Riesenaufstand, weil ich dich nicht angerufen habe. Und dann regst du dich auf, weil eine aus dem Team zum Training vorbeischaut. Das geht mir echt tierisch auf den Sack.«

»Moment mal«, wollte meine Freundin ihn ausbremsen, doch Samuel ließ sie nicht zu Wort kommen.

»Weißt du was. Ich hab genug. Zisch ab. Und glaub bloß nicht, dass aus uns noch mal was wird.« Damit drehte er sich um, ging zu Miss Bikini und legte ihr einen Arm um die Schultern.

»Los, wir holen uns 'ne Cola«, sagte er und verschwand mit ihr im Haus, ohne sich noch einmal nach Lulu umzuschauen.

Meine Freundin stand wie erstarrt.

»Hey«, rief ich. »Hier bin ich.«

Verwirrt suchte sie die Büsche ab, bis sie mich zwischen all den Blättern entdeckte.

»Claire?«, fragte sie verwundert.

»So ein Scheißkerl«, schimpfte ich. Ich versuchte, mich durch die Hecke zu kämpfen, aber die Büsche waren zu dicht und die Äste zerschrammten mir die Arme. Außerdem hätte ich über einen brusthohen Zaun klettern müssen, um zu Lulu zu gelangen und sie in den Arm zu nehmen. Meiner Freundin standen Tränen in den Augen und ihr Gesicht war noch immer völlig fassungslos.

»Komm, wir treffen uns vor dem Haus«, schlug ich sanft vor. »Dann fahren wir zu Pino, holen uns eine extragroße Portion Eis und quatschen über alles.«

Aber Lulu bewegte sich nicht.

»Das war es, was du mir zeigen wolltest?«, fragte sie mit seltsam emotionsloser Stimme. »Dass Samuel Besuch von dieser Tamara bekommen hat?«

»Na ja, fast.« Eigentlich hatte ich Lulu zeigen wollen, wie Samuel diese Tamara im Pool abschlabberte. Allerdings war es dazu wegen Lulus verfrühtem Eingreifen ja nicht mehr gekommen. Wobei ich mir ziemlich sicher war, dass genau das passieren würde, wenn die zwei sich erst mal eine Cola geholt hatten. Und Lulu nicht mehr im Garten stand.

»Und das hättest du mir nicht einfach erzählen können?«, fragte Lulu. Sie wirkte wie im Schockzustand. »Ich meine, hast du dir vielleicht mal überlegt, dass das für mich okay sein könnte? Was ist denn dabei, wenn Samuel mit einer aus dem Verein trainiert?«

Moment mal! Das hatte aber eben noch ganz anders geklungen. Und außerdem hatten die beiden ja gar nicht trainiert. Außer ihre Zungenmuskulatur. Doch das wusste Lulu natürlich nicht. Weil das, was ich ihr eigentlich mithilfe des Zeitsprungs hatte zeigen wollen, noch gar nicht stattgefunden hatte.

»Jetzt hält er mich für eine kontrollsüchtige Klette.« Sie sah mich an, und etwas funkelte in ihren Augen auf, das mir gar nicht gefiel. »Dass er mit mir Schluss gemacht hat, ist ganz allein deine Schuld!«

Wie bitte?

»Du hast Samuel noch nie leiden können, hab ich recht?« Lulu kam zu mir und baute sich wütend direkt vor mir auf. Jetzt war ich beinahe froh über den Zaun, der sie von mir trennte. »Du warst schon die ganze Zeit eifersüchtig. Und sauer, weil ich nicht mehr so viel Zeit für dich hatte, oder? Dir kann es also nur recht sein, dass er mit mir Schluss gemacht hat.«

Wie bitte?!?

»Mal ehrlich.« Lulu musterte mich aus zusammengekniffenen Augen. »Hast du das etwa so geplant? Wolltest du, dass er mit mir Schluss macht, und hast mich deshalb hergebracht?«

WIE BITTE?!?

»Echt, Claire, wer dich zur Freundin hat, braucht keine Feinde mehr.« Lulu schüttelte abschätzig den Kopf. Dann drehte sie sich von mir weg, lief aufs Haus zu und verschwand durch die offen stehende Terrassentür.

Ich stand genauso starr wie die Büsche links und rechts von mir. War das gerade wirklich passiert? Hatte meine beste Freundin wirklich mit *mir* Schluss gemacht?

Ich wusste ja, dass Lulu gelegentlich sehr dramatisch sein konnte. Aber so dramatisch? Und dass sie gelegentlich schneller redete, als sie denken konnte. Und Sachen sagte, die ihr später leidtaten. Aber solche Sachen? Glaubte sie wirklich, dass ich gewollte hatte, dass Samuel mit ihr Schluss machte? *Hatte* ich das womöglich?

Nein!

Ich hatte Lulu beschützen wollen. Sie sollte sehen, dass ihr Freund fremdging. Was vermutlich dazu geführt hätte, dass *sie* mit *ihm* Schluss gemacht hätte. Doch darüber hatte ich mir ganz ehrlich gar keine Gedanken gemacht. Mir war es einzig und allein nur um Lulu gegangen.

Und das war so was von schiefgelaufen.

Ich hätte ein Handyvideo drehen sollen, dachte ich. Warum fielen einem die einfachsten Lösungen immer erst hinterher ein? Jetzt war es dafür definitiv zu spät. Eine weitere Chance würde ich nicht bekommen. Der Zeitumkehrer funktionierte nicht zweimal hintereinander. Und dass Lulu noch einmal mit mir springen würde, war ohnehin mehr als unwahrscheinlich.

20

Ich hätte nicht erwartet, dass Lulu am nächsten Tag in der Schule auftauchen würde. Ehrlich gesagt, hätte ich selbst am liebsten blaugemacht.

Ich fühlte mich einerseits so betäubt, als hätte ich eine komplette Packung Valium geschluckt. Und gleichzeitig tat mir das Herz so weh, als hätte jemand versucht, es mit einem rostigen Messer herauszuschneiden.

Leider ließ Sylvia eine Herzoperation mit rostigem Werkzeug nicht als ausreichenden Entschuldigungsgrund gelten. Und da ich außer rot verquollenen Augen keinerlei Anzeichen für irgendeine lebensbedrohliche Krankheit zeigte, zwang meine Stiefmutter mich, zur Schule zu gehen.

Im Gegensatz zu mir hatte Lulu eine sehr verständnisvolle Mutter. Und sie hatte gleich zwei gute Gründe, nicht in der Schule zu erscheinen: Mich. Und natürlich Samuel. Mal ganz davon abgesehen, dass in den ersten beiden Stunden eine Doppelstunde Mathe auf dem Plan stand.

Umso überraschter war ich, als Lulu unmittelbar nach dem Gong das Klassenzimmer betrat. Wobei Betreten nicht ganz der treffende Ausdruck war: Lulu hatte einen Auftritt.

Wie immer hatte Frau Dr. No bereits überpünktlich mit dem Unterricht begonnen. Was bedeutete, dass sie mit dem Rücken zur Klasse stand, um wie üblich einige komplizierte Aufgaben an die

Tafel zu schreiben, mit denen sie einen von uns anschließend öffentlich quälen konnte.

Als die Klassentür mit einem Knall ins Schloss fiel, drehte unsere Mathelehrerin sich ruckartig um. Und auch die Blicke meiner sämtlichen Mitschüler flogen zur Tür. Für ein paar Sekunden verharrte Lulu im Türrahmen und gab uns Gelegenheit, ihren Auftritt zu würdigen.

Sie trug heute Schwarz. Zum ersten Mal, seit ich sie kannte. Schwarzer Minirock, schwarzes Shirt, schwarze Chucks und schwarze Leggins. Es sah klasse aus. Die einzigen Farbtupfer waren ein knallroter Mund auf ihrem Shirt, der weit die Zunge rausstreckte. Und eine ebenso knallrote Sonnenbrille, die locker Alexas Puck-die-Stubenfliege-Modellen Konkurrenz machen konnte. Dass Lulu die Sonnenbrille im Klassenraum aufbehielt, wirkte keineswegs lächerlich, wie es bei jedem anderen der Fall gewesen wäre. Es wirkte cool.

Ich schätzte, dass Samuel sich in diesem Moment fragte, ob Barbie wirklich die bessere Wahl gewesen war. Ich persönlich fragte mich bloß, wie Lulu es schaffte, so lässig aufzutreten, nach allem, was gestern vorgefallen war. Und obwohl es mich noch ein bisschen trauriger machte, als ich ohnehin schon war, bewunderte ich sie auch dafür.

»Luisa, schön, dass du uns auch mit deiner Anwesenheit beehrst.« Frau Dr. No war nicht so leicht zu beeindrucken wie alle anderen. »Wenn du dich dann bitte setzen würdest, damit wir mit dem Unterricht nun endlich beginnen können. Und der Rest ist jetzt sofort ruhig.«

Tatsächlich kehrte schnell wieder Ruhe ein und Lulu kam mit langen Schritten zu unserem Tisch. Ich rückte ein Stück zur Seite, damit sie sich setzen konnte, ohne dass wir uns zu nahe kamen. Ich konnte meine beste Freundin kaum ansehen. Ex-beste-Freundin. Es tat zu weh, um es auch nur zu denken. Aber Lulu wollte sich gar nicht hinsetzen.

»Das gehört dir«, sagte sie laut in die Stille hinein, die sich gerade erst wieder in der Klasse eingestellt hatte. Sie streckte ihre Hand aus, von der die Kette mit dem Anhänger baumelte. Unserem ganz besonderen Freundschaftsanhänger. Das rostige Messer wurde erneut umgedreht.

»Mir gehört nur der«, flüsterte ich und wies auf die Halbkugel. Es klang, als stünde ich kurz vor dem Ersticken. »Die Kette hab ich dir geschenkt.«

Wieder erhob sich Gemurmel in der Klasse. Offenbar fanden die anderen Lulus und meine Probleme ausgesprochen spannend. Spannender als den Matheunterricht allemal. Doch Frau Dr. No griff nicht ein, sondern beobachtete Lulu und mich bloß mit hochgezogenen Bleistiftbrauen.

»Egal«, antwortete Lulu. »Ich will sie nicht mehr.« Und damit ließ sie die Kette los, sodass der Anhänger klirrend auf den Tisch fiel. Das Messer in meinem Herzen verwandelte sich in einen spitzen Dolch.

»Würdest du dich dann bitte hinsetzen, Luisa?« Frau Dr. Nos Geduld schien nun doch erschöpft zu sein.

Aber Lulu dachte nicht daran. Mit spitzen Fingern schob sie die Kette in meine Richtung. Und ein minimales Zittern ihrer Hand verriet, dass sie womöglich nicht so gelassen war, wie sie sich nach außen gab. Dann machte Lulu auf dem Absatz ihrer Chucks kehrt und marschierte zielstrebig zu dem einzigen weiteren freien Platz in unserer Klasse.

Und das war der neben Sophie.

Als hätte sie darauf gewartet, rückte meine Stiefschwester den freien Stuhl ein Stückchen zurück, sodass Lulu sich bequem hinsetzen konnte. Lulu nickte mit einem schmalen Lächeln und beugte sich zu Sophie, um ihr etwas ins Ohr zu flüstern. War das etwa alles geplant gewesen? Hatte Lulu sich mit Sophie abgesprochen? Gestern noch mit ihr telefoniert? Oder heute Morgen? Jemand zog kräftig an dem Dolch in meinem Herzen, und wie sich herausstellte, hatte er eine ganze Reihe spitzer Widerhaken.

Doch niemand schien meine inneren Qualen zu bemerken. Nicht Lulu oder Sophie, denn keine von beiden drehte sich zu mir um. Nicht meine anderen Mitschüler, die unterdrückt miteinander tuschelten und kicherten. Und auch nicht Frau Dr. No, die die Klasse mit einer ungeduldigen Handbewegung erneut zur Ruhe brachte und sich wieder zur Tafel wandte, um die nächste Aufgabe anzuschreiben.

Mir war das recht. Was ging es die anderen an, wie elend ich mich fühlte? Das brauchte niemand zu wissen, zu allerletzt Sophie und Lulu. Als ich spürte, dass mir die Tränen unaufhaltsam in die Augen stiegen, schloss ich meine Hand um die Kette und den Anhänger zur Faust. Dann rannte ich aus dem Klassenraum, gerade noch rechtzeitig, bevor meine Tränen zu laufen begannen.

Ich verbarrikadierte mich in der nächsten Toilette. Dort nahm ich als Erstes die beiden Ketten, zog die Halbkugel von Lulus ab und fädelte sie zu der anderen Hälfte auf meine Kette, bevor ich sie mir wieder um den Hals hängte. Kurz überlegte ich, die andere einfach im Mülleimer zu entsorgen. Aber das brachte ich nicht übers Herz. Also stopfte ich sie in meine Jeanstasche.

Und dann heulte ich so lange, bis keine Tränen mehr übrig waren. Erst als der Gong zum Ende der zweiten Stunde läutete, schlich ich wieder aus der Kabine heraus und wusch mir schnell das Gesicht mit kaltem Wasser, bevor der übliche Pausenansturm im Waschraum begann.

Mein Plan war simpel. Ich wollte gerade lange genug warten, bis alle meine Mitschüler den Klassenraum verlassen hatten, und dann schnell hineinhuschen, um meine Sachen zu holen. Danach würde ich nach Hause fahren.

Ich warf einen kurzen Blick in den Spiegel über dem Waschbecken. Tiefrote Augen starrten mich aus einem bleichen Gesicht an. Nicht übel! Ich konnte jedem Vampir Konkurrenz machen. Oder zumindest jeder Albino-Ratte. Auf jeden Fall sah ich so mies aus, dass mir hoffentlich sogar meine Stiefmutter glauben würde, dass ich krank war. Andererseits war es mir mittlerweile völlig egal, was Sylvia sagte. Ich würde den restlichen Tag im Bett verbringen und mir die Decke über den Kopf ziehen. Und damit basta. Ich war wirklich fest davon überzeugt, dass ich am Tiefpunkt meines bisherigen Lebens angekommen war.

Aber wie gesagt gibt es diese Situationen, in denen man glaubt, es könne nicht mehr schlimmer werden. Bloß damit im nächsten Moment alles noch viel furchtbarer wird.

Die Regel bestätigte sich bereits an der Tür zum Klassenzimmer. Denn dort wäre ich beinah in Lulu und Sophie hineingerannt. Die zwei kamen in schönster Eintracht aus dem Raum. Dabei unterhielten sie sich so vertraut miteinander, als wären sie schon immer die besten Freundinnen gewesen und als hätte meine Existenz bloß in irgendeinem Paralleluniversum stattgefunden. Auch die Doppel-Ds schien Sophie kurzerhand in dieses Paralleluniversum verbannt zu haben, zumindest konnte ich die beiden Schatten meiner Stiefschwester nirgends entdecken.

Immerhin besaß Sophie den Anstand, unseren Beinah-Zusammenstoß nicht auch noch gehässig zu kommentieren.

Sie bedachte mich bloß mit einem triumphierenden Blick und verschwand mit ihrer neuen besten Freundin, besser bekannt als meine Ex-beste-Freundin, um die Ecke. Lulu schaute mich nicht an. Zumindest ging ich davon aus. Denn ich traute mich selbst nicht, ihr ins Gesicht zu sehen.

Das war jetzt aber definitiv der Tiefpunkt, dachte ich. Dann betrat ich das Klassenzimmer. Und der emotionale Aufzug fuhr noch eine Etage nach unten.

»Claire, wie erfreulich, dass du dich nicht in Luft aufgelöst hast«, begrüßte Frau Dr. No mich mit unüberhörbarem Sarkasmus. »Was mag dich nur Wichtiges in den vergangenen neunzig Minuten aufgehalten haben?«

»Mir war nicht so gut«, murmelte ich und schob schnell hinterher: »Ich würde jetzt auch gern nach Hause gehen.«

Ich wollte zügig zu meinem Tisch gehen und meine Sachen zusammenpacken, doch Frau Dr. No schob sich mir in den Weg. Mit verschränkten Armen lehnte sie sich gegen die Tischkante und durchleuchtete mich mit ihrem Scannerblick unter hochgezogenen Bleistiftbrauen.

»So, so«, machte sie. »Du fühlst dich also nicht wohl. Du wirst doch hoffentlich nicht krank werden!«

Hoffentlich doch, dachte ich. In diesem Moment wünschte ich mir nichts sehnlicher als eine schwere Grippe, die mich für mindestens eine Woche daran hindern würde, zur Schule zu gehen. Am besten mit hohem Fieber. Selbst meine Stiefmutter konnte mir nicht mehr vorwerfen, dass ich bloß simulierte, wenn das Fieberthermometer auf über vierzig Grad kletterte. Und wenn ich im Krankenhaus landete, weil ich mir einen lebensgefährlichen, äußerst seltenen Keim eingefangen hatte, der mich für Wochen auf eine Isolierstation bringen würde, dann würde sogar Lulu anfangen, sich Sorgen zu machen. Unser Streit würde ihr leidtun, und sie würde mich besuchen, um sich zu entschuldigen. Mit Mundschutz, Haube und Kittel würde sie stundenlang an meinem Krankenbett sitzen, bis ich endlich aufwachte, und wir würden uns versöhnen, und ich würde plötzlich ganz schnell wieder gesund werden, was die Ärzte für ein medizinisches Wunder hielten, und …

»Bevor du gehst, müssen wir allerdings noch über etwas sprechen«, unterbrach Frau Dr. No meine Fieberfantasien.

Das holte mich sehr schnell wieder auf den Boden der Realität zurück. Was wollte Frau Dr. No denn jetzt noch von mir? Ich fand, dass ich für heute wirklich genug gelitten hatte.

»Ich habe gerade ein überaus erhellendes Gespräch mit Sophie und Luisa geführt«, erklärte meine Lehrerin und intensivierte den Scannerblick, als wollte sie tief in meinem Inneren nach etwas suchen, das ich vor ihr verbarg. Mir fiel allerdings nicht auf Anhieb ein, was das sein konnte.

Worum mochte es in diesem erhellenden Gespräch gegangen sein? Doch hoffentlich nicht schon wieder um das Abschreiben in der Mathearbeit? War das ein so schweres Vergehen, dass Frau Dr. No eine Sechs als Strafe nicht genügte? Und was hatte meine Stiefschwester überhaupt damit zu tun?

»Offensichtlich hat Sophie einen guten Einfluss auf deine Freundin«, fuhr Frau Dr. No fort und legte dann wieder so eine unheilvolle Pause ein.

Lulu ist nicht mehr meine Freundin, dachte ich. Und dass Sophie auf irgendjemanden einen guten Einfluss haben könnte, wagte ich auch zu bezweifeln. Aber ich sparte mir die Kommentare. Es wirkte nicht, als hätte Frau Dr. No großes Interesse daran, dass ich aktiv an diesem Gespräch teilnahm.

»Sophie konnte Luisa davon überzeugen, dass es niemals gut ist, ein Vergehen zu verschweigen, auch nicht, wenn dies aus falsch verstandener Loyalität einer Freundin gegenüber geschieht«, erklärte Frau Dr. No.

Was? Wovon redete sie eigentlich? Um die Mathearbeit konnte es eigentlich nicht gehen. Ich meine, es bestand ja kein Zweifel, dass ich bei Lulu abgeschrieben hatte. Deswegen hatte ich die Sechs kassiert und Lulu ihre Drei behalten.

»Wir sprechen ja nicht einfach nur über einen dummen Streich.« Frau Dr. No klang, als hätte sie Eiswürfel gekaut. »Wir sprechen immerhin über Körperverletzung.«

Im ersten Moment verstand ich immer noch nicht, worauf sie hinauswollte. Doch dann sickerten die Wörter Streich und Körperverletzung in mein Bewusstsein. Und auf einen Schlag wurde mir klar, worum es ging.

»Du weißt genau, wovon ich rede, nicht wahr?« Sie musste mir das Entsetzen vom Gesicht abgelesen haben.

Der Seifenanschlag! Das war es, wovon Frau Dr. No sprach. Sie hatte herausgefunden, dass Lulu und ich für den Streich verantwortlich gewesen waren, bei dem sie sich das Bein gebrochen hatte.

Ihr erinnert euch: Lulu und ich hatten Anfang des Schuljahres die Tafel mit Schmierseife gewischt, damit Frau Dr. No blöd guckte, wenn sie ihre von allen gehassten Aufgaben anzuschreiben versuchte. Blöd geguckt hatte sie tatsächlich – dummerweise, als sie auf einer Seifenwasserpfütze ausgerutscht war. Drei Wochen lang musste sie ihr Bein in Gips tragen.

Lulu und ich hatten ein schrecklich schlechtes Gewissen deswegen gehabt. Aber wir hatten uns geschworen, niemals jemandem zu erzählen, dass wir hinter dem Streich steckten. Was hätte das gebracht außer einem riesigen Haufen Ärger? Doch nun schien Frau Dr. No es zu wissen. Ich fragte mich bloß, woher. Aber ich hatte bereits einen furchtbaren Verdacht. Der sich umgehend bestätigte.

»Wie gesagt habe ich mich gerade mit deiner Freundin Luisa unterhalten«, wiederholte Frau Dr. No.

Ich schluckte schwer.

»Ich hatte den Eindruck, dass es eine große Erleichterung für sie darstellte, endlich mit der Wahrheit herauszurücken.« Frau Dr. No klang selbstzufrieden. »Es hat sie enorm belastet, dass du versucht hast, sie zu diesem dummen und gefährlichen Streich anzustiften. Und dass sie dann auch noch das Gefühl hatte, dich decken zu müssen, als sie dich nicht davon abhalten konnte. Ich möchte mir gar nicht vorstellen, wie sehr Luisa monatelang unter dieser Last gelitten hat«, heuchelte Frau Dr. No Mitgefühl.

Moment mal! Was war denn das für ein Blödsinn? Ich sollte versucht haben, Lulu zu dem Streich anzustiften? Natürlich war es andersherum gewesen! Es war immer Lulu, die auf die schrägen Ideen kam. Immer. Niemals ich. Und jetzt hatte sie Frau Dr. No nicht nur erzählt, dass mir das Ganze eingefallen wäre. Nein, sie hatte auch noch behauptet, ich allein hätte die Tafel eingeschmiert. Warum? Wieso tat sie das?

Wollte sie mich bestrafen? Hatte Sophie sie dazu überredet? Eine komplette Gehirnwäsche innerhalb von nicht einmal vierundzwanzig Stunden? Trotz des Streits und obwohl Lulu nicht mehr mit mir befreundet sein wollte, konnte ich mir das nicht erklären. Mich derart gemein zu verraten, passte einfach nicht zu Lulu. Oder hatte ich mich so in ihr getäuscht?

Der Dolch wurde wieder und wieder in meinem Herzen umgedreht.

»Also, Claire, was machen wir denn nun mit dir?« Zum ersten Mal, seit sie ihren Monolog begonnen hatte, schien Frau Dr. No wirklich an einer Antwort meinerseits interessiert zu sein. Sie fixierte mich erwartungsvoll mit bis zum Haaransatz hochgezogenen Bleistiftbrauen. Das Problem war nur, dass ich keine Antwort anbieten konnte. Ich sah eine gewaltige Katastrophe auf mich zurollen. Und ich hatte absolut keine Ahnung, wie ich sie noch stoppen sollte.

»Eigentlich müsste ich den Vorfall natürlich der Schulleitung melden«, lieferte Frau Dr. No sich die Antwort schließlich selbst. »Disziplinarische Maßnahmen wären dringend erforderlich. Zumal du in letzter Zeit bereits gezeigt hast, dass du zu Fehlverhalten neigst.«

Wieder schluckte ich schwer. Frau Dr. No hatte recht. Ich hatte abgeschrieben. Ich hatte das Seifenwasser auf die Tafel geschmiert, wenn auch mit Lulu zusammen. Und außerdem waren wir auf dem Dach der Sporthalle herumgeklettert, was sicher auch verboten war, aber zum Glück stand wenigstens das gerade nicht zur Diskussion. Trotzdem sah es nicht besonders gut für mich aus, wenn Frau Dr. No tatsächlich zu unserer Rektorin ging. Vor allem wenn Lulu dort ihre Geschichte wiederholen würde.

»Ich habe schon von Fällen gehört, in denen ein solches Verhalten einen Schulausschluss zur Folge hatte«, fuhr Frau Dr. No unbarmherzig fort. »Andererseits weiß ich nicht, ob ich die Schulleitung damit behelligen soll. Ich könnte auch direkt zur Polizei gehen und eine Anzeige wegen Körperverletzung erstatten. Ich halte es für sehr wichtig, dass jeder Mensch die Konsequenzen für sein Handeln trägt. Auch rechtlich gesehen.«

Ich schluckte wieder und wieder, aber ich kam nicht gegen den dicken, fetten Kloß im Hals an, der mir seit einiger Zeit die Luft abschnürte.

»Es tut mir leid«, krächzte ich, was mir nicht nur wegen des dicken, fetten Kloßes schwerfiel. Doch ich meinte es ehrlich. Dass jemand verletzt wurde, selbst wenn es Frau Dr. No war, hatte ich nie gewollt.

»Ja, das sehe ich.« Frau Dr. No nickte, die Lippen zu einem schmalen Strich zusammengepresst, der wohl ein Lächeln darstellen sollte. »Auch wenn deine Entschuldigung recht spät kommt, nehme ich sie an. Und ich möchte dir eine dritte Lösung für dieses Problem vorschlagen.«

Ich horchte auf. War das möglich? Gab es zwischen Schulausschluss und einer Anzeige bei der Polizei noch einen Notausgang?

»Ich möchte dich um einen klitzekleinen Gefallen bitten«, erklärte Frau Dr. No. »Quasi als Wiedergutmachung.«

»Ookay«, sagte ich unsicher. Ich konnte mir beim besten Willen nicht vorstellen, um was für eine Art Gefallen es sich dabei handeln sollte. Ein klitzekleiner würde es vermutlich nicht sein.

»Ich hege nämlich ein gewisses Sammlerinteresse an außergewöhnlichen Antiquitäten, musst du wissen.« Wieder dieses zusammengekniffene Pseudolächeln. »Und diese besondere Kette, die du seit einiger Zeit trägst ...« Sie wies mit spitzem Finger direkt auf die Anhänger, die nun wieder beide an der Kette um meinen Hals hingen. »Die ist mir gleich ins Auge gefallen.« Mir fiel der Blick ein, mit dem Frau Dr. No bei der Schulparty beinah meine Brust durchbohrt hatte. Und ihre plötzliche Pseudofreundlichkeit. Damals hatten Lulu und ich gemeinsam gelacht und uns gefragt, ob unsere Lehrerin irgendwelche Pillen eingeworfen hatte. Aber anscheinend steckte mehr dahinter.

»Nun, ich würde mir dieses schöne Stück gerne einmal genauer ansehen und es professionell bewerten«, fuhr Frau Dr. No fort.

»Ookay«, sagte ich wieder, erstaunt, dass es so einfach sein sollte. Frau Dr. No wollte sich meine Kette angucken. Und dafür wollte sie mich ohne Anzeige bei der Schulleitung oder der Polizei davonkommen lassen. Das war schon wieder seltsam. Sehr seltsam, um genau zu sein.

»Es würde auch gar nicht lange dauern«, ging sie über mein Erstaunen hinweg. »Ein paar Tage, mehr nicht.« Frau Dr. No verbreiterte ihre Gesichtsgrimasse und blickte mich erwartungsvoll an.

Ach, so war das! Sie wollte sich die Kette nicht bloß mal schnell anschauen. Sie wollte sie mit nach Hause nehmen! Instinktiv schloss sich meine Hand um die beiden Halbkugeln.

Natürlich bemerkte Frau Dr. No meine Reaktion und knipste ihr Pseudolächeln aus.

»Claire, ich rate dir, vernünftig zu sein. Und dankbar, dass ich dir diese Chance zur Wiedergutmachung anbiete. Überleg dir, wie die Alternativen aussehen.« Sie streckte ihre flache Hand aus, damit ich die Kette hineinlegen konnte.

Ich zögerte noch immer. Alles in mir sträubte sich dagegen, ausgerechnet Frau Dr. No diese Anhänger zu überlassen, die mir so viel bedeuteten. Nicht nur, weil es Erbstücke waren. Sondern auch, weil sie für mich noch immer für Lulus und meine Freundschaft standen, ganz egal, was passiert war.

Zumal ich mir einfach nicht erklären konnte, was Frau Dr. No damit anfangen wollte. Ich nahm ihr das angebliche Interesse an Antiquitäten nämlich nicht ab. Und selbst wenn sie sich für alte Sachen interessierte, war mir nicht klar, warum sie ausgerechnet meine Kette haben wollte.

Waren die Anhänger womöglich sehr wertvoll? Alexa hatte so etwas ja schon angedeutet, als wir sie um Rat gefragt hatten. Plante Frau Dr. No, mein Erbstück für viel Geld zu verkaufen? Nein, das konnte ich mir auch nicht vorstellen, denn das wäre Diebstahl, und damit hätte ich ebenfalls einen guten Grund, zur Polizei zu gehen.

Aber was war es dann? Hatte Frau Dr. No womöglich irgendetwas über die besonderen Fähigkeiten des Anhängers herausgefunden? In diesem Moment erinnerte ich mich wieder daran, dass Frau Dr. No sich überhaupt nicht darüber gewundert hatte, dass in meiner Mathearbeit zwei Arbeitsblätter gelegen hatten. Wusste sie etwa, wie das möglich gewesen war? Aber selbst wenn. Was konnte sie damit anfangen? Allein konnte sie den Zeitumkehrer ja nicht benutzen!

Nein, das war alles total unlogisch. Und noch immer streckte Frau Dr. No mir fordernd ihre Hand entgegen. Ich schloss die Augen und atmete tief durch. Was hatte ich schon zu verlieren? Ihr die Kette zu überlassen, war allemal besser, als zur Rektorin oder zur Polizei geschleift zu werden. Definitiv das kleinere Übel. Also zog ich mir dir Kette über den Kopf und legte sie in Frau Dr. Nos Hand, die sich augenblicklich um die beiden Anhängerhälften schloss.

»Eine gute Entscheidung, Claire«, sagte Frau Dr. No zufrieden. »Ich gebe sie dir in ein paar Tagen zurück.«

Zu meiner eigenen Überraschung glaubte ich ihr sogar. Und trotzdem hatte ich dabei ein ganz mieses Gefühl.

23

Es heißt ja, dass man über jedes Problem erst einmal eine Nacht schlafen soll. Und dass viele Sorgen im Licht des neuen Morgens betrachtet kleiner aussehen. Auf *meine* Sorgen und Probleme traf das leider nicht zu. Sie sahen am nächsten Morgen noch immer wie der Mount Everest für mich aus. Was auch daran liegen mochte, dass ich es nicht geschafft hatte, darüber zu schlafen. Stattdessen hatte ich während der einen Hälfte der Nacht geheult und während der anderen Hälfte mit heißgeweinten Augen an die Decke gestarrt.

Ich zeigte so gut wie alle Symptome einer lebensbedrohlichen Krankheit, von Bauch- über Brust- bis hin zu Kopfschmerzen, Ab- und Niedergeschlagenheit sowie anhaltende Appetitlosigkeit. Fieber hatte ich aber leider noch immer nicht bekommen. Also ließ meine Stiefmutter meinen besorgniserregenden Gesundheitszustand nicht gelten.

»Schön, dass du langsam mal anfängst, auf deine Figur zu achten«, sagte Sylvia bloß, als ich das Müsli mit frischem Obst, das sie vor mich hingestellt hatte, unangetastet zur Seite schob.

Sophie sagte erstaunlicherweise nichts dazu. Aber das brauchte sie auch nicht. Ihre bloße Anwesenheit führte dazu, dass es mir noch ein bisschen schlechter ging, weil sie mich daran erinnerte, dass Lulu sich ausgerechnet meine Streberstiefschwester als neue beste Freundin ausgesucht hatte.

Der ganze Vormittag fühlte sich an, als würde ich versuchen, durch dickflüssige Erbsensuppe zu schwimmen. Ich saß allein an meinem Tisch im Klassenzimmer, den ich bis gestern noch mit Lulu geteilt hatte. Den Blick hielt ich stur auf die Tischplatte gesenkt, um meiner Ex-besten-Freundin nicht die ganze Zeit von hinten auf die dunklen Locken zu starren. Lulu war wieder schnurstracks, und ohne mich eines Blickes zu würdigen, zu ihrem neuen Platz neben ihrer neuen besten Freundin marschiert.

Nicht einmal die Tatsache, dass die Mathestunde ausfiel, weil Frau Dr. No zu einer wichtigen Vorbesprechung für den Mathematikkongress gefahren war, konnte meine Stimmung heben. Eher im Gegenteil. Ich hatte das Gefühl, dass ich meine Lehrerin besser im Auge behalten sollte, seit sie sich gestern meine Kette »ausgeliehen« hatte. Auch wenn ich noch immer keinen blassen Schimmer hatte, was sie damit vorhatte. Oder ob sie überhaupt etwas damit vorhatte …

Passend zu diesem Tag gab es zum Mittagessen in der Schulmensa Erbsensuppe. Ich weiß gar nicht, warum ich mir einen Teller holte. Vermutlich aus purer Gewohnheit. Oder weil es so gut zu meinem Erbsensuppentaggefühl passte. Hunger hatte ich jedenfalls keinen. Und der Eintopf, der aussah wie schon mal gegessen, regte meinen Appetit auch nicht unbedingt an. Also rührte ich bloß lustlos in der matschigen Brühe herum und schob mit dem Löffel das bleiche Würstchen darin hin und her.

Mit gesenktem Kopf beobachtete ich durch meinen Haarvorhang hindurch, wie sich Lulu und Sophie drei Tische entfernt prima zu unterhalten schienen. Sie aßen Salat, na klar, das passte auch viel besser zu ihnen als Erbsensuppe. Die Doppel-Ds saßen übrigens nicht dabei, sondern hatten sich zu Samuel und seiner Clique gesellt. Auch dort schien eine super Stimmung zu herrschen. Ich fragte mich mit einem Anflug von bitterer Schadenfreude, ob Samuel seine Barbienixe bereits gegen eine der beiden Doppel-Ds ausgetauscht hatte. Oder gegen beide. Aber im Grunde interessierte es mich überhaupt nicht. Ich fühlte mich so allein auf der Welt wie das arme Würstchen, das auf meinem Teller in der Suppe dümpelte.

»Ist hier noch frei?«

Ich zuckte zusammen. War ich gemeint?

Als ich aufschaute, sah ich direkt in Lucas' Gesicht.

»Darf ich mich setzen?«, fragte er, weil ich nicht reagierte, und deutete auf den freien Stuhl mir gegenüber. »Oder möchtest du die Gegenwart deiner Erbsensuppe lieber allein genießen?« Er lächelte mich mit diesem ganz speziellen Lächeln an, das nur er beherrschte.

Nach allem, was in den letzten zwei Tagen passiert war, hätte ich es nicht für möglich gehalten, dass ich jemals wieder etwas anderes als allein und unglücklich sein würde. Doch bei diesem Lächeln wurde mir sofort ein kleines bisschen warm im Bauch.

»Nein«, antwortete ich. »Ich meine: Ja. Natürlich kannst du dich setzen. Gerne.« Ich schob mein Tablett zur Seite, um Platz für Lucas und sein Mittagessen zu machen. Er hatte sich für Pommes entschieden. Das war in unserer Schulmensa immer eine sichere Wahl.

»Und wie geht's dir?«, fragte Lucas, nachdem er sich mir gegenüber hingesetzt hatte.

»Geht so.« Ich zuckte mit den Schultern.

»Stress mit meiner Schwester?«, hakte er verständnisvoll nach.

»Wie kommst du darauf?« Ich freute mich wirklich, dass Lucas sich zu mir gesetzt hatte, um sich mit mir zu unterhalten, aber mir wäre so ziemlich jedes andere Gesprächsthema lieber gewesen.

»Bloß weil ich dich seit dem Streit vor zwei Tagen nicht mehr bei uns zu Hause gesehen habe. Dabei hängt ihr doch normalerweise jeden Tag zusammen rum. Und dann sitzt du auch noch ganz allein hier. Da hab ich mich halt gefragt, ob alles okay ist.«

Er nahm fünf Pommes auf einmal, tunkte sie erst in Mayo, dann in Ketchup und steckte sie sich in den Mund. Während er kaute, schaute er mich abwartend an.

Ich fand es ziemlich süß, dass er sich offensichtlich Gedanken um mich gemacht hatte. Und ziemlich überraschend. Die Wärme in meinem Bauch breitete sich aus, und auf einmal hatte ich doch das Bedürfnis, Lucas zu erzählen, was zwischen Lulu und mir vorgefallen war.

Natürlich konnte ich ihm nicht die ganze Geschichte erzählen. Wie sollte ich Lucas erklären, dass wir einen Zeitsprung gemacht hatten, um Samuel und seine Barbienixe auf frischer Tat zu ertappen? Aber wenigstens konnte ich ihm davon erzählen, dass es eine Reihe von Missverständnissen und Streits zwischen Lulu und mir gegeben hatte. Und dass sie nun glaubte, ich wäre schuld daran, dass Samuel mit ihr Schluss gemacht hatte. Und dass sie mir die Freundschaft gekündigt hatte. Das war zwar nur die halbe Geschichte, trotzdem war es eine große Erleichterung, sie endlich jemandem anvertrauen zu können.

Lucas hörte mir aufmerksam zu, nickte oder schüttelte den Kopf an den richtigen Stellen und aß dabei gedankenverloren seine Pommes auf.

»Hab ich das richtig verstanden?«, fragte er schließlich, als ich fertig war. »Lulu und Samuel sind nicht mehr zusammen?«

Ich schüttelte den Kopf.

»Immerhin etwas.« Wieder lächelte er mich an.

»Stimmt«, bestätigte ich. »Immerhin.« Und zum ersten Mal seit zwei Tagen konnte ich auch wieder lächeln.

»Sag mal«, fragte ich. »Wieso hast du dich eigentlich so aufgeregt über Samuel und Lulu? Ich meine, warum ist es dir so wichtig?« Die Frage stellte ich mir eigentlich schon, seit es bei dem Bandwettbewerb fast zur Schlägerei zwischen Lucas und Samuel gekommen war.

»Lulu ist meine Schwester.« Lucas zuckte bloß mit den Schultern, als wäre das eine völlig logische und ausreichende Erklärung.

»Schon. Aber normalerweise hat man nicht den Eindruck, dass ihr euch besonders gut verstehen würdet. Eher im Gegenteil. Ihr zofft euch doch ständig.«

»Ja, schon.« Wieder zuckte Lucas mit den Schultern. »Aber ich denk halt, dass ich ein bisschen auf Lulu aufpassen muss. Vor allem, seit unser Vater abgehauen ist, der Versager.« Er schnaubte. »Ich fürchte nur, dass sie das nicht so spitze findet.«

Lucas war noch viel süßer, als ich bisher angenommen hatte.

»Ich glaube, Lulu hat ein Riesenglück, dich zum Bruder zu haben«, sagte ich.

Lucas warf mir ein schiefes Grinsen zu. »Eigentlich wollte ich dich aber ganz was anderes fragen«, wechselte er dann schnell das Thema. Er schob das Tablett mit dem leeren Teller zur Seite, nahm seinen Rucksack auf den Schoß und zog einen USB-Stick heraus, den er vor mich auf den Tisch legte.

»Was ist das?«, fragte ich, obwohl ich es bereits ahnte.

»Unser Lied.« Er grinste wieder und aus dem warmen Gefühl in meinem Bauch wurde ein Schmetterlingstanz. Hatte er gerade wirklich von *unserem* Lied gesprochen?

»Der Stick ist für dich.«

»Danke.« Ich steckte ihn in meinen Rucksack. Ich würde ihn hüten wie einen Schatz. Vielleicht würde ich mir das Lied sogar anhören.

»Und was wolltest du mich fragen?«, hakte ich nach.

»Ach so.« Lucas wand sich ein bisschen. »Ich hab den Song den Jungs von der Band vorgespielt. Er gefällt ihnen gut.«

»Echt?«

»Ja. Und ich wollte fragen, ob du Lust hast, mit uns zu proben? Morgen Nachmittag?«

»Echt?«, wiederholte ich. Die Schmetterlinge hatten angefangen, Saltos zu schlagen, was eher unangenehm war. Das ist kein Date, ermahnte ich mich. Lucas fragt mich bloß, ob ich mit ihm und seiner Band zusammen einen neuen Song einstudieren will.

»Ja, echt.« Lucas lachte. »Also, hast du Lust?« Er schaute mich erwartungsvoll an. Man hätte fast meinen können, dass es ihm wichtig war.

Ob er Sophie auch so angeschaut hatte? Immerhin hatte er für meine blöde Streberstiefschwester auch ein Lied geschrieben … Mist! Wo kam dieser störende Gedanke denn jetzt her? Leider war er durchaus berechtigt. Dass Lucas mich zur Bandprobe einlud, hatte also rein gar nichts zu bedeuten. Was absolut in Ordnung war. Aber eben auch nicht.

»Hallo, Lucas.« Als hätte sie meine Gedanken gelesen, tauchte plötzlich Sophie neben uns auf und strahlte Lucas breit an. Mich ignorierte sie natürlich.

»Hallo, Sophie«, begrüßte Lucas meine Streberstiefschwester freundlich.

»Ich wollte nur Bescheid sagen, dass ich morgen erst später zur Probe kommen kann«, erklärte Sophie und warf nun doch einen Blick in meine Richtung. Einen ziemlich triumphierenden Blick. »Ich muss zu dem großen Mathematikkolloquium in der Uni.«

Ich schluckte. Sophie war also auch zu der Probe eingeladen. Die Schmetterlinge in meinem Bauch verwandelten sich in hässliche Motten und ich ärgerte mich über mich selbst. Ich hätte es mir denken können. Was hatte ich denn bloß geglaubt? Lucas war einfach nur nett zu mir gewesen. Und ihm gefiel der Song. Mehr nicht.

»Sophie, hör mal«, antwortete Lucas. Die Situation schien ihm unangenehm zu sein. »Ich glaub, das mit der Probe morgen hast du falsch verstanden.«

Ich horchte auf.

»Inwiefern?« Sophie schaute Lucas streng an.

»Also, was ich meine, ist …«, druckste er herum, »dass du jetzt nicht regelmäßig zu unseren Proben kommen musst, oder so.«

»Das verstehe ich nicht.« Sophie zog die Augenbrauen hoch. Fast sah sie aus wie Frau Dr. No.

»Der Song, den wir zusammen gespielt haben«, erklärte Lucas, »das war mehr so ein Versuch. Wir wollten mal was Neues ausprobieren.«

»Das ist mir schon klar.« Sophies Brauen wanderten noch ein Stück in die Höhe. Wow, die Ähnlichkeit mit Frau Dr. No war wirklich erschreckend!

»Aber uns ist klar geworden, dass so was doch nicht so gut passt. Das sind nicht wir, verstehst du?«, fuhr Lucas fort und zog ein entschuldigendes Gesicht.

»Nein, das verstehe ich überhaupt nicht.« Sophie wirkte nicht, als würde sie die unausgesprochene Entschuldigung akzeptieren. Sie wirkte sogar ziemlich angefressen. »Ich dachte, das Lied gefiel allen so gut! Und deshalb sollte ich mit zu diesem albernen Bandwettbewerb. Habt ihr euch mal überlegt, ob ihr es ohne mich dort auf den zweiten Platz geschafft hättet? Ohne mein Talent seid ihr doch bloß irgendeine mittelklassige Schülerband.« Sie funkelte Lucas wütend an.

»Na ja, ehrlich gesagt denken die Jungs, dass wir es mit einem anderen Song vielleicht sogar auf den ersten Platz geschafft hätten.« Lucas fand es offensichtlich nicht witzig, dass Sophie die Band so schlecht machte. »Deshalb haben wir entschieden, künftig lieber mit einer richtig guten Sängerin zusammenzuarbeiten.« Er lächelte mich fast unmerklich an und mein Herz machte einen Hüpfer. Hatte Lucas gerade tatsächlich meine hochtalentierte Stiefschwester abserviert? Meinetwegen?

»Tja. Euer Pech.« Die Abservierte stieß genervt die Luft aus. Aber irgendwie wirkte sie auch enttäuscht. »Ich kann nur hoffen, dass diese neue Sängerin nicht gerade vor dir sitzt.« Sie nickte mit dem Kopf in meine Richtung. »Bei ihrem Gejaule unter der Dusche wird die Milch im Kühlschrank sauer.«

Sprachlos blickten Lucas und ich Sophie hinterher, während sie mit hocherhobenem Kopf aus der Cafeteria stolzierte. Meine Wangen glühten. Mir war nie klar gewesen, dass man meinen Gesang außerhalb unseres Badezimmers hören konnte. Hoffentlich gab Lucas nichts auf ihre Worte.

»Autsch«, sagte er.

»Hab ich auch gerade gedacht.«

»Sie kann ganz schön austeilen, oder?«

Ich nickte bloß. Willkommen in meiner Welt!

»Tut mir echt leid. Du musst ja jetzt den Eindruck haben, dass wir in unserer Band ein Mädchen nach dem anderen ausprobieren.« Wieder sah Lucas zerknirscht aus. Dann riss er erschrocken die Augen auf, als ihm bewusst wurde, was er gerade gesagt hatte. »Ich meine, also …«, stotterte er. Meine Güte, er war wirklich süß!

»Nein, schon in Ordnung.« Mir war von Anfang an klar gewesen, dass es nichts zu bedeuten hatte, wenn er mich zur Bandprobe einlud. Wenn den Jungs von *Echtzeit* nicht gefiel, wie ich sang, würde es mir vermutlich genauso ergehen wie Sophie.

»Das mit dir ist was anderes.« Lucas sah mich eindringlich an. »Das wird funktionieren.«

Die Motten in meinem Magen waren sich nicht sicher, ob sie sich wieder in Schmetterlinge verwandeln durften. Auf jeden Fall machten sie einen ziemlichen Aufstand. Stopp, Claire, pfiff ich mich selbst zurück. Er redet nur über die Bandprobe! Nicht über irgendetwas, was möglicherweise zwischen ihm und mir ganz vielleicht, aber vermutlich niemals passieren würde.

»Also, kommst du morgen?«, fragte Lucas erneut. »Bitte?«

Er. War. Wirklich. Süß.

»Tja, ich weiß nicht …«, tat ich unentschlossen, dabei hätte ich am liebsten laut Ja geschrien.

»Nun, dann werde ich dich wohl daran erinnern müssen, dass ich ein Druckmittel habe.«

»Was meinst du?«, fragte ich irritiert.

»Du hast etwas, was eigentlich mir gehört«, erklärte Lucas.

»Was meinst du?«, wiederholte ich, spürte aber bereits, wie mir die verräterische Röte in die Wangen stieg.

»Du hast immer noch meinen Lieblingshoodie. Schon vergessen?« Er grinste mich frech an. Und ich sah wahrscheinlich aus wie eine Tomate.

Mist! Er erinnerte sich also noch daran, dass er ihn mir damals geliehen hatte. Vor einem Jahr. Was musste er bloß von mir denken? Und an die ganze Toilettenszene konnte er sich vermutlich auch noch in allen Einzelheiten erinnern. Wie peinlich!

»Sorry, das tut mir echt leid«, stammelte ich. »Ich hab irgendwie vergessen, ihn dir mitzubringen.«

Eine ziemlich lahme Ausrede, schon klar. Vermutlich konnte Lucas sich denken, warum er den Pulli nie zurückbekommen hatte. Oberpeinlich!

»Das kannst du dann ja morgen bei der Probe nachholen.« Ich fragte mich, warum er den Pulli nicht früher zurückgefordert hatte. Leider lieferte er dafür keine Erklärung, sondern schaute mir bloß in die Augen, bis die Schmetterlingsmotten in meinem Magen den Ententanz tanzten, ich ansonsten aber das Gefühl hatte, mich nie wieder in meinem Leben bewegen zu können.

Erst als der Schulgong ertönte, wurde ich abrupt aus diesem Zustand gerissen.

»Sorry, ich muss mich beeilen, hab jetzt Sport.« Lucas schnappte sich seinen Rucksack und das Tablett. »Also, dann bis morgen? Um vier im Probenraum?«, fragte er und lächelte mir noch mal zu.

Ich nickte mit einiger Verzögerung, aber da war er schon losgelaufen. Ich hoffte bloß, dass ich es pünktlich zur Probe schaffen würde. Denn vorher musste ich ja ebenso wie Sophie zu dem Kongress an die Uni, allerdings nur, um Garderobendame zu spielen.

Mit einem gewissen zeitlichen Abstand stand ich ebenfalls auf und wäre dabei beinah über meine eigenen Füße gestolpert. Um meine Koordinationsfähigkeit war es offenbar noch nicht so gut bestellt. Du meine Güte! Wenn das mit mir passierte, bloß weil Lucas mich nett anlächelte, was wäre dann erst los, wenn er mich … Nein! Ich untersagte mir den Gedanken. Das würde ohnehin niemals geschehen.

Entschieden griff ich nach meinem Tablett, um den unberührten Teller Erbsensuppe zur Geschirrrückgabe zu tragen.

Ich musste aufhören, über Lucas nachzudenken. Sofort. Sonst würde ich noch anfangen, mir irgendwelche verrückten Hoffnungen zu machen. Er mochte, wie ich sang. Punkt. Nicht weniger, aber auch nicht mehr. Und damit Schluss.

Was für ein Tag! Ich wusste gar nicht mehr, wie ich mich fühlen sollte. Ich war immer noch schrecklich traurig, wenn ich an Lulu dachte. Aber auch schrecklich aufgeregt, wenn ich an das dachte, was gerade passiert war. Und an morgen. Wenn ich an Lucas dachte. Ach nein, das hatte ich mir ja verboten. Funktionierte nur leider nicht. Ich konnte es nicht leugnen: Ich war noch verliebter in ihn, als ich es jemals gewesen war.

Ich hatte mich getäuscht – das war kein Erbsensuppentag, das war ein Tag wie Chili con Carne, von allem ein bisschen und viel zu scharf gewürzt!

*

Kurzerhand beschloss ich, den Nachmittagsunterricht zu schwänzen, da ich mich ohnehin auf nichts mehr konzentrieren konnte. Zu Hause angekommen, warf ich meinen Schulrucksack auf den Boden und ließ ich mich aufs Bett fallen. Ich fühlte mich bis in die Knochen erschöpft und gleichzeitig wie unter Strom. Die Gedanken in meinem Kopf standen einfach nicht still.

Je mehr ich mich anstrengte, um nicht an Lucas zu denken, desto mehr musste ich an Frau Dr. No denken – was nun wirklich kein guter Tausch war. Doch die Frage, warum sie unbedingt meine Kette haben wollte, ließ sich, nachdem sie sich wieder in Erinnerung gebracht hatte, nun nicht mehr verdrängen und quälte mich von Minute zu Minute mehr.

Normalerweise wäre klar gewesen, was ich in so einem Fall getan hätte. Selbstverständlich hätte ich mit Lulu über all das geredet. Aber das ging natürlich nicht. Wir waren keine Freundinnen mehr. Und ansonsten gab es auch niemanden, mit dem ich hätte reden können. Schon deshalb, weil niemand die Wahrheit über den Anhänger kannte.

Ich seufzte leise. Was hätte ich darum gegeben, wenn ich mit meinen Fragen wenigstens zu meiner Großmutter hätte gehen können. Sie kannte die ganze Geschichte des Anhängers. Vielleicht hätte sie mir ein paar Antworten geben können. Allerdings hätte ich ihr dann auch erklären müssen, weshalb ich das Erbstück Frau Dr. No überlassen hatte. Mein schlechtes Gewissen meldete sich. Davon wäre meine Großmutter sicher nicht begeistert gewesen.

Ich schaute mich nach irgendetwas um, mit dem ich mich von

meinen quälenden Gedanken ablenken konnte. Da blieb mein Blick an einem Buch hängen, das auf meinem Schreibtisch unter einem Stapel Papier lag. Ein Buch mit antik wirkendem Ledereinband. Was hatte meine Großmutter gesagt? *Wenn du mehr erfahren willst, lies Amalias Tagebuch.* Ich war gar nicht völlig allein! Ich hatte zumindest das Tagebuch, das meine Omili mir hinterlassen hatte. Und ich hatte es bisher nur etwa bis zur Hälfte entschlüsselt. Womöglich würde ich im zweiten Teil Antworten auf meine Fragen finden. Wenigstens auf einige davon.

Also schnappte ich mir das Buch und schlug es an derselben Stelle auf, an der ich beim letzten Mal aufgehört hatte zu lesen. Ich stöhnte leise, als ich nun wieder die geschwungenen und gezackten Schriftzeichen sah. Es hatte seinen Grund gehabt, warum ich mich nicht noch einmal mit dem Tagebuch beschäftigt hatte.

Aber gut. Wenn ich Antworten wollte, würde ich wohl kaum um ein bisschen Arbeit herumkommen. Und etwas Besseres hatte ich heute ohnehin nicht mehr vor. Also schnappte ich mir mein Smartphone und öffnete das Alphabet in Kurrentschrift, das ich schon beim ersten Mal benutzt hatte, um Amalias Aufzeichnungen zu entschlüsseln. Dann legte ich los.

Genau wie beim letzten Mal dauerte es nicht lange, bis mich die Geschichte von Amalia, Eugenia und der Kette wieder in ihren Bann gezogen hatte. Sie war romanreif. Und so traurig, dass mir zwischendurch sogar die Tränen kamen.

Nach dem Tod ihres Vaters hatten Amalia und Eugenia sich nicht wieder versöhnt. Im Gegenteil. Sie stritten immer heftiger um die Liebe dieses Mannes, sein Name war Carl Jacobus. Nur stand ihnen für ihre Intrigen der Zeitumkehrer nicht mehr zur Verfügung. Dieser Carl Jacobus ließ die beiden Schwestern jedenfalls noch eine ganz Weile zappeln, bis er sich schließlich entschloss, Amalia zu heiraten.

Anfangs war sie natürlich überglücklich, aber das hielt nicht lange an. Denn wie sich herausstellte, hatte Carl sich bloß für sie entschieden, weil sie die ältere der beiden Schwestern und damit die Erbin ihres Vaters war. Praktisch, wenn man bedenkt, dass Carl dessen größter Konkurrent gewesen war. Schon allein die Utensilien des Uhrmachers, die Amalia mit in die Ehe brachte, waren eine Menge wert. Aber vor allem gehörte auch der Zeitumkehrer zu ihrem Erbe. Und auf dieses Gerät hatte Carl es abgesehen.

Keine Ahnung, wie er davon erfahren hatte. Vielleicht hatte eine der Schwestern ihm ja sogar davon erzählt, um ihn zu beeindrucken, Amalia schrieb darüber nichts in ihrem Tagebuch. Carl war jedenfalls nahezu besessen von der Idee, den Zeitumkehrer für sich zu nutzen, um damit zu Reichtum zu gelangen. Vermutlich nicht unbedingt auf legalem Wege. Er verbrachte Stunden um Stunden in seiner Werkstatt, um irgendwelche Experimente mit dem Anhänger durchzuführen. Seiner Frau schenkte er gerade genug Aufmerksamkeit, dass sie eine Tochter zur Welt brachte. Amalia schrieb mit der Zeit immer seltener in ihr Tagebuch. Und sie klang immer unglücklicher. Den letzten Eintrag machte sie am fünfzehnten Geburtstag ihrer Tochter. Zu diesem Zeitpunkt hatte Carl seine Experimente aufgegeben und Amalia konnte den Anhänger an ihre Tochter weitergeben.

»*Wie vermisse ich meine liebe Schwester an diesem Tag von ganzem Herzen*«, schrieb sie. »*Wie bereue ich, was ich getan habe und zu welchem Ende es führte.*« Kein Wort hatten Eugenia und Amalia mehr miteinander gesprochen.

Der Tagebucheintrag endete mit den Worten, dass sie nun jeden Tag daran dachte, wie es wäre, ihrem traurigen Dasein ein Ende zu setzen.

Eine Gänsehaut breitete sich auf meinen Armen aus, als ich das las. War es das, was schließlich mit Amalia passiert war? Hatte sie sich tatsächlich selbst das Leben genommen? Schnell blätterte ich weiter. Aber die letzten Seiten des Tagebuchs blieben leer.

Ah! Wie ich Bücher mit offenem Ende hasste! Was war aus Amalia geworden? Und was aus Eugenia? Hatten die beiden sich je wiedergesehen? Und sich ausgesöhnt? Oder war es dazu nicht mehr gekommen?

Na toll. Ich hatte mir von dem Tagebuch ein paar Antworten erhofft. Stattdessen blieb ich nach mehreren Stunden, in denen ich es mühsam entziffert hatte, mit noch viel mehr Fragen zurück als zuvor.

Bei einer Sache war ich mir jedoch ziemlich sicher: Diesem Carl Jacobus war es offensichtlich nicht gelungen, den Zeitumkehrer wieder zu aktivieren. Denn sonst hätte ich von meiner Großmutter nicht eine solide Kugel, sondern zwei funktionierende Hälften geerbt. Was aber hatte Frau Dr. No mit meinem Anhänger vor? Dass sie ihn sich nur ansehen wollte, kaufte ich ihr nicht ab. Ob sie durch ihre Vorliebe für ausgefallene Antiquitäten wusste, was es mit dem Anhänger auf sich hatte? Hatte sie eine Möglichkeit gefunden, wie sie den Zeitumkehrer auch allein benutzen könnte? Und wenn ja, wie? Und wozu?

Ich schüttelte den Kopf, um meine wirren Gedanken zu ordnen. Natürlich ohne Erfolg. Eine Frage beantwortet, drei neue dazugekommen … Wenn das so weiterging, würde ich vermutlich als erster Mensch in die Geschichte eingehen, dem vor lauter unbeantworteten Fragen der Kopf geplatzt war.

In diesem Moment klingelte es an der Haustür. Was ich ignorierte. Für mich war der Besuch bestimmt nicht.

»Claire!«, rief meine Stiefmutter ungeduldig durchs Haus. »Du hast Besuch.«

Erstaunt lief ich nach unten. Und war noch erstaunter, als ich meine Besucherin erkannte.

»Hallo, Claire«, sagte Alexa. »Hast du einen Moment Zeit für mich? Dein besonderer Anhänger hat mich nicht losgelassen. Deshalb habe ich ein paar Nachforschungen angestellt und bin auf etwas Interessantes gestoßen.«

22

»Wo fährst du denn lang?« Überrascht lehnte ich mich zwischen den Autositzen nach vorn, als mir auffiel, dass Sylvia gerade in die Straße eingebogen war, in der Lulu und ihre Familie wohnten.

Eigentlich waren wir auf dem Weg zur Universität, damit Sophie dort ihr mathematisches Superhirn unter Beweis stellen konnte, während ich Jacken und Regenschirme annehmen und austeilen durfte. Der Campus der Uni lag allerdings genau in der entgegengesetzten Richtung. Mir war nur deshalb nicht früher aufgefallen, dass Sylvia schon dreimal falsch abgebogen sein musste, weil ich viel zu sehr mit meinen eigenen Gedanken beschäftigt gewesen war. Mit dem, was ich in Amalias Tagebuch gelesen hatte. Und mit dem, was Alexa mir erzählt hatte. Auf die meisten meiner Fragen hatte ich noch immer keine Antwort. Doch aus dem Nebel heraus schien sich ein Bild zu entwickeln. Noch sehr schwammig und mit vielen blinden Flecken. Aber immerhin.

»Ich dachte, wir müssen Luisa abholen«, erklärte meine Stiefmutter gereizt und setzte den Blinker, um am rechten Straßenrand in eine schmale Parklücke zu ziehen. »Das war doch so vereinbart, oder?«

Richtig. Jetzt, wo sie es sagte, fiel es mir natürlich auch wieder ein. Ich hatte Lulu versprochen, dass wir sie mit zur Uni nehmen würden, damit sie nicht mühsam mit dem Bus dorthin kurven musste. Allerdings war das natürlich vor unserem Streit gewesen.

Sprich in einem völlig anderen Zeitalter. Und seither hatten wir nicht mehr darüber geredet. Aber womöglich hatte Sophie etwas mit Lulu vereinbart.

Ich wartete darauf, dass meine Stiefschwester aus dem Auto stieg, um ihre neue beste Freundin abzuholen, doch sie blieb stumm auf dem Beifahrersitz sitzen. Überhaupt kam Sophie mir heute ungewöhnlich schweigsam vor. Wenn ich es mir genau überlegte, hatte sie seit dem Aufstehen noch kein einziges Wort gesagt.

»Worauf wartest du?« Sylvia wandte sich zu mir um und schaute mich ungeduldig an. »Wird das heute noch was? Ich möchte auf keinen Fall zu spät zu Sophies Prüfung kommen.« Die erst in einer Stunde stattfand!

»Schon gut.« Wenig begeistert öffnete ich die Autotür. Ich war mir absolut nicht sicher, ob Lulu überhaupt noch damit rechnete, dass wir sie abholten. Aber es kam mir unfair vor, es nicht zu tun, falls sie sich darauf verließ. Immerhin wusste ich inzwischen, dass bei Lulus Familie das Geld gerade mehr als knapp war, Lulu würde den Garderobenlohn gut gebrauchen können. Außerdem hätte ich Sylvia erklären müssen, warum ich mich weigerte, Lulu abzuholen. Schnell zu klingeln, erschien mir da das kleinere Übel.

Mit gegen den Nieselregen hochgezogenen Schultern lief ich zur Haustür des fünfstöckigen Mietshauses. Auf dem Weg überlegte ich fieberhaft, was ich sagen sollte, wenn Lulu mir öffnete. Ich hatte Angst, dass sie mich wieder mit diesem wütenden Funkeln anschauen würde oder, schlimmer noch, mit demselben abschätzigen Ausdruck wie nach der Poolszene. Doch dann fiel mir ein, dass womöglich Lucas ja auch öffnen würde, und mein Herz fing an, wie verrückt zu hämmern. Aber als ich schließlich klingelte, ertönte Marisas Stimme aus der Gegensprechanlage.

»Ja, bitte?«

»Hallo, hier ist Claire, ich wollte fragen …«, hob ich an, da drückte Lulus Mutter bereits den Türöffner. Mir blieb nichts anderes übrig, als nach oben zur Wohnung zu laufen.

»Hallo, mein Schätsschen«, begrüßte Marisa mich fröhlich, als ich an der Wohnungstür ankam. Sie schien allerbester Laune zu sein, gab mir Küsschen auf beide Wangen und strahlte mich breit an. »Dich hab ich viel ssu lange nicht gesehen. Wo hast du versteckt?«

Ich fragte mich überrascht, ob Lulu ihr nichts von unserem Streit erzählt hatte. Doch Marisa schien gar keine Antwort zu erwarten.

»Lulu ist in ihre Zimmer.« Sie wedelte mit der Hand den Flur entlang. »Und ich hab ssu tun.« Nun wedelte sie mit der Hand Richtung Küche, wo ich einen Stapel Papiere, mehrere aufgeschlagene Kochbücher, jede Menge Backzutaten und drei verschiedene Schüsseln auf dem Küchentisch entdeckte.

»Ui, das sieht ja nach viel Arbeit aus«, wunderte ich mich. »Was hast du denn vor?«

»Ist noch eine große Geheimnis.« Marisa lächelte verschwörerisch. »Eine großartige Geheimnis.«

»Aha.« Jetzt wollte ich erst recht gerne wissen, was Marisa plante. Wenn man die Menge der Zutaten betrachtete, sah es nach einer riesigen Tortenschlacht aus. Doch Lulus Mutter verschwand ohne eine weitere Erklärung in der Küche. Mir blieb nichts anderes übrig, als an Lulus Zimmertür zu klopfen.

»Was ist?« Lulus Stimme hinter der geschlossenen Tür klang nicht gerade, als wollte sie gestört werden. Und von mir vermutlich schon mal gar nicht. Trotzdem drückte ich zögerlich die Klinke und schob die Tür einen Spalt weit auf. Lulu lag bäuchlings auf dem Bett, das Gesicht zur Wand gedreht.

»Hau ab«, motzte sie. »Du nervst.«

»Ähm«, machte ich, unsicher, ob sie tatsächlich mich meinte.

»Claire?« Überrascht fuhr Lulu herum. »Ich dachte, du wärst mein blöder Bruder.« Für einen Sekundenbruchteil schaute Lulu mich wieder ganz normal an, so wie vor dem großen Streit, so als wären wir noch Freundinnen. Dann legte sich wieder der abwehrende Ausdruck auf ihr Gesicht.

»Was willst du?«, fragte sie.

»Ich … also … ich meine, wir fahren jetzt zur Uni. Zu dem Mathematikertreffen, du erinnerst dich?« Oh, Mann. »Also, jedenfalls wollte ich fragen, ob du mitfahren willst.«

»Was? Ach so, nee.« Lulu schüttelte den Kopf, als wundere sie sich, wie ich auf diese Idee gekommen war. »Ich geh da nicht hin. Bin beschäftigt.« Sie rollte sich wieder auf den Bauch und sah alles andere als beschäftigt aus.

»Okay.« Einen Moment lang wartete ich noch unschlüssig, aber Lulu sagte nichts mehr. Also schloss ich die Tür vorsichtig und wollte gehen. Da wurde die Tür gegenüber aufgerissen und Lucas stand vor mir.

»Claire, hi, ich dachte mir doch, dass ich deine Stimme gehört habe.« Er lächelte mich warm an. Mit seinen dunklen Jeans, dem Band-Shirt irgendeiner mir unbekannten Band und mit seinen ewig verwuschelten Haaren sah er heute wieder besonders umwerfend aus.

»Oh, hi«, brachte ich mühsam heraus. Das war definitiv wieder zu viel emotionales Auf und Ab für meinen Geschmack.

»Und, freust du dich auf die Probe?«, fragte Lucas. Er zumindest sah aus, als würde er sich darauf freuen.

»Äh, ja, klar.« Ich war mir keineswegs sicher. Vor Lucas' Wand zu singen, war eine Sache gewesen. Zusammen mit den vier Jungs von *Echtzeit* zu proben, war eine ganz andere Nummer. Zumal ich mir nicht die Blöße geben wollte, mich mit dem Gesicht zur Wand im Probenraum hinzustellen.

»Ich weiß nur noch nicht, ob ich es pünktlich schaffe. Wegen dieses Kongresses, da muss ich auch hin, also, nicht zu einer Prüfung, ich arbeite bloß an der Garderobe. Das war Lulus Idee, aber jetzt kommt sie doch nicht mit.« Ich verhaspelte mich beinah bei der langen Erklärung. Oh, Claire!

»Kein Problem.« Lucas winkte ab und lächelte mich an. »Ruf mich einfach an, wenn es später wird. Hast du meine Nummer?«

Ich schüttelte den Kopf.

»Dann gib mir mal dein Handy.«

Ich zog es aus der Jeanstasche und reichte es ihm, woraufhin er schnell etwas eintippte.

»Ich klingle eben bei mir durch, dann hab ich auch deine Nummer, okay?«

»Okay.«

Schließlich gab er mir das Telefon mit einem noch etwas breiteren Lächeln zurück.

»Also, bis später, ich freu mich.«

»Ja.« Ich steckte das Handy zurück in die Tasche. »Ich mich auch.« Und dieses Mal meinte ich es so. Wenn es irgendetwas an diesem Tag gab, worauf ich mich freute, dann war es, Lucas nachher wiederzusehen.

»Tschüss.« Ich brachte ebenfalls ein Lächeln zustande und wandte mich zur Wohnungstür.

»Tschüss, Claire«, rief Lucas, dann fiel die Tür hinter mir ins Schloss.

*

Im großen Hauptgebäude der Uni wimmelte es nur so von Menschen. Faszinierend, wie viele Leute sich für Mathematik interessierten!

Am Infoschalter im Eingangsbereich erklärte mir eine hübsche junge Frau, die wie eine Flugbegleiterin gekleidet war, wo ich eingeteilt worden war. Sophie und Sylvia mussten exakt in die andere Richtung, um zu den Räumen zu gelangen, in denen die Finalrunde des Mathematikwettbewerbs stattfand. Ich hob flüchtig die Hand zum Abschied und machte mich auf den Weg.

»Wo sind denn die Toiletten?«, hörte ich Sophie die Flugbegleiterin fragen, während ich wegging. Sie hatte das Sprechen also noch nicht verlernt. Für ihre Prüfung war das sicher nützlich.

Erst als ich bereits die Treppen ins Untergeschoss hinunterlief, fiel mir auf, dass ich es versäumt hatte, meiner Stiefschwester viel Glück zu wünschen. Egal, vermutlich brauchte sie keine guten Wünsche, um zu gewinnen. Besonders nicht meine.

Auch an der Garderobe war mehr los, als ich erwartet hatte. Der Grund war wahrscheinlich das Regenwetter. Die beiden anderen Garderobieren waren Studentinnen, die sich als Lena und Isa vorstellten. Sie trugen schicke Kombinationen aus Rock und Blazer, sodass ich mir neben ihnen in meinen schwarzen Jeans und der weißen Bluse, die ich normalerweise nie trug, total underdressed vorkam.

Doch sie begrüßten mich freundlich und wirkten regelrecht erleichtert, als ich zu ihnen stieß, denn vor der Theke hatte sich bereits eine Schlange von Leuten gebildet, die alle ihre feuchten Jacken und tropfenden Schirme loswerden wollten. Es dauerte nicht sehr lange, bis die Ärmel meiner Bluse vom Aufhängen der nassen Sachen ebenfalls durchweicht waren. »Ein super Job, danke, Lulu«, grummelte ich vor mich hin.

»Hey, was machst du denn hier?« Tarek wirkte ziemlich überrascht, als wir uns plötzlich gegenüberstanden. Mein Nachhilfelehrer legte zwei Sommermäntel und eine Jeansjacke vor mir auf die Theke, dann stellte er noch eine verbeulte Aktentasche aus dunkelrotem Leder daneben. »Ich kann kaum glauben, dass du dich freiwillig in ein Gebäude mit lauter Mathematikern begibst«, spielte er auf meine Mathephobie an und lachte.

»Ich arbeite hier, sieht man doch«, gab ich zurück. »Die einzigen Zahlen, mit denen ich heute zu tun habe, sind die auf den Garderobenmarken.« Demonstrativ legte ich den Zettel mit seiner Abholnummer vor ihn hin. »Und du? Bist du auch in der Endrunde dieses Mathewettbewerbs gelandet?«

»Nee.« Tarek lachte schon wieder und schien sich überhaupt nicht daran zu stören, dass die Leute hinter ihm in der Schlange ungeduldig murrten. »Bei so was hab ich noch nie mitgemacht. Das ist nicht so mein Ding.« Ich fand ihn wirklich immer netter. »Ich bin mit meinem Vater hier«, erklärte er. »Er hält heute Nachmittag seinen Vortrag, erinnerst du dich? Ich hab dir davon erzählt. Vielleicht hast du ja auch Lust zu kommen.«

Ich verdrehte bloß die Augen. Als ob ich irgendetwas von dem verstehen würde, was Professor Giesinger über das Hockey-Higgs-Dings erzählte.

»Dann komm vorher ins Foyer vor dem Audimax«, schlug Tarek vor. »Da gibt es Kaffee und Kuchen für die geladenen Gäste, eine ziemlich trockene Angelegenheit. Ich würde mich freuen, wenn wir uns ein bisschen unterhalten könnten.«

»Ich weiß nicht, ich gehöre ja nicht gerade zu den geladenen Gästen«, wehrte ich ab, aber Tarek ließ den Einwand nicht gelten.

»Sag, du bist mit mir da«, erklärte er und machte endlich den mittlerweile laut murrenden Wartenden hinter ihm Platz. »Und bring deine Freundin mit.«

»Lulu ist heute gar nicht da«, rief ich ihm hinterher, doch da sprang er schon die Treppe hoch, immer zwei Stufen auf einmal.

Eine Zeit lang widmete ich mich konzentriert den Jacken und Schirmen, die mir angereicht wurden, doch dann wurde ich erneut unterbrochen. Und zwar ausgerechnet von meiner Stiefmutter, die sich unsanft an den Wartenden vorbeidrängte, bis sie direkt vor mir an der Theke stand.

»Hast du Sophie irgendwo gesehen?«, fragte sie atemlos.

»Sophie? Wieso?«, wunderte ich mich. »Die war doch bei dir.«

»Da ist sie aber nicht mehr.« Sylvia betonte jedes Wort, als wäre ich schwer von Begriff.

»Hast du schon da nachgeschaut, wo die Prüfung stattfindet?«, fragte ich trotzdem hilfsbereit.

»Natürlich.« Sylvia funkelte mich wütend an. Was konnte ich denn dafür, dass sie ihre hochbegabte Tochter aus den Augen verloren hatte?

»Dann ist sie vielleicht auf der Toilette«, schlug ich vor, als ich mich daran erinnerte, dass Sophie sich bei der Flugbegleiterin nach dem Weg erkundigt hatte, auch wenn das mittlerweile schon eine ganze Weile her war.

»Glaubst du, da hätte ich nicht längst nach ihr gesucht?« Das wütende Funkeln in Sylvias Augen wich einem Ausdruck von Panik. »Ich kann sie einfach nirgendwo finden. Und ihre Prüfung beginnt gleich!«

»Und was soll ich jetzt tun?« Ich zuckte unbehaglich mit den Schultern.

»Hilf mir, sie zu suchen«, sagte Sylvia. »Bitte«, fügte sie nach kurzem Zögern hinzu.

Ich seufzte. Normalerweise bat meine Stiefmutter mich nicht um Dinge, sie ordnete sie einfach an. Es musste ihr eine Menge daran liegen, dass ich half, Sophie zu finden.

»Geh ruhig.« Isa, die direkt neben mir arbeitete, hatte das Gespräch zwischen Sylvia und mir offensichtlich mit angehört. Kein Wunder, so lautstark, wie Sylvia sich aufregte. »Ist ja nicht mehr so viel los.«

Ich warf einen Blick an meiner Stiefmutter vorbei und stellte fest, dass Isa recht hatte. Die Schlange war inzwischen schon viel kürzer geworden und nur noch vereinzelte Nachzügler kamen die Treppe hinuntergelaufen.

»Okay«, gab ich mich geschlagen. »Ich kann ja mal schauen, ob ich sie irgendwo entdecke.«

»Gut, ruf mich auf dem Handy an, wenn du sie findest.« Sylvia machte auf dem Absatz kehrt und stürmte die Treppe wieder nach oben. Mir kam der Gedanke, dass man versuchen könnte, Sophie auf ihrem Handy zu erreichen. Doch wahrscheinlich hatte meine Stiefmutter das ebenfalls schon probiert.

Trotzdem zog ich mein Handy aus der Jeanstasche, während ich die Treppe nach oben lief, und wählte Sophies Nummer.

»Zurzeit ist niemand erreichbar.« War ja klar.

Ziellos durchquerte ich die große Eingangshalle, die sich merklich geleert hatte. Die meisten Besucher lauschten vermutlich gerade den Eröffnungsreden. Ohne irgendeinen Plan lief ich durch verschiedene Gänge, stieß dort aber nirgends auf Sophie. Da kam mir jemand entgegen.

»Tarek«, rief ich verwundert, als ich die Person erkannte.

»Du schon wieder.« Er blieb direkt vor mir stehen, schien aber in Eile zu sein. »Alles in Ordnung?«, erkundigte er sich trotzdem, als er mein ratloses Gesicht bemerkte.

»Ich suche meine Stiefschwester«, erklärte ich. »Sie scheint vom Erdboden verschluckt zu sein. Du hast sie nicht zufällig irgendwo gesehen?«, fragte ich ohne viel Hoffnung. Ich war mir nicht einmal sicher, ob Tarek Sophie überhaupt kannte.

»Nicht, wenn sie nicht das Mädchen ist, das sich gerade im Atrium in einen Blumenkübel übergeben hat«, erwiderte er.

»Vermutlich nicht«, antwortete ich. Das klang nicht unbedingt nach der stets kontrollierten Sophie. »Wie sieht sie denn aus?«

»Ziemlich grün im Gesicht«, erklärte Tarek. »Ansonsten, ähm, blonde Haare, helle Bluse, dunkler Rock. Keine Ahnung, hab nicht auf ihre Kleidung geachtet. Ich hab sie bloß an die frische Luft gebracht, weil sie im Foyer herumstand und total blass wirkte. Und kaum waren wir draußen, hat sie auch schon in diesen Kübel gekotzt.«

»Bringst du mich zu ihr?«, bat ich. Denn das war zumindest eine grobe Beschreibung dessen, was meine Stiefschwester trug.

»Eigentlich wollte ich gerade einen Sanitäter suchen gehen«, erwiderte Tarek unschlüssig. »Ist aber gleich da vorn.« Er wies auf die Tür am Ende des Ganges.

»Okay, danke.« Ich folgte dem Gang, während Tarek in die Richtung weiterlief, aus der ich gekommen war.

23

Als ich durch die Tür ins Freie trat, entdeckte ich Sophie sofort. Sie hockte wie ein Häufchen Elend auf einer der Bänke, die rings um den kleinen Innenhof aufgestellt waren. Dem großen Blumenkübel in der Mitte des Hofes schenkte ich lieber keine allzu große Aufmerksamkeit, sondern näherte mich stattdessen vorsichtig meiner Stiefschwester. Doch erst als ich direkt vor ihr stand, schien sie mich zu bemerken.

»Was willst du denn hier?«, fragte sie. Wider Erwarten klang sie weder angriffslustig noch ablehnend, eher schwach und unsicher.

»Deine Mutter sucht dich«, erklärte ich. »Deine Prüfung geht gleich los.«

»Ich weiß.« Sophie seufzte. »Mir war nicht so gut.«

»Was hast du denn?«, erkundigte ich mich. »Hast du was Falsches gegessen, oder so? Willst du nach Hause?«

»Nee, geht schon wieder.« Sie schüttelte den Kopf, machte aber keine Anstalten aufzustehen.

»Soll ich Sylvia holen?«, fragte ich.

»Bitte nicht«, brachte meine Stiefschwester ziemlich schwach hervor und seufzte erneut. Sie konnte einem beinahe leidtun, so elend sah sie aus.

»Mensch, Sophie, was ist denn mit dir los?«, hakte ich nach. »Ich dachte, es wäre dir so wichtig, bei diesem Wettbewerb zu gewinnen.«

Kaum hatte ich es ausgesprochen, fing Sophie an zu weinen. Ach, was sag ich. Sie *weinte* nicht einfach, sie heulte! Schluchzte laut und haltlos, während ihr die Tränen in wahren Sturzbächen über die Wangen liefen und der Rotz aus der Nase. Und sie hörte gar nicht mehr auf.

Es war erschreckend. So hatte ich meine perfekte Stiefschwester noch nie gesehen! Man hätte ein Herz aus Stein haben müssen, um in diesem Moment kein Mitleid für sie zu empfinden.

Erst zögerte ich, doch dann setzte ich mich neben Sophie auf die Bank und fing an, ihr über den Rücken zu streichen. Ich erwartete, dass sie meine Hand abschütteln würde, aber sie schien sie gar nicht zu bemerken.

»Schsch«, machte ich immer wieder und hoffte, dass Sophie sich beruhigen würde. »Schsch … Was hast du denn?«

Ich fühlte mich hilflos. Ich überlegte, ob ich meine Stiefmutter anrufen sollte, was ich versprochen hatte zu tun, sobald ich Sophie gefunden hätte. Doch das erschien mir falsch.

Sophie hatte mich gebeten, ihre Mutter nicht zu holen. Ich begriff nicht, warum. Aber es schien ihr ernst zu sein. Warum sonst wäre sie vor ihr davongelaufen?

Es dauerte eine gefühlte Ewigkeit, bis Sophies Schluchzer langsam verebbten und sich stattdessen ein Schluckauf einstellte. Sophie hickste und zog die Nase hoch und hickste wieder. Das war definitiv die am wenigsten perfekte Sophie, die ich jemals erlebt hatte. Hätte sie nicht so verzweifelt gewirkt, hätte ich das alles extrem lustig gefunden. Aber zu meiner eigenen Überraschung spürte ich keinerlei Schadenfreude. Sophie war so mitleiderregend, dass ich das erstaunliche Bedürfnis hatte, sie zu trösten.

»Meiner Mutter ist das wichtig«, sagte sie schließlich. Es dauerte einen Moment, bis ich begriff, dass sie nahtlos an meine Frage anknüpfte, die ich vor ihrem Heulanfall gestellt hatte.

»Du meinst, Sylvia wollte, dass du bei dem Mathewettbewerb mitmachst?«, erkundigte ich mich. »Du nicht?«

»Schon.« Sophie wischte sich mit dem Ärmel ihrer reinweißen Bluse über die Rotznase. Zum allerersten Mal war mir meine Stiefschwester beinahe sympathisch.

»Aber?«, hakte ich nach.

»Aber …« Sophie atmete tief ein und stieß dann die angehaltene Luft wie einen Stoßseufzer wieder aus. Immerhin hatte ihr Schluckauf aufgehört. »Aber ich mach das vor allem für sie.«

»Kapier ich nicht.« Ich schüttelte verständnislos den Kopf, was Sophie nicht sehen konnte, weil sie starr auf den Blumenkübel guckte.

»Du weißt doch, wie Mama ist«, erklärte sie. »Dass für sie nichts gut genug ist.«

Ja, das wusste ich tatsächlich. Nur hatte ich bisher angenommen, dass alles, was Sophie tat, in Sylvias Augen das Größte auf Erden darstellte. Und dass nur ich es war, die ihren Ansprüchen niemals gerecht wurde. Dass meine Stiefschwester ähnlich empfinden könnte, darauf wäre ich nie im Leben gekommen.

»Der Mathematikwettbewerb schien eine so gute Gelegenheit zu sein«, fuhr Sophie fort. Ich hatte den Eindruck, dass sie es eher dem Blumenkübel als mir erzählte. »Ich war echt stolz, als Frau Dr. Nowottny mich gefragt hat, ob ich teilnehmen möchte. Und du hättest mal Mama erleben sollen, sie war total begeistert.«

Ich *hatte* erlebt, wie begeistert Sylvia gewesen war, keine Frage. Quasi dauerbegeistert.

»Deshalb darf ich die Prüfung heute auf gar keinen Fall verhauen«, erklärte Sophie dem Blumenkübel. »Ich darf einfach nicht.« Ein trockenes Schluchzen durchzuckte ihren Körper.

»Aber warum solltest du sie verhauen?«, fragte ich. »Du bist spitze in Mathe.« Dass ich das mal sagen würde!

»Pah.« Sophie lachte freudlos auf. »Die Aufgaben sind viel schwieriger, als du dir überhaupt vorstellen kannst.« Na, danke schön. Immerhin schien Sophie langsam wieder zu ihrer alten Form zurückzufinden. Doch dann sackte sie wieder in sich zusammen. »Ohne Frau Dr. Nowottny wäre ich gar nicht so weit gekommen«, gab sie kleinlaut zu.

»Was?«, fragte ich verblüfft. Sofort musste ich an das Gespräch von Sophie und Frau Dr. No hinter der Sporthalle denken, das ich belauscht hatte. Hatte ich mit meiner Vermutung richtiggelegen? Hatte unsere Lehrerin meiner Stiefschwester die Lösungen der Prüfungsfragen verraten?

»Hat dir etwa Frau Dr. No mit den Aufgaben geholfen?«, hakte ich nach.

»Nein, natürlich nicht«, brauste Sophie auf. Allerdings färbten sich ihre Wangen rötlich dabei. »Sie hat mir nur ein paar Tipps gegeben.«

Ach so, na, das war ja gleich etwas ganz anderes.

»Und die Aufgaben für die Prüfung heute?« Jetzt wollte ich es aber wissen. »Hat sie dir die auch schon verraten?«

»Nein.« Sophie wirkte empört, doch das Rot auf ihren Wangen wurde noch etwas intensiver. »Die bekommen selbst die Prüfer erst am Prüfungstag.«

»Also heute«, schlussfolgerte ich.

»Genau.« Wieder seufzte Sophie schwer. Sehr leise fügte sie hinzu: »Sie hat gesagt, wir würden uns hier vor meiner Prüfung treffen. Und sie hätte dann ein paar Tipps für mich. Wenn …« Sie verstummte.

»Wenn was?« Meine Neugier brachte mich fast um, aber Sophie schwieg. »Wenn was?«, beharrte ich.

»Wenn ich ihr deine Kette bringe«, flüsterte Sophie.

»Ich wusste es!« Ich schlug mir mit der flachen Hand aufs Knie.

Sophie zuckte zusammen. »Also hast du versucht, sie zu klauen, in dieser einen Nacht.«

»Ja.« Das Geständnis schien Sophie mehr als unangenehm zu sein. »Ich meine, ich wollte sie ausleihen. Aber freiwillig hättest du sie mir garantiert nicht geborgt. Frau Dr. Nowottny meinte außerdem, dass mir das Erbstück eigentlich genauso zustünde. Und ich war eifersüchtig, weil du etwas von Großmutti bekommen hast und ich nicht«, rechtfertigte sie sich. »Und … ich habe wirklich eine Riesenangst vor dieser Prüfung. Doch jetzt ist Frau Dr. Nowottny gar nicht aufgetaucht, ich hab sie überall gesucht, aber ich konnte sie einfach nicht finden. Vermutlich, weil ich ihr nicht wie vereinbart die Kette gegeben habe.«

»Aber warum?«, stellte ich die Frage, die mich schon die ganze Zeit beschäftigte. »Warum wollte Frau Dr. No die Kette unbedingt haben?«

»Ich weiß es nicht.« Sophie zuckte mit den Schultern und schluchzte noch einmal trocken auf. »Wirklich keine Ahnung. Sie hat es mir nicht erklärt, nur gesagt, dass ich sie ihr bringen soll.«

»Und da hast du nicht mal nachgefragt?«

Sophie schüttelte unglücklich den Kopf.

»Ich war einfach nur froh, dass sie mir helfen wollte. Und dass ich Mama dann nicht enttäuschen würde.«

Oh Mann! Ich hätte richtig sauer sein können. Stinkwütend genau genommen. Sophie hatte tatsächlich versucht, mir die Kette zu stehlen. Und vermutlich hatte sie sich auch deshalb nach unserem Streit an Lulu drangehängt, weil sie gehofft hatte, wenigstens von ihr den Anhänger zu bekommen. Das war wirklich das Allerletzte!

Aber ich schaffte es nicht. Ich konnte meiner Stiefschwester einfach nicht böse sein. Denn mir war soeben klar geworden, dass Sophie all das bloß getan hatte und dass sie bloß deshalb eine so arrogante Streberin war, weil sie hoffte, es ihrer Mutter recht machen zu können. Wie traurig!

Plötzlich erschien mir Sylvias permanente Lobhudelei über Sophie in einem neuen Licht. Dass sie ihre Tochter ständig als höchstbegabt, brillant und genial darstellte, mochte ja nach außen wirken, als wäre sie superstolz auf Sophie. Aber wenn ich es mir gründlich überlegte, hatte ich in all den Jahren noch kein einziges Mal gesehen, dass Sylvia ihre Tochter einfach so in den Arm nahm, ohne dass Sophie irgendeine Topleistung erbracht hatte. Liebe für Leistung. Was musste das für ein schrecklicher Druck sein, unter dem Sophie stand!

Ich konnte mich an meine eigene Mutter nicht mehr erinnern. Doch wenn ich an sie dachte, dann hatte ich immer das sichere Gefühl, dass sie mich geliebt hatte. Und dass sie mich lieben würde, ganz egal, was ich tat. Denn das war es, was mein Paps und meine Omili mir mein ganzes Leben lang vermittelt hatten.

Ich überlegte, was ich zu Sophie sagen könnte. Mir fiel aber beim besten Willen nichts ein. Zum Glück stürmte genau in diesem Moment Tarek in den Innenhof.

»Es tut mir leid«, stieß er hervor, kaum war er bei uns angekommen. »Ich habe keinen Sanitäter finden können, keine Ahnung, ob überhaupt welche da sind. Soll ich einen Rettungswagen rufen?«

Ich konnte nicht anders, ich musste lachen. Und erstaunlicherweise lachte plötzlich auch Sophie.

»Nicht nötig«, erklärte sie. »Mir geht's schon viel besser. Danke, dass du dich um mich gekümmert hast.«

Es war nicht ganz klar, ob sie damit Tarek oder mich meinte.

»Kein Thema«, sagte Tarek. Und stimmte erleichtert in das Lachen ein. »Dann war das vorhin bloß eine Panikattacke?«

»Sieht so aus.« Sophie stand auf, klopfte sich unsichtbaren Schmutz von ihrem Rock und schaute auf ihre Armbanduhr. »Ich schätze, ich muss jetzt los. Mein Prüfungsgespräch beginnt in fünf Minuten.«

»Viel Erfolg«, wünschte Tarek ihr.

»Zeig's ihnen!«, sagte ich.

Sophie schenkte uns beiden ein bemühtes Lächeln, drückte den Rücken durch und machte sich auf den Weg.

»Ich muss wohl auch mal zurück«, sagte ich und erhob mich von der Bank.

»Klar, ich sollte mich auch wieder blicken lassen.« Tarek ging zur Tür, öffnete sie für mich und ließ mir den Vortritt. »Aber denk dran, in einer Stunde gibt's Kaffee und Kuchen.«

»Du, ich weiß nicht, ob ich dann von der Garderobe wegkomme«, wand ich mich. Der Gedanke, mit den ganzen Mathegenies Kaffee zu trinken, war mir nämlich nicht ganz geheuer.

»Ich würde auch versuchen, ein Stück Walnuss-Karotten-Kumquat-Kuchen für dich aufzutreiben.« Tarek grinste, und ich verzog das Gesicht, als er mich an das peinliche Gastgeschenk von meiner Stiefmutter erinnerte.

»Idiot.« Ich schnitt eine Grimasse in seine Richtung, aber er lachte bloß.

»Also, bis später.«

Wie sich herausstellte, war an der Garderobe nach dem ersten Ansturm so gut wie nichts mehr zu tun. Isa und Lena regten sich über eine Frau auf (»erst die Marke verlieren und dann so unverschämt tun, als wären wir dran schuld«) und es war klar, dass ich zu ihrem Gespräch wenig beizutragen hatte. Also setzte ich mich in die Ecke und fing wieder an zu grübeln. Immerhin wusste ich jetzt, dass meine Stiefschwester mir tatsächlich die Kette klauen wollte. Und dass Frau Dr. No es schon längere Zeit auf die Anhänger abgesehen hatte.

Und ich wusste noch etwas, nämlich wie Carl Jacobus, der fiese

Ehemann von Amalia, vor zweihundert Jahren versucht hatte, den Zeitumkehrer zu reparieren.

*

»Ich habe mich mal ein bisschen umgehört«, hatte Alexa mir gestern Abend erklärt, nachdem ich sie in mein Zimmer geführt hatte. Alexa hatte sehr bestimmt erklärt, dass sie nur mit mir reden wolle, und zwar irgendwo, wo wir ungestört waren, wie sie mit einem Blick auf Sylvia hinzugefügt hatte.

»Ich hatte doch meinen Bekannten erwähnt, der sich hervorragend mit altem Schmuck auskennt, nicht wahr?«, fuhr sie fort und rückte ihre Puck-die-Stubenfliege-Brille zurecht. Passend zu ihrem grasgrünen Kaftan trug sie ein Modell mit grün gepunktetem Rand.

»Ich habe ihm von deinem speziellen Anhänger erzählt. Und ihm den Abdruck der Gravur gezeigt. Ich hoffe, das macht dir nichts aus, dass ich weitere Nachforschungen angestellt habe«, schob sie schnell hinterher. »Das muss wohl mein neugieriges altes Polizistinnen-Ich sein, das mir keine Ruhe gelassen hat.«

»Nein, kein Thema«, versicherte ich. In diesem Moment war ich sogar sehr froh, dass Alexa sich auch für die Kette interessierte. Denn plötzlich kam ich mir nicht mehr so allein vor. Es war fast so, als hätte meine Omili ihre alte Freundin zu mir geschickt.

»Nach meiner Beschreibung hat mein Bekannter das Schmuckstück gleich erkannt. Besser gesagt, hatte er eine Vermutung, wer es hergestellt haben könnte.« Alexa legte eine Kunstpause ein und schob erneut ihre Brille auf der Nase zurecht.

»Wirklich?«, fragte ich überrascht.

»Ja, tatsächlich.« Alexa wirkte begeistert. »Es gab wohl vor rund zweihundert Jahren einen recht bekannten Uhrmacher und Goldschmied hier in der Gegend, namens Thomas Adelius Horus. Der stellte Schmuckstücke her, die deinem Anhänger in der Art recht ähnlich waren. Und das eigentlich Faszinierende ist …« Noch eine Kunstpause. »… dass einigen dieser Schmuckstücke magische Kräfte zugeschrieben wurden.«

»Oh«, machte ich. Hatte Alexa etwa herausgefunden, was mein Anhänger konnte? Und was würde sie wohl dazu sagen?

»Das ist natürlich alles Aberglaube gewesen«, winkte sie ab und blinzelte mir zu. »Aber eine spannende Geschichte, nicht wahr?«

Ich nickte bloß.

»Und sie geht noch weiter«, fuhr Alexa unbeirrt fort. »Es gab nämlich einen Konkurrenten von Horus. Und der hat nach dessen Tod Experimente mit einem dieser Schmuckstücke angestellt, um herauszufinden, ob an der Sache mit der Magie etwas dran ist. Von meinem Bekannten habe ich den Tipp bekommen, mich mal im Stadtarchiv umzusehen, und da habe ich tatsächlich ein paar Aufzeichnungen dazu gefunden.«

Sie kramte in ihrer Tasche und beförderte schließlich einige Kopien heraus. Ich stöhnte, als sie mir die Blätter hinhielt, denn sie waren über und über gefüllt mit Zahlen und den zackigen Buchstaben der Kurrentschrift.

»Ich habe ja wenig Ahnung von solchen Sachen, aber wie es aussieht, hat der Mann versucht, mit Elektromagnetismus die Funktion dieses Anhängers zu beeinflussen.«

»Und wie?« Ich machte große Augen, als ich auf dem letzten der Blätter eine Zeichnung entdeckte. Eine Zeichnung mit einem verwirrenden Netz aus Linien und Zahlen und einer Kugel in der Mitte, die ziemlich exakt wie mein Anhänger aussah.

»Kommt sie dir bekannt vor?«, fragte Alexa.

Wieder nickte ich.

»Wo ist überhaupt dein Anhänger?«, unterbrach Alexa meine

Gedanken und ließ ihren Blick mit gerunzelter Stirn an mir auf und ab gleiten.

»Ähm«, machte ich und fühlte mich augenblicklich noch mieser, weil ich das Erbstück aus der Hand gegeben hatte. »Das ist eine ziemlich komplizierte Geschichte«, erklärte ich unglücklich.

»Willst du sie mir erzählen?«, fragte Alexa und legte mir sanft ihre Hand mit den vielen Ringen auf die Schulter.

»Eher nicht.« Ich wich ihrem teilnahmsvollen Blick aus. Eigentlich hätte ich die Geschichte wirklich gerne erzählt. Doch wie sollte ich das alles erklären, wenn Alexa nicht an die Magie des Anhängers glaubte?

»In Ordnung.« Sie erhob sich umständlich und kramte erneut in ihrer Handtasche. Dann drückte sie mir ihr Visitenkärtchen in die Hand. »Aber wenn du doch reden willst oder wenn ich dir irgendwie helfen kann, dann ruf mich jederzeit an, in Ordnung?«

Ich hatte genickt. Und mich in diesem Augenblick irgendwie getröstet gefühlt.

Auch jetzt noch, als ich mir in der Ecke der Garderobe die ganze Geschichte immer wieder durch den Kopf gehen ließ, fühlte es sich beruhigend an zu wissen, dass es jemanden gab, an den ich mich wenden konnte. Quasi stellvertretend für meine Omili.

Leider hatte ich keine Ahnung, wie Alexa oder sonst irgendjemand mir bei meinen Fragen weiterhelfen könnte. Denn die wichtigste Frage lautete noch immer, was Frau Dr. No mit meiner Kette plante. Und ob sie überhaupt etwas plante. Oder ob sie einfach nur Antiquitäten sammelte.

24

»Willst du nicht zu deinem Date gehen?«, erkundigte Isa sich. Offensichtlich hatte sie mitbekommen, was Tarek zu mir gesagt hatte. Aber offensichtlich hatte sie nicht mitbekommen, dass es sich dabei nicht um ein Date handelte. Sondern um eine Veranstaltung mit lauter Mathegenies.

Andererseits gab es dort Kuchen. Und nachdem ich seit Tagen kaum etwas gegessen hatte, spürte ich beim Gedanken an Kuchen plötzlich so etwas wie Hunger. Vielleicht war das eine gute Gelegenheit, um mich von meinen kreisenden Gedanken ein bisschen abzulenken.

»Braucht ihr mich denn nicht?«, fragte ich sicherheitshalber.

Lena lachte und machte eine Armbewegung in den leeren Raum vor der Garderobentheke. Also machte ich mich auf den Weg und folgte der Beschilderung zum Audimax.

An der breiten Eingangstür zum Foyer hatte sich eine weitere Flugbegleiterin mit blonden, kinnlangen Haaren positioniert.

»Ich möchte zu Tarek Giesinger«, erklärte ich. »Dem Sohn von Professor Giesinger. Er hat mich eingeladen.«

Leider schien die Flugbegleiterin davon nicht besonders beeindruckt zu sein.

»Und dein Name ist?« Sie blätterte in den Listen auf ihrem Klemmbrett.

»Claire. Claire Fischer.«

»Steht hier nicht.« Sie schüttelte den Kopf, sodass ihr blonder Bob wippte.

Ich wollte schon kehrtmachen, doch genau in diesem Moment tauchte Tarek hinter der Flugbegleiterin auf.

»Claire.« Er schien sich zu freuen, mich zu sehen. »Wieso kommst du nicht rein?«

»Sie lässt mich nicht.« Ich ruckte mein Kinn in Richtung Flugbegleiterin. Aber die hatte nur noch Augen für Tarek, dem sie ein breites Zahnpastawerbelächeln schenkte. Entweder kannte sie Tarek bereits, oder sie hätte ihn gerne kennengelernt.

»Warum hast du nicht gleich gesagt, dass du erwartet wirst?«, fragte sie mich schnippisch. Ich sparte mir die Antwort.

»Hast du deine Freundin nicht mitgebracht?«, erkundigte Tarek sich, nachdem ich die Flugbegleiterin passiert hatte. Anscheinend hatte er vorhin nicht verstanden, was ich ihm dazu hinterhergerufen hatte.

»Lulu ist gar nicht hier, tut mir leid«, erklärte ich ihm daher erneut. Tarek wirkte eine Spur enttäuscht, fasste sich aber schnell wieder.

»Umso schöner, dass du da bist«, sagte er.

Das Foyer war voller Menschen, die entweder in Anzügen oder karierten Hemden unter Wollpullovern herumliefen. Es waren eindeutig mehr Männer als Frauen und nur sehr wenige waren in Tareks oder meinem Alter. Ich kam mir auf der Stelle fehl am Platz vor.

Doch Tarek bewegte sich ohne jede Scheu zwischen all diesen gebildeten erwachsenen Leuten.

»Der Kuchen ist echt lecker«, erklärte er und führte mich direkt zum Buffet. »Und keine Sorge, Walnuss-Karotte-Kumquat war aus. Muss ja eh alles nussfrei sein, das hat die Sekretärin meines Vaters extra so bestellt. Sonst hätte Charlotte es garantiert in den

Müll geworfen.« Er lachte, und ich fing an, mich ein bisschen zu entspannen.

Doch kaum hatte ich mir ein Stück Erdbeersahneschnitte auf den Teller geladen, bestand Tarek darauf, dass ich seinen Eltern Hallo sagen sollte. Na gut, der Matheprofessor würde mich wohl kaum beißen, so nett, wie der Rest seiner Familie war.

»Das ist Claire«, stellte Tarek mich seinem Vater vor, als wir uns endlich an den Stehtisch vorgekämpft hatten, an dem die Giesingers standen.

»Hallo, Claire«, sagte Professor Giesinger freundlich. »Ich freue mich, dich kennenzulernen.« Er war ein älterer Mann mit Hornbrille, etwas zu langen grauen Locken und sehr vielen Falten, die darauf hindeuteten, dass er ebenso gerne lachte wie sein Sohn.

»Hallo«, erwiderte ich, trotzdem ein wenig eingeschüchtert. Das war immerhin der Mann, der vermutlich das Hockey-Hicks-Problem gelöst hatte, was ich beeindruckend fand, auch wenn ich keine Ahnung hatte, worum es sich dabei genau handelte.

»Ich hoffe, du hast Spaß?«, fragte Professor Giesinger. Tarek lachte und ich boxte ihn verstohlen in die Seite.

»Ja, klar, danke.« Was man so Spaß nannte … Ich hoffte bloß, dass der Professor mir nicht als Nächstes eine Rechenaufgabe stellen würde.

»Ich wünsche Ihnen viel Erfolg für Ihren Vortrag«, sagte ich und fragte mich sofort, ob das nicht unangebracht war. Aber Professor Giesinger nickte, als wäre das völlig angemessen.

»Ich hoffe, dass du ihn dir anhören wirst.«

Ähm. Das hatte ich eigentlich nicht vorgehabt.

»Nun lass sie doch in Ruhe ihren Kuchen essen«, mischte Charlotte Giesinger sich zum Glück ein und strahlte mich an.

»Danke.« Erleichtert schob ich mir eine Gabel voll Erdbeerschnitte in den Mund. Mhhhm, Tarek hatte recht, der Kuchen war lecker. Doch dann blieb mir der Bissen beinahe im Hals stecken, als ich Frau Dr. No direkt auf uns zusteuern sah. Sie hatte sich mit einem engen Kleid mit schmalem Lackgürtel ungewöhnlich schick gemacht. Über dem Arm trug sie eine hässliche Schlangenlederhandtasche. Sie passte hervorragend zu ihr.

»Charlotte, schön, dich zu sehen«, begrüßte Frau Dr. No Tareks Stiefmutter mit einem aufgesetzten Pseudolächeln. Professor Giesinger und seinem Sohn nickte sie flüchtig zu und mir warf sie bloß einen ihrer Insektenvernichtungsblicke unter hochgezogenen Augenbrauen zu.

»Hallo, Tatjana, darf ich dir meinen Mann vorstellen …«, setzte Charlotte Giesinger an, aber da hatte Frau Dr. No sich bereits umgedreht und begrüßte einen Mann am Nebentisch, der irgendwie wichtig aussah.

Charlotte Giesinger sah verwundert aus, als Frau Dr. No ihr so eilig den Rücken zuwandte. Doch noch irritierter wirkte Professor Giesinger.

»Wer war das denn?«, fragte er seine Frau.

»Ach, das war Tatjana Nowottny, ich hab dir von ihr erzählt«, erklärte sie ihm. »Sie hat vor einigen Monaten an einer Führung durch unser Labor teilgenommen und mich danach auf einen Kaffee eingeladen, weißt du noch?«

»Hm.« Professor Giesinger nickte abwesend.

»Und sie hat mich neulich angerufen, um zu fragen, ob Tarek einer Schülerin Nachhilfe geben könnte.«

»Das ist deine Mathelehrerin?«, erkundigte sich Tarek bei mir, der nun auch die Zusammenhänge begriffen hatte.

»Ja«, antwortete ich, aber ich beobachtete Professor Giesinger, der sich verwundert zu dem Nachbartisch umwandte, an dem Frau Dr. No mit dem Rücken zu uns stand und sich angeregt unterhielt.

»Was ist denn?«, fragte Charlotte, der das Verhalten ihres Mannes offensichtlich auch aufgefallen war.

»Ach, nichts.« Er winkte ab. »Sie kam mir irgendwie bekannt vor, doch ich kann ihr Gesicht einfach nicht zuordnen.«

»Das kannst du doch nie.« Tarek lachte. »Mein Vater hat die kompliziertesten mathemischen Formeln im Kopf«, erklärte er an mich gewandt, »aber er kann sich einfach keine Gesichter merken. Wahrscheinlich würde er nicht mal mich erkennen, wenn wir uns zufällig in der Stadt über den Weg laufen würden.«

»Na, na. Nicht unverschämt werden.« Professor Giesinger boxte seinem Sohn gegen die Schulter.

»Professor Giesinger, gesellen Sie sich doch kurz zu uns«, wandte sich der wichtige Mann vom Nachbartisch in diesem Moment an Tareks Vater. »Ich möchte Ihnen Frau Dr. Nowottny vorstellen. Sie ist Mathematiklehrerin und unserer Gesellschaft erst vor einigen Monaten beigetreten, aber sie hat sich als große Unterstützung bei der Organisation des Kongresses erwiesen.«

»Wer ist das?« Ich nickte mit dem Kopf in Richtung des wichtigen Mannes, als Tareks Vater zum Nebentisch ging und Frau Dr. No die Hand schüttelte.

»Das ist Professor Walter Scheller«, erklärte Tarek. »Der Präsident der Mathematischen Gesellschaft.«

»Und wieso ist dein Vater meiner Lehrerin vorher nie begegnet?« Mir kam das alles mal wieder seltsam vor. Sehr seltsam. »Ich meine, wenn die alle in derselben Gesellschaft sind.«

»Ach, mein Vater hat sich aus diesen Sachen in den letzten Jahren immer mehr rausgehalten. Paranoia, ich sag's dir.«

»Tarek«, tadelte Charlotte Giesinger, allerdings mit einem ironischen Grinsen. »Wisst ihr was, ich nutze mal eben die Gelegenheit und verschwinde für kleine Professorengattinnen, bevor der Vortrag losgeht«, entschuldigte sie sich dann.

»Wem darf ich ein Stück Kuchen mitbringen?«, hörte ich Frau Dr. No im selben Moment am Nebentisch fragen. Man konnte fast den Eindruck bekommen, dass sie einen Grund suchte, den Tisch so schnell wie möglich wieder zu verlassen, kurz nachdem sie Professor Giesinger vorgestellt worden war. Wirklich sehr seltsam!

»Ich sag es ja, sie ist ein Organisationstalent«, wiederholte Professor Scheller. »Darf ich Ihnen die Tasche abnehmen?«

»Nein, danke, das geht schon.« Sie rauschte davon, die Schlangenlederhandtasche fest unter den Arm geklemmt. Ich war mir zu hundert Prozent sicher, dass sich meine Kette darin befand. Und dass das der Grund war, warum Frau Dr. No sich so an der Tasche festklammerte. Blieb nur immer noch die Frage: Was hatte sie damit vor?

Ich hätte schreien können.

Claire, denk nach!

Ich hatte das Gefühl, dass die Antwort auf meine Fragen direkt vor mir liegen musste.

Frau Dr. No. Der Zeitumkehrer. Amalias Tagebuch. Alexas Nachforschungen. Der Professor. Das Hockey-Hicks-Dings … Mein Schädel stand kurz vor einem Kurzschluss.

»Möchtest du noch etwas trinken?«, fragte Tarek und stoppte damit abrupt mein Gedankenkarussell. Als ich ihn bloß fragend anschaute, deutete er auf unsere leeren Gläser.

»Ähm, ja, gerne«, stotterte ich.

»Bin gleich wieder da.«

Kaum war Tarek losgezogen, kehrte Frau Dr. No an den Nebentisch zurück. Vor sich balancierte sie drei Teller mit Erdbeerkuchenstücken, auf denen riesige Sahnehauben thronten. Mit der großen Handtasche, die sie über der Schulter trug, war das eine gewisse Herausforderung.

»Wunderbar«, freute sich Professor Scheller.

»Sehr freundlich von Ihnen«, hörte ich Tareks Vater.

Ich spitzte die Ohren, um nichts vom Gespräch am Nebentisch zu verpassen. Da würde gleich etwas passieren, ich war mir ganz sicher. Doch es wurde gar nicht gesprochen, alle kauten genüsslich ihren Kuchen. Und dann fing Professor Giesinger plötzlich an, trocken zu husten.

»Haben Sie sich verschluckt?«, fragte Professor Scheller.

»Wasser?«, erkundigte sich Frau Dr. No hilfsbereit.

In diesem Moment kam Tarek zurück. Ich sah in sein Gesicht und mir wurde klar, dass etwas nicht stimmte. Achtlos stellte er die beiden Wassergläser auf unseren Tisch und war mit drei schnellen Schritten bei seinem Vater. Fasste ihn am Arm und schüttelte ihn.

»Was hast du gegessen?«, fragte er. Seine Stimme war ganz ruhig. So ruhig, dass sie mir Angst machte.

Noch immer drosch Professor Scheller seinem Kollegen auf den Rücken, doch der Husten wurde bloß immer heftiger.

Mit beiden Händen stützte Peter Giesinger sich auf dem Stehtisch ab und atmete schwer.

Wenig hilfreich hielt Frau Dr. No ihm ein Glas Wasser hin.

Plötzlich riss Professor Giesinger die Augen weit auf. Starrte sie an.

Schnappte nach Luft und keuchte.

»Du«, sagte er erstickt. »Du bist das!« Dann packte ihn wieder ein ersticktes Husten.

Schlagartig begriff ich, dass das, worauf ich gewartet hatte, bereits passiert war.

»Wo ist der Pen?«, fragte Tarek. Und als sein Vater nicht antwortete, wiederholte er lauter: »Der Anapen, wo ist er?«

Doch Professor Giesinger schüttelte bloß den Kopf, der immer röter anlief. Das Atmen schien ihm zunehmend schwerzufallen.

Mit einem lauten Röcheln versuchte er, Luft in seine Lungen zu saugen. Aber er brachte keinen Ton mehr heraus.

Auch die Umstehenden wurden jetzt nach und nach aufmerksam, wandten sich zu dem Professor um und redeten aufgeregt durcheinander.

Tarek sah zu mir. Das Gesicht bleich. Angst im Blick.

»Ruf den Notarzt.«

Fahrig fingerte ich mein Handy aus der Hosentasche. Ich begriff immer noch nicht, was hier eigentlich passierte. Doch dass es ernst war, verstand ich sehr wohl. Todernst.

Ich wählte die 112.

»Peter!« Charlotte Giesinger drängte sich durch die Gäste. »Der Pen ist in der Aktentasche«, rief sie.

Dann spürte ich, dass mir jemand mein Handy aus der Hand nahm. Hörte, dass er bemüht ruhig und gefasst hineinsprach. Es war Tarek.

Professor Giesinger ruderte mit den Armen. Japste. Hustete. Rang um Luft.

Die Aktentasche! Eine rote, brüchige Ledertasche kam mir in den Sinn. Wie bei einer Momentaufnahme erinnerte ich mich daran, dass Tarek die Tasche mittags an der Garderobe abgegeben hatte. Und in dieser Tasche befand sich offensichtlich etwas, das Professor Giesinger dringend brauchte.

Ohne zu wissen, was dieser Pen eigentlich war, setzte ich mich in Bewegung. Drängte mich durch die Umstehenden, die das Geschehen mit großen Augen verfolgten. Rannte los, so schnell ich konnte, kaum hatte ich das Foyer hinter mir gelassen. Ich musste bloß die Tasche holen. Um den Rest würden sich andere kümmern. Auf der Treppe zur Garderobe holte Tarek mich ein und drückte mir mein Handy wieder in die Hand.

»Die Aktentasche«, rief er dabei.

»Ich weiß«, gab ich zurück.

Auf der vorletzten Stufe stolperte ich und wäre beinah hingefallen, doch Tarek fasste geistesgegenwärtig nach meinem Arm. Gleichzeitig erreichten wir die Garderobe, und ich stürmte durch die Schwingtür, während Tarek einfach mit einem Sprung über die Theke hinwegsetzte.

Ich wusste noch genau, wo ich die auffällige Aktentasche verstaut hatte, und holte sie eilig aus ihrem Fach. Sofort begann Tarek, darin herumzuwühlen. Isa und Lena schauten uns von der anderen Seite der Garderobe aus verwundert zu.

»Alles in Ordnung?«, fragte Lena.

Ich schüttelte den Kopf.

Tarek fluchte laut.

»Er ist nicht da.«

»Wie, nicht da?«

»Der Pen. Ich finde ihn nicht.« Tarek schüttete den Inhalt der Tasche über der Theke aus. Blätter flogen zu Boden, Stifte rollten hinterher. Ich entdeckte ein Portmonee, einen dicken ledergebundenen Kalender, ein Handy und eine Packung Kaugummis. Doch das, was Tarek so dringend suchte, war offensichtlich nicht dabei.

»Was ist das eigentlich, ein Pen?«, erkundigte ich mich. Vielleicht konnte ich helfen, wenn ich wusste, wonach wir überhaupt suchten.

»Ein Injektor«, erklärte Tarek, während er hektisch die leere Tasche absuchte. »Etwa so dick wie mein Daumen und so lang wie ein Kuli. Damit verabreicht man Adrenalin bei einem anaphylaktischen Schock.«

»Bei was?«

Aber Tarek schien meine Frage nicht gehört zu haben.

»Hey«, rief er zu Isa und Lena hinüber. »War jemand an dieser Tasche? Habt ihr die Tasche aus dem Fach genommen? Ist da etwas rausgefallen?« Er wirkte, als wüsste er selbst, wie unwahrscheinlich das klang.

»Diese Tasche?« Isa kam näher und warf einen Blick auf die Aktentasche, die auf der Theke lag.

»Da war doch vorhin diese Frau.« Auch Lena kam nun zu uns. »Sie hat nach genau dieser Tasche gefragt, weil sie etwas darin vergessen hatte. Sie hatte ihre Marke verloren, aber sie konnte die Tasche exakt beschreiben.« Lena schaute Tarek schuldbewusst an.

»Scheiße, verdammte«, fluchte er. »Was war das für eine Frau?«

»Blond«, mischte Isa sich ein. Auch sie wirkte, als täte es ihr leid, dass sie der Fremden die Tasche gegeben hatten. Dabei traf sie keine Schuld. An ihrer Stelle hätte ich vermutlich genau dasselbe getan.

»Blond. Und weiter?«, hakte Tarek nach. Auf Charlotte Giesinger traf die Beschreibung schon mal nicht zu. Aber ansonsten auf so etwa jede zweite Frau in diesem Gebäude.

»Nichts weiter.« Isa zuckte zerknirscht mit den Schultern. »Sie sah total normal aus.«

Tarek machte auf dem Absatz kehrt und rannte zurück zum Audimax. Sofort folgte ich ihm. Undeutlich hörte ich, dass Lena uns etwas hinterherrief, das wie »Boxgesicht« klang. Doch das ergab für mich keinen Sinn.

25

Als ich bei Tarek im Audimax ankam, herrschte unter den Gästen noch immer helle Aufregung, und wir mussten uns mit den Ellenbogen durch den Pulk der Umstehenden boxen, um zu Professor Giesinger zu gelangen. Dort angekommen, stellten wir fest, dass der gerufene Notarzt samt zwei Rettungssanitätern kurz vor uns eingetroffen sein musste.

Tareks Vater saß mittlerweile auf dem Boden, seine Frau stützte von hinten seinen Oberkörper. Sein kariertes Hemd war aufgerissen worden, sein Kopf war ihm auf die Brust gesunken, die Augen hielt er geschlossen und seine Haut hatte eine äußerst ungesunde gräuliche Färbung angenommen. Bei dem Anblick musste ich mehrmals kräftig schlucken.

Neben Professor Giesinger kniete ein junger Mann in einer leuchtend roten Jacke und klebte Plastikknöpfe mit Kabeln auf seine Brust und seinen Bauch, eine Sanitäterin zog dem Professor gleichzeitig eine durchsichtige Maske über den Kopf auf Mund und Nase, in der sich weißer Nebel bildete. Der Notarzt versenkte gerade eine Spritzennadel, die fast so lang war wie mein kleiner Finger, im Bein des Professors.

Unbewusst griff ich nach Tareks Hand, der wie erstarrt neben mir stand und das Geschehen beobachtete. Sie fühlte sich klamm an. Ich drückte seine Finger, aber er reagierte nicht. Alles lief wahnsinnig schnell ab und kam mir dennoch vor wie in Zeitlupe.

Und auch die Stimmen verschwammen ineinander und klangen gleichzeitig glasklar.

»Druck 90 systolisch.«

»Sättigung 78.«

»Frequenz 130.«

»Vierzehner Kanüle. Ich lege einen Zugang.«

Eine zweite Nadel verschwand in der Ellenbeuge des Professors. Auf einmal drückte der Arzt mir einen Plastikbeutel mit einer Flüssigkeit in die Hand.

»Stell dich hier hin. Ja, prima.«

Aus dem Beutel führte ein Schlauch direkt in die Nadel im Arm des Professors. Mir wurde schwindelig.

»Mach mal Platz.« Ein weiterer Rettungssanitäter rempelte mich von hinten an, als er eine Trage an mir vorbeizuschieben versuchte.

»Auf drei.« Die Sanitäter packten den Professor und hoben ihn auf die Trage.

In dem Moment sackte sein Körper in sich zusammen und das eben noch gräuliche Gesicht lief innerhalb von Sekunden blau an.

»Shit, Apnoe«, fluchte der Notarzt. »Gib mir den Ambubeutel, schnell.« Er riss dem Professor die Maske vom Kopf und drückte ihm eine andere auf Mund und Nase. Dann presste er rhythmisch den blauen Beutel, der daran hing, immer wieder zusammen.

»Ich beutle ihn bis zum RTW. Dort Intubation vorbereiten.«

Ein Sanitäter rannte los, die anderen schnappten sich schnell ihre Ausrüstung, auch der Plastikbeutel mit der Flüssigkeit wurde mir aus der Hand genommen und auf die Trage geworfen.

»Was ist los?« Man konnte hören, dass Charlotte Giesinger sich nur sehr mühsam beherrschen konnte. »Was passiert denn jetzt?«

»Seine Atmung hat komplett versagt«, erklärte der Arzt, als die Sanitäter bereits die Trage in Bewegung setzten. »Ich versuche, ihn zu stabilisieren und ihn lebend in die Klinik zu bringen.«

»In welches Krankenhaus bringen Sie ihn?« Tarek erwachte aus seiner Starre.

»Wir fahren in die Uniklinik. Sie können nachkommen, aber bitte fahren Sie langsam und folgen Sie nicht direkt dem Rettungswagen. Wir tun für ihn, was wir können.«

Die Umstehenden hatten jetzt eine Gasse gebildet, und die Rettungssanitäter schoben die Trage hinaus, während der Arzt nebenherlief.

»Wird er sterben?« Charlotte Giesinger versuchte, mit dem Arzt Schritt zu halten. Auch Tarek lief los, ohne sich noch einmal umzudrehen. Ich blieb stehen, wo ich war, und schaute ihnen hinterher. Ich gehörte ja nicht zur Familie. Deshalb wäre es mir falsch vorgekommen, ihnen einfach zu folgen. Und so gern ich Tarek mochte, ich hatte nicht den Eindruck, dass ich ihm in diesem Moment irgendwie helfen konnte.

»Wie gesagt, wir tun, was wir können«, hörte ich die Stimme des Arztes. »Aber Sie sollten sich auf alles gefasst machen.«

Und dann waren sie bereits außerhalb meiner Sicht- und Hörweite.

Kaum hatten die Rettungssanitäter und der Arzt mit der Trage den Raum verlassen, kam es mir vor, als hätte jemand den Lautstärkeregler auf volle Power gedreht. Um mich herum schwoll das Gemurmel zu einem solchen Brummen an, dass es mir fast schon in den Ohren wehtat. Der ganze Raum vibrierte vor Aufregung. Jeder hier hatte mitbekommen, was gerade passiert war. Vermutlich gab es nur ein einziges Gesprächsthema. Mein Puls raste und das Blut rauschte in meinen Ohren. Unablässig schwirrten die Worte des Arztes durch meinen Kopf.

»Wir tun, was wir können.«

Dann Charlottes tonlose Stimme.

»Wird er sterben?«

Und immer wieder die niederschmetternde Antwort.

»Sie sollten sich auf alles gefasst machen.«

Ich musste an meine Großmutter denken, die einfach in ihrem Bett eingeschlafen und nicht wieder aufgewacht war. Das war ein schöner Tod gewesen, genauso wie sie es sich immer gewünscht hatte. Und trotzdem war ich furchtbar traurig gewesen. Manchmal war ich es immer noch.

Ich dachte auch an meine Mutter, die ich nie richtig kennengelernt hatte. Und an meinen Paps. Wie musste Tarek sich jetzt gerade fühlen? Wie schrecklich musste es für ihn sein, dass sein Vater ums Überleben kämpfte und er rein gar nichts für ihn tun konnte.

Tränen stiegen mir in die Augen, aber ich blinzelte sie krampfhaft weg. Das war nun wirklich nicht der richtige Ort, um in Tränen auszubrechen. Vor all den Fremden um mich herum. Und vor allem vor Frau Dr. No, die dem Rettungsteam noch immer hinterherschaute. In ihrem botoxstarren Gesicht war keine Regung zu erkennen. Botox, dachte ich. Etwas klingelte in meinem Kopf. Botox … Box … Genau! *Das* hatte Lena gerufen. Die Frau, die sich an der Tasche von Tareks Vater zu schaffen gemacht hatte, hatte ein Botoxgesicht – wie Frau Dr. No!

Ich war mir jetzt sicher, dass all das hier einem Plan folgte. Einem gemeinen, hinterlistigen Plan, den Frau Dr. No ausgeheckt hatte. Und ich wollte unbedingt wissen, wie dieser Plan lautete.

So unauffällig wie möglich näherte ich mich dem Tisch, an dem Frau Dr. No noch immer neben Professor Scheller stand.

»Was für eine Katastrophe«, sagte Professor Scheller. Es wirkte, als hätte er das schon hundert Mal gesagt. »Was für ein schrecklicher Schlamassel. Der arme Giesinger. Furchtbar! Und was sollen wir jetzt bloß machen? Sollen wir die Veranstaltung abbrechen?«

»Am besten wird es sein, wir fahren mit dem Programm fort«, erwiderte Frau Dr. No bestimmt. »Die Veranstaltung für heute abzusagen, würde nur für große Unruhe sorgen. Ich denke nicht, dass das nötig ist.«

»Ja, aber …« Professor Scheller fuhr sich mit beiden Händen durch die Haare. »Wir sind schon mehr als eine halbe Stunde hinter der Zeit. Als Nächstes stünde Giesingers Vortrag auf dem Programm. Steht jemand anderes für einen Vortrag zur Verfügung? Können wir vielleicht etwas vorziehen, was erst für morgen geplant war?«

»Nun …« Frau Dr. No senkte ihre Stimme noch ein bisschen mehr, sodass ich meine Ohren spitzen und mich konzentrieren musste, um ihre nächsten Worte zu verstehen. »Ich könnte den Vortrag halten.«

»Sie?« Professor Scheller klang überrascht.

»Ich beschäftige mich ebenfalls bereits seit Jahren mit dem Hodgkinson-Higgs-Problem und habe gerade erst eine bahnbrechende Erkenntnis gewonnen.«

»Wirklich?« Professor Scheller wirkte nicht überzeugt.

»Ja, tatsächlich«, erwiderte Frau Dr. No säuerlich. Offenbar traf das zögerliche Verhalten des Professors bei ihr einen äußerst wunden Punkt. »Genau genommen ist mir sogar der schlüssige Beweis gelungen.«

»Was sagen Sie?« Plötzlich schien Professor Scheller ganz Ohr zu sein. »Das ist ja ausgesprochen erstaunlich.«

Ja, dachte ich, das war wirklich ausgesprochen erstaunlich. Und endlich rutschten alle Puzzleteilchen in meinem Kopf an ihren Platz.

Frau Dr. No hatte den Beweis gestohlen! Den Beweis für dieses Hockey-Higgs-Dings, der ihr eine Million Dollar einbringen würde. Und Ruhm und Ehre, natürlich. Und dafür hatte sie den Zeitumkehrer gebraucht. Weil Tareks Vater so paranoid war, dass er seine Aufzeichnungen alle vernichtete.

Klick, klick, klick machte es in meinem Kopf. Es war ganz einfach: Frau Dr. Nos großes Interesse an meiner Kette, dass sie erst Sophie darauf angesetzt hatte und mich schließlich sogar erpresst hatte, bloß um die Kette mal auszuleihen – das ergab jetzt alles einen Sinn!

Frau Dr. No hatte irgendwie von der Besonderheit der Anhänger erfahren. Sie wusste, dass sich damit die Zeit zurückdrehen ließ. Woher auch immer … Und sie hatte es geschafft, den Anhänger für sich selbst zu nutzen. Wie auch immer … Okay, es gab immer noch ein paar ungeklärte Fragen. Aber die waren zweitrangig. Denn eins war mir in diesem Moment völlig klar: Das Jetzt, in dem wir uns gerade befanden, war bereits eine Wiederholung.

Ich war nicht gut im Rechnen, doch diese Gleichung löste sich plötzlich so einfach wie eins plus eins. Frau Dr. No hatte die Zeit zurückgedreht. Und zwar, nachdem sie sich den Vortrag von Professor Giesinger angehört hatte. Sie hatte ihm den Beweis gestohlen – direkt aus seinem Kopf. Und den Professor dann im zweiten Anlauf ausgeschaltet.

Das war so gruselig! So gemein! Und so offensichtlich! Aber leider nur für mich. Denn außer mir wusste niemand hier von dem Zeitumkehrer. Das hieß dann wohl: Niemand außer mir würde überhaupt auf die Idee kommen, dass Frau Dr. No einen riesigen Betrug beging.

Einen Betrug, für den sie sogar in Kauf nahm, dass Professor Giesinger starb. Wieder schauderte ich. Womöglich gehörte sein Tod sogar zu ihrem Plan: Denn dann würde es niemanden geben, der anzweifelte, dass tatsächliche Frau Dr. No diesen blöden mathematischen Beweis geschafft hatte. Tarek und Charlotte Giesinger vielleicht, aber wie sollten sie das glaubhaft machen? Selbst wenn der Professor überlebte, würde er keinen schriftlichen Beweis haben, dass Frau Dr. No ihm seine Ergebnisse gestohlen hatte. Sie wäre immer noch diejenige, die sie zuerst öffentlich gemacht hätte.

Argh! Meine Gedanken fingen schon wieder an, sich zu verknoten. Und während ich noch dastand und meine Hirnwindungen heiß liefen, klemmte Frau Dr. No sich ihre Tasche fester unter den Arm und folgte Professor Scheller Richtung Vortragssaal.

Oh Shit!

Was sollte ich denn bloß tun?

Was *konnte* ich denn bloß tun?

Sollte ich wirklich etwas tun?

Ich?

Ausgerechnet *ich*?

Ich, der Angsthase?

Ich, die allen Abenteuern weiträumig aus dem Weg ging?

Und außerdem: Wer würde mir glauben, wenn ich diese Geschichte erzählte? Niemand! Das glaubte mir kein Mensch!

Aber Frau Dr. No einfach damit davonkommen lassen? Einfach so? Das ging doch nicht! Ich hatte gar keine andere Wahl. Ich musste etwas tun! Ich war die Einzige, die etwas tun *konnte*. Weil ich die Einzige war, die wusste, was vor sich ging. Niemand würde etwas unternehmen.

Also ich.

Ich musste ihre Handtasche erwischen, in dem der lebensrettende Pen von Professor Giesinger war. Das sollte Beweis genug sein, dass sein allergischer Schock kein Zufall war und dass Frau Dr. No hinter all dem steckte.

Also drängte ich mit den anderen Leuten, die losgelaufen waren, kaum hatten sich die Türen geöffnet, ins Audimax. Einen Augenblick brauchte ich zur Orientierung in dem großen Saal mit den nach unten abfallenden Sitzreihen. Dann entdeckte ich Frau Dr. No, die neben Professor Scheller vor dem Rednerpult stand.

Der Professor nahm gerade ein Mikro in die Hand und Frau Dr. No stellte ihre hässliche Handtasche hinter dem Pult ab.

Dann blickte sie hoch und sah mich. Ihr Scannerblick durchbohrte mich wie eine Warnung. Ob sie ahnte, dass ich wusste, was sie tat? Oder hielt sie mich für so beschränkt, dass ich ihr nicht auf die Schliche kommen würde? Ich senkte schnell den Blick zu Boden und stieg Schritt für Schritt die Stufen hinunter, bis ich in der ersten Reihe ankam.

»Meine Damen und Herren«, sagte Professor Scheller ins Mikro. »Sehr verehrte Kolleginnen und Kollegen, bitte nehmen Sie Platz. Wir bedauern sehr, dass unser Hauptredner und geschätzter Kollege, Peter Giesinger, aufgrund eines medizinischen Notfalls nicht wird sprechen können. Aber ich habe die Freude, Ihnen eine andere Kollegin ankündigen zu können.«

Mit einer Handbewegung bat er Frau Dr. No vor das Rednerpult – und da sah ich meine Chance. Ich sprintete los, erreichte das Rednerpult mit wenigen Schritten, ignorierte Frau Dr. Nos empörten Aufschrei und schnappte mir die hässliche Handtasche. Mit einer einzigen Bewegung hob ich sie hoch und öffnete den Reißverschluss. Aus dem Augenwinkel sah ich, dass Frau Dr. No neben mir auftauchte, nach der Tasche griff und sie mir aus der Hand reißen wollte, doch da hatte ich sie bereits umgedreht und schüttete den gesamten Inhalt auf den Boden. Ein Raunen ging durchs Publikum.

Neben dem üblichen Kram kam auch ein Fläschchen zum Vorschein. Dann folgte der Notfallinjektor. Er war daumendick und grün. In großen schwarzen Buchstaben stand darauf: *Anapen*. Zu allerletzt fiel mit einem leisen Klirren meine Kette mit den Anhängern zu Boden.

Ich wollte danach greifen, doch Frau Dr. No war schneller als ich. Sie schnappte sich den Injektor, das Fläschchen und den Zeitumkehrer in einer erstaunlichen Geschwindigkeit, riss mir die Handtasche aus den Händen und stopfte alles wieder hinein.

Aber ich hatte es genau gesehen. Und ich war mir ziemlich sicher, dass es auch die Zuschauer, zumindest in den vorderen Reihen, mitbekommen hatten. Auf jeden Fall musste Professor Scheller gesehen haben, was aus der Tasche gefallen war.

»Sie haben versucht, Professor Giesinger zu töten!«, rief ich so laut, dass alle es hören konnten.

Das Raunen im Saal wurde lauter.

»Du lästiges, nichtsnutziges Ding«, zischte Frau Dr. No. »Musst du mir denn solche Umstände machen? Jetzt kann ich noch mal von vorne anfangen.« Und mit hocherhobenem Kopf rannte sie einfach durch eine Seitentür aus dem Saal.

Völlig verblüfft schaute ich ihr hinterher.

Wie jetzt?

Das war alles so schnell gegangen.

»Was ist hier los?« Professor Scheller wirkte grundverwirrt. Die Stimmen im Saal schwollen zu einem ohrenbetäubenden Geräuschpegel an.

»Sie hat den Beweis gestohlen«, sagte ich den ersten Satz, der mir als Erklärung einfiel. Aber Professor Scheller schaute mich bloß weiter fragend an.

»Frau Dr. No hat Professor Giesingers Pen gestohlen, weil … Ach, vergessen Sie es!«

Das dauerte alles viel zu lange. Bis ich irgendjemandem erklärt hatte, was passiert war, war Frau Dr. No längst abgehauen. Und käme mit ihrer gemeinen Tat davon. Ich musste ihr folgen. Jetzt. Schnell. Argh, das war definitiv zu viel Sport heute!

Ich rannte los, durch die Tür, durch die auch Frau Dr. No soeben verschwunden war, und konnte sie gerade noch am Ende eines langen Ganges entdecken, wo sie nach rechts abbog. Also hinterher! Doch als ich dort ankam und ebenfalls abbog, war Frau Dr. No nirgends mehr zu sehen.

Mist! Trotzdem folgte ich dem Weg und stieß nach wenigen Metern auf ein Treppenhaus. Damit war wohl klar, wie Frau Dr. No so plötzlich verschwunden war. Ich fragte mich bloß, ob nach oben oder nach unten.

Doch dann hörte ich im Keller eine Tür zuschlagen.

26

Die schwere Sicherheitstür, auf die ich am Fuß der Treppe stieß, war wie zu erwarten geschlossen. Direkt über der Klinke befand sich ein Tastenfeld mit Zahlen. Ich ging davon aus, dass man den Code kennen musste, um diese Tür zu öffnen. Ob Frau Dr. No ihn geknackt hatte?

Die dicke Stahltür wirkte recht einbruchssicher, aber immerhin gab es ein schmales Sichtfenster etwas oberhalb meiner Augenhöhe. Wenn ich schon nicht in den Raum kam, konnte ich also wenigstens schauen, was Frau Dr. No auf der anderen Seite der Tür trieb. Ich stellte mich auf die Zehenspitzen und linste hinein.

Der Raum erschien mir wie ein großes technisches Labor. Nicht, dass ich eine genaue Vorstellung gehabt hätte, wie so etwas tatsächlich aussah. Aber es war das Erste, das mir zu den verschiedenen Geräten mit den zahllosen Knöpfen und leuchtenden Zahlen, den Computern und den vielen Kabeln einfiel, die ich entdeckte. In der Mitte des Raumes befand sich ein Metallgerüst, das eine große silberne Trommel umschloss, von der mehrere Rohre und zahlreiche dicke Kabel abgingen. Auf diesem Gerüst stand Frau Dr. No und versenkte gerade meine Kette mit den Anhängern mithilfe eines langen Stabes in der Mitte der Metalltrommel.

Was machte sie da?

Sie stieg vom Podest, trat an einen hohen Kasten mit endlos vielen Reglern, Knöpfen und leuchtenden Digitalzahlen und legte einen Schalter um. Dann nahm Frau Dr. No einen Laptop von einem Tisch und tippte hektisch etwas ein, wartete einen kurzen Augenblick und schaute auf ihre Armbanduhr.

Noch mal: Was machte sie da?

Frau Dr. No schüttelte den Kopf. Tippte wieder auf dem Laptop herum. Kontrollierte die Regler und Zahlen an dem hohen Kasten. Prüfte erneut ihre Armbanduhr. Und schüttelte wieder den Kopf. Wütend knallte sie den Laptop auf einen Tisch.

Ich überlegte fieberhaft, was ich tun sollte. Zwar war mir immer noch nicht klar, was Frau Dr. No da drinnen genau anstellte. Aber dass es etwas mit dem Zeitumkehrer zu tun hatte, war offensichtlich. Ich vermutete, dass sie diese seltsame silberne Tonne nutzte, um damit einen Zeitsprung auszulösen.

Und wenn es ihr einmal gelungen war, den Anhänger zu manipulieren, dann konnte sie mit diesem Gerät womöglich auch mehrere Zeitsprünge hintereinander machen.

Wie auch immer …

Ich musste mir also schnell etwas einfallen lassen. Wenn es ihr gelang, die Zeit zurückzudrehen, dann würde alles wieder von vorne losgehen. Nur, dass ich mich an nichts von dem, was gerade geschehen war, erinnern würde. Und ich war mir beim besten Willen nicht sicher, ob ich ein zweites Mal in der Lage wäre, all meine logischen Schlussfolgerungen zu ziehen.

Aber was konnte ich machen? Natürlich könnte ich die Polizei rufen. Immerhin hatte Frau Dr. No den Pen des Professors in ihrer Tasche. Ob das reichte, um sie festzunehmen?

Doch bevor ich mich entscheiden und nach meinem Handy greifen konnte, drehte Frau Dr. No sich um. Ich duckte mich nicht schnell genug, sodass sie mich am Fenster entdeckte. Ihr wütender Blick traf meine Augen wie ein Laserstrahl und schon war sie an der Tür und öffnete sie.

»Claire Fischer, du kleine, dumme Nervensäge«, zischte Frau Dr. No, packte mich am Handgelenk und zerrte mich in den Raum. Ihr Griff zerquetschte mir beinah den Arm. Das würde einen fetten blauen Fleck geben. Hinter mir fiel die schwere Tür wieder ins Schloss.

Oh, Shit!

Die Erkenntnis, in welche Gefahr ich mich gebracht hatte, traf mich wie ein Schlag auf den Kopf. Gerade eben hatte ich mich noch mutig und entschlossen gefühlt. In diesem Keller, hinter der verschlossenen Tür, allein mit Frau Dr. No war davon nichts mehr übrig.

Frau Dr. No hatte nicht davor zurückgeschreckt, Tareks Vater auszuschalten. Was würde sie mit mir anstellen, wenn sie glaubte, dass ich ihr im Weg war? Ob sie eine Waffe hatte? Oder gab es in diesem Labor womöglich etwas, das sich als Waffe benutzen ließ? Ich versuchte, nicht an lange Kabel und Elektroschocks zu denken. Mein Angsthasen-Ich hatte wieder vollkommen Besitz von mir ergriffen. Wie war ich bloß auf die dämliche Idee verfallen, in mir könnte ein verkappter Sherlock stecken?

Unsanft zerrte Frau Dr. No mich zu dem Gerüst und schob mich die Treppe hinauf. Eine Hand umschloss meinen Arm wie eine Schraubzwinge, mit der anderen holte sie den Stab mit der Kette aus der Trommel herauf. Daran baumelten die beiden Anhängerhälften.

»Los, leg sie um«, befahl sie mir.

»Was?«, fragte ich perplex. Wollte sie mich mit meiner eigenen Kette erwürgen?

»Um deinen Hals, ist das so schwer zu verstehen?«

»Warum?«

»Weil ich es sage.« Ihre Stimme klang drohend.

»Schon gut.« Ich nahm ihr die Kette ab und zog sie mir vorsichtig über den Kopf, was mit nur einer freien Hand gar nicht so einfach war. Frau Dr. Nos Scannerblick folgte jeder meiner Bewegungen. Die Anhänger fühlten sich eiskalt unter meinen Fingern an.

»Warum funktioniert es nicht?« Frau Dr. No fluchte unterdrückt. »Warum verbinden sich die blöden Dinger nicht?«

Ich zuckte mit den Schultern. Erwartete Frau Dr. No wirklich eine Antwort? Ausgerechnet von mir?

»Du weißt, wie man sie verbindet und einen Zeitsprung auslöst«, sagte Frau Dr. No. »Seit deinem Betrug bei der Mathematikarbeit war ich mir sicher, dass du weißt, wie es geht. Und das machst du jetzt gefälligst wieder.«

»Ich habe nichts damit gemacht.« Ich zuckte erneut hilflos mit den Schultern. »Die Hälften haben sich von selbst verbunden.«

»Und warum klappt das jetzt nicht mehr?« Frau Dr. Nos Stimme klang schrill in meinen Ohren. Zu schrill. Als wäre sie kurz davor, die Geduld zu verlieren. Oder den Verstand.

»Oder willst du mir bloß nicht helfen?« Sie stellte sich direkt vor mich hin, so nah, dass ich ihren Atem im Gesicht spürte. Er roch nach Zwiebeln, was in dieser Situation unerheblich, aber dennoch unangenehm war.

»Weißt du, ich könnte dich dazu zwingen.« Sie machte einen Schritt nach vorn und ich wich zurück an den Rand der Plattform. Das Metallgeländer drückte mir in den Rücken. Und noch immer zerquetschten ihre Finger mein Handgelenk.

»Ich weiß wirklich nicht, was man tun muss«, wiederholte ich leise. Ich konnte kaum schlucken.

»Du bist eindeutig das störrischste Mädchen, dem ich je begegnet bin«, ärgerte sich Frau Dr. No. »Aber du wirst es dir schon noch überlegen.« Mit einer einzigen Bewegung drehte sie mir den Arm nach hinten, durch meine Schulter schoss ein reißender Schmerz, und schon hatte sie sich auch meinen zweiten Arm geschnappt und ihn ebenfalls auf meinen Rücken gedreht. Ich versuchte mit aller Kraft, mich zu wehren, doch offenbar trainierte Frau Dr. No fernöstliche Kampfsporttechniken oder etwas in der Art – ich hatte jedenfalls keine Chance.

»He«, protestierte ich schwach und wand mich, doch ihr Klammergriff war eisern. Und dann spürte ich, dass etwas um meine Handgelenke geschlungen und an dem Metallgeländer befestigt wurde. Über meine Schulter erhaschte ich einen Blick darauf. Es war Frau Dr. Nos schmaler Lackgürtel, mit dem sie mich an die Querstange des Geländers gefesselt hatte. Sämtliches Blut sackte mir in die Füße.

»Machen Sie mich los!« Ich klang wie eine panische Maus.

»Vielleicht, wenn du mir erklärt hast, wie man die Hälften verbindet.«

»Ich weiß es nicht. Wirklich.« Der Lackgürtel schnitt mir in die Handgelenke und in meine Schulter stachen tausend Nadeln.

»Das werden wir ja sehen.« Frau Dr. No stieg von der Plattform, kehrte aber nur Augenblicke später zurück, in der Hand hielt sie den grünen Stift des Professors.

»Dieser Injektor enthält pures Adrenalin. Weißt du, was das ist?« Sie wartete meine Antwort nicht ab. »Nein, natürlich weißt du das nicht. Das Mittel jagt den Blutdruck in die Höhe und beschleunigt den Herzschlag. Die Dosis in diesem Injektor würde deinen Kreislauf binnen Sekunden kollabieren lassen.« Sie zielte mit dem Stift auf meinen Bauch wie mit einem Messer. »Möchtest du es ausprobieren?«

»Nein«, flüsterte ich. Mein Kreislauf stand auch so schon kurz vor dem Kollaps.

»Also dann …« Frau Dr. No blickte mich unter hochgezogenen Bleistiftbrauen auffordernd an.

»Ich … ich …«, stammelte ich. Ich musste mir jetzt ganz schnell etwas einfallen lassen. Etwas, das mir ein bisschen Zeit verschaffte, bis … keine Ahnung. Egal. Eins nach dem anderen.

»Was haben Sie überhaupt mit dem Anhänger gemacht? Wie haben Sie es geschafft, dass er funktioniert?«, fragte ich. »Vielleicht kann ich helfen, wenn Sie es mir erklären.«

Mein Bauch zog sich zusammen, weil ich fest damit rechnete, dass Frau Dr. No mir den Injektor hineinstoßen würde. Doch zu meiner Erleichterung ließ sie den Pen sinken.

»Das war nicht schwer«, erklärte sie überheblich und wies auf die silberne Trommel. »Ich brauchte nur ein starkes Magnetfeld. Netterweise verfügt das Institut für Physik über diesen Hochleistungselektromagneten.«

Das war also ein Elektromagnet. Vermutlich war es dieser Magnet, von dem Charlotte Giesinger gesprochen hatte. Ich kannte bislang nur Kühlschrankmagneten. Vielleicht hätte ich in Physik mal besser aufpassen sollen.

»Aber wie …?«, wiederholte ich.

»Meine Güte, Claire Fischer, du bist wirklich schrecklich schwer von Begriff.« Frau Dr. No seufzte, als hätte ich mal wieder bei einer Matheaufgabe versagt. »Es ist alles eine Frage präziser naturwissenschaftlicher Berechnungen. Die Kräfte des Supermagneten aktivieren den Magnetismus des Zeitumkehrers und damit seine Funktion. Die Idee hatte schon Carl Jacobus. Doch ihm fehlten die Mittel«, erklärte Frau Dr. No. Sie klang fast, als ob sie sich freute, ihre Genialität mit jemandem teilen zu können.

»Solch starke Magnete gab es damals natürlich noch nicht. Aber ich wusste sofort, dass es mir gelingen könnte. Der Supermagnet kann die Hälften der Kugel magnetisch aufladen und sie damit fest aufeinanderpressen. Dadurch wird der Zeitsprung ausgelöst. So einfach funktioniert es. Oder hast du geglaubt, dass das alles magischer Hokuspokus ist?«, fragte sie spitz. »Nur zwei reine Herzen, die im gleichen Takt schlagen, können ihn nutzen. Lächerlich!« Sie lachte schrill.

Und mir lief es eiskalt den Rücken hinunter.

»Woher haben Sie das? Das Zitat?« Das stammte aus Amalias Tagebuch, da war ich mir ganz sicher. »Und woher wissen Sie von Carl Jacobus?«

»Aus einem sehr alten Tagebuch. Es befindet sich seit vielen Generationen in meiner Familie.«

»Was?« Das war ja verrückt!

»Eugenia, die zweite Frau von Carl Jacobus, hat es verfasst. Sie war meine Urururururururgroßmutter.«

»Was?« Das war extrem verrückt. Und gruselig. Ich sollte mit Frau Dr. No verwandt sein? Wenn auch nur sehr entfernt. Ihhgitt!

»Den Familienstammbaum nachzuvollziehen, war ein Kinderspiel. Deine Familie ist nie von hier fortgezogen, und es war ein Leichtes, sie zu finden. Leider hat deine störrische Großmutter verhindert, dass ich mir schon vor Jahren holen konnte, was eigentlich mir zusteht.«

»Sie waren das?«, fragte ich verblüfft. »Der Einbruch damals?«

»Also musste ich wohl oder übel abwarten, bis du dummes Ding den Anhänger endlich in deinem Besitz hattest«, ging Frau Dr. No über meine Frage hinweg. »Ihn dir abzunehmen war so einfach.«

»Sie haben es also die ganze Zeit auf mich abgesehen?« Auf meinen Armen bildete sich eine Gänsehaut.

»Was denkst du denn, warum ich als Lehrerin an deine Schule gekommen bin? Weil es mir Spaß macht, begriffsstutzige Kinder in Mathematik zu unterrichten? Wohl kaum!« Sie schüttelte den Kopf über meine persönliche Begriffsstutzigkeit. »Nein, ich bin zu Höherem berufen. Nach meinem Vortrag werde ich weltberühmt sein. Und reich! Endlich!«

»Das ist nicht Ihr Vortrag.« Die Worte rutschten mir heraus, bevor ich über die Konsequenzen nachdenken konnte. Von jetzt auf gleich wurde Frau Dr. Nos Kopf so rot wie ein Feuermelder.

»Vor zwanzig Jahren hatte ich den Beweis bereits gefunden. Und die Million stand mir zu. Aber dieser verfluchte Giesinger hat mich um das Geld gebracht! Und um meinen Ruf!«, giftete sie. »Aber das wird nicht noch einmal passieren!«

In meinem Kopf machte es wieder klick. Und noch mal klick. Und noch mal. Und dann ergab alles ein Bild.

»Sie sind die falsche Freundin«, flüsterte ich, »die Professor Giesinger damals den Beweis gestohlen hat. Und jetzt machen Sie es wieder? Aber warum …?« Warum hat niemand Sie erkannt, wollte ich fragen, doch dann wurde es mir selbst klar. »Sie haben sich operieren lassen. Richtig?«

Frau Dr. No verzog ihre Gesichtsmaske zu einem fiesen Pseudolächeln. Das war also gar nicht bloß Botox. Sie hatte sich ein komplett neues Gesicht besorgt.

»Du bist ja doch nicht ganz so dumm, wie ich dachte«, zischte sie.

»Und wie haben Sie den Anfall von Professor Giesinger herbeigeführt?«, fragte ich, um weiter Zeit zu gewinnen.

Kalt lächelnd hielt mir Frau Dr. No das Fläschchen, das aus ihrer Tasche gefallen war, unter die Nase. »Walnussöl«, sagte sie lapidar. »Ein paar Tropfen davon auf einem leckeren Erdbeerkuchen und schon ist es aus mit Herrn Professor Giesinger.« Sie lachte hysterisch auf, sodass es mir erneut eiskalt den Rücken hinunterlief.

»Und warum haben Sie mich zu den Giesingers geschickt? Wollten Sie etwa, dass ich sie auskundschafte? Weil Sie dem Professor nicht über den Weg laufen wollten?« Ich fühlte mich noch mieser als ohnehin schon bei dem Gedanken, dass Frau Dr. No mich für ihren gemeinen Plan missbraucht haben könnte.

»Blödsinn.« Frau Dr. No rollte mit den Augen. »Es war bloß ein kleiner Spaß, dich mit dem Zeitumkehrer, dem Instrument meiner Rache, in sein Haus zu schicken.« Sie lachte wieder schrill. Wahrscheinlich war sie wirklich gerade dabei, den letzten Rest ihres Verstandes zu verlieren.

»Und nun haben wir genug geplaudert.« Von einer Sekunde auf die andere verhallte das Lachen. »Jetzt drehen wir die Zeit zurück. Und dann werde ich dafür sorgen, dass du mir nicht noch einmal in die Quere kommst.«

Mich schauderte, so eiskalt klang ihre Stimme auf einmal. Sie griff nach den Anhängern, die noch immer um meinen Hals hingen, und zerrte mir die Kette wieder über den Kopf. »Sag mir jetzt sofort, was ich machen muss.« Plötzlich schrie sie wieder und sah mit ihrem hochroten Kopf und dem bohrenden Blick einfach nur furchterregend aus. Und erneut fuchtelte sie mit dem Injektor vor mir herum.

»Aber das geht nicht!« Aus Angst schrie ich ebenfalls. »Sie können nicht zweimal hintereinander die Zeit zurückdrehen! Das ist eine feste Regel!«

»Was?« Frau Dr. No hielt inne. »Das kann nicht sein.« Sie presste ihre Finger so fest um die Anhänger, dass ihre Knöchel weiß anliefen. »Ich habe zwanzig Jahre darauf hingearbeitet. Ich habe alles geplant. Ich habe so viel dafür auf mich genommen. Ich werde mir das hier nicht von dir verderben lassen!«

Wutschnaubend drehte sie sich zu dem Magneten um, versenkte die Anhänger in dessen Mitte und eilte von der Plattform. »Es müsste funktionieren, wenn ich die Stromstärke noch weiter erhöhe …«, hörte ich sie hinter mir mit sich selbst sprechen.

Ich verrenkte mir den Hals, um zu sehen, was sie dort tat. Aber alles, was ich entdecken konnte, war der große Kasten, an dessen Schaltern sich Frau Dr. No schon vorhin zu schaffen gemacht hatte. Nun tat sie es erneut.

Wieder ertönte das Brummen, das ich bereits zuvor gehört hatte, doch dieses Mal war es wesentlich lauter, und die Plattform unter meinen Füßen begann stark zu vibrieren. Unwillkürlich hielt ich die Luft an.

Und dann knallte es. Ohrenbetäubend. Die Plattform unter meinen Füßen schwankte. Das Geländer brach. Der Gürtel, der meine Handgelenke eingeschnürt hatte, riss. Etwas flog haarscharf an meinem Kopf vorbei. Eisiger Dampf zischte rund um den Magneten auf. Hüllte mich ein. Dann Dunkelheit. Ich stolperte, stürzte, prallte hart mit der Seite auf den Boden. Ich schrie. Aber ich konnte meinen eigenen Schrei nicht hören.

Mir wurde schwarz vor Augen.

27

Das Poltern schwerer Schritte holte mich zurück.

»Hast du den Code?«, hörte ich eine Männerstimme.

»Moment«, eine andere.

Ich blinzelte. Was war passiert?

»Nun mach schon.«

»Immer mit der Ruhe.«

Hektisch suchten meine Augen den ganzen Raum ab. Er war mit einem bläulichen Licht nur schwach erhellt. Aber der Nebel hatte sich gelichtet und ich konnte in jede Ecke sehen. Metallteile lagen herum, Rohre und Kabel.

Die Explosion, richtig! Wo war Frau Dr. No? Mein Blick flog noch einmal durch den Raum. Keine Spur von ihr. Auf der anderen Seite des Labors war eine Tür. Darüber leuchtete eine grüne Lampe, die den Ausgang als Fluchtweg markierte. Auf diesem Weg musste Frau Dr. No abgehauen sein.

»Soll ich die Brechstange holen?« Die Männerstimme, die durch die schwere Sicherheitstür drang, klang ungeduldig. Innerhalb von Sekundenbruchteilen wurde mir meine Lage bewusst.

Ich war allein in diesem Labor, in dem gerade ein Supermagnet explodiert war. Und vor der Tür standen ein paar sehr ungehaltene Männer. Polizei vermutete ich. Oder Security. Und Frau Dr. No, die für die ganze Katastrophe verantwortlich war, war weg. Vermutlich setzte sie sich gerade auf die Bahamas ab.

Shit! Ich musste hier raus! Und zwar so schnell wie möglich.

Mühsam rappelte ich mich auf. Mein Kopf pochte und dröhnte. Und meine Knie fühlten sich wie Gummi an. So schnell ich konnte, stolperte ich auf die Fluchttür zu.

»Na bitte«, hörte ich hinter mir die Männerstimme, gerade als ich die Tür endlich erreichte. Ich riss sie auf.

Doch da stieß meine Schuhspitze gegen etwas, das klirrend ein Stückchen zur Seite rollte. Wie von selbst flog mein Blick zu dem Gegenstand. Ich traute meinen Augen kaum: Es war mein Anhänger – und beide Hälften der Kugel waren wieder fest vereint! Die Kugel sah genau so aus, wie ich sie an meinem fünfzehnten Geburtstag erhalten hatte. Ob das durch die erhöhte Stromstärke passiert war? Die Kugel musste jedenfalls durch die Explosion aus dem Magneten geschleudert worden sein. Direkt bis vor die Tür. Und jetzt lag sie hier vor meinen Füßen.

Ich musste nur danach greifen. Ich konnte mein Glück – im Unglück – kaum fassen, bückte mich und schloss meine Finger darum. Dann schlüpfte ich durch die Fluchttür, gerade in dem Moment, als hinter mir wieder die Männerstimme zu hören war: »Ach du Scheiße, was ist denn hier passiert?«

Ich gönnte mir keine Sekunde, um zu verschnaufen. Immer zwei Stufen auf einmal nehmend, hechtete ich die schmale Betontreppe hinauf, die sich hinter der Fluchttür befand. Oben angekommen, stieß ich auf einen Notausgang, der zwar mit einem Alarmhebel gesichert war, doch den hatte bereits jemand umgelegt. Frau Dr. No vermutlich. Und niemanden schien das schrille Piepen, das die Tür von sich gab, zu interessieren.

Als ich durch den Ausgang auf die weite Rasenfläche rannte, die sich neben dem Gebäude befand, wurde mir auch klar, warum das so war.

Vor dem Haupteingang hatte sich eine chaotische Menschenmenge gebildet. Immer mehr Leute drängten hinaus. Und über die Hauptzufahrt schoss eine Kolonne von Polizeifahrzeugen und Rettungswagen heran, die mit ihren blinkenden Blaulichtern die ganze Szene in eine bizarre Diskobeleuchtung tauchten.

Ich nahm mir nicht die Zeit, es mir genauer anzuschauen. Stattdessen wandte ich mich ab und rannte, so schnell meine Gummibeine, mein hämmernder Schädel und meine generelle Unsportlichkeit es zuließen, in die entgegengesetzte Richtung.

Weg hier! Bevor irgendjemand auf die Idee kam, mich mit dieser Explosion in Verbindung zu bringen.

Ich schaffte es genau bis auf die andere Seite des nächsten Gebäudes. Dort machte ich schlapp.

Völlig außer Atem lehnte ich mich mit dem Rücken gegen die Hauswand und ließ mich langsam daran hinuntergleiten.

Mein Herz raste, mein Atem ging stoßweise. Und in meiner Hosentasche vibrierte etwas. Es dauerte einen Augenblick, bis ich begriff, dass es mein Handy war, das die Explosion erstaunlicherweise unbeschadet überstanden zu haben schien.

»Ich wollte nur fragen, ob du noch kommst?«

Lucas' Stimme durch das Handy zu hören, erschien mir so unreal, dass ich mich fragte, ob ich womöglich halluzinierte. Vielleicht hatte mein Kopf mehr abbekommen, als ich gedacht hatte.

»Claire?«

»Ich, ähm, wohin?«, stotterte ich.

»Zur Bandprobe.« Lucas klang ein wenig beleidigt.

»Ach ja.« Die Probe hatte ich tatsächlich komplett vergessen. Was angesichts der Umstände vermutlich nicht erstaunlich war. »Wohl eher nicht.«

»Sag mal, was ist das für ein Sirenengeheul?«, erkundigte Lucas sich. Seine Stimme klang seltsam blechern. Vielleicht hatte mein Handy doch etwas abbekommen. »Wo steckst du denn?« Im Hintergrund hörte ich die anderen Jungs der Band laute Kommentare abgegeben. All das erschien mir unendlich weit weg.

»In meinem schlimmsten Albtraum«, erwiderte ich.

»Alles in Ordnung bei dir?«, hakte Lucas nach. »He, seid doch mal leise«, rief er seinen Bandkollegen zu.

»Nicht so wirklich.«

»Claire, was ist los?« Lucas klang besorgt. Die Stimmen im Hintergrund wurden leiser, wahrscheinlich war er aus dem Probenraum gegangen. »Ist was passiert?«

»Ja … nein …« Wieder fehlten mir die Worte. Doch dann brachen sie aus mir heraus. »Ich bin an der Uni. Der Magnet ist explodiert. Und Frau Dr. No ist abgehauen. Sie hat den Professor vergiftet. Und hier ist überall Polizei. Und womöglich verdächtigen die mich …«

»Was?« Lucas klang nicht, als würden meine Erklärungen für ihn irgendeinen Sinn ergeben. »Das hört sich ziemlich schräg an. Hör zu, ich komme jetzt zu dir und hole dich ab, okay? Wo genau bist du?«

»Ich weiß es nicht.« Plötzlich stiegen mir Tränen in die Augen, in meinem Hals bildete sich ein dicker Kloß und mein ganzer Körper begann zu zittern. »Ich weiß es nicht«, wiederholte ich flüsternd und schluchzte auf.

»Okay. Du bist an der Uni, sagst du?«

»Ja.« Zumindest das war sicher.

»Okay. Da ist eine Bushaltestelle. An der langen Straße, die zum Hauptgebäude führt. Da hole ich dich in zwanzig Minuten ab«, erklärte Lucas bestimmt. »An der Bushaltestelle, hast du gehört?«

»Ja«, schniefte ich wieder.

»Gut, bis gleich.« Er legte auf.

Ich war nicht mehr in der Lage zu denken. Geschweige denn irgendetwas zu tun. Ich hörte Sirenengeheul und sah flackernde

Blaulichter. Aber niemand kam, um mich festzunehmen. Ich verharrte in der Hocke und starrte auf mein Handy, bis es mir anzeigte, dass fünfzehn Minuten vergangen waren. Dann löste ich mich aus meiner Starre, kam mühsam wieder hoch und setzte mich wie ferngesteuert in Bewegung.

Ich drückte mich eng am Gebäude entlang, um von der Zufahrt zur Uni aus nicht gesehen zu werden. Als ich die Straße erreichte, von der Lucas gesprochen hatte, riskierte ich einen schnellen Blick zum Hauptgebäude hinüber. Vor dem Eingang parkten Löschfahrzeuge, Polizeiautos und Rettungswagen. Noch immer standen überall Menschen herum. Rot-weiße Absperrbänder waren aufgehängt worden. Es war ein riesiger Tumult.

Schnell duckte ich mich hinter eine Hecke, die direkt neben dem Gehweg an der Straße entlang gepflanzt war. Gebückt lief oder besser gesagt humpelte ich dahinter entlang, bis ich die Bushaltestelle erreichte. Und zu meiner grenzenlosen Erleichterung wartete dort tatsächlich Lucas auf mich. Lässig lehnte er an seinem Fahrrad und lächelte mich schief an, als ich hinter der Hecke hervorkam.

»Wow. Was ist denn hier los?«, fragte er und deutete auf die blaue Diskobeleuchtung vor dem Eingang.

»Erklär ich dir später.« Ich wollte so schnell wie möglich von hier weg. »Können wir los, bitte?«

»Klar, steig auf.« Lucas wies einladend auf den Gepäckträger seines Fahrrads. »Meine Vespa ist leider gerade in der Werkstatt.«

»Fahrrad ist super.« Ich lächelte matt. Sehr matt.

Ich wartete, bis Lucas sich aufs Rad geschwungen hatte, dann setzte ich mich auf den Gepäckträger.

»Halt dich fest.« Lucas griff nach meinen Händen und legte sie sich selbst um die Taille. Plötzlich war ich ihm ganz nah – leider konnte ich es in diesem Moment überhaupt nicht genießen.

»Hey.« Lucas drehte sich noch mal um und lächelte mir ermutigend zu. »Alles wird gut, okay?«

»Okay.«

Er trat in die Pedale und ich klammerte mich an ihm fest. Ich wollte ihm glauben. Wirklich. Aber ich hatte so meine Zweifel.

Frau Dr. No war verschwunden.

Sie hatte den Injektor mitgenommen.

Den einzigen Beweis dafür, dass sie es auf Tareks Vater abgesehen hatte.

Der wiederum lag im Krankenhaus.

Und kämpfte ums Überleben. Oder noch schlimmer … aber darüber wollte ich lieber nicht nachdenken.

*

»Also, dann erzähl mal.« Lucas reichte mir einen Becher Tee und hockte sich mir gegenüber auf den Boden in seinem Zimmer.

Auf dem Weg hatte es wieder zu regnen angefangen und die feuchten Klamotten klebten mir am Körper, sodass ich immer heftiger zitterte.

»Nein, warte.« Lucas stellte seinen eigenen Becher ab und stand wieder auf. Er ging zum Kleiderschrank und kehrte kurz darauf mit einem flauschigen Hoodie zurück.

»Auf die Gefahr hin, dass ich ihn nie wiedersehe …« Er grinste und reichte mir den Pullover.

Dankbar streifte ich den Pulli über den Kopf. Er war viel zu groß, sodass ich ihn auch über meine angewinkelten Knie ziehen konnte. Ich nahm den Teebecher zwischen die Hände, blies auf die dampfende Flüssigkeit und schlürfte vorsichtig einen Schluck. Die Wärme strömte durch meinen Körper und das Zittern ließ langsam nach.

Dennoch fühlte ich mich seltsam hohl. Als hätte ein komplett emotionsloser Weltraumwurm von mir Besitz ergriffen und würde meine Bewegungen steuern, während ich selbst direkt über meinem Kopf schwebte und dem Wurm dabei zusah. So also fühlte es sich an, wenn man unter Schock stand! Gar nicht so schlecht, wenn man überhaupt nichts mehr fühlte. Nicht einmal mehr den pochenden Kopf und die schmerzenden Glieder.

»Jetzt aber.« Wieder nahm Lucas mir gegenüber Platz. »Erzähl mal der Reihe nach.«

»Das ist ziemlich kompliziert«, sagte dieses fremde Wesen in mir.

»Ich denke, ich werde es schon kapieren.«

»Und eine ziemlich lange Geschichte«, wich der Weltraumwurm erneut aus. Ich fand, er machte seine Sache recht gut. Dafür, dass er ein Weltraumwurm war, meine ich. Denn was sollte ich Lucas erzählen? Die ganze Geschichte? Dann würde er mich vermutlich für verrückt halten und nichts mehr mit mir zu tun haben wollen. Und das ausgerechnet jetzt, wo er gerade erst angefangen hatte, mich überhaupt wahrzunehmen.

»Wir haben Zeit«, ließ Lucas sich jedoch nicht abwimmeln. »Mit Störungen ist auch nicht zu rechnen. Meine Mutter ist unterwegs und Lulu hat sich seit heute Morgen in ihrem Zimmer verbarrikadiert.«

Ohne Vorwarnung beugte er sich zu mir und strich mir mit dem Zeigefinger eine feuchte Strähne aus dem Gesicht.

»Warum bist du plötzlich so nett zu mir?«, fragte das Weltraumwesen, während ich noch damit beschäftigt war, meinen Atem wieder unter Kontrolle zu bringen.

»Wie meinst du das?« Lucas schaute mich verständnislos an.

»Du hast mich ein Jahr lang ignoriert«, erklärte mein anderes Ich. »Ich wundere mich bloß.« Dafür hätte ich den Weltraumwurm am liebsten erwürgt oder auf andere Weise zum Schweigen gebracht. Was schwierig war, da er in meinem Körper steckte. Andererseits interessierte mich die Antwort auf diese Frage mindestens genauso sehr.

»Hab ich das?« Lucas wirkte erstaunt.

»Ja, natürlich. Damals auf dem Jungenklo warst du auch so nett, aber danach hast du getan, als wäre ich Luft.« Lieber Himmel! Dieser Weltraumwurm war eine Katastrophe!

»Ach so.« Lucas lachte. »Das meinst du.«

»Also, warum?«, beharrte der nervige Wurm.

»Weißt du denn nicht mehr, was du damals gesagt hast? Als du das erste Mal hierherkamst?«, fragte Lucas.

»Ungefähr.« In Wirklichkeit wusste ich es natürlich noch ganz genau. Wort für Wort. Dass ich nicht auf dunkelhaarige Typen stehe, hatte ich behauptet. Aber doch nur wegen Lulu!

»Na, jedenfalls dachte ich, dass es die Mühe wohl nicht wert ist, wenn du kein Interesse hast.«

»Welche Mühe denn?«, fragte mein Ich aus dem All neugierig.

»Mich um dich zu bemühen, wenn ich eh keine Chance habe«, erklärte Lucas. »Zumal es garantiert eine Menge Ärger mit meiner Schwester bedeutet hätte, wenn ich mich für ihre beste Freundin interessiere.« Lucas verdrehte die Augen.

»Wohl wahr«, stimmte der Weltraumwurm nüchtern zu. Doch während der Wurm das sagte, begann mein eigenes Herz plötzlich wieder zu schlagen. Ziemlich heftig zu schlagen, genau genommen. Hatte Lucas gerade tatsächlich gesagt, dass er sich für mich interessierte? Wenn er es denn noch tat …

»Und jetzt?«, fragte der Weltraumwurm vorsichtig. Er klang gar nicht mehr richtig weltraumwurmig, sondern viel mehr wie ich selbst.

»Jetzt denke ich, dass es die Mühe vielleicht doch wert ist.«

Lucas lehnte sich zu mir. Strich mir noch einmal mit dem Finger sanft über die Wange. Über die Lippen. Plötzlich war sein Gesicht direkt vor meinem. Dann küsste er mich.

Mit einem geräuschlosen »Puff« löste der Weltraumwurm sich in Luft auf. Und in meinem Körper fand eine Gefühlsexplosion statt. Ich spürte Lucas' Atem auf meiner Haut. Und seine Lippen auf meinem Mund. Seine Hand an meiner Wange. Seine andere Hand, die sich um meinen Kopf legte. Mich näher zu sich zog. Seinen Mund. Auf meinem …

Kurz fragte ich mich, ob das jetzt womöglich wirklich eine Halluzination war. Doch dann vergaß ich die Frage sofort wieder. Und alle anderen auch. Zumindest solange der Kuss dauerte.

Was für meinen Geschmack ruhig eine Ewigkeit hätte sein dürfen. Das wäre allerdings schon deshalb ungünstig gewesen, weil ich kurzfristig das Atmen eingestellt hatte. Als Lucas' Lippen sich von meinen lösten, schnappte ich nach Luft. Mein Kopf pochte und meine Knochen schmerzten, aber das nahm ich gerne in Kauf.

Lucas sah mich mit einem Lächeln an, diesem speziellen Lächeln, bei dem mir schon immer ganz warm im Bauch geworden war. Trotzdem war der Ausdruck in seinen Augen neu. Und die Wärme breitete sich bis in meine Finger- und Zehenspitzen aus. Selbst in den Haarwurzeln wurde mir warm.

»Und jetzt erzähl mir, was passiert ist.« Lucas nahm meine Hand und schob seine Finger zwischen meine.

»Ich …«, stammelte ich, des Sprechens noch nicht wieder mächtig.

»Bitte, Claire, ich mache mir Sorgen«, sagte er ernst und drückte meine Hand.

Ich atmete tief durch. Was sollte ich ihm bloß erzählen? Er würde mich für verrückt erklären! Wo war der wortgewandte Weltraumwurm, wenn man ihn am dringendsten brauchte? Andererseits: War es nicht besser, wir klärten das jetzt als später? Besser ich erzählte ihm die ganze Geschichte direkt. Von Anfang an.

Ich drückte Lucas' Hand, dann wand ich meine Finger vorsichtig aus seinen und griff in meine Hosentasche. Sofort fanden sie den Anhänger und schlossen sich um das kühle Metall zur Faust. Mit den Fingerspitzen konnte ich die feinen Gravuren auf der Kugel spüren. Ich nahm die Faust aus der Tasche, öffnete sie und zeigte Lucas den Anhänger auf meiner ausgestreckten Hand.

»Damit hat alles angefangen«, sagte ich.

Lucas umfasste meine Hand und zog sie ein Stück zu sich, um den Anhänger anschauen zu können.

»Ich habe ihn von meiner Großmutter geerbt«, erzählte ich. »An meinem Geburtstag.«

Plötzlich hatte ich ein Bild im Kopf. Von Lulu, die sich an diesem Tag ebenfalls über den Anhänger gebeugt und ihn eingehend betrachtet hatte. »Krass«, hörte ich ihre Stimme. Für einen Sekundenbruchteil spürte ich den Stromstoß, der uns erwischt hatte, als wir den Anhänger gleichzeitig berührt hatten.

»Und?«, fragte Lucas gespannt.

»Es ist ein ganz besonderer Anhänger«, versuchte ich zu erklären. »Eigentlich sind es zwei Hälften und jede davon ist eine Uhr.«

Der Moment fiel mir ein, als der Anhänger sich zum ersten Mal geteilt hatte. Der Schreck, als Lulu und ich dachten, wir hätten ihn kaputt gemacht. Und dann unser Erstaunen, als wir entdeckten, dass es schon immer zwei Anhänger gewesen waren.

»Wie lässt er sich öffnen?«, fragte Lucas, nahm mir vorsichtig die Kugel aus der Hand und suchte nach einem Verschluss.

»Gar nicht.« Ich blies den Atem durch die Nase, ein unglückliches Lachen. »Besser gesagt, nicht mehr.«

Ich streckte Lucas meine geöffnete Hand hin, damit er die Kugel wieder hineinlegen konnte. Dann schloss ich erneut die Finger zur Faust und ließ sie in meinen Schoß sinken.

Auf einmal schoss eine Vielzahl von Bildern und Erinnerungen durch meinen Kopf: Lulus erstaunter Blick, als ich ihr die Halbkugel umgehängt hatte. Die Gewissheit, dass die beiden Anhänger wie für uns gemacht waren, nachdem wir den Brief meiner Großmutter gelesen hatten. Du bist mein Herzensmensch, hatte ich zu Lulu gesagt. Zwillinge im Herzen. Wir hatten so viel Spaß mit dem Zeitumkehrer gehabt. Und uns schließlich so heftig seinetwegen zerstritten … Fast wie Amalia und Eugenia. Ich musste schlucken, als ich daran dachte, was aus den beiden Zwillingsschwestern geworden war.

»Und was hat dieser Anhänger mit der Sache zu tun, die da gerade an der Uni passiert ist?« Lucas' Frage drang wie aus weiter Ferne zu mir. »Was ist da überhaupt passiert?«

Ich schüttelte meinen Kopf. Das alles konnte ich Lucas nicht erklären. Die Einzige, die all das wirklich verstehen würde, war Lulu.

Als der Gedanke einmal gedacht war, ließ er sich nicht mehr vertreiben.

Tränen traten mir in die Augen.

Der Nachteil, wenn man nicht mehr von einem Weltraumwurm beherrscht wurde, war, dass man auch das ganze Unglück wieder spürte, das über einen hereingebrochen war.

»Pass gut auf dich auf, meine Kleine. Und auf deine Freundin. Ihr müsst fest zusammenhalten, hörst du, sonst werdet ihr es nicht schaffen …«

Die Worte meiner Großmutter, die sie im Traum zu mir gesagt hatte, dröhnten in meinem Kopf.

»He, was hast du denn?« Lucas wischte mir mit dem Zeigefinger eine Träne von der Wange. »Du musst es mir ja nicht erzählen, wenn du nicht willst.«

»Es ist nur …« Ich schluckte. »Ich bin so traurig, weil ich mich mit Lulu zerstritten habe.« Das war natürlich nur ein Teil des ganzen Dramas. Aber in diesem Augenblick schien es mir der entscheidende zu sein.

»Dann rede mit ihr.« Wieder nahm Lucas meine Hand und hielt sie fest in seiner. »Rede mit ihr«, wiederholte er. »Sie ist genauso fertig, seit ihr euch gezofft habt.«

»Wirklich? Woher willst du das wissen?« Lulu hatte auf mich nicht den Eindruck gemacht, besonders niedergeschlagen zu sein.

»Ich bin zwar nur ihr Bruder, mit dem sie kein Wort geredet hat, seit sie dich in meinem Zimmer erwischt hat, aber ich bin weder blind noch blöd. Glaub mir, sie ist total am Ende.«

»Wenn du meinst.« Ich spürte, dass sich tief in mir drin so etwas wie Hoffnung regte.

»Du musst aber zu ihr gehen.« Noch einmal drückte er meine Hand. »Sie ist viel zu stur, um sich zu entschuldigen.«

28

Ich wiederholte Lucas' Worte wie ein Mantra, bis ich vor Lulus Zimmertür stand. Aber es half nichts. Die Vorstellung, an Lulus Tür zu klopfen, jagte mir eine Heidenangst ein. Schon deshalb, weil ich nicht wusste, ob sie überhaupt mit mir reden wollte.

Ich versuchte, nicht daran zu denken, wie abweisend sie am Morgen zu mir gewesen war. Und vor allem nicht an die Sachen, die sie mir an den Kopf geworfen hatte, nachdem Samuel mit ihr Schluss gemacht hatte. Oder im Klassenraum, als sie mir die Kette zurückgegeben hatte.

Stattdessen klammerte ich mich an den winzigen Funken Hoffnung, dass sich Lulu mit unserem Streit ebenso schlecht fühlte wie ich. Und dass sie womöglich, ganz vielleicht, bloß darauf wartete, dass ich den ersten Schritt machte. Weil sie nämlich – da hatte Lucas absolut recht – viel zu stur war, um es selbst zu tun.

Bevor ich es mir anders überlegen konnte, hob ich die Hand und klopfte.

»Was denn nun schon wieder?«, motzte Lulu. Als hätte den ganzen Tag lang ständig jemand an ihre Tür geklopft. Was ich bezweifelte, aber das war halt typisch Drama-Lulu. Ich öffnete die Tür und schlüpfte ins Zimmer.

Lulu lag noch genauso auf ihrem Bett wie am Morgen. Ich fragte mich, ob sie sich zwischendurch überhaupt bewegt hatte.

»Du schon wieder«, stellte sie genervt fest.

»Ja, ich schon wieder.«

Lulu seufzte theatralisch.

»Ich dachte, du wärst bei diesen Mathematikern.«

»Ist schon vorbei.«

Lulu seufzte wieder.

»Und, wie war's?« Sie klang nicht, als würde sie sich tatsächlich dafür interessieren. Trotzdem beschloss ich, es als gutes Zeichen zu werten, dass sie mich nicht sofort wieder hinauswarf.

»Ging so«, gab ich zurück. Was die Untertreibung des Jahrhunderts war, doch zu den Geschehnissen auf dem Kongress kämen wir vielleicht später noch.

Ich nahm meinen ganzen Mut zusammen. »Wir müssen reden«, sagte ich und machte zwei Schritte in den Raum.

»Und worüber?« Lulu setzte sich hin und lehnte sich gegen die bunten Kissen am Kopfende ihres Bettes. Immerhin schenkte sie mir jetzt ihre ganze Aufmerksamkeit.

»Über uns?« Okay, es klang eher wie eine Frage. Und ich konnte nicht verhindern, dass meine Stimme dabei ein bisschen zitterte. Aber was sollte man erwarten? Wenn sie jetzt antwortete, dass es da nichts zu reden gab, dann war es das. Dann war es endgültig vorbei. Denn noch einmal würde ich auf gar keinen Fall den Mut aufbringen, auf Lulu zuzugehen.

Fast rechnete ich damit, dass Lulu bloß wieder theatralisch seufzen würde. Doch da hatte ich mich getäuscht.

»Ja, wahrscheinlich hast du recht«, sagte sie und klopfte mit der flachen Hand einladend neben sich auf das Bett.

Wir hatten schon tausendmal nebeneinander auf Lulus Bett gesessen. Trotzdem fühlte es sich seltsam an, als ich mich neben ihr in die Kissen lehnte und mich augenblicklich Lulus sanfter Schokoduft einhüllte. Ich atmete tief durch. Und grübelte, was ich als Nächstes sagen sollte. Ich hatte zwar meinen Mut zusammengenommen, um mich auszusprechen, doch nun fehlten mir die Worte. Zum Glück brach Lulu das Schweigen.

»Du siehst richtig scheiße aus, weißt du das?«, fragte sie. Es war wie immer Verlass darauf, dass sie genau das sagte, was ihr gerade in den Sinn kam. Ohne Rücksicht auf Verluste. Ach, wie hatte ich das vermisst!

»Es geht mir ja auch nicht besonders«, erwiderte ich und zuckte mit den Schultern.

»Nee, mir auch nicht.« Wieder seufzte Lulu, aber dieses Mal klang es kein bisschen theatralisch. Und der kleine Funken Hoffnung in mir flackerte freudig auf. Lucas hatte recht damit gehabt, dass auch Lulu unter unserem Streit litt!

»Jedenfalls siehst du aus wie ein begossener Pudel.« Lulu begutachtete meine noch immer feuchten Haare. »Und was sind das eigentlich für Schrammen auf deiner Wange?« Sie kniff die Augen zusammen. »Und was für einen Pullover trägst du da? Gehört der etwa meinem blöden Bruder?«

Ich schluckte. Wenn Lulu jetzt anfing, sich aufzuregen, weil ich Lucas' Pulli trug, dann sah ich für unsere Aussprache doch schwarz.

»Sag mal, ist da irgendwas zwischen Lucas und dir?«, hakte Lulu nach.

Ich zuckte bloß mit den Schultern. War da etwas zwischen Lucas und mir? Ja, wahrscheinlich schon … Zumindest hoffte ich das. Aber wie sollte ich das Lulu erklären?

»Du willst was von ihm, nicht wahr?« Lulu rutschte auf dem Bett herum, sodass sie mir genau gegenübersaß, doch ich konnte sie kaum ansehen.

»Hm«, machte ich und nickte zögerlich.

»Seit wann?«

»Weiß nicht.« Wieder zuckte ich mit den Schultern. »Schon immer? Also, zumindest seit ich ihn kenne …«

»Oh Mann!« Lulu machte ein Geräusch, das wie ein Schnauben klang. Es konnte aber auch ein unterdrücktes Lachen sein. »Warum hast du nie was davon erzählt?«

»Weil …« Ich biss mir auf die Lippe. »Ich war einfach so froh, eine Freundin wie dich gefunden zu haben, das hätte ich um nichts in der Welt aufs Spiel setzen wollen. Und ich war mir einfach nicht sicher, was du dazu gesagt hättest.«

»Dass du total bescheuert bist, wahrscheinlich.« Wieder prustete Lulu, es klang tatsächlich amüsiert. »Aber das hätte doch nichts an unserer Freundschaft geändert! Ich bin schon fast sauer, dass du mir das zugetraut hast.«

»Wirklich nicht?« Ich konnte es kaum glauben. So leicht nahm sie die Sache mit Lucas?

»Aber das, was mit Samuel passiert ist, das schon?« Ich zwang mich, Lulu anzuschauen. Jetzt kam also die Stunde der Wahrheit. Lulu zog einen superspitzen Kussmund.

»Da hab ich vielleicht, womöglich ein kleines bisschen überreagiert«, druckste sie herum. »Zumal ich inzwischen rausgefunden habe, dass er schon länger was mit dieser blonden Barbie laufen hat. Du hättest mir einfach sagen können, dass du Mr. Mickey Maus mit dieser Tussi beobachtet hast. Statt mich ahnungslos in die Katastrophe laufen zu lassen.«

»Ja, hätte ich vielleicht.« Ich nickte. Das hätte ich wirklich tun sollen. Und darauf vertrauen, dass Lulu mir glaubte. »Aber ich war mir nicht sicher, wie du reagierst. Weil wir uns ja vorher schon gestritten hatten …«

»Das war ziemlich dämlich, oder?«, unterbrach Lulu mich. »Sich wegen der Mathearbeit zu streiten, meine ich.«

»Na ja.« Noch einmal biss ich mir auf die Lippe, unsicher, ob ich wirklich sagen sollte, was ich dachte. Doch dann entschied ich, dass diese Aussprache nur Sinn machte, wenn wir über alles redeten. »Du hast ziemlich gemeine Sachen über mich gesagt.« Es schmerzte noch immer, dass Lulu mich als blöd, langweilig und feige bezeichnet hatte.

»Aber das habe ich doch nur gesagt, weil du mir vorgeworfen hast, ich hätte dich zum Schummeln überredet! Als wäre das alles meine Schuld gewesen. Und dann hast du auch ein paar echt fiese Dinge gesagt.«

Das ließ sich nicht abstreiten. Wir hatten uns beide bei dem Streit nicht gerade zurückgehalten. Inzwischen tat mir das längst alles leid.

»Ich hatte halt Panik, dass ich wegen der Sechs sitzenbleibe. Da bin ich vermutlich ein bisschen zu sehr ausgetickt«, erklärte ich. »Und dann hast du mich angelogen und behauptet, du müsstest etwas für deine Mutter erledigen, dabei warst du mit Samuel verabredet.«

»Aber das hab ich nur gesagt, weil ich nicht wollte, dass du eifersüchtig bist«, erwiderte Lulu. »Und dann hast du mit Lucas über mich gelästert, als ich nach Hause kam. Das hätte ich nicht von dir gedacht.«

»So war das doch gar nicht«, rechtfertigte ich mich. »Wir haben bloß über dich gesprochen, weil Lucas sich Sorgen gemacht hat, dass Samuel dich ausnutzen würde. Und du hattest nichts Besseres zu tun, als sofort zu Sophie zu rennen, um ihre neue beste Freundin zu werden.«

»Moment mal«, brauste Lulu auf. »Sophie kam zu *mir*. Nicht nur einmal. Und nach unserem Megastreit brauchte ich halt jemanden, neben den ich mich in der Klasse setzen konnte. Außerdem wusste ich, dass es dir etwas ausmacht. Und ich war halt total sauer auf dich.«

»Musstest du ihr deswegen gleich unser Geheimnis verraten? Ihr und Frau Dr. No?« Das, stellte ich fest, war das Schmerzhafteste. Dass Lulu unserer Lehrerin die Seifenattacke gestanden hatte beziehungsweise auch noch behauptetet hatte, ich wäre ganz allein dafür verantwortlich gewesen.

»Welches Geheimnis?« Lulu sah mich nur verständnislos an. »Du meinst doch nicht etwa den Zeitumkehrer? Darüber hab ich nichts gesagt.«

»Nein, ich meine den Seifenstreich«, erklärte ich irritiert. »Du hast Frau Dr. No erzählt, dass ich die Tafel eingeschmiert hätte ...«

»Was?«, rief Lulu empört. »So ein Quatsch. Davon hab ich keinen Ton gesagt. Niemandem.«

»Aber woher wusste sie es dann ...?« Schlagartig wurde mir klar, dass Frau Dr. No bloß geblufft hatte. Wahrscheinlich hatte sie längst geahnt, wer ihr diesen misslungenen Streich gespielt hatte, und sie hatte nur auf den passenden Augenblick gewartet, um uns damit zu konfrontieren. Und dann war es ihr als das ideale Druckmittel erschienen, um mir die Kette mit den Anhängern abzunehmen. Sie war wirklich die hinterhältigste Schlange, die man sich nur vorstellen konnte!

»Oh Mann«, stöhnte ich. »Wir sind solche Idioten.«

»Wie bitte?« Lulu sah mich fragend an.

»Wir haben ihr mit unseren Streitereien die ganze Zeit genau in die Hände gespielt«, stellte ich fest.

»Wem?«, fragte Lulu verwundert.

»Frau Dr. No.«

»Wieso? Was hat die denn damit zu tun?«

»Das ist eine etwas längere Geschichte«, erwiderte ich.

»Lass hören.« Lulu rutschte wieder neben mich, lehnte sich in die Kissen zurück und sah mich erwartungsvoll von der Seite an. Als hätte es unseren megariesenfetten Streit nie gegeben. Und zu meiner eigenen Überraschung fühlte sich das genau richtig an.

»Frau Dr. No hatte es die ganze Zeit auf den Zeitumkehrer abgesehen«, erklärte ich und spürte sofort eine unfassbare Erleichterung, dass ich die Geschichte endlich jemandem erzählen konnte. Jemandem, der sie verstand. Und sie glauben würde.

Also berichtete ich Lulu, was passiert war, von dem Moment an, als sie mir ihre Hälfte des Anhängers zurückgegeben hatte. Ich erzählte, dass Frau Dr. No mich unter Druck gesetzt hatte, damit ich ihr die Anhänger gab. Ich fasste für Lulu zusammen, was ich in dem alten Tagebuch über das unglückliche Leben von Amalia gelesen hatte, und erklärte ihr, dass es eine Möglichkeit gab, den Zeitumkehrer mithilfe einer starken magnetischen Kraft zu aktivieren.

Dann schilderte ich, was auf dem Mathematikertreffen passiert war, von dem allergischen Schock des Professors bis hin zu der Explosion im Keller samt Frau Dr. Nos plötzlichem Verschwinden und meiner eigenen Flucht.

»Wow«, sagte Lulu bloß, als ich schließlich geendet hatte. Und noch einmal »Wow!« Bis auf ihre kurzzeitigen Aussetzer in Gegenwart von Mr. Micky Maus hatte ich sie noch nie zuvor so sprachlos erlebt. Schließlich schüttelte sie den Kopf, als könnte sie nicht glauben, was ich gerade erzählt hatte.

»Clairchen«, sagte sie sehr ernst und strich mir ganz vorsichtig mit der Hand über den Arm. »Clairchen, ich bin so was von froh, dass du noch am Leben bist!«

»Ja, ich auch«, versuchte ich zu scherzen. Es tat so gut zu wissen, dass ich Lulu noch wichtig war!

»Ich werde ganz bestimmt nie wieder behaupten, dass du ein Angsthase bist, hoch und heilig versprochen.«

»Bin ich aber.« Mir war nur zu bewusst, welch schrecklichen Ängste ich in dem Keller ausgestanden hatte.

»Quatsch!«, widersprach Lulu mir jedoch vehement. »Du hast dich so unfassbar mutig verhalten, dass ich mir nicht ganz sicher bin, ob du überhaupt die Claire bist, die seit mehr als einem Jahr meine allerbeste Freundin ist.«

Ich boxte sie gegen den Arm. Doch dann wurde mir bewusst, was Lulu gerade gesagt hatte.

»Bin ich das denn noch?«, fragte ich. »Deine beste Freundin, meine ich.«

»Wenn ich noch deine bin?« Mit einem Mal wirkte Lulu ungewöhnlich unsicher.

Ich wollte laut Ja schreien, aber ich brachte kein Wort mehr heraus, so dick war der Kloß aus Erleichterung in meinem Hals. Doch Lulu deutete mein Schweigen offensichtlich falsch.

»Claire«, sagte sie flehentlich. »Es tut mir leid, was ich gesagt habe. Alles, was ich Gemeines gesagt habe, tut mir leid. Vor allem tut es mir leid, dass ich behauptet habe, du wärst eine schlechte Freundin. Das stimmt nicht. Nicht mal ein bisschen. Du bist die allerallerbeste Freundin, die man sich nur wünschen kann. Als wir uns gestritten haben und nicht mehr miteinander gesprochen haben, war ein riesiges Loch mitten in meinem Herzen. Ich möchte dich nie wieder verlieren.«

Mein eigenes Herz fühlte sich plötzlich ganz leicht an bei Lulus Worten. Zumindest in diesem einen Punkt hatte Lucas unrecht gehabt, dachte ich. Lulu war nicht zu stur, sich als Erste zu entschuldigen. Ich schluckte kräftig, um den lästigen Kloß loszuwerden.

»Mir tut es auch leid«, sagte ich dann. »Vor allem, dass ich nicht in allem absolut ehrlich zu dir war. Das soll nie wieder passieren, versprochen.«

»Puh! Dann hätten wir das ja zum Glück geklärt.« Lulu nahm mich in den Arm. Ich schlang ebenfalls die Arme um sie. Sie drückte mich an sich, ich drückte sie an mich. Wir hielten uns ganz fest, so fest, als wollten wir uns nie wieder loslassen.

»Und was machen wir jetzt?«, fragte Lulu schließlich.

»Was meinst du?«, erwiderte ich und löste mich ganz sanft aus unserer festen Umarmung.

»Wie stoppen wir Frau Dr. No und retten Tareks Vater?«, fragte Lulu und ließ mich ebenfalls los.

Ungläubig sah ich sie an.

»Meinst du das ernst?«

»Absolut«, bestätigte sie. »Ich kann doch nicht zulassen, dass du das ganze Abenteuer allein erlebst.«

»Du spinnst!« Ich boxte sie erneut.

»Auf jeden Fall.«

Ich konnte nicht anders, ich musste sie einfach noch einmal in den Arm nehmen. Es fühlte sich so gut an, dass Lulu wieder bei mir war. Und alles, was in den letzten Stunden Schreckliches passiert war, erschien mir nicht mehr ganz so schrecklich mit Lulu an meiner Seite. Nicht mehr ganz so aussichtslos. Eine Idee, was wir unternehmen konnten, hatte ich leider trotzdem noch nicht.

»Wir haben nur eine Möglichkeit«, sagte Lulu, als hätte sie meine Gedanken gelesen. »Wir müssen die Zeit zurückdrehen.«

»Da gibt es allerdings ein Problem«, erwiderte ich, zog den Zeitumkehrer aus meiner Hosentasche und zeigte ihn Lulu auf meiner ausgestreckten Hand. »Frau Dr. No hat ihn heute bereits einmal benutzt. Und die Kugel lässt sich nicht mehr öffnen.«

»Na und? Genau so war es auch, als du ihn bekommen hast, erinnerst du dich nicht?«

»Doch, natürlich.« Ich erinnerte mich ganz genau an den Moment, als Lulu und ich den Anhänger gleichzeitig angefasst und die beiden Hälften sich von selbst getrennt hatten. Als Lulu jetzt nach der Kugel griff, glaubte ich für den Bruchteil einer Sekunde sogar, wieder einen kleinen Stromschlag zu spüren, so wie beim ersten Mal, als die Kugel sich geteilt hatte. Aber da musste ich mich getäuscht haben, denn der Anhänger lag kugelrund in Lulus Hand.

»Was genau hat Frau Dr. No noch mal damit angestellt?«, fragte sie und begutachtete den Anhänger.

»Wenn ich es richtig verstanden habe«, antwortete ich, »hat sie den Supermagneten benutzt, um die Hälften aufeinanderzupressen. Dadurch wurde der Zeitsprung ausgelöst.«

Lulu nickte nachdenklich, sagte aber nichts dazu, also fuhr ich mit meiner Erklärung fort.

»Als Frau Dr. No versucht hat, erneut zu springen, hat der Magnet die beiden Hälften nicht mehr zusammengefügt, und es hat kein Zeitsprung stattgefunden. Doch nach der Explosion war die Kugel seltsamerweise wieder komplett.«

»Hmhmhm«, machte Lulu und zog einen superspitzen Kussmund.

»Deshalb haben wir genau genommen sogar zwei Probleme«, fuhr ich fort, als Lulu immer noch nichts sagte. »Wir bekommen die Hälften nicht auseinander. Und selbst wenn wir das schaffen, können wir nicht noch einmal springen, denn der Zeitumkehrer muss sich erst zwölf Stunden lang aufladen.«

»Hmhmhm.« Es war eigentlich unmöglich, aber Lulus Kussmund wurde noch ein bisschen spitzer. Ich wartete gespannt.

»Nur mal angenommen ...«, sagte sie schließlich. »Nur mal angenommen, wir würden es doch schaffen, die Kugel zu trennen. Warum sollte der Zeitumkehrer dann nicht funktionieren? Ich meine, *wir* haben ja nicht die Zeit damit zurückgedreht, sondern Frau Dr. No.«

»Du meinst ...« Plötzlich begriff ich, worauf Lulu hinauswollte.

»Ganz genau.« Sie nickte bestätigend. »Für uns ist es das erste Mal innerhalb der zwölf Stunden.«

»Könnte hinhauen«, gab ich zu. »Bleibt aber trotzdem die Frage, wie wir dir beiden Hälften auseinanderbekommen.«

»Indem wir unsere Kraft benutzen«, sagte Lulu geheimnisvoll.

»Was?«, fragte ich. »Welche Kraft?«

»Na, die Kraft der Zwillinge.«

»Nee, klar.«

»Komm, schon, Claire. Wir beide sind etwas Besonderes. Herzenszwillinge. Wenn's nicht so wäre, hätte sich die Kugel doch niemals geteilt, oder wie war das noch?«

»Ja«, stimmte ich zu. Das war zumindest unsere Erklärung dafür gewesen, dass die Kugel sich zweihundert Jahre lang nicht geteilt hatte, bis zu dem Tag, als Lulu und ich sie in die Hände bekamen. »Und du denkst, das klappt noch mal?«

»Warum nicht?« Lulu klang so überzeugt, dass meine Zweifel zu schrumpfen begannen.

»Okay, lass es uns probieren«, willigte ich ein.

Ich hielt Lulu meine geöffnete Hand hin, sie legte den Anhänger hinein und wir schlossen unsere Hände um die Kugel.

Wir hielten beide den Atem an und warteten auf den Stromschlag. Doch nichts passierte.

»Es klappt nicht«, stellte ich fest und ließ enttäuscht die Hand mit dem Anhänger sinken. »Schade.« Irgendwie hatte ich doch gehofft, dass es funktionieren könnte.

»Warte mal.« Lulu hielt meine Hand fest. »Vielleicht haben wir einfach etwas vergessen.«

»Und das wäre?«, fragte ich skeptisch.

»Erinnerst du dich noch, was in dem Tagebuch stand? Dass nur zwei reine Herzen die Macht des Zeitumkehrers nutzen können.«

»Du denkst, dass unsere Herzen nicht rein genug sind?« Was auch immer das bedeuten sollte …

»Meins zumindest nicht«, erwiderte Lulu ernst. Noch immer hielt sie meine Hand, aber als ich sie überrascht anschaute, wich ihr Blick meinem aus.

»Ich muss dir wohl noch was sagen«, erklärte sie verzagt.

Ich wartete, zu erstaunt, um nachzufragen, was sie damit meinen könnte.

»Ich hab's gewusst.« Sie flüsterte beinahe.

»Was?«, fragte ich noch immer verwirrt.

»Dass du in Lucas verknallt bist.«

»Wie? Seit wann?« Okay, das war wirklich verwirrend.

»Seit immer.« Lulu zog eine entschuldigende Grimasse. »Also zumindest seit du das erste Mal hier zu Besuch warst.«

»Aber …« Ich wusste nicht, was ich sagen sollte. »Ich hab mich so bemüht, mir nichts anmerken zu lassen.«

»Ja, ich weiß.« Lulu zuckte mit den Schultern. »Aber was denkst du denn? Ich bin deine beste Freundin. Ich merke so was doch! Und dass Lucas sich für dich interessiert, war auch nicht gerade zu übersehen.«

»Oh, Mann.« Ich schüttelte bloß den Kopf. Das konnte jetzt nicht wirklich wahr sein. »Warum hast du die ganze Zeit kein Wort gesagt?«, fragte ich fassungslos. Und mir ein Jahr Seelenqualen erspart, hätte ich noch hinzufügen können.

»Weil ich …«, druckste Lulu herum. »Weil ich …« Sie stieß einen Seufzer aus. »Weil ich furchtbar Angst hatte, dass unsere Freundschaft kaputtgehen würde«, erklärte sie, und dann sprudelten die Wörter nur so aus ihr heraus. »Wenn du und Lucas zusammengekommen wärt, was hätte ich denn dann gemacht? Ich hatte einfach total Schiss, dass mein Bruder blöde Sachen über mich erzählt und du ihm womöglich glaubst oder dass du dann keine Zeit mehr für mich hast oder dich überhaupt nicht mehr für mich interessierst. Es tut mir leid, Clairchen, aber ich hatte doch gerade erst zum ersten Mal im Leben eine so tolle Freundin wie dich gefunden, da wollte ich einfach nicht riskieren, dich direkt wieder zu verlieren.« Sie sah mich bittend mit großen Augen an.

»Das ist … heftig.« Ich blies den Atem aus, den ich unbewusst während Lulus Beichte angehalten hatte. »Ziemlich heftig.« Ich schüttelte erneut den Kopf. »Weißt du eigentlich, wie mies ich mich gefühlt habe, weil ich dachte, ich hätte keine Chance bei Lucas? Und ich konnte nicht einmal mit dir darüber reden. Dem einzigen Menschen, mit dem ich sonst über alles sprechen kann. Aber du hast mich die ganze Zeit hängen lassen!«

»Ich weiß.« Lulus Augen wurden noch ein bisschen größer. »Es tut mir wahnsinnig leid. Ich hab einfach – ach, keine Ahnung – ich glaube, ich hab Angst gehabt, dass ich für dich dann nicht mehr wichtig wäre. Es klingt vielleicht blöd, aber ich wollte dich für mich haben und nicht ausgerechnet mit meinem blöden Bruder teilen müssen. Ich bin nicht gerade stolz darauf, doch so war es.« Lulu machte einen extrem zerknirschten Eindruck. Und waren das etwa Tränen, die da in ihren Augen schimmerten?

»Hm«, machte ich. Lulus Geständnis war ein ziemlicher Schlag für mich. Andererseits wusste ich auch ziemlich genau, was sie meinte. Mir war es ja nicht anders ergangen, als Lulu mit Samuel zusammengekommen war. Ich war auch eifersüchtig gewesen, was ich mir ebenso ungern eingestand. Und war es nicht auf eine seltsame, etwas schräge Weise ein Liebesbeweis, wenn Lulu mich für sich haben wollte? Lulu, die ich immer als die Stärkere von uns beiden eingeschätzt hatte und die nun wirkte wie ein kleines Häufchen Elend.

»Clairchen, bitte«, flehte das Häufchen Elend theatralisch. »Kannst du mir verzeihen?«

»Hm«, wiederholte ich und genoss noch für einen winzigen Moment Lulus Zerknirschtheit. Dann erlöste ich sie. »Ich denke schon«, sagte ich. »Allerdings unter einer Bedingung.«

»Nämlich?«, fragte Lulu hoffnungsvoll.

»So etwas darf nicht mehr passieren. Du bist mein Herzensmensch, und ich weiß, ich bin deiner. Aber das bedeutet nicht, dass es nicht auch andere Menschen in unseren Herzen geben darf. Und bevor du fragst: Ja, dazu gehört auch dein Bruder.«

Lulu grinste schwach.

»Lass uns deshalb schwören, uns immer die Wahrheit zu sagen und immer füreinander da zu sein, uns aber auch immer die Freiheit zu lassen, die wir brauchen, in dem Wissen, dass wir einander bestimmt nicht weglaufen werden, in Ordnung?«

Als Lulu nickte, führte ich meine Hand ans Herz und danach an meine Lippen. Lulu erwiderte die Geste. Dann drückte ich Lulus Hand und sie drückte meine. Da spürte ich den vertrauten Stromschlag, der erst durch meine Finger und danach durch meinen ganzen Körper fuhr.

29

»Hab ich es nicht gesagt?« Stolz betrachtete Lulu die beiden Halbkugeln, die in unseren Händen lagen.

»Ja, hast du«, stimmte ich zu.

»Dann wollen wir mal.« Lulu schnappte sich die eine Hälfte und drehte die Zeiger. »Das letzte Mal haben wir uns mittags gesehen. Um ... wann bist du genau in mein Zimmer geplatzt?«

»Moment mal.« Ich hielt sie am Handgelenk fest. »Vielleicht sollten wir uns erst mal einen Plan zurechtlegen. Ich meine, was bringt es, die Zeit zurückzudrehen, wenn wir gar nicht wissen, was wir dann tun sollen?«

»Wir haben doch einen Plan«, widersprach Lulu mir energisch. »Frau Dr. No aufhalten und die Welt retten. Ganz einfach.«

»Na super.« Ich rollte mit den Augen. »Du hast es nicht miterlebt«, versuchte ich zu erklären. »Es war gruselig. Frau Dr. No ist zu allem fähig. Ich glaube wirklich, es wäre besser, wenn wir eine Idee hätten, was wir tun, wenn der Zeitumkehrer funktioniert. Falls er funktioniert ...«

»Ooookay«, machte Lulu gedehnt und ließ die Hand, in der sie die Halbkugel hielt, neben sich aufs Bett sinken. »Und was schwebt dir vor?«

»Ich weiß es auch nicht«, musste ich zugeben und seufzte. »Auf jeden Fall müssen wir verhindern, dass Tareks Vater den vergifteten Kuchen isst.«

»Na, das dürfte einfach sein. Zur Not schlägst du ihm einfach den Teller aus der Hand. Darin hast du ja eine gewisse Übung.« Lulu feixte, als sie mich an die peinliche Szene mit Samuel auf der Schulparty erinnerte.

»Aber was, wenn Frau Dr. No es irgendwie auf andere Weise schafft, ihm das Nussöl zu verabreichen? Im Kaffee zu Beispiel«, gab ich zu bedenken.

»Dann müssen wir dafür sorgen, dass sie ihm vorher diesen Pen nicht klauen kann«, schlug Lulu vor und fing schon wieder an, mit dem Anhänger zu spielen. »Komm schon, Claire, das kann doch nicht so kompliziert sein.«

»Ja, schon.« Lulu hatte natürlich recht. Es würde vielleicht nicht übermäßig kompliziert sein zu verhindern, dass Professor Giesinger einen allergischen Schock erlitt. Mich störte trotzdem etwas an diesen Ideen. »Wenn wir das so machen, dann haben wir keinen Beweis für das, was Frau Dr. No geplant hat. Ich meine, wir können ja schlecht mit dem, was wir wissen, zur Polizei gehen, nach dem Motto: Guten Tag, unsere Lehrerin wollte unseren Zeitumkehrer benutzen, um damit ihren früheren Freund und Konkurrenten umzubringen und seine mathematische Forschung als ihre eigene auszugeben. Ach, und übrigens, sie hat sich operieren lassen und einen neuen Namen angenommen, damit niemand sie mehr erkennt …«

»Okay, okay, schon gut«, fiel Lulu mir ins Wort. »Dann müssen wir halt dafür sorgen, dass alles so abläuft, wie Frau Dr. No es geplant hat, damit sie keinen Verdacht schöpft und wir sie auf frischer Tat ertappen können.«

»Ja, aber …«, wandte ich ein, doch Lulu ließ mich wieder nicht ausreden.

»Wenn wir noch lange diskutieren, wird es irgendwann zu spät sein, um noch rechtzeitig zurückzuspringen. Und dann können wir gar nichts ausrichten, um Tareks Vater zu retten.« Sie sah mich herausfordernd an und hielt mir die Hand mit dem Zeitumkehrer hin.

Ich seufzte. Natürlich übertrieb Lulu mal wieder maßlos, wir hatten noch stundenlang Zeit, um zurückzuspringen. Aber ich fürchtete, dass mir keine brillante Lösung einfallen würde, egal, wie lange ich grübelte. Außerdem stimmte, was Lulu sagte: Das Wichtigste war zu verhindern, dass Professor Giesinger vergiftet wurde.

»Also gut«, stimmte ich zu. »Lass es uns versuchen.«

»Jippie.« Sofort fing Lulu wieder an, die Zeiger an ihrer Hälfte des Zeitumkehrers zu drehen. »Wie spät war es, als du heute hier aufgetaucht bist?«

»Es war ziemlich genau um fünf vor zwölf«, sagte ich. Ich erinnerte mich gut daran, wie meine Stiefmutter im Auto alle paar Minuten darauf hingewiesen hatte, dass wir spät dran waren, obwohl wir noch jede Menge Zeit gehabt hatten.

»Okay, prima«, murmelte Lulu, während sie die Uhr einstellte. »Du hast dort an der Tür gestanden, aber das dürfte kein Problem sein. Beim letzten Mal hat das ja auch funktioniert.«

Sie spielte auf unseren Zeitsprung bei den Fahrradständern an, an den ich lieber nicht zurückdenken wollte.

»Dann mal los.« Lulu hielt mir ihre Hand hin, in der die eine Hälfte der Kugel lag.

Ich holte tief Luft und presste dann meine Hälfte der Kugel auf Lulus.

Es war genau wie immer: ein winziger Stromschlag. Ein leichtes Vibrieren. Und fertig.

Als ich meine Hand wegzog, lösten sich auch die beiden Halbkugeln voneinander.

»Hat es geklappt?« Lulu platzte fast vor Aufregung.

Ich zog mein Handy aus der Hosentasche, um nach der Uhrzeit zu sehen. Fünf vor zwölf.

»Sieht so aus.«

»Jaaa.« Lulu reckte die Faust in die Luft und hüpfte wie verrückt auf dem Bett herum. »Ich hab es gewusst! Die Kraft der Zwillinge wird sie alle schlagen!«

»Äh, klar«, machte ich. »Ich schätze, wir müssen dann mal los. Meine Stiefmutter wartet unten im Auto.«

»Aber so kann ich auf gar keinen Fall aus dem Haus gehen!«, kreischte Lulu und schaute an sich hinunter. Sie trug eine ausgeleierte Jogginghose und ein babyrosa T-Shirt mit Hello-Kitty-Aufdruck. Ich hätte nie geglaubt, dass meine Freundin solche Sachen überhaupt in ihrem Schrank duldete.

»Tja, daran hättest du vielleicht mal vor dem Zeitsprung denken sollen. Jetzt müssen wir leider wirklich los«, zog ich sie auf.

»Erbarmen! Nur fünf Minuten«, jaulte Lulu.

»Okay«, lenkte ich ein. »Ich geh schon mal vor.«

Als ich aufstand, fing mein Kopf sofort wieder an zu pochen. Mit den Fingerspitzen fuhr ich über meine Wange und zuckte zusammen, als ich die Schramme berührte. An meinem eigenen Körper hatte sich durch den Zeitsprung nichts verändert. Ich trug auch noch Lucas' Pullover, den ich mir mit leisem Bedauern über den Kopf zog und auf Lulus Bett legte. Fair fand ich die Zeitsprungsache in diesem Punkt nicht, doch das war im Moment eine meiner kleineren Sorgen.

Denn noch bevor ich Lulus Zimmertür hinter mir ins Schloss zog, war mir klar, was gleich passieren würde.

»Bis gleich«, rief ich über die Schulter. Und schon flog die gegenüberliegende Tür auf.

»Claire, hi, ich dachte mir doch, dass ich deine Stimme gehört habe.« Lucas lächelte mich breit an.

»Hi«, erwiderte ich. Ich musste ebenfalls breit und garantiert etwas dümmlich grinsen, weil ich augenblicklich an unseren Kuss dachte. Am liebsten wäre ich zu ihm gegangen und hätte genau da weitergemacht, wo wir zuvor aufgehört hatten. Aber das ging natürlich nicht, denn …

»Und, freust du dich auf die Probe?«, fragte Lucas.

Er hatte keine Ahnung, dass wir uns geküsst hatten. Oder besser gesagt: In seiner Wirklichkeit hatten wir das nie getan. Ich seufzte verstohlen. Diese Zeitsprungsache hatte wirklich ein paar unschöne Nebenwirkungen.

»Ja, klar«, sagte ich schnell, als Lucas verwundert die Brauen runzelte, weil ich nicht reagierte. »Ich weiß nur noch nicht, ob ich es pünktlich schaffe.«

Genau genommen war ich mir sogar ziemlich sicher, dass ich es nicht pünktlich schaffen würde, wenn der Tag auch nur annähernd ähnlich verlief wie in der ersten Version. »Kein Problem.« Lucas lächelte wieder. »Ruf mich einfach an, wenn es später wird. Hast du meine Nummer?«

»Ich glaube nicht«, sagte ich.

»Dann gib mir mal dein Handy.«

Ich reichte es Lucas, er tippte seine Nummer ein und rief sich selbst an. Dann hielt er mir das Handy wieder hin.

»Also, bis später, ich freu mich.«

»Ja«, sagte ich und wollte ihm das Handy aus der Hand nehmen. Unsere Finger berührten sich für einen kurzen Moment. Lucas warf mir einen Blick zu, der meinen ganzen Körper in Aufregung versetzte.

»Was hast du denn da gemacht?«, fragte er und strich mit dem Zeigefinger ganz vorsichtig über die Schramme auf meiner Wange.

Da schaltete ich in Automodus. Ohne darüber nachzudenken, stellte ich mich auf die Zehenspitzen und drückte meine Lippen auf Lucas' Mund. Es war gar nicht so schwierig. Ich wusste ja jetzt, was er für mich empfand.

Für einen Sekundenbruchteil wirkte er überrumpelt. Doch dann legte er den Arm um mich, zog mich näher an sich und erwiderte den Kuss. Und es war noch viel spektakulärer als beim ersten Mal.

Tausend winzige Feuerwerkskörper explodierten in meinem Kopf, meine inneren Organe sackten in meine Knie, die sich anfühlten, als wären sie aus Gelatine, und über meinen Rücken rieselten unaufhörlich wohlig warme Schauer. Das klingt jetzt in der Kombination vielleicht nicht unbedingt angenehm, aber ich hatte in meinem ganzen Leben noch nichts erlebt, das sich so gut anfühlte.

»Kaum lässt man dich mal ein paar Minuten aus den Augen, schon knutschst du mit meinem Bruder rum«, erklang hinter uns Lulus strenge Stimme.

Mist! Doch als ich mich widerwillig von Lucas losmachte und umdrehte, stellte ich fest, dass meine Freundin breit grinste.

»Los, Claire, wir müssen die Welt retten«, sagte sie. »Und du, Bruderherz, benimm dich. Wenn du meine beste Freundin unglücklich machst, kriegst du es mit mir zu tun.«

Sie griff nach meiner Hand und zog mich mit sich.

»Tschüss, Claire. Bis heute Abend«, rief Lucas mir hinterher.

»Tschüss.« Das dümmliche Grinsen würde ich vermutlich den ganzen Tag nicht mehr aus dem Gesicht bekommen.

*

Auf der Fahrt zur Universität schwiegen Lulu und ich die meiste Zeit, weil wir unser weiteres Vorgehen ja schlecht vor Sophie und meiner Stiefmutter diskutieren konnten. Trotzdem grübelte ich, nachdem ich mich von den Nachwirkungen des Kusses halbwegs erholt hatte, weiter über einen Plan nach, mit dem wir Frau Dr. No zur Strecke bringen konnten. Damit sie ihre gerechte Strafe erhielt, mussten wir eindeutig beweisen, dass sie einen Grund hatte, den Professor zu vergiften. Denn wir würden niemandem erklären können, dass sie es auf den mathematischen Beweis abgesehen hatte, den Professor Giesinger nirgendwo aufgeschrieben hatte.

Aber erst, als wir bereits an der Uni angekommen waren, hatte ich endlich den dringend benötigten Geistesblitz. Lulu stieg aus dem Auto, kramte in ihrer Handtasche herum, zog ihre rote XXL-Sonnenbrille hervor und schob sie sich in die dunklen Locken. Das war typisch für meine Freundin mit ihrem Modetick: bei grauem Nieselwetter eine Sonnenbrille zu tragen. Zum Glück, denn es brachte mich auf die Idee, wer uns bei unserem Plan helfen konnte …

»Und jetzt?«, fragte Lulu, als wir hinter Sylvia und Sophie die Eingangshalle der Universität betraten. »Suchen wir Frau Dr. No und schalten sie aus?«

»Nein, meine Liebe.« Ich grinste sie liebenswürdig an. »Du hängst dich jetzt an Sophie und kümmerst dich um sie, wenn sie in den Blumenkübel reihert. Und ich gehe brav zur Garderobe.«

»Wie bitte?« Lulu schaute mich verständnislos an. »Du willst gar nichts unternehmen?«

»Nicht sofort.« Ich schob Lulu vor mir her, die stehen geblieben war und den Eingang blockierte, während ich leise auf sie einredete. »Erst mal müssen wir dafür sorgen, dass alles so abläuft wie vorhin, damit wir nichts durcheinanderbringen. Deshalb gehe ich besser allein zur Garderobe, wo ich bleibe, um sicherzugehen, dass Frau Dr. No kommt, um den Pen aus der Aktentasche zu stehlen. Nicht, dass sich irgendetwas anders entwickelt und wir es nicht mitkriegen. Aber jemand muss sich um Sophie kümmern.«

»Wieso soll ich denn das Kindermädchen spielen?«, hakte Lulu nach. »Dir ist doch wohl klar, dass ich für Sophie nichts übrighabe, oder? Ich habe mich nur mit ihr abgegeben, weil ich wusste, dass du dich darüber am meisten ärgern würdest.«

»Ja, ich weiß.« Ich knuffte Lulu gegen die Schulter. »Aber Sophie ist gar kein so übler Kerl. Es kann nicht schaden, wenn du ihr beistehst, bis ihre Prüfung beginnt.«

Lulu sah mich mit weit aufgerissenen Augen an und schüttelte ungläubig den Kopf.

»Wer bist du und was hast du mit meiner besten Freundin gemacht?«, erkundigte sie sich. Sie bekam keine Antwort, denn in Gedanken ging ich bereits meinen Plan durch.

»Nun sag schon, du hast eine Idee, oder?« Lulu zog mich unsanft am Ärmel, bis ich ihr wieder meine ganze Aufmerksamkeit schenkte. Ich nickte.

»Erzähl!« Lulu baute sich vor mir auf, die Hände in die Hüften gestützt.

»Später.« Ich legte Lulu den Arm um die Schultern und schob sie noch einmal sanft vorwärts, weil Sophie bereits am anderen Ende der Halle angelangt war. »Ich weiß selbst noch nicht, ob es klappt, okay? Ich muss erst mal telefonieren.«

Lulu schnaubte unwillig, setzte sich aber wieder in Bewegung.

»Komm in eineinhalb Stunden zur Garderobe und hol mich ab. Dann erzähl ich es dir, versprochen.«

»Jawohl, Käpt'n.« Lulu salutierte spaßhaft und folgte Sophie.

Ich zückte mein Handy.

30

Von da an verlief der Tag zunächst fast genau wie beim ersten Mal. Tarek brachte die Aktentasche zur Garderobe und lud mich zu Kaffee und Kuchen ein. Er sah sehr glücklich aus, als ich versprach, Lulu mitzubringen. Vom Aufhängen der Schirme und nassen Jacken hatte ich bald wieder durchnässte Ärmel. Und aus anfänglichem Stress wurde mit der Zeit Langeweile.

Als meine Stiefmutter auf der Suche nach Sophie auftauchte, erzählte ich ihr, Sophie sei gerade da gewesen und hätte mir gesagt, dass sie die Prüfung schmeißen wolle und nach Hause fahren würde. Sylvia wurde kreidebleich. Ich hatte lange nicht mehr so viel Spaß gehabt. Wutschnaubend stapfte Sylvia davon. Im besten Fall fuhr meine Stiefmutter jetzt nach Hause und Sophie konnte in Ruhe ihre Prüfung machen. Zu meinem eigenen Erstaunen wünschte ich ihr tatsächlich Erfolg.

Nachdem Sylvia verschwunden war, zog ich mich in die hinterste Ecke der Garderobe zurück, wo ich mich schnell hinter einigen Mänteln verbergen konnte, wenn der Zeitpunkt gekommen war. Ich musste eine ganze Weile darauf warten, doch schließlich hörte ich das Klackern hoher Absätze auf der Steintreppe und tauchte schnell hinter einem Sommermantel ab.

»Ich will etwas aus meiner Aktentasche holen.« Die Stimme ließ mich erschauern. Ich kroch förmlich in den Mantel hinein, der Frau Dr. No hoffentlich die Sicht auf mich versperrte.

»Ihre Marke?«, hörte ich Lena höflich fragen.

»Hab ich verloren. Es ist eine rote Aktentasche. Leder. Schon recht alt.«

»Wir dürfen die Taschen aber eigentlich nur gegen Vorlage der Marke herausgeben«, mischte Isa sich dennoch mutig ein.

»Du meine Güte«, brauste Frau Dr. No auf. »Ich will sie ja nicht stehlen. Nur kurz etwas herausholen, was ich dringend benötige.« Es war unmissverständlich, dass es unangenehme Folgen haben würde, wenn Lena und Isa die Aktentasche nicht zügig herausrücken würden.

»Schon gut«, lenkte Isa ein. »Bitte schön.«

Dann war es still.

Obwohl ich wusste, dass es unvorsichtig war, lugte ich hinter dem Sommermantel hervor. Wie erwartet kramte Frau Dr. No in der roten Aktentasche des Professors herum, die Tarek zuvor bei mir abgegeben hatte. Unwillkürlich hielt ich die Luft an. Zu wissen, dass Frau Dr. No den Pen stehlen würde, war das eine. Sie bei ihrer Tat zu beobachten und sie nicht daran hindern zu dürfen, etwas völlig anderes. Aber ich schärfte mir erneut selbst ein, dass der Zeitpunkt noch nicht gekommen war, um etwas zu unternehmen. Ich hatte einen Plan.

Er musste nur noch funktionieren.

»Vielen Dank«, sagte Frau Dr. No spitz, als sie die Tasche schließlich schloss und Isa reichte.

Schnell verschwand ich wieder vollständig hinter dem Mantel. Dann hörte ich die klackernden Schritte, die sich entfernten, und wagte endlich wieder, normal zu atmen.

Eine Weile danach tauchte endlich Lulu auf.

»Und?«, fragte ich sie.

»Ich hab Sophie gut bei ihrer Prüfung abgeliefert.« Sie zwinkerte mir zu. »Sie hatte Sprechdurchfall und hat mir ein paar ziemlich aufschlussreiche Dinge über deine Stiefmutter erzählt. Aber sie hat nicht in den Blumenkübel gekotzt.«

»Gut gemacht.« Ich klopfte meiner Freundin auf die Schulter.

»Und wie lautet denn nun der Plan?«, fragte Lulu. »Erzählst du mir endlich, was du dir überlegt hast? Ich finde nämlich, dass ich für meine Verhältnisse jetzt eine fast übermenschliche Geduld bewiesen habe.«

»Das hast du tatsächlich«, bestätigte ich und erklärte Lulu meinen Plan.

»Nicht schlecht«, lobte meine Freundin mich. »Und du meinst, das funktioniert?«

»Ich hoffe es.« Ich zuckte mit den Schultern. »Ich hoffe es wirklich.«

»Na, dann mal los.« Lulu hakte sich bei mir unter. »Showtime.«

*

An der Tür zum Foyer versperrte uns die Flugbegleiterin mit dem blonden Bob den Weg.

»Wir sind hier verabredet«, erklärte ich ihr. »Und wenn Sie einen Moment warten, werden Sie auch sehen, mit wem.«

Wie auf Kommando erschien Tarek und war sichtlich erfreut, mich und vor allem Lulu zu sehen.

»Könntest du ihr sagen, dass du noch zwei Gäste erwartest?«, bat ich und ruckte meinen Kopf zur Flugbegleiterin. »Sie soll Alexa Lagrande auf ihre Liste schreiben samt Begleiter.«

»Okay.« Tarek schaute mich zwar verwundert an, doch er gab meine Bitte an die Flugbegleiterin weiter.

Wieder führte Tarek uns am Kuchenbuffet vorbei, doch obwohl ich wusste, wie lecker der Erdbeersahnekuchen war, und unter normalen Umständen ganz sicher nicht hätte widerstehen können, lehnte ich dankend ab. Ich war einfach viel zu nervös, um noch ein Stück davon zu essen.

Das Gespräch mit Tareks Vater lief in etwa so kurz und schmerzlos ab wie beim ersten Mal. Zumal ich nun Lulu an meiner Seite hatte, die einen Großteil der Aufmerksamkeit auf sich lenkte, als sie sich bei Charlotte Giesinger erkundigte, ob ihre Haare natürlich rot oder gefärbt seien. In erster Linie aber flirtete sie mit Tarek, der überhaupt nicht mehr aufhörte, meine Freundin breit anzugrinsen. Und ich musste Lulu mehrmals in die Seite boxen, bis sie mir ihre volle Aufmerksamkeit schenkte.

»Du solltest langsam mal verschwinden«, raunte ich ihr zu.

Wir hatten uns geeinigt, dass Lulu an der Eingangstür auf Alexa und ihren Begleiter warten sollte, um sie so schnell wie möglich zum Tisch der Giesingers zu bringen. Frau Dr. No durfte keinen Verdacht schöpfen. Sonst liefen wir womöglich Gefahr, die Ereignisse zu früh zu verändern. Würde sie Lulu und mich hier zusammen sehen, würde sie sich womöglich darüber wundern. Denn Frau Dr. No ging sicher immer noch davon aus, dass Lulu und ich zerstritten waren.

Wie schon zuvor salutierte Lulu spaßhaft und verschwand in der Menge, keine Minute zu früh. Schon sah ich Frau Dr. No auf unseren Tisch zusteuern. Beim Anblick des schmalen Lackgürtels um ihre Taille schnürte sich mir der Hals zu.

»Charlotte, schön dich zu sehen«, begrüßte sie Tareks Stiefmutter wie schon zuvor. Und wie zuvor fiel ihre Begrüßung für Professor Giesinger und seinen Sohn denkbar kurz aus. Doch nun wusste ich, warum Frau Dr. No sich so seltsam verhielt. Sie musste die ganze Zeit befürchten, dass Tareks Vater seine alte Freundin, die ihn so schwer betrogen hatte, trotz ihrer äußerlichen Veränderung wiedererkennen würde.

Ich fühlte mich angespannt wie ein Flitzebogen, während Frau

Dr. No sich an den Nebentisch stellte und die Unterhaltung an unserem Tisch wieder in Gang kam.

Charlotte erzählte ihrem Mann, wie sie Frau Dr. No kennengelernt hatte. Vermutlich hatte meine Lehrerin sich den Code für die Tür bereits bei der Führung durchs Labor eingeprägt. Sie hatte das alles von sehr langer Hand geplant. Genau deshalb, hoffte ich, würden wir sie überführen. Aber noch fehlte dazu eine wichtige Person. Ich reckte den Hals, um die Tür zum Foyer sehen zu können, doch ich konnte Lulu nirgends entdecken.

Professor Scheller bat Peter Giesinger an den Nebentisch, und Charlotte erklärte, sie müsse mal für kleine Professorengattinnen.

Wo blieb nur Lulu?

»Wem darf ich ein Stück Kuchen mitbringen?«, hörte ich Frau Dr. No fragen. Kurz darauf verschwand auch Tarek, um etwas zu trinken zu holen.

Dann kehrte Frau Dr. No mit den Erdbeersahneschnitten zurück. Den Erdbeersahneschnitten, die sie mit ein paar Tropfen Walnussöl angereichert hatte.

Ich fühlte mich zum Zerreißen angespannt.

Wo blieb Lulu, verdammt?

»Wunderbar«, freute sich Professor Scheller.

»Sehr freundlich von Ihnen, vielen Dank«, sagte Tareks Vater.

Mist! Das lief überhaupt nicht wie geplant! Lulu, Alexa und ihr früherer Partner hätten längst hier sein sollen. Denn die sollten eingreifen, wenn sich Professor Giesinger den vergifteten Kuchen in den Mund schob. Aber ich konnte sie immer noch nicht entdecken. Sollte ich ihn den Kuchen essen lassen? Und erneut einen allergischen Schock riskieren? Das ging nicht. Ich musste etwas tun.

»Stopp!«, rief ich, drehte mich mit einer ruckartigen Bewegung um und schlug dem Professor die Gabel samt Kuchen aus der Hand. Auch der Teller, den er mit der anderen Hand hielt, geriet in Schieflage, und die ganze Erdbeerschnitte mit extra viel Sahne machte einen Abgang. Mit einem gewaltigen Flatsch landete es auf dem Boden und weiße Sahnespritzer verzierten schwarze Hosenbeine sowie Frau Dr. Nos elegante Schuhe. Ich war wirklich erstaunlich talentiert darin, anderen Leuten ihren Kuchen aus der Hand zu schlagen.

Die Umstehenden sprangen schimpfend zur Seite.

»He!«, rief Professor Giesinger erschrocken.

»Claire Fischer, du dummes Ding!«, keifte Frau Dr. No. Ich fürchtete schon, dass sie sich auf mich stürzen würde, so wütend funkelten ihre Laseraugen.

»Was ist denn hier los?«, hörte ich Tarek überrascht fragen, der mit zwei Wassergläsern neben mir auftauchte.

»Das wüsste ich aber auch gern.«

Professor Scheller baute sich vor mir auf, er wirkte beinah so wütend wie Frau Dr. No.

»Ähm«, machte ich.

Ach, verfluchter Mist. Das lief überhaupt nicht so, wie ich es mir vorgestellt hatte.

»Ich sag doch, schlag ihm einfach den Teller aus der Hand, aber du hast den Vorschlag ja abgelehnt«, erklang in diesem Moment hinter mir Lulus Stimme.

Ich stieß einen Stoßseufzer der Erleichterung aus, als meine Freundin zusammen mit ihren zwei Begleitern neben mich trat: Alexa, die heute eine Riesenbrille mit sternförmigen Gläsern trug, und ein Mann in einer dunkelbraunen Lederjacke, der äußerst Respekt einflößend wirkte.

»In der Handtasche«, erklärte ich knapp und nickte zu Frau Dr. No.

»Guten Tag, mein Name ist Dünnebier, Kriminalkommissar«, sagte der Lederjackenmann und machte einen entschiedenen

Schritt auf Frau Dr. No zu. »Wenn ich mal einen Blick in Ihre Handtasche werfen dürfte.«

Leider schien Frau Dr. No nicht gewillt, ihre Handtasche herzugeben.

»Sie können mich mal!«, rief sie recht undamenhaft, klemmte sich die Tasche fester unter den Arm und machte Anstalten davonzustürmen.

Doch Alexa stellte sich ihr breitbeinig und mit verschränkten Armen in den Weg.

»Jeder Fluchtversuch ist zwecklos.« Sie sagte das mit einer so selbstverständlichen Autorität, dass ich sie mir richtig gut als Kriminalbeamtin vorstellen konnte. »Vor dem Eingang sind Polizisten postiert. Sie kommen hier nicht raus.«

»Ach, und was werfen Sie mir vor?« Frau Dr. No reckte das Kinn in die Höhe und gab sich empört.

»Einen von langer Hand geplanten Mordversuch.«

Die Umstehenden raunten, doch Frau Dr. No winkte scheinbar gelassen ab.

»Wie kommen Sie denn auf so einen Unsinn?«

»In dieser hässlichen Handtasche, die an sich schon ein Verbrechen darstellt, werden wir die Beweise dafür finden, dass Sie Professor Peter Giesinger mit Nussöl vergiften wollten. Oder etwa nicht?«

»Peter? Vergiften?«, rief Charlotte Giesinger entsetzt.

»Blödsinn«, brauste Frau Dr. No auf. Ihr Blick, mit dem sie sich umsah, wirkte gehetzt. »Wieso sollte ich so etwas tun?«

»Weil Sie Ihre Rache seit vielen Jahren planen.« Alexa legte eine Kunstpause ein, sie schien ihre Rolle beinah zu genießen. »Genauer gesagt, seit Peter Giesinger Sie um das Preisgeld von einer Million Dollar gebracht hat, indem er den Beweis widerlegte, den Sie ihm gestohlen hatten.«

In der allgemeinen Aufregung, die daraufhin wieder losbrach, schummelte Alexa einen Verschwörerblick in meine Richtung. Ich hatte ihr vorhin am Telefon die ganze Geschichte erzählt und ihr dieses Mal auch die besonderen Kräfte des Anhängers nicht verschwiegen. Ich fand, es sprach wirklich für die beste Freundin meiner Omili, dass sie keine Sekunde bezweifelte, was ich ihr erzählte. Dennoch hatten wir uns schnell darauf verständigt, dass sie diesen Aspekt nicht erwähnen würde. Rache reichte als Motiv völlig aus. Dass Frau Dr. No mithilfe einer magischen Kette den mathematischen Beweis stehlen wollte, würde uns die Polizei ohnehin nicht glauben.

Doch Frau Dr. No wirkte von Alexas Worten noch immer nicht besonders eingeschüchtert.

»Unsinn! Wie kommen Sie darauf? Ich kenne Professor Giesinger erst seit heute«, verteidigte sie sich.

»Ist das so?« Alexa lachte trocken auf. »Sie mögen Ihren Namen verändert haben. Und Ihr Gesicht. Aber ich bin mir sicher, dass wir feststellen werden, mit wem wir es tatsächlich zu tun haben, wenn wir Ihre DNA-Probe mit der vergleichen, die wir damals nach dem Einbruch genommen haben. Sie erinnern sich vielleicht?«

Alle Farbe wich aus Frau Dr. Nos Gesicht. Sie riss sich die Handtasche von der Schulter und fing an, hektisch darin herumzuwühlen. Offenbar ohne fündig zu werden.

Ihr Scannerblick schoss zu mir herum, erfasste und durchbohrte mich.

»Lassen Sie die Tasche fallen«, hörte ich Kriminalkommissar Dünnebiers autoritäre Stimme, aber Frau Dr. No ignorierte ihn.

»Wo ist die Kette?«, fragte sie mit drohendem Unterton. »Claire Fischer, hast du die Kette gestohlen?« Sie drehte sich zu mir um und baute sich drohend vor mir auf.

Ich schluckte krampfhaft. Sollte ich ihr erklären, dass der Anhänger mir gehörte und ich ihn ihr somit nicht stehlen konnte? Es erschien mir nicht ganz der richtige Zeitpunkt dafür zu sein.

»Nehmen Sie die Hände hoch!« Kriminalkommissar Dünnebier klang schneidend.

Dann passierten mehrere Dinge gleichzeitig. Frau Dr. No griff erneut in ihre Tasche, holte die Notfallspritze heraus und zog die Kappe mit den Zähnen ab. Noch während sie das tat, machte sie einen weiteren Schritt auf mich zu, schnappte sich meinen rechten Arm mit ihrem Kneifzangengriff, riss mich herum und presste den Injektor an meinen Hals.

Jemand kreischte auf.

Lulu.

»Das ist pures Adrenalin. Lebensgefährlich.«

Tarek.

Kriminalkommissar Dünnebier hielt plötzlich eine Pistole in der Hand.

Die Umstehenden wichen einen Schritt zurück.

Alle Aufmerksamkeit war mit einem Mal auf uns gerichtet.

Auf Frau Dr. No.

Den Injektor.

Und mich.

Ich fragte mich, wie ich ein zweites Mal in diese blöde Situation hatte geraten können.

Nein, das stimmt nicht.

In diesem Moment fragte ich mich gar nichts.

Dafür hatte ich viel zu große Angst.

»Lassen Sie das Mädchen los«, sagte Kriminalkommissar Dünnebier sehr ruhig und sehr bestimmt. »Sofort.«

Ansonsten sagte niemand etwas. Erstaunlich, wie still es auf einmal war.

»Sie können mich mal«, wiederholte Frau Dr. No. Ihr Vorrat an Kraftausdrücken schien relativ begrenzt zu sein. »Ich gehe jetzt. Und dieses nichtsnutzige Ding nehme ich mit.«

Frau Dr. No machte zwei Schritte seitwärts, bei denen ich ihr unweigerlich folgen musste. Fast wäre ich auf dem Erdbeerkuchenmatsch ausgerutscht, aber Frau Dr. No hielt mich im Klammergriff.

»Los, aus dem Weg«, fuhr Frau Dr. No Tarek und Lulu an. Sie schob mich noch ein Stück weiter.

»Und wenn mir jemand folgt, dann bringe ich dieses Mädchen um«, drohte sie über meine Schulter hinweg. Sie war mir so nah, dass ihr Zwiebelatem meine Wange streifte.

Ich warf Kriminalkommissar Dünnebier einen flehenden Blick zu. Doch ich stand genau zwischen ihm und Frau Dr. No. Wenn er jetzt abdrückte, würde er mich erwischen, nicht sie. Mein Blick wanderte weiter zu Alexa, die Frau Dr. No mit zusammengekniffenen Augen fixierte, aber wenig ausrichten konnte, sie hatte ja nicht einmal eine Waffe.

Kurz vor einer Panikattacke schaute ich zu Lulu. Meine Freundin war höchstens zwei Schritte von mir entfernt und starrte mich mit weit aufgerissenen Augen an. Mit übertrieben gespitzten Lippen schien sie angestrengt nachzudenken. Doch als sie plötzlich auch ihren Mund weit aufriss, traf mich die Erkenntnis wie ein Schlag: Lulu wollte mir etwas sagen. Lippen lesen! Das hatten wir doch mal geübt.

Spitzer Mund. Breiter Mund.

Spitz. Breit.

Runter!

Noch bevor mein Kopf die Botschaft verarbeitet hatte, reagierte mein Körper. Machte sich schwer wie ein nasser Sack. Ließ sich einfach fallen. Weg von der Spritze. Runter Richtung Boden. Mit all meinem Gewicht gegen Frau Dr. Nos Arm, den sie um mich gelegt hatte – und brachte sie damit für einen Moment aus dem Gleichgewicht.

Genau in diesem Moment wirbelte etwas direkt neben mir durch die Luft. Ich sah ein Bein und einen Fuß. Dann spürte ich, dass etwas hart gegen Frau Dr. No prallte. Sie gab ein Geräusch von sich, das wie »Uff« klang, und ließ mich plötzlich los, um zu Boden zu plumpsen. Auch ich ging zu Boden und landete hart auf meiner Seite.

»Ha«, brüllte Lulu, hockte sich neben mich und riss mich in ihre Arme.

»Was war das?«, flüsterte ich, während mein Körper unkontrolliert zu zittern anfing.

»Das hab ich aus *West Side Story*, Kick gegen's Kinn. Aus dem Kampf der beiden Banden«, erklärte Lulu mit unverhohlenem Stolz. »Diesen Tanz-Move wollte ich schon immer mal ausprobieren.«

»Ist klar.« Ich fing an, hysterisch zu kichern.

Direkt neben uns legte Kommissar Dünnebier Frau Dr. No, die wieder zu sich gekommen war, Handschellen an. Er zog sie auf die Füße und wollte sie abführen, da stellte Peter Giesinger sich den beiden in den Weg.

Er sagte kein Wort, doch der Ausdruck, mit dem er seine einstige Freundin und Kollegin betrachtete, sprach Bände. Unglaube spiegelte sich darin, eine Spur Ekel und nicht Wut, wie man vielleicht hätte annehmen können, sondern abgrundtiefe und maßlose Enttäuschung. Ich schauderte und hoffte, dass mich niemals jemand so ansehen würde.

Alexa hockte sich neben mich.

»Du bist wirklich ein mutiges Mädchen«, sagte sie und legte mir liebevoll die Hand auf den Kopf.

»Nein«, korrigierte sie sich. »Ihr seid beide sehr mutige Mädchen. Und zwei Freundinnen, die immer füreinander da sind.« Sie lächelte erst Lulu und dann mir zu. »Deine Großmutter wäre sehr stolz auf euch.«

31

»Noch mehr Pasteis, meine Schätsschen?« Marisa wirbelte an unserem Tisch vorbei, in der einen Hand einen Teller voller portugiesischer Törtchen, in der anderen ein Tablett mit Kaffeetässchen. »Oder eine Bica?«

»Nein, danke, ich bin pappsatt.« Ich strich mir demonstrativ über den Bauch. Lulu warf mir einen überraschten Blick zu, aber ich schüttelte bloß den Kopf und blähte die Wangen. Nach sechs Törtchen musste sogar ich mich geschlagen geben.

Lulu schnappte sich noch schnell eines der Espressotässchen vom Tablett, bevor Marisa zum nächsten Tisch wirbelte.

»Noch Pasteis?«, fragte sie fröhlich. »Oder eine Bica?«

»Und, wie findest du es, dass deine Mutter jetzt ein Café hat?«, fragte ich meine Freundin und versuchte vergeblich, meine klebrigen Finger an einer Serviette abzuwischen.

»Cool, was denkst du denn? Immerhin krieg ich hier den ganzen Tag Kaffee umsonst.« Sie pustete auf den heißen Espresso und stürzte ihn dann mit einem einzigen Schluck hinunter.

»Lulu, wenn du so weitermachst, kriegst du Herzrasen«, warnte ich meine Freundin. Es war bereits der dritte Kaffee, den sie innerhalb einer halben Stunde getrunken hatte.

»Herzrasen hab ich schon«, tat sie meinen Einwand grinsend ab. »Aber nicht vom Kaffee.«

»Schon klar.« Ich wusste nur zu gut, dass Lulu so aufgeregt war, weil sie sich gleich mit Tarek treffen würde. Es war ihr erstes Date mit ihm und sie redete seit Tagen über kaum etwas anderes. Ich freute mich sehr für sie.

Mein Blick wanderte zu der Glastheke mit der verlockenden Auswahl an Kuchen und Törtchen, hinter der Lucas stand und die dampfende und zischende Espressomaschine bändigte. Als hätte er meinen Blick gespürt, schaute er zu mir hoch und lächelte mich an. Augenblicklich fing auch mein Herz an zu rasen. Lucas und ich waren seit einer Woche offiziell zusammen, doch es kam mir immer noch wie ein unwirklicher Traum vor. Einer, aus dem ich nie wieder aufwachen wollte, versteht sich.

»Brauchst du Hilfe?«, formte ich mit den Lippen, aber Lucas schüttelte den Kopf und sein Lächeln wurde noch etwas breiter. Dann wandte er sich wieder dem glänzenden Kaffeeungetüm zu.

»Hör auf, meinen Bruder anzuschmachten, das ist ja ekelhaft.« Lulu wedelte mit der Hand vor meinen Augen herum und holte mich damit unsanft aus meinem Tagtraum. Ich streckte ihr die Zunge raus und sie grinste. Bislang, fand ich, ging sie super damit um, dass ich jetzt mit ihrem Bruder zusammen war.

»Na, meine Schätsschen, was meint ihr?« Marisa legte eine kurze Verschnaufpause an unserem Tisch ein. Seit frühmorgens war sie ständig auf den Beinen, ihre Haare standen wild aus der Hochsteckfrisur heraus und ihr Gesicht glänzte, aber sie hörte nicht auf zu strahlen.

»Es ist ein voller Erfolg, würde ich sagen«, betonte ich. Tatsächlich waren die zehn kleinen Bistrotische ständig besetzt, seit Marisa am Morgen die Türen geöffnet hatte. Sogar ein Reporter von der Lokalzeitung war gekommen, um über die Neueröffnung zu berichten.

»Hast du etwa im Lotto gewonnen?«, hatte Lulu überrascht gefragt, als Marisa verkündete, dass sie ein Café gemietet hatte. Und zwar das, in dem sie sich verquatscht und deshalb ihr damaliges Vorstellungsgespräch versäumt hatte.

»Brauche ich keine Lotto für«, hatte Lulus Mutter abfällig erwidert. »Nur eine bisschen Glück. Und eine bisschen Mut.« Der Besitzer hatte ihr den Laden samt Einrichtung für einen »Schnäppschenpreis« vermietet, weil er in seine alte Heimat Portugal zurückkehren wollte. Das bedeutete: Sie brauchte gar kein eigenes Startkapital. Da hatte sie einfach alle Bedenken über Bord geworfen und beschlossen, es zu versuchen.

»Und, bist du zufrieden, Mam?«, fragte Lulu.

»Das ist gar keine Ausdruck, sufrieden. Ich bin so glücklisch!«, antwortete Marisa überschwänglich und strich ihrer Tochter über die Locken. »Wisst ihr, als ich die Job nicht bekommen habe, dachte ich, das wäre die Weltuntergang. Aber das war meine große Chance. Wenn die Schicksal dich eine zweite Chance gibt, musst du sie nehmen und das Beste daraus machen. So!« Sie schnappte sich das leere Tablett von unserem Tisch und wirbelte damit hinter die Glastheke, um eine weitere Runde Kaffee zu verteilen.

»Meine Mam ist manchmal so dramatisch«, sagte Lulu und seufzte theatralisch.

»Tja, muss wohl in der Familie liegen.«

Lulu zog eine Grimasse.

»Aber ich finde, dass sie irgendwie recht hat«, fuhr ich ungerührt fort. »Mit dem, was sie über zweite Chancen gesagt hat, und dass man das Beste daraus machen soll …«

»Wie meinst du das?« Meine Freundin schaute mich mit Fragezeichen in den Augen an.

»Na ja, wir dachten, wir hätten riesigen Mist gebaut, als deine Mutter das Vorstellungsgespräch verpasst hat, weil wir die Zeit zurückgedreht haben …«

Lulu nickte langsam, als würde sie auf eine Erklärung warten.

»Aber sie hat einfach das Beste aus der Situation gemacht und ist mit ihrem Café viel, viel glücklicher, als sie es als Sekretärin jemals geworden wäre.«

Wieder nickte Lulu, sie wirkte nachdenklich.

»Du meinst, dass man immer versuchen sollte, das Beste aus allem zu machen?«

»Ja, genau«, bekräftigte ich. »Und wenn mal etwas nicht klappt, dann muss man es eben noch mal probieren. Und wenn man Mist gebaut hat, dann muss man versuchen, es wieder geradezubiegen, und wenn man sich gestritten hat, dann muss man sich entschuldigen und wieder vertragen und …«

»So wie wir, meinst du«, unterbrach Lulu mich und griff über den Tisch hinweg nach meiner Hand.

»Genau.« Ich verschränkte meine Finger mit ihren. Für ein paar Sekunden oder etwas länger schauten wir uns bloß an.

»Ich hab nachgedacht«, sagte ich schließlich und zog meine Hand vorsichtig zurück.

»Ja, den Eindruck kann man bekommen.«

Ich holte tief Luft.

»Wir sollten den Zeitumkehrer nicht mehr benutzen.«

»Was? Wieso? Wir hatten doch so viel Spaß damit!« Lulus Hand legte sich schützend auf den Anhänger. Wir trugen unsere Ketten beide wieder, benutzt hatten wir den Zeitumkehrer seit den Ereignissen in der Universität allerdings nicht mehr.

»Ja«, räumte ich ein. »Hatten wir. Aber auch jede Menge Ärger.«

»Das stimmt«, gab Lulu zu.

»Und ohne die Zeitsprünge hätten wir uns vielleicht niemals so zerstritten, wie wir es getan haben.«

»Das stimmt«, wiederholte Lulu.

»Und um uns zu versöhnen, haben wir den Zeitumkehrer nicht gebraucht«, fuhr ich fort.

»Auch wahr.« Lulus Lippen formten einen nachdenklichen Kussmund.

»Was ich meine, ist, dass ich im Moment so glücklich bin wie noch nie vorher in meinem Leben.« Es stimmte. Mit Lulu war alles wieder in bester Ordnung. Nein, es war noch besser als vorher, weil unsere Freundschaft noch stärker geworden war. Wir wussten jetzt, wie es sich anfühlte, einander zu verlieren, und das würden wir nicht noch einmal riskieren.

Auch ansonsten lief gerade alles kugelrund in meinem Leben. Da war Lucas, klar. Das war schon mal das Fantastischste, was man sich überhaupt nur vorstellen konnte. Dazu kam, dass ich, nachdem ich mich überwunden hatte, zur Probe zu erscheinen, nun als Sängerin bei *Echtzeit* mit dabei war. Lucas hatte ja gleich gesagt, dass er sich das gut vorstellen könnte, und die anderen Jungs hatten zu meiner Überraschung zugestimmt. Schon in ein paar Wochen würde ich beim Landesentscheid des Bandwettbewerbs mit auf der Bühne stehen. Ich konnte mir zwar noch nicht vorstellen, wie ich das überleben sollte, aber zur Not würde ich einfach die ganze Zeit mit dem Rücken zum Publikum singen.

Zu Hause herrschte so etwas wie ein unausgesprochenes Waffenstillstandsabkommen. Sophie hatte beim Mathewettbewerb weder den ersten noch den zweiten und nicht einmal den dritten Platz belegt. Zu meiner großen Überraschung nahm sie es völlig gelassen. Wann immer Sylvia nun auf Sophies Genialität zu sprechen kam, warf meine Stiefschwester ihr bloß einen genervten Blick zu. Und heute Morgen hatte sie sogar ein Brötchen mit Schokocreme gegessen. Wenn das so weiterging, würde ich sie demnächst mal einladen müssen, mit Lulu und mir auf ein Eis zu Pino zu gehen.

Kriminalkommissar Dünnebier hatte Lulu und mich in der vergangenen Woche zu den Ereignissen auf dem Mathematikertreffen befragt. Es hatte eine gewisse Herausforderung dargestellt, alles zu erklären, was wir wussten, ohne den Zeitumkehrer zu erwähnen. Leider wollte Herr Dünnebier uns nicht sagen, was nun aus Frau Dr. No werden würde.

Unsere Suche im Internet hatte ergeben, dass ihr für versuchte Geiselnahme und versuchten Mord durchaus ein paar Jahre Gefängnis drohen könnten. Wir waren jedenfalls überzeugt davon, dass wir unsere Ex-Mathelehrerin bis zum Ende unserer Schulzeit nicht mehr sehen würden.

Für die letzten Wochen des Schuljahres hatten wir einen Ersatzlehrer bekommen, der fast genauso gut erklären konnte wie Tarek. Nachdem es mir am Tag zuvor gelungen war, eine komplette Aufgabe fehlerfrei an der Tafel vorzurechnen, war ich ziemlich hoffnungsvoll, dass ich mit der letzten Mathearbeit meine Note noch rausreißen konnte.

»Ich bin so glücklich wie noch nie«, wiederholte ich. »Und das hat nicht das Geringste mit dem Zeitumkehrer zu tun.«

Lulu sagte nichts. Untypisch still musterte sie mich und spitzte bloß ihren Kussmund.

»Weißt du, es klingt vielleicht verlockend, wenn man einen Fehler gemacht hat, einfach die Zeit ein Stück zurückzudrehen und es noch mal zu versuchen«, fuhr ich fort. Ich hatte mir wirklich einige Gedanken gemacht. »Aber das Risiko, dass man sich darauf verlässt, finde ich zu groß. Dass man nicht gründlich über das nachdenkt, was man tut. Und die eigenen Fehler nicht eingesteht. Sich nicht entschuldigt. Und nichts daraus lernt. Ich finde es wichtig, dass man zu dem steht, was man macht und wie man ist …«

»Wow.« Lulu nickte beeindruckt. »Wer hat noch mal behauptet, dass Sophie die Hochintelligente in eurer Familie ist?«

Beinahe hätte ich ihr wieder die Zunge rausgestreckt, aber da war Lulu bereits aufgestanden und umarmte mich.

»Du hast so was von recht«, sagte sie. »Der Zeitumkehrer ist ein super Spielzeug, doch wir brauchen ihn nicht.«

»Dann lass uns zu Alexa gehen und sie bitten, dass sie die Uhrwerke ausbaut«, schlug ich vor. »So haben wir immer noch unsere ganz besonderen Freundschaftsanhänger. Aber es kann nie mehr irgendjemand irgendeinen Mist damit anstellen.«

Lulu nickte bedächtig. »Ja, lass uns das machen.« Mit dem Finger zeichnete sie die Gravur auf der Halbkugel nach. »Bloß schade, dass wir wohl niemals rausfinden werden, was es mit dieser komischen Prophezeiung auf sich hat. Ich meine, *Tötet grauser Mord den einen,* damit könnte der Giftanschlag auf Tareks Vater gemeint sein. Aber ich verstehe nicht, was *obsiegt fortan der Menschheit Streit* bedeuten soll. Und davon, dass die Zwillinge irgendwelche Gegner einen, kann ja auch keine Rede sein …«

»Keine Ahnung.« Ich war erleichtert, dass Lulu meinen Vorschlag gut fand. »Vielleicht ist die Prophezeiung aber auch einfach totaler Quatsch. So richtig dran geglaubt hab ich eigentlich nie.«

»Nein, ich natürlich auch nicht«, stimmte Lulu zu. »Zum Glück hat dieser alte Uhrmacher dran geglaubt, sonst hätten wir dieses Wahnsinnsabenteuer nie erlebt.«

»Ups«, machte sie mit einem Blick auf die Uhr im Anhänger und wurde plötzlich ganz hektisch. »Ich muss los. Tarek wartet bestimmt schon. Tschüss, Süße.« Sie drückte mir einen Kuss auf die Wange und wirbelte herum, um zur Tür zu eilen. Doch ausgerechnet in diesem Moment kam Marisa mit einem Tablett hinter der Theke hervor, auf dem sie mehrere Gläser voll mit frisch gepresstem Orangensaft balancierte.

Ich sah es kommen. »Vorsicht«, rief ich noch. Doch ich konnte nichts tun.

»Merda«, fluchte Marisa.

Und schon stießen Mutter und Tochter zusammen, und Orangensaft ergoss sich über Lulus weiße Bluse mit den pinken Flamingos, die sie zu einem gelben Rock trug.

»Shit«, brüllte Lulu und verschwand mit einer Reihe weiterer Flüche hinter der Tür zur Gästetoilette. Ich folgte ihr schnell. Als ich reinkam, hatte sie sich bereits die Bluse ausgezogen und versuchte, die Flecken unter dem Wasserhahn auszuwaschen.

»Ist es schlimm?«, erkundigte ich mich mitfühlend.

»Eine Katastrophe.« Lulu hielt die Bluse hoch, die von mehreren großen orangefarbenen Flecken verziert wurde. »So kann ich auf gar keinen Fall zu meinem Date gehen.« Sie tupfte mit einem Papierhandtuch über die Bluse, gab den Versuch aber schnell wieder auf.

»Fahr schnell nach Hause und zieh dich um«, schlug ich vor.

»Dann komme ich aber viel zu spät«, jammerte Lulu und schaute mich mit großen, flehenden Augen an. »Können wir nicht kurz, nur fünf Minuten, ein allerletztes Mal …«

Ich schüttelte den Kopf.

»Mensch, Lulu, so schnell knickst du ein?«

»Das ist ein absoluter Notfall«, verteidigte sie sich.

»Ja, klar.« Ich konnte mir ein Grinsen nicht verkneifen. »Ein richtig dramatischer Saftnotfall. Ich sag dir jetzt mal was. Ich leih dir mein T-Shirt, das ist sauber und trocken, und wenn du es schnell überziehst, kommst du fast noch pünktlich.«

»Meinst du wirklich?« Lulu beäugte mein langweiliges graues T-Shirt. »Passt das denn zu meinem Rock?«, fragte sie skeptisch.

»Willst du eine ehrliche Antwort? Nein. Aber soll ich dir was sagen: Tarek wird das total egal sein.«

Lulu schaute zweifelnd.

»Aber meine Bluse ist fleckig und nass, die kannst du unmöglich anziehen«, gab sie zu bedenken.

»Das werde ich schon überleben«, beruhigte ich sie.

»Okay«, gab sie sich schließlich geschlagen und wir tauschten die Oberteile. Mein T-Shirt saß bei Lulu zu locker, ihre Bluse bei mir zu eng. Davon mal abgesehen, ging es tatsächlich.

»Du bist die allerbeste Freundin, die ich jemals finden werde.« Lulu fiel mir um den Hals.

»Du auch.«

Wir umarmten uns fest. Mit einem leisen Klingen schlugen unsere Anhänger aneinander.

EIN JAHR DANACH

Pressemitteilung der Deutschen Mathematischen Gesellschaft

Prof. Dr. Dr. Peter Giesinger, Ehrenmitglied der Deutschen Mathematischen Gesellschaft, wurde heute in einer feierlichen Zeremonie am Brayn Mathematics Institut in Cambridge (Massachusetts) als herausragender Mathematiker unserer Zeit geehrt und erhielt für den Beweis der Hodgkinson-Higgs-Vermutung ein Preisgeld in Höhe von einer Million Dollar zuerkannt.

In seiner Dankesrede gab Giesinger bekannt, das Preisgeld für die Gründung einer Stiftung zu verwenden, für die er bereits zwanzig weitere Stifter aus den Reihen wissenschaftlicher Preisträger habe gewinnen können. Ziel der Stiftung »Grenzenlose Freundschaft« sei es, den Austausch junger Menschen, insbesondere in weltweiten Krisenregionen, zu fördern und in internationalen Jugendcamps Konfliktlösungsstrategien zu entwickeln, um auf eine dauerhafte friedliche Verständigung hinzuwirken.

Wörtlich erklärte er: »Persönlicher Ehrgeiz – ganz gleich, ob in der Wissenschaft oder in jedem anderen Lebensbereich – kann dazu führen, dass sich der Einzelne immer weiter isoliert und Freundschaft auf der Strecke bleibt. Ich selbst habe das erleben müssen. Doch ich habe auch erleben dürfen, was tiefe Freundschaft in der Lage ist zu bewirken. Nur wenn Menschen zusammenstehen und zusammen an der Zukunft arbeiten, wenn verhärtete Vorurteile abgebaut werden und das Erfolgsstreben Einzelner gemeinsamen Zielen weicht, wird es womöglich gelingen, diese Zukunft als eine friedlichere zu gestalten.

Zwei Mädchen, gerade einmal fünfzehn Jahre alt, haben mir dies vor Augen geführt. Ihr Beispiel hat mir gezeigt, dass insbesondere junge Menschen noch offen dafür sind, aufeinander zuzugehen, und mutig genug, sich die Hand zu reichen, um Unrecht zu überwinden. Junge Menschen sind es deshalb, die wir erreichen wollen, um grenzenlose Freundschaften zu knüpfen.«

Katrin Lankers, geboren 1977, dachte sich schon in der Schule gern Romane aus. Nach dem Studium der Journalistik an der Uni Dortmund arbeitete sie mehrere Jahre für verschiedene Zeitungen, Zeitschriften und Online-Medien, bis sie schließlich beschloss, sich an ein Großprojekt zu wagen: Sie ließ ihrer Fantasie freien Lauf und schrieb ihren ersten Jugendroman. Heute lebt Katrin Lankers als freie Autorin mit ihrem Mann und ihren zwei Kindern in Bornheim bei Bonn.

Bist du rational oder emotional?
Die Frage, die über dein Leben entscheidet …

Lina Frisch
Falling Skye (Bd. 1)
ISBN 978-3-649-63344-0
Auch als @book erhältlich:
ISBN 978-3-649-63641-0

Nach einer großen Katastrophe sind die USA zu den Gläsernen Nationen geworden. Endlich ist Schluss mit Diskriminierung, Populismus und impulsiven Entscheidungen! Die Menschen werden in Ratio oder Senso eingeteilt – und zu ihrem eigenen Schutz unterliegen die Emotionalen strengen Auflagen.
Als die 16-jährige Skye zu ihrer Testung einberufen wird, ist sie überzeugt, als mustergültige Rationale erkannt zu werden, der eine glänzende Zukunft bevorsteht. Doch die Prüfungen sind verstörend, und Skye fragt sich immer häufiger, welchem Zweck sie in Wahrheit dienen. Wer ist der mysteriöse Testleiter, der ihr auf Schritt und Tritt folgt? Und wohin verschwinden die Mädchen, die im täglichen Ranking abfallen? Zu ihrem Entsetzen muss Skye erkennen, wer in den Gläsernen Nationen den Preis für die neue Ordnung zahlen soll: sie selbst …

Wir standen am Fenster neben dem Haupteingang und schauten in die Nacht. Wolken zogen über den Mond, die Schatten der Büsche tanzten im bleichen Licht.
Wir dachten alle dasselbe.
„Er ist irgendwo da draußen", flüsterte ich.

Matthias Morgenroth
I can see U
ISBN 978-3-649-63190-3
Auch als **@book** erhältlich:
ISBN 978-3-649-63243-6

Als Ben neu in die Klasse kommt, ist Marie fasziniert: Ben sieht gut aus, ist immer freundlich und liest ihr geradezu die Wünsche von den Augen ab. Endlich jemand, der sie wahrnimmt! Doch dann geschehen merkwürdige Dinge: Im Klassenchat kursieren Fake-Bilder von ihr, gut gehütete Geheimnisse ihrer Mitschüler verbreiten sich plötzlich wie ein Lauffeuer; und was ist das für ein „Auftrag", den der Neue angeblich hat? Langsam beginnt Marie zu ahnen, dass etwas Größeres dahintersteckt …